COLLECTION FOLIO

Margaret Kennedy

Divorce à l'anglaise

*Traduction de l'anglais par Adrienne Terrier,
entièrement révisée par Anne-Sylvie Homassel*

La Table Ronde

Titre original :
TOGETHER AND APART

© *Margaret Kennedy, 1936.*
© *La Table Ronde, 2023, pour la traduction française.*

Page 11 : *La Ballade du Vieux Marin et autres poèmes*, traduction de Jacques Darras, Poésie Gallimard, 2007.

Margaret Kennedy (1896-1967) est née à Londres et a étudié l'histoire à l'université de Sommerville (Oxford), où elle a commencé d'écrire. En 1924, son deuxième roman, *La nymphe au cœur fidèle* (réédité au Mercure de France sous le titre *Tessa*) s'est vendu dans le monde entier. Il a été adapté au théâtre et au cinéma, notamment par Edmund Goulding en 1943, avec Charles Boyer et Joan Fontaine. Margaret Kennedy est l'autrice de quinze autres romans, parmi lesquels *Le festin*, *Divorce à l'anglaise* et *Pronto*, lauréat du James Tait Black Memorial Prize, ainsi que de critiques littéraires et d'une biographie de Jane Austen.

À
Rose Macaulay

Dans leur Jeune âge ils furent Amis.
Les Langues, hélas, par leur poison
Corrompent le Vrai, et la Constance
N'étant qu'au Ciel, l'épine la Vie
Aiguille notre vanité, nous fâche
D'une colère folle contre Ceux que
Nous aimons. Tel fut, je devine,
Le cas entre Roland et Sir
Leoline, chacun blessant,
Insulte, méprise son Frère chéri.
Ils se quittèrent à jamais.
Aucun jamais ne retrouvant
Quiconque qui sût combler leur Cœur —

Fiers, ils gardèrent leurs blessures,
Telles deux Falaises déchirées,
Qu'un Océan de nuit sépare ;
Chaleur ni Froid ni Foudre, je crois,
N'effaceront les Marques de ce
Qui autrefois avait été.

Samuel Taylor Coleridge

Première partie

ENSEMBLE

Ensemble

Lettre de Betsy Canning à sa mère.

Pandy Madoc, Pays de Galles.

8 août.

Mère chérie,
Navrée d'apprendre que l'Engadine ne vous réussit pas, mais cela ne m'étonne guère. Comment avez-vous pu vous fier aux Gordon pour le choix d'un hôtel ? Vous savez bien de quoi ils sont capables... Comment va le lumbago de papa ? Je t'en supplie : si les lits sont humides, ne vous entêtez pas. Vous risquez tous les deux la pneumonie. Trouvez-vous un endroit plus confortable : vous avez passé l'âge de camper dans des auberges moisies.

Ici, le temps est délicieux – beau et chaud. Les enfants sont tous là pour les vacances et nous avons avec nous un camarade de classe de

Kenneth, Mark Hannay ; la maison est pleine à craquer. Hélas, nous ne pouvons pas nous approprier l'annexe : dans un grand accès de générosité, Alec l'a prêtée aux Bloch. Tu vois qui je veux dire ? C'est ce Juif très astucieux qui a conçu les décors pour la version allemande de *Caroline.* C'est comme ça qu'Alec a fait sa connaissance. Les voilà persécutés à présent, lui et sa famille ; ils ont dû, je crois, filer de chez eux au milieu de la nuit avec juste ce qu'ils avaient sur le dos. Sans un sou et lestés d'une troupe d'enfants guère attrayants. Bloch essaie de trouver du travail ici. Ils sont à plaindre, j'en conviens, mais la persécution ne rend pas nécessairement les gens plus sympathiques et j'aurais préféré qu'Alec m'en parle avant de leur offrir l'annexe. Ça tombe très mal – en pleines vacances d'été.

Quoi qu'il en soit, mère chérie, écoute-moi. Je vais devoir te confier quelque chose que tu risques de ne pas apprécier. Je crains même que cela te bouleverse et que ta première réaction soit tout à fait négative. Mais essaie, s'il te plaît, de te faire à cette idée ; essaie aussi de la faire accepter à père.

Alec et moi, nous nous séparons. Nous allons divorcer.

Je sais que tu vas trouver cela épouvantable, d'autant que j'ai fait mon possible – à tort, peut-être – pour jeter un voile pudique sur l'absence de bonheur de nos dernières années. Je ne souhaitais pas, tu le comprends, que d'autres puissent s'en douter, tant qu'il restait un espoir. Mais la vérité, c'est que nous avons *tous les deux* été affreusement malheureux. Le constat est clair : nous ne sommes pas faits l'un pour l'autre. Nous ne pouvons plus rester ensemble. Mais tu t'en étais peut-être plus ou moins doutée ?

Nous ne vivons pas la vie dont nous rêvions au moment du mariage. Alec a tellement changé ! Il lui faut un autre genre de femme. Cette fortune, ce succès, je n'en ai jamais voulu. J'avais épousé un fonctionnaire, un homme tout à fait charmant et parfaitement banal. Avec mon argent, nous avions de quoi vivre d'une façon confortable et civilisée. Nous avions de nombreux amis, notre petit cercle, des gens qui nous ressemblaient : drôles, bien élevés, pas riches, mais suffisamment à leur aise. Alec me dit maintenant qu'il s'ennuyait avec eux. Il ne s'en était pas plaint à l'époque.

Je t'avouerais que je lui en veux d'avoir mis si longtemps à comprendre ce qu'il lui fallait vraiment. C'est la faute de sa mère, m'explique-t-il ; elle l'a tellement tyrannisé qu'il a attendu d'avoir la trentaine pour oser prendre son indépendance. Peut-être bien, mais c'est moi qui en pâtis.

Si j'avais su que j'épousais un auteur professionnel de livrets d'opérette, je n'aurais jamais franchi le pas. J'ai toujours adoré ce qu'il écrivait avec Johnnie Graham ; il y a une véritable inspiration, j'en suis persuadée, dans les paroles qu'il accole à la musique de Johnnie. Mais de là à imaginer qu'ils allaient devenir les Gilbert et Sullivan de notre génération ! Et je n'avais aucune envie qu'ils fassent représenter leur première opérette. J'aurais préféré qu'ils se contentent d'être des compositeurs du dimanche. Ils auraient dû la faire jouer par des amateurs ou par leurs amis. Naturellement, ça m'a réjouie qu'ils rencontrent un tel succès, mais j'avais senti déjà quelque chose d'un peu vulgaire dans toute cette histoire. Et j'ai été consternée quand Alec, après le triomphe de la deuxième opérette, a démissionné du ministère.

Bien sûr, tout cela lui a rapporté un tas d'argent et l'a rendu assez célèbre. Mais est-ce là une occupation digne d'un homme aussi éduqué qu'Alec ? Je ne pense pas. Ce n'est pas comme si Johnnie et lui composaient des chefs-d'œuvre. Ils n'ont pas cette prétention ; eux-mêmes disent qu'ils ne visent qu'à distraire. Je ne le respecte plus autant que lorsqu'il était au ministère, et qu'il se dépensait en toute humilité au service de la communauté – « aider l'humanité à se vêtir et à rester propre ». Il en a conscience. Vous comprenez ça, père et toi ? Tu n'aurais jamais abordé la question avec moi : mais j'ai toujours eu l'impression que tu n'étais, au fond de toi, guère satisfaite de cette situation – et que tu as regretté sa démission, toi aussi.

Nous n'avons plus les mêmes amis. Le monde du théâtre semble l'avoir entièrement dévoré. Il est tellement populaire, tellement chaleureux ! Tout le monde l'aime et il aime tout le monde. La maison regorge en permanence de gens avec lesquels je n'ai rien de commun et qui me considèrent simplement comme « la femme d'Alec » lorsqu'ils parviennent à m'identifier, ce qui est loin d'être toujours le cas. La plupart du temps, le nom de père ne leur dit rien, et quand c'est le cas, le mot de « professeur » leur évoque simplement une caricature de théâtre, un vieil homme distrait agrémenté d'une barbe et d'un filet à papillons. C'est franchement la collection d'abrutis la plus extraordinaire qui soit. Mais ce sont les amis d'Alec, et je ne vais pas contester ses goûts en la matière, même si je suis bien en peine de comprendre comment un homme aussi intelligent et aussi délicat peut prendre du plaisir à frayer avec une telle engeance. Comme tu l'imagines, le mélange avec mes propres amis est pratiquement impossible.

En relisant ma lettre, je lui trouve un petit air de témoignage à charge, comme si j'étais seule à pâtir. Mais Alec a souffert autant que moi. Je ne suis plus la femme qu'il lui faut, et il ne peut pas trouver le bonheur avec moi. Voici, pour te le démontrer, deux choses que je ne t'aurais jamais confiées si nous n'avions pas décidé de nous séparer. Il s'alcoolise beaucoup plus qu'il ne devrait. Évidemment, il n'est jamais complètement ivre. Mais à Londres, il boit sans cesse et évolue en permanence dans une espèce de brume éthylique, chaleureuse, sociable ; il n'est plus tout à fait lui-même. C'est pourquoi je suis toujours si soulagée de l'emmener à la campagne. On s'y entend nettement mieux. La seconde chose, c'est qu'il y a une autre femme depuis quelques années. Il me trompe sans trop se cacher. Peut-être as-tu entendu des rumeurs à ce sujet ? Naturellement, je n'en ai jamais parlé à personne tant que nous vivions ensemble. J'ai fait l'autruche. Je ne lui en veux pas, d'ailleurs. Mais tout ça prouve à l'envi que je ne suis pas la femme qu'il lui faut.

Tu te demandes peut-être pourquoi je n'ai pas divorcé plus tôt ? C'est à cause des enfants. J'ai pensé qu'il leur fallait un foyer stable, que nous devions rester ensemble, tant qu'il était possible de préserver l'apparence de l'harmonie aux yeux du monde. Et puis j'ai changé d'avis, pour les enfants, justement. Je me dis qu'ils seraient plus heureux si nous renoncions, Alec et moi, à ces pitoyables tentatives. Ils deviennent assez grands pour percevoir le malaise entre nous, la tension : surtout Kenneth, qui voit bien qu'Alec ne me traite pas toujours avec respect, et qui en conçoit beaucoup de rancœur. Le lien entre un père et un fils peut être d'une telle importance, pour l'un comme pour l'autre. S'il se rompait complètement, ce serait affreux. Je ne veux pas que nos enfants grandissent avec une idée fausse du mariage, parce qu'ils ont devant eux le spectacle de parents qui ne peuvent plus s'entendre. Il me semble que le moment est venu de ne plus rien leur cacher. Voici ce que je leur dirai :

« Votre père et moi, nous nous sommes trompés. C'est dommage, mais ça arrive. Quand les gens sont sincères et raisonnables, l'erreur peut être réparée. Ce n'est la faute de personne. Nous ne sommes pas faits l'un pour l'autre, mais nous ne nous sommes pas disputés, et nous nous séparerons sans colère ni amertume – à l'amiable, en personnes civilisées. Vous nous verrez toujours autant et nous serons tous bien plus heureux. »

Voilà, mère chérie. Je te demande de considérer tout cela d'un œil sensé. Ne te mets pas dans tous tes états, ne proclame pas qu'un divorce dans la famille est une honte, qu'il n'y en avait encore jamais eu chez nous. Qui donc en souffrira ? N'allons-nous pas tous en retirer un bénéfice ? N'est-ce pas la plus intelligente des solutions ? Alec pourra épouser la femme qui lui convient réellement ; je pourrai vivre ma vie, avec mes amis ; quant à nos enfants, ils grandiront sans rancune ni perte de repères. Mon mariage est un échec : c'est triste, je sais. Mais à quoi bon s'obstiner à le nier ? Nous avons essayé de le faire fonctionner : ça ne marche pas.

Si je t'écris tout cela aujourd'hui, c'est que nous avons décidé d'en finir assez vite. Alec s'en va mercredi avec les Hamilton, sur leur yacht, comme tous les étés : il ne reviendra jamais. Il doit m'écrire la chose en toutes lettres et m'envoyer les éléments nécessaires pour que je puisse divorcer. (Naturellement, je n'ai nullement l'intention de compromettre l'autre femme. Ce sera purement formel.) Tu ferais peut-être bien de brûler ma lettre. En tout cas, ne la montre pas à papa ; explique-lui seulement ce que je t'ai dit, et tâche de faire en sorte qu'il l'envisage sous un jour rationnel. Ne parle pas des preuves, du fait que nous avons tout arrangé à l'avance, je veux dire. Il est si pointilleux pour ces choses-là, comme pour l'impôt sur le revenu, etc., il pourrait y voir une collusion.

Maintenant il faut que je m'arrête, le courrier va partir, même si j'ai l'impression d'avoir encore beaucoup à te raconter. Essaie de nous comprendre. Et n'en veux pas à Alec, je t'en prie. Je suis tout aussi coupable que lui.

Ta Betsy qui t'aime

P.-S. – La mère d'Alec n'est pas au courant. Elle ne sera prévenue que lorsqu'il sera trop tard pour qu'elle puisse intervenir.

Télégramme de Mrs Hewitt à sa fille.

ENGADINE NAVRÉE LETTRE REVIENS CE JOUR ANGLETERRE TE SUPPLIE RIEN IRRÉPARABLE AVANT DE NOUS VOIR ARRIVERAI GALLES MERCREDI SOIR RIEN DIT À PÈRE MÈRE.

Les grands-mères

Emily Canning, la mère d'Alec, était veuve ; elle habitait Campden Hill avec une seule domestique, une vieille femme. Mais son existence n'était ni solitaire ni oisive. Elle avait un cercle d'amis nombreux, des occupations variées et un appétit de pouvoir qui la préservaient de la léthargie de la vieillesse.

Le désir d'avoir de l'influence et de l'autorité, et de jouer un rôle prépondérant dans la vie des autres, avait toujours été sa passion dominante. Ses talents et ses capacités lui avaient permis de satisfaire pleinement ce désir. Elle avait de la beauté, du charme et de l'esprit. Elle savait mieux que personne susciter des atmosphères théâtrales, enfiévrer les cœurs, injecter dans les relations humaines une ardeur toute personnelle. L'amitié, pour elle, était partiale. Exprimer une opinion contraire à la sienne relevait de la trahison. Qu'on soit homme ou femme, jeune ou vieux, on tombait facilement sous son charme. Ceux qui résistaient à cet attrait éprouvaient à son égard une antipathie irrationnelle et bien trop violente. Mais rares étaient ceux qu'elle laissait entièrement de glace ou qui parvenaient à conserver leur sérénité après qu'elle eut croisé leur orbite.

Elle possédait une singularité que l'on rencontre assez fréquemment chez ce genre de personnes – le don de seconde vue. Ses divinations étaient authentiques : ses ennemis eux-mêmes l'admettaient et ses amis en tiraient une profonde fierté. Lui étaient apparus quelques véritables fantômes. Parfois, lorsque le téléphone sonnait, elle savait qui l'appelait avant même d'avoir décroché le récepteur. Elle avait des pressentiments au sujet de visites ou de lettres imprévues, et ses songes étaient indubitablement prophétiques.

Dans la nuit du mardi, ou plus exactement, de très bonne heure le mercredi, elle avait eu un rêve des plus singuliers. C'était le matin, semblait-il, et quelqu'un lui apportait le plateau de son petit déjeuner. Mais ce quelqu'un n'était pas la vieille Maggie, sa domestique ; c'était Henrietta Hewitt, la mère de la femme d'Alec, amie d'autrefois devenue, depuis quelques années, une adversaire.

Mrs Canning était furieuse de cette intrusion mais, feignant de ne pas la remarquer, elle attaqua son petit déjeuner. Puis elle se sentit forcée de lever les yeux. Le visage d'Henrietta était suspendu dans les airs au pied de son lit. Son corps semblait avoir disparu : ne restait d'elle que ce long et sot visage de mule, en suspens, tout seul, comme un masque. Les traits étaient tirés, le teint de cendre ; les yeux et le nez étaient rouges ; les lèvres marmonnaient, blêmes. De cette bouche sortait un flot de paroles confuses. Des larmes ruisselaient sur les joues hâves. Mais aucun son ne parvenait aux oreilles de Mrs Canning qui dévisageait l'apparition et déclarait d'un ton glacial : « Tu vas le regretter, je crois. »

Paroles qu'elle avait prononcées à la fin de leur grande dispute, des années plus tôt. À présent, elle percevait quelques bribes de phrases : « ... me sens si mal... ma fièvre monte, monte... si mal... ce vent froid... Je n'en peux plus... je n'en peux plus... »

« Je te le ferai payer », s'était alors écriée Mrs Canning, furieuse, avant de lancer sur le lit un grand porte-cartes qui se trouvait là. Le visage avait produit un son terrifiant, aigu et chevrotant, avant de se volatiliser. Revenant abruptement au monde éveillé, Mrs Canning s'était retrouvée dressée sur son séant, les yeux fixés sur un pied de lit dépourvu de toute apparition. C'était le matin et le soleil de l'aube remplissait la chambre. Les moineaux de Londres, pépiant dans le platane, devant la fenêtre, faisaient un terrible boucan.

Au bout de quelques secondes, Mrs Canning surmonta l'effroi produit par ce cauchemar et comprit qu'elle avait rêvé. Sur sa table de toilette la pendule indiquait six heures moins le quart.

Elle se laissa retomber sur ses oreillers. Quel rêve étrange, songea-t-elle. Et, comme tous ceux qui rêvent, elle aurait voulu le raconter tout de suite à quelqu'un. Elle se sentit peu à peu gagnée par la conviction qu'il s'agissait là d'un de ses rêves prémonitoires. Aujourd'hui elle recevrait sûrement une visite d'Henrietta ; l'invraisemblance de la chose ne fit que renforcer sa conviction. Elle fut envahie bientôt par une excitation plaisante, s'imaginant déjà raconter l'histoire à ses amis.

« Je n'avais pas la moindre raison de m'attendre à sa visite. Je savais que les Hewitt étaient en Suisse. Et... sans doute l'avez-vous appris... nous sommes à couteaux tirés... Oui... c'est de l'histoire ancienne... il faut essayer d'oublier... mais Henrietta s'est tellement mal comportée... Inexcusable, vraiment... »

Douze ans plus tôt, Henrietta, son amie, son alliée, s'était brusquement retournée contre elle. Elle était venue lui tenir un discours des plus monstrueux – armée qui plus est d'un porte-cartes, ce qui était le comble de l'absurdité entre intimes et grands-mères des mêmes petits-enfants. La pauvre bécasse s'était sans doute figuré que cette formalité lui donnerait de l'assurance. Tout en gigotant sans cesse – c'était dans sa nature –, elle ne cessait de tripoter le porte-cartes, ce qui avait fourni à son adversaire l'occasion de lui lancer une pointe :

« Tu as toutes les cartes en main, à ce que je vois ! » s'était écriée Mrs Canning.

Là-dessus, la pauvre Henrietta avait rougi, sursauté, et laissé tomber le porte-cartes. Il n'était pas difficile de l'étourdir. Malheureusement, le sarcasme était à double tranchant. Henrietta avait bel et bien toutes les cartes en main. D'un flot de paroles maladroites et incohérentes, avait bientôt émergé un discours d'une certaine clarté.

« ... les jeunes gens n'aiment pas qu'on se mêle de leurs affaires. Il faut les laisser se tromper même si, certainement, Betsy a toujours eu les pieds sur terre, mais il y a tout de même eu des moments où j'aurais bien voulu qu'elle écoute mes conseils, par exemple pour cette bonne d'enfants ; j'aurais pu la prévenir, moi ; des filles qui sortent des orphelinats, j'en ai employé des dizaines, mais voilà, ce n'est qu'un exemple parmi d'autres, et ne va pas croire, chère Emily, que je ne compatis pas, que je ne comprends pas. Nous sommes toutes pareilles, nous les mères, et c'est une souffrance parce que nous ne voulons que nous rendre utiles. Cela étant, les bains de mer sont excellents au pays de Galles.

— J'en suis persuadée, ma chère ; mais ne viens-tu pas de prononcer l'expression "pays de Galles" ?

— Mais oui. Et c'est pour cela que je suis venue. Tu comprends, cette maison, c'est une véritable occasion... Juste au bord de la mer... Idéale pour les vacances. Betsy la connaît bien, elle y a déjà séjourné. Elle appartient à nos amis les Aylmer. Tu les as peut-être rencontrés ? Le Dr Aylmer, de Corpus Chr...

— Ils veulent l'acheter ? l'interrompit sèchement Mrs Canning.

— Ils... Ils l'ont achetée. »

Ils l'avaient achetée, en effet, et ils avaient chargé Henrietta, munie de son porte-cartes, d'annoncer la nouvelle à Emily. Ils avaient mal agi, ils en avaient honte et s'étaient retranchés derrière la mère de Betsy, cette imbécile.

Coup de théâtre qui avait plongé tous les amis de Mrs Canning dans la plus grande stupéfaction. Le monde entier n'avait-il donc pas eu vent de son intention, qui était de leur offrir une merveilleuse vieille demeure du Gloucestershire, maison de campagne idéale ? Emily en aurait été la propriétaire légale. Elle y aurait habité deux pièces, et l'aurait tenue pour eux ; mais ils auraient pu y venir au gré de leur fantaisie et y envoyer les enfants lorsque ceux-ci auraient eu besoin de prendre l'air. Cela leur garantissait des vacances gratuites et déchargeait Betsy des soucis du ménage : n'était-ce pas la meilleure des combinaisons possibles ?

Eh bien, cette combinaison, lui avait appris Henrietta, ne leur avait jamais plu. Alec et Betsy voulaient une maison bien à eux. À vrai dire, d'une certaine manière, Mrs Canning s'en était doutée. Mais c'était une aberration de leur part, et elle avait toujours fait la sourde oreille à leurs timides objections. Elle avait par conséquent, et sans les consulter, accéléré les négociations pour l'achat de Marstock Hall, espérant conclure l'affaire avant qu'ils aient le temps de s'y opposer.

Dans sa détresse, elle avait commis une grave erreur.

« Ils ne peuvent pas. C'est impossible. La vente de Marstock Hall est conclue. »

Ce qui, malheureusement, était inexact. Elle n'avait pourtant ménagé ni sa peine ni sa bourse. Elle était allée plusieurs fois dans le Gloucestershire, avait payé un géomètre, confié sa maison de Bedford Gardens à un agent immobilier. Tous ses amis avaient été informés de son projet de quitter Londres ; tous avaient, comme il se devait, glosé sur la bonne fortune d'Alec, heureux fils d'une telle mère. En réalité, Emily n'avait encore rien conclu ; elle pouvait encore renoncer à son achat. C'est ce qu'elle avait été forcée d'admettre, en fin de compte. Et rien ne pouvait la fâcher davantage que perdre ainsi la face.

« Pourquoi t'ont-ils envoyée ? » demanda-t-elle.

Oh, ils n'y étaient pour rien, expliqua Henrietta. Elle avait pris sur elle de venir tant la pauvre Betsy redoutait cette nécessaire conversation, perturbation peu souhaitable au moment où elle allaitait son adorable petite Daphne.

« Chère Emily, c'est que tu es très autoritaire avec les gens. Tu l'as toujours été, depuis que tu es toute petite. Je dois te le dire, parce que Alec et Betsy en pâtissent. Je sais que tu es animée des meilleures intentions, que tu ne penses qu'au bien des gens que tu aimes, mais tu ne te contentes pas de les critiquer... tu ne leur laisses pas le choix... Betsy est très indépendante, et tu ne peux pas demander à Alec de faire passer tes souhaits avant les leurs, maintenant qu'il est marié. Tu gâches leur bonheur... »

Lorsqu'elle bat son plein, la fureur doit trouver un exutoire. Faute d'une autre poitrine à transpercer, elle enfoncera le poignard dans la sienne propre. Mrs Canning se sentit échapper aux sentinelles de sa conscience avec une exultation insouciante et fatale. Elle était libre à présent. Rien ne la retenait plus : sans scrupule, elle pouvait dire ce qu'elle voulait.

« Peut-être, commença-t-elle presque gaiement, voudrais-tu entendre ce qui se raconte sur Betsy ?

— Non, non... Oh ! non, sans façon ! protesta la mère de ladite Betsy.

— Je ne parle pas que de mes reproches. Tu seras sans doute étonnée d'apprendre que je ne suis pas seule à la trouver extrêmement prétentieuse et très égoïste. En fait, la plupart de nos amis… Ne crois pas, je t'en prie, que le monde entier pense, comme toi, qu'Alec a de la chance. Betsy a été irrémédiablement gâtée. Depuis la plus tendre enfance, elle est curieusement persuadée de sa propre valeur, une tendance que tu n'as jamais combattue. Bien sûr, c'est une très jolie femme. Et comme elle est la fille de son père, on a toujours fait grand cas d'elle, mais…

— Oh, mon Dieu ! Mon Dieu ! gémit Henrietta qui ployait sous l'orage. Je savais que tu serais furieuse, Emily. Cela ne m'étonne pas du tout. C'est une telle déception pour toi. Ils auraient dû se montrer plus fermes…

— Moi, furieuse ? déclara Emily. Absolument pas. Mais il y a des choses qu'il faut que tu saches. »

Consciente de son absurde frénésie, mais entièrement livrée à son mauvais ange, Mrs Canning répéta toutes les méchancetés qu'elle avait entendu dire sur sa belle-fille.

« … et quant à May Cameron qui vous aime beaucoup, Arthur et toi, je peux te garantir qu'elle était navrée d'apprendre leurs fiançailles. Elle m'a dit ceci en toute sincérité : "Alec est beaucoup trop bien pour elle. Il va devoir tout lui sacrifier." Ce à quoi j'ai répondu : "Oh !

elle va s'améliorer !"... Et May m'a dit : "Non, sa vanité a des racines trop profondes. Ils ont appris à cette enfant à se considérer comme un être infiniment rare, infiniment précieux. Elle considérera toujours Alec comme une sorte de prince consort."

— Elle a... vraiment dit cela ? » balbutia Henrietta.

Son visage revêtit alors une expression de blême détresse dont la fureur se rassasia enfin. Le coup avait été porté, la folle ivresse relâchait son étreinte. Si vraiment Mrs Canning avait souhaité faire souffrir son amie, elle avait réussi. Henrietta, accablée, battit en retraite.

À présent, il fallait dire quelque chose, quelque chose qui les arracherait aux royaumes intemporels de la passion pour les ramener vers l'instant présent. L'entrevue devait se conclure sur une déclaration apaisée, rationnelle. Ce fut donc ainsi qu'Emily salua le départ de la vaincue :

« Tu vas le regretter, je crois. »

Et Henrietta rentra chez elle, profondément blessée, mais la conscience tranquille. Elle avait été, dans sa tentative d'explication, tout à fait honnête, tout à fait sincère. Nulle méchanceté ne l'avait mue ; elle avait simplement souhaité faire son devoir. Quant à pardonner à May Cameron, cela lui avait d'abord semblé impossible – ce qu'elle avait confié à son mari, tant sa colère était profonde. Mais Mr Hewitt l'avait convaincue de l'irrationalité de sa réaction. Betsy, lui avait-il dit, était extrêmement vaniteuse. Un tel défaut, depuis si longtemps évident pour ses parents, pouvait difficilement échapper à leurs amis. Henrietta n'avait-elle jamais critiqué les demoiselles Cameron ? N'avait-elle pas souvent fait allusion à leurs chevilles épaisses, à leurs tendances acnéiques ? Si May Cameron l'apprenait, n'en serait-elle pas mortifiée ? Ainsi convainquit-il Henrietta de pardonner à son amie. Ce qu'elle fit – et cela la soulagea grandement. Elle n'en plaignit que davantage la pauvre Emily et finit par oublier complètement l'affaire.

Emily Canning ne fut pas si heureuse : sa conscience ne l'y encourageait guère. L'oubli ne venait pas aisément à celle qui avait menti au sujet de Marstock Hall, celle qui avait trahi sans retenue tant d'amis confiants. De plus, personne de son entourage ne se serait risqué à lui dire qu'elle exagérait. Ses amis, ou plutôt ses partisans, s'étaient enflammés en sa faveur. Mais personne ne pouvait la réconforter, personne ne pouvait savoir à quel point elle regrettait d'avoir tenu à Henrietta des propos si cruels.

Désormais, nulle justice ordinaire ne pourrait restaurer l'équilibre entre elles. Il faudrait pour cela une intervention de ce qu'elle appelait la justice immanente, c'est-à-dire, à ses yeux, quelque coup du sort inopiné qui lui donnerait enfin raison. Ils le regretteraient, avait-elle affirmé. S'ils finissaient par lui en montrer les signes, s'ils étaient, un jour ou l'autre, contraints de venir lui demander son aide ou ses conseils, la justice immanente s'accomplirait.

J'ai voulu leur consacrer toute ma vie, songeait-elle. Mais ce sont des ingrats. Ils m'empêchent de… Je suis si seule. J'ai l'impression qu'ils ne s'en rendent même pas compte.

Un bruit de pas se fit entendre, pesant, devant la porte de sa chambre puis dans l'escalier.

Maggie, pensa-t-elle, lançant de nouveau un coup d'œil à la pendule.

Le temps avait passé. Il était plus de sept heures.

La vieille paresseuse ! Elle s'imagine que je ne vais pas savoir à quel point elle est en retard. Je vais descendre l'asticoter.

Ces deux-là, maîtresse et servante, s'adoraient et se chamaillaient sans cesse. Maggie faisait le ménage dans le vestibule. Lorsqu'elle entendit Mrs Canning ouvrir la porte, elle pinça les lèvres et résolut sur-le-champ de ne pas se laisser faire. Ces menues escarmouches d'avant petit déjeuner étaient assez fréquentes, car Emily Canning, étant insomniaque, s'éveillait tôt ; pour ne pas succomber à l'ennui, il lui fallait se lever et passer à l'action.

« Bonjour, Maggie ! clama une voix du haut de l'escalier.

— Bonjour, m'dame. »

Les deux vieilles femmes se toisèrent avec méfiance. Maggie, grasse, rose et asthmatique, avait soixante-cinq ans. Sa maîtresse, bien que de trois ans son aînée, avait conservé une grâce svelte et juvénile. Dans cette pénombre, on aurait pu la prendre pour une femme assez jeune. Sa moelleuse robe de chambre blanche l'emmitouflait ; son visage n'était qu'un triangle pâle dans lequel ses yeux verts brillaient d'une flamme inextinguible. Un filet de chenille noire dissimulait le grisonnement révélateur de sa chevelure.

Ce fut elle qui débuta les hostilités.

« C'est sans doute parce que vous vous êtes levée tard ce matin que vous saccagez mon beau parquet. Regardez donc comme l'encaustique est mal étalée.

— C'est la serpillière, dit Maggie. Il n'y a pas moyen de faire autrement quand la frange est usée.

— Elle était neuve au printemps dernier.

— Non, m'dame, je vous demande pardon. Elle ne l'était pas. M'dame l'a eue à la vente de charité de St Mary Abbott.

— Vous mettez trop d'encaustique.

— Il faut bien. Plus elle est usée, plus je dois en mettre ; et plus j'en mets, plus ça s'use. »

Était-ce bien vrai ? se demanda Mrs Canning, perdant ainsi l'avantage. Maggie se rua dans la brèche en proposant, non sans noblesse, une tasse de thé…

« Cela fait un moment que je suis réveillée, dit Mrs Canning. Je… »

Elle se rappela son rêve, se rendit compte qu'il lui fallait le raconter sans tarder. Cette horrible vieille Maggie manifestait parfois quelque incrédulité lorsque sa maîtresse se vantait de ses pouvoirs surnaturels. Si Emily lui parlait de ce rêve et s'il se réalisait – ce dont elle ne doutait pas –, il lui faudrait bien entendre raison. La question du balai pouvait attendre.

« Il se pourrait bien que Mrs Hewitt vienne aujourd'hui, dit-elle sèchement, peut-être pour le petit déjeuner. Nous reste-t-il du bacon ? »

Maggie, sachant comme sa maîtresse que les Hewitt étaient en Suisse, eut quelque difficulté à maîtriser l'expression de son visage.

« Oui, m'dame, répondit-elle, quatre tranches.

— J'ai fait un rêve d'une telle intensité qu'il a forcément une signification, Maggie. Elle va me rendre visite.

— Oui, m'dame.

— Oh ! Maggie ! Quelle affreuse créature vous êtes ! Vous pourriez tout de même manifester un certain étonnement !

— Mais c'est le cas, m'dame.

— Je sais bien que vous ne croyez pas à mes

rêves. Mais si Mrs Hewitt vient ce matin, il faudra bien que vous reconnaissiez qu'il y a là quelque chose de très étrange.

— Ah ça, oui, très étrange, m'dame !

— Vous reconnaîtrez que mes rêves ont quelque chose de particulier ?

— Je n'ai jamais dit le contraire, protesta Maggie. Ce que je dis, c'est que vous en rajoutez après coup... »

La cloche de la porte d'entrée tinta ; Maggie traversa le vestibule pour ouvrir.

Mrs Canning, qui s'était sauvée dans l'escalier pour échapper aux regards, s'arrêta, l'oreille aux aguets.

Elle entendit Maggie détacher la chaîne de sûreté, toujours mise pour la nuit. À présent, la porte était ouverte. Elle entendit le murmure indistinct d'une conversation. Puis Maggie fit entrer quelqu'un dans la maison.

« Elle vous attendait, m'dame », annonça-t-elle.

Mrs Canning en bondit d'excitation. Eh bien ! Elle avait le don de seconde vue ! C'était indubitable ! Elle en détenait la preuve, maintenant ! Quelle merveilleuse anecdote pour les amis !

Lançant un bref coup d'œil par-dessus la rampe, elle entrevit le visage chevalin d'Henrietta, exactement semblable à celui qui lui était venu en rêve, hormis le fait qu'il était à présent coiffé d'un chapeau à l'aspect lugubre.

Tout ressentiment, tout souvenir de blessures anciennes, s'évanouit sur le moment. Elle se précipita au bas de l'escalier, débordante de cordialité, si contente d'elle, si ravie de s'être fiée à son instinct, d'être apparue prophétesse aux yeux de Maggie. Maintenant elle avait un témoin et Maggie serait bien obligée de faire amende honorable. Ah ! dame, comme elle était contente d'elle !... Chère Henrietta ! Mais cette dernière semblait malade... terriblement malade...

« Emily, garde tes distances. J'ai la grippe.
— Oh ! Ma pauvre amie !
— La fièvre n'a pas cessé de monter de la nuit. Je ne pourrai pas rester... Je m'en vais dans une clinique. Il n'y a pas d'autre solution. Tu te rappelles cette maison de Devonshire Street où Arthur est allé, pour son opération ? Heureusement il y avait le téléphone dans ma chambre à l'hôtel et j'ai pu les joindre. Mais il fallait que je te voie. Je ne pouvais pas te parler au téléphone : on a toujours l'impression d'être espionnée. Je suis incapable d'aller plus loin. Je ne tiendrai jamais jusqu'au pays de Galles. J'étais au Paddington Hotel ; j'y suis allée tout droit en arrivant à Londres, hier soir, parce que je voulais prendre le train de 11 h 05 ce matin. Ne t'approche pas. Tu pourrais peut-être te mettre un mouchoir sur le visage, avec du désinfectant ? Bon, bien sûr, ce n'est peut-être pas contagieux.

Ce n'est peut-être qu'un refroidissement. Les lits étaient tellement humides, en Suisse. »

Henrietta s'était effondrée sur une chaise du vestibule. Elle ne cessait de faire signe aux deux autres de ne pas approcher et refusait de monter au premier étage, où se trouvait le salon.

« Il vaut mieux que je ne bouge pas trop », leur expliqua-t-elle.

La fièvre lui donnait un peu de vertige. Mais on parvint enfin à l'installer sur le sofa du salon, à l'étage, et Maggie alla lui préparer du thé. Elle refusa toutefois de donner la moindre explication avant que Mrs Canning ait aspergé de Lysol un grand mouchoir et se le soit appliqué sur le visage en guise de masque.

Quel ennui, cette bonne femme ! Et quel air grotesque nous devons avoir, se disait Emily. Mais quand je le raconterai aux amis, j'en tirerai une jolie farce. Sans compter que dans mon rêve, elle avait aussi de la fièvre ! Exactement ! Ah, j'ai oublié de le mentionner à Maggie, idiote que je suis. Elle va encore me reprocher d'avoir ajouté ça après coup.

Puis, en entendant Henrietta divaguer au sujet d'un voyage au pays de Galles, elle sentit une crainte soudaine lui figer le cœur.

« La chose la plus terrible... Je suis revenue par le premier train...

— Henrietta ! Sont-ils blessés ? Sont-ils malades ? Est-ce que quelqu'un...

— Non, non, rien de *si terrible.* »

Distinction parfaitement claire pour Mrs Canning, qui, chassant l'inquiétude de son esprit, se prépara de nouveau à passer un bon moment. Mais comme Maggie entrait à ce moment-là avec le thé, elle décida qu'il lui fallait d'abord enfoncer le clou de ses talents de prophétesse.

« Je savais que tu viendrais, Henrietta. J'ai rêvé de toi, cette nuit. C'est ce que j'ai dit à Maggie. N'est-ce pas, Maggie ?

— Quoi ? geignit Henrietta. Avec ce mouchoir, je n'entends pas ce que tu dis.

— J'ai rêvé que tu viendrais.

— Comme c'est bizarre ! Je t'en prie, garde le mouchoir sur ta bouche. Quand tu articules, je t'entends. »

Aussitôt que Maggie les eut quittées, Henrietta en vint au fait.

« Ils m'ont dit qu'ils allaient divorcer.

— Comment ça ? Divorcer ? Non, ce n'est pas vrai !

— Mais si ! Betsy me l'a écrit.

— Mais pourquoi ? Pourquoi ? C'est à cause de cette Mrs Chose ? Non, impossible ! Il y a prescription. Elle devait savoir. Elle a dû en prendre son parti.

— Mrs Chose ?

— Mrs Adams.

— Mais qui est cette... Ah, je vois. Je ne connaissais pas son nom. Betsy ne me l'a pas précisé.

— Alors, c'est à cause d'elle ?

— Non. Enfin, pas seulement. Quel choc, Emily. Je n'en savais rien, absolument rien. Pas le moindre soupçon.

— Henrietta, vraiment ? Mais tout le monde est au courant ! Cela fait des années que ça dure.

— Je trouve que c'est terrible pour Betsy. Bien sûr, tu ne...

— Non, évidemment. J'en veux beaucoup à Alec. Mais je crois qu'il ne faut pas se mêler de leurs affaires. »

Henrietta, ne remarquant même pas ce petit coup de griffe, se contenta d'un :

« Non, en effet. Cette Mrs Adams... quel... quel genre de personne est-ce... ?

— Je ne l'ai vue qu'une fois, dit Mrs Canning. Au théâtre. On me l'a montrée. Très jeune, très belle, et dure comme le roc ! Une femme sans morale, à ce qu'on m'a dit. Alec est loin d'être le seul. Mais elle avait décidé de lui mettre la main dessus et elle y est arrivée. Tout vient d'elle. Il aurait très bien pu ne pas tomber dans le piège, si seulement Betsy...

— Mais il veut l'épouser.

— Bonté divine ! C'est impossible ! Quelle horreur ! Henrietta, il faut s'y opposer ! Il faut faire barrage à cette folie ! Est-ce que Betsy dit... mais que dit-elle au juste, Betsy ? »

Mrs Hewitt avait la tête qui tournait. Sa gorge la faisait tellement souffrir qu'elle pouvait à peine parler. Oui, que disait Betsy, au juste ? Elle avait de plus en plus de mal à s'en souvenir. Elle fouilla dans son sac à main, y trouva la lettre – mais alors qu'elle cherchait ses lunettes, Emily s'empara de l'enveloppe. Un embarras diffus envahit Henrietta : Betsy ne mentionnait-elle pas sa belle-mère en des termes peu amènes ? Elle était trop malade cependant pour protester. Qu'Emily lise la lettre, cela valait peut-être mieux. Cela lui procurerait un long répit pendant lequel elle n'aurait besoin ni de parler, ni de penser, ni d'accomplir le moindre effort. Elle pourrait rester couchée, s'abandonner tout entière à ses maux.

Lesquels semblaient procéder par étapes distinctes, comme une automobile change de vitesse. La nuit précédente, elle avait brûlé d'une fièvre terrible, se retournant sans cesse sous ses couvertures, débattant avec elle-même. À présent, elle avait froid, froid comme jamais.

Une voix parvint à ses oreilles. Elle rouvrit les yeux pour découvrir le visage exaspéré d'Emily. La voix, irritée, impatiente, sortait de derrière le mouchoir :

« Tout cela ne rime à rien. Ça crève les yeux. Il n'a aucune envie de divorcer. C'est elle... Elle l'a convaincu...

— Tu crois ?

— Bien sûr ! Ça cache quelque chose. Quelque chose dont elle ne veut pas parler. Elle prétend qu'elle sera libre de vivre sa vie, avec ses amis... Il y a anguille sous roche. Elle a dû l'emberlificoter. Pauvre Alec, il a si peu de volonté !

— Mais il faut s'y opposer, gémit Mrs Hewitt, à présent secouée de violents frissons.

— Certainement. Ils savent que tu viens ?

— Oui. J'ai télégraphié. Mais je ne peux vraiment pas y aller. Je... Il faut... Envoyer... Un nouveau télégramme...

— Tout ira bien. Ne t'inquiète pas, Henrietta. Je prends l'affaire en main. »

Aucun mouchoir n'aurait pu dissimuler l'accent de triomphe qui perçait dans la voix de Mrs Canning. Elle ne pouvait s'empêcher de voir dans tout cela la main de la Providence. Car la pauvre Henrietta n'était vraiment pas de taille à affronter une pareille situation. Elle aurait tout gâché. Elle se serait disputée d'emblée avec Alec et Betsy, les liguant contre elle et les rapprochant l'un de l'autre, alors que la tactique qui s'imposait était celle de la division. Ce projet de divorce devait être le résultat d'un arrangement à l'amiable... Il fallait donc les brouiller, susciter chez Alec une telle colère qu'il refuserait de rendre la liberté à sa femme. Betsy sans doute n'avait pas été avare de paroles ; il s'était, contre son gré, laissé convaincre. Et ce serait par la parole qu'on le ramènerait à la raison, dès qu'on saurait ce qu'il y avait derrière tout cela, dès qu'on connaîtrait le vrai mobile de Betsy.

Alec en avait-il la moindre idée ? Betsy avait-elle été sincère ? Si tel n'était pas le cas, et si Alec l'apprenait...

Quoi qu'il en soit, je découvrirai le fin mot de l'histoire, songea Mrs Canning. Et je la remettrai à sa place.

Elle lança un regard à sa visiteuse que faisait à présent souffrir un terrible coup de froid. « Tu le regretteras », lui avait-elle dit naguère et elle avait eu raison. Rien de tout ça ne serait arrivé si Betsy avait été moins gâtée. La justice immanente avait frappé.

L'épouse

Betsy était dans le vestibule, contemplant d'un air navré le télégramme de sa mère. Qu'il ait été envoyé de Suisse n'expliquait pas pourquoi il avait mis si longtemps à lui parvenir. *Arriverai Galles mercredi soir*. On était mercredi matin. Dans huit heures – au plus –, la guerre serait déclarée.

Quelle idée, cette lettre si hâtive ! Quelle erreur de sa part ! Alors qu'elle avait précisément voulu éviter ce qui allait se produire – l'invasion imminente d'une parentèle indignée. Son père et sa mère avaient prévu de passer l'été à l'étranger, et elle avait compté sur leur réticence, si inopportune en d'autres occasions, à modifier leurs projets. Elle n'aurait pas été étonnée de recevoir de longues et multiples missives, mais les croyait hors d'état de nuire concrètement à ses plans avant l'automne, quand il serait trop tard. C'était pour cette raison, avait-elle expliqué à Alec, qu'il devait la quitter au mois d'août, au moment où nul ne serait en mesure d'intervenir.

Cependant, elle aurait dû attendre qu'il soit vraiment parti de la maison. Il était déjà assez pénible que tout ait pris du retard – à cause de cette commande de dernière minute de Johnnie Graham qui avait contraint Alec à renoncer à sa croisière et différé son départ d'au moins trois semaines. Quelle épreuve pour les nerfs de le voir traîner encore à Pandy Madoc ! Sa résolution ne manquerait pas de faiblir et il recommencerait à dire qu'il ne voulait pas divorcer. Il y aurait encore des disputes, des scènes. Il faudrait tout reprendre à zéro... Elle qui venait de parvenir à ses fins, qui comptait sur une résolution immédiate ! Alec était si paresseux, si léthargique... Ennemi de l'effort, de la décision. Il avait reconnu qu'il devait partir et qu'elle avait droit à sa liberté. S'il n'avait pas pris les mesures nécessaires, c'était par pure fainéantise. Et maintenant Mrs Hewitt allait débarquer pour l'encourager et le conforter dans son apathie.

Betsy était désemparée. Elle avait un léger mal de tête, et il y avait tant à faire qu'elle ne savait pas par quoi commencer. Elle restait plantée là, glissant le télégramme comme pour former un éventail.

La lumière, ruisselant du dehors par la porte ouverte, dessinait un triangle sur les carreaux noirs et blancs du vestibule, teintant le blanc d'un jaune crémeux. Dehors, le ciel était bleu ; il faisait très chaud. C'était une de ces journées où le temps semble suspendu et les ombres abolies. Les mouettes planent, immobiles, au-dessus d'une mer qui reste éternellement à mi-marée... C'était une journée à passer sur la plage, à écouter le cri indolent des oiseaux de mer, l'afflux paresseux des vagues, à regarder l'horizon noyé dans une brume lumineuse – pas une journée à penser, à comploter, à s'agiter, plutôt à rester couchée au soleil, un long moment, avant d'entrer dans la mer, de sentir l'eau froide sur la chaleur de la chair, de sortir, de sentir le soleil brûler la chair rafraîchie... et puis à rêvasser jusqu'à ce que le cours du temps soit restauré, et les ombres. Telle était la journée hors les murs. Mais pas dans la maison : il y avait tant à faire ! Le tic-tac des pendules retentissait dans chaque pièce : *Fais ci ! Fais ça ! Vite ! Décide-toi !* Si bien qu'elle n'osait jamais s'arrêter, ne serait-ce qu'une minute.

C'est injuste, songeait-elle.

Éternelle iniquité. Betsy était depuis toujours atterrée par la profonde injustice du sort. Enfant, elle s'en était plainte sans retenue : il lui semblait monstrueux en effet qu'aucune justice impartiale, aucune loi naturelle n'existe qui puisse assurer à Betsy Hewitt le plein exercice de ses droits. Adulte, elle persista à trouver cela affreux, bien qu'ayant appris à taire cette indignation. Le traître n'était ni Alec, ni sa mère, ni personne en particulier – non, c'était le sort. À trente-sept ans, Betsy n'avait jamais connu le bonheur. On l'en avait grugée. Elle n'avait jamais été comblée par l'existence, elle avait toujours été en quête de quelque chose qu'elle ne pouvait nommer, de quelque chose qui ne se produisait jamais. Lorsqu'elle se réjouissait d'un événement à venir, il finissait par se produire, était bientôt chose du passé avant de lui sembler n'être jamais survenu. L'expérience lui échappait. Elle n'avait jamais vécu dans l'instant, n'avait jamais capturé ce moment éternel entre passé et avenir qu'est le maintenant.

Injustice profonde, assurément, car elle n'avait rien fait pour mériter ce sort. Elle s'était toujours donné beaucoup de mal pour préserver son bonheur. Dès la fin de sa petite enfance, quand elle avait commencé à comprendre que les gens malheureux étaient rarement intéressants, elle avait décidé de courtiser la bonne fortune. Elle s'était promis de ne commettre aucune erreur, de rester en bonne santé, de plaire à tous, de ne manquer de rien et d'être traitée avec égards. Et elle y était, somme toute, parvenue. La bonne fortune ne l'avait pas désertée : la naissance de ses enfants l'avait fait bien moins souffrir que ses amies – à ce qui lui semblait du moins. Ses cuisinières ne donnaient jamais leurs huit jours, ses canalisations ne gelaient pas, ses enfants étaient rarement malades et elle était toujours en mesure de payer ses factures. Les désaccords de sa vie de couple auraient pu déboucher sur la tragédie, si elle avait laissé faire. Ce qui n'avait pas été le cas : elle s'était comportée avec impartialité, avec bon sens. Et donc, si quelqu'un méritait d'être heureux, c'était bien elle, qui s'était donné tant de peine pour éviter le malheur.

Le détachement lui tenait lieu de contrefort. Tant qu'elle restait occupée, elle était satisfaite. Mais qu'elle s'interrompe dans son industrie et le détachement s'évanouissait ; aussitôt la frustration revenait. Le bonheur, toujours promis au lendemain, jamais éloigné de l'hier, ne trouvait pas place en son cœur. C'était injuste.

Pourtant, elle n'aurait pas su dire ce qu'elle regrettait, si ce n'était de pouvoir sortir et lézarder au soleil, au lieu de se démener. Elle était la seule à supporter un tel fardeau. Alec était heureux, les enfants et les bonnes aussi. Ils n'avaient pas à réfléchir, à planifier, à prévoir une voiture à l'arrivée du train de Londres l'après-midi. Elle seule, elle dont tous dépendaient, devait sans cesse s'activer, sans cesse s'agiter ; elle, qui avait trente-sept ans, en aurait bientôt quarante et serait bientôt morte sans avoir jamais fait triompher ses droits.

Un enfant courait sur le gravier, dehors, montant l'allée à pas lourds et bruyants. Ce ne pouvait être Kenneth, ni Daphne, tous deux au pas léger ; alors Eliza, sans doute, en plein dans un âge ingrat que ne parvenaient à freiner ni la gymnastique rythmique ni les leçons de danse classique. Quelques instants plus tard, elle entra dans la maison avec la légèreté d'un jeune taureau, ce qui porta à son comble l'irritation de Betsy.

« Vraiment, gémit cette dernière, je ne comprends pas comment tu peux faire un tel boucan avec des espadrilles. On dirait que tu as les pieds en… en plomb ! »

Eliza s'arrêta net et regarda ses pieds, sourcils froncés. Elle était tout aussi gênée par ces appendices que l'était sa mère. Son corps tout entier la gênait. Elle ne pouvait ni le contrôler ni s'en désintéresser ; or, depuis quelque temps, il avait changé, pour le pire. Il devenait chaque jour plus voyant. Il faisait saillie par-derrière, si bien qu'on lui défendait maintenant de porter des shorts ; il faisait saillie par-devant, de sorte que ses maillots devenaient trop étroits. Des adultes dépourvus de tact n'hésitaient pas à attirer l'attention sur ces phénomènes. Ils regardaient sa poitrine d'un air entendu. « Tu grandis », lui disaient-ils, ce qui dans leur esprit voulait sans doute dire « Tu débordes ». Elle ne trouvait aucune consolation dans l'idée que cette croissance, et d'autres changements dégoûtants, humiliants, puissent la rapprocher de la féminité. Elle avait plutôt le sentiment de s'en éloigner. Prisonnière d'un corps si grossier, comment espérer parvenir à la grâce, à l'assurance ? Nombre de femmes portaient des shorts sans être ridicules. Sa mère ne débordait pas, non plus que Joy Benson, leur gouvernante pour les vacances. Elle était la seule en ce pays de Galles à souffrir d'une telle difformité.

« Si seulement tu pouvais courir sur la pointe des pieds...

— C'est ce que je fais. Notre déjeuner est prêt ?

— Comment tu veux que je le sache ? C'est à vous de voir, il me semble ! Si vous voulez des sandwichs, allez vous les faire.

— Ça sert à quoi alors d'avoir des bonnes ? »

Leurs regards se croisèrent, se toisèrent. Souvent, et sans raison précise, mère et fille s'affrontaient. Betsy avait l'impression que cette enfant gauche au teint trop sombre ne lui appartenait plus ; qu'elle lui était étrangère par le corps et par l'esprit, et qu'il n'était pas possible que ce fût là ce cher petit bébé qu'elle avait mis au monde, auquel elle avait donné le sein. Eliza, qui percevait plus ou moins cette mise à distance, s'exaspérait des avantages de sa mère, de son autorité, de son esprit agile et de sa langue cruelle, de sa svelte élégance – toutes choses qui semblaient les séparer. Pourtant, elles se ressemblaient plus qu'elles ne le pensaient. Eliza, dans vingt ans, serait le portrait de Betsy.

Elle avait la bouche plus grande, les yeux d'un gris plus profond, et ses sourcils étaient droits au lieu d'être délicatement arqués. Mais elle était bien la fille de sa mère.

« Les bonnes, reprit Betsy, ont bien assez à faire sans s'occuper de vous. Vous allez préparer vos sandwichs vous-mêmes.

— Bon. Puisque tu y tiens.

— Exactement, ma chérie. Il se trouve que je suis chez moi ici.

— Ah oui ? Je croyais que c'était chez père.

— Alors ne fais pas comme si tu étais chez toi. »

Eliza se voûta brusquement.

« Est-ce là un geste de gracieuse désinvolture à mon égard ? »

Tel était le cas. Eliza dut rendre les armes. Elle n'était pas de taille à résister à sa mère.

« File, maintenant. Vous allez tous à la plage pour la journée, n'est-ce pas ? Tu trouveras du pain et un couteau à la cuisine. »

Eliza ne fila pas ; elle n'alla pas non plus à la cuisine. Elle monta l'escalier d'un pas lent en donnant des coups de pied dans chacune des tringles du tapis.

Betsy, qui la suivait des yeux, se promit de rester impartiale et raisonnable. Elle avait malgré tout plus de chance que la plupart des mères. Toutes les adolescentes subissaient pareille crise, avec quelques variations, et nombre d'entre elles avaient des boutons plein la figure, ce qui n'était pas le cas d'Eliza.

Ce joli teint, hâlé et sans défaut, est une bénédiction, songea-t-elle. C'est tout ce qu'elle a de moi, la pauvre enfant ! Et puis à cet âge, l'égoïsme n'a rien d'incurable. Je sais de quoi je parle.

C'était au tour de Kenneth de venir réclamer des sandwichs. Le visage de Betsy se fit doux et tendre. Elle enveloppa ce garçon d'un regard qu'elle n'avait pour personne d'autre au monde. Elle ne pouvait le voir ni l'entendre parler sans ressentir un plaisir douloureux. Kenneth, lui, n'avait jamais changé, il ne s'était jamais détaché d'elle : c'était toujours son bébé, son premier-né, son soleil adoré.

« Quelle bande de jeunes fainéants ! protesta-t-elle. Vous pouvez bien préparer vos sandwichs vous-mêmes, non ?

— C'est que nous sommes très gâtés, Mrs C. Voilà tout. Il se trouve toujours une bonne âme pour nous les préparer.

— Eh bien ! Aujourd'hui, vous prendrez le relais.

— Qu'est-ce qui t'arrive ? Je connais cette tête : tu es sur le sentier de la guerre. C'est ce télégramme ? Que dit-il ? »

Il avait beau déborder de sympathie, il n'attendit pas la réponse. Mark Hannay, son ami, l'appelait du jardin. Kenneth courut le rejoindre en poussant des cris de joie.

Mais il a bien senti mon inquiétude, se dit Betsy. Quel amour ! Comment peut-on avoir des enfants si différents ? Ce garçon est ma consolation. Ma consolation ? De quoi donc ? Je ne suis pas malheureuse. Tout juste légèrement inquiète. Au diable, ce télégramme !...

Le mari

L'ancien cottage de meunier du Dr Aylmer s'était appelé Pandy Madoc, et les Canning, en l'achetant, avaient gardé ce nom pour leur nouvelle maison. Car Alec, qui avait aussi acheté quelques hectares de colline au-dessus du moulin, s'était lancé dans des projets de construction sans regarder à la dépense dès qu'il avait commencé à gagner de l'argent. Dans l'un de ses catastrophiques accès de bonté, il avait donné carte blanche à un ami architecte désœuvré. Ni lui ni Betsy n'étaient heureux du résultat. Leur nouvelle maison était moderne, spacieuse, commode, certes, mais très laide à leurs yeux. Elle était aussi lugubre qu'un sanatorium ; les toits plats, en cascade, faisaient penser à des transats de tuberculeux. La façade semblait composée de fenêtres chichement jointes par des pans de tissu qu'on avait peints en ocre foncé pour les assortir aux fougères et aux ajoncs de la colline. Mais il était illusoire d'imaginer qu'elle puisse se fondre dans le paysage.

Le jardin s'élevait en terrasses abruptes, et les seuls arbres sur la propriété se trouvaient dans le profond ravin du torrent qui, jadis, avait alimenté le moulin. La route principale, qui longeait la mer, passait au bas de la pente où la rejoignait une allée partant de la maison. Là s'amassaient d'autres constructions peintes en jaune : un garage, l'appentis du générateur et la vieille maison du moulin. Tout en haut de la colline, sur la dernière terrasse, se dressait l'annexe, dans laquelle Alec était censé travailler.

C'était dans ce refuge qu'il montait juste après le petit déjeuner, mais il lui fallait encore une bonne heure avant de se mettre à l'ouvrage. Cet intervalle était consacré à ce qu'il appelait l'échauffement. Le temps de se mettre en condition d'affronter l'effroyable labeur de la création. Il devait d'abord fumer une pipe, tailler quelques crayons, lire le journal, parfois même commencer des mots croisés. C'est à ce moment, le plus souvent, qu'il s'occupait de son courrier. Tout, même les plus ennuyeuses corvées, lui servait de prétexte à retarder l'abominable premier plongeon. Le moment de s'atteler à la tâche finissait tout de même par arriver. Avant midi, des mots apparaissaient sur la page jusqu'alors vierge.

La nouvelle partition de Johnnie Graham était dispersée dans toute la pièce. Alec et lui avaient toujours travaillé selon le même procédé.

Ensemble, ils convenaient de l'intrigue et du scénario. Puis Graham composait de son côté la musique qu'il envoyait, morceau par morceau, à Alec, lequel y accolait des textes si justes, si bien accordés aux mélodies que la plupart des gens s'imaginaient que le librettiste avait inspiré le compositeur. C'était l'inverse : Alec ne pouvait rien écrire si Johnnie n'avait pas déjà travaillé. Il n'acceptait aucun travail auquel Johnnie ne prenait pas part, mais les productions Canning et Graham étaient assez en vogue pour les occuper tous deux.

Ils étaient amis depuis toujours. Ils avaient combattu ensemble en Palestine pendant la guerre et, de retour à la vie civile, avaient travaillé dans le même ministère. Ils avaient pourtant attendu la trentaine pour tirer quelque profit de l'union de leurs talents, et la considérer comme le socle d'une carrière nouvelle. Alec avait la plus grande admiration pour Johnnie. L'arrivée d'une nouvelle partition le plongeait dans des transes extatiques. Johnnie, en revanche, n'admirait personne, lui compris. Il avait été un morne écolier, tourmenté par les engelures. Le succès et la célébrité n'avaient ni fluidifié sa circulation ni amélioré son humeur. Nul ne savait d'où venaient la grâce et la gaieté qui imprégnaient ses œuvres, ni n'imaginait vers quelles contrées il devait se retirer lorsqu'il composait. De ces sphères éthérées, il revenait sans enthousiasme et ne commentait jamais les contributions d'Alec, sauf pour y changer quelques lignes. Le silence était son unique forme de louange.

Au printemps ils avaient discuté d'une nouvelle opérette mettant en scène Byron à Venise. Lorsque Alec en avait fait la suggestion, Johnnie avait fait montre d'un entrain inhabituel.

« Quel sale type, ce Byron ! avait-il dit avant d'ajouter avec un vague soulagement : Ça fera très bien l'affaire.

— On peut le traiter en personnage romantique, avait indiqué Alec.

— Hein ? C'est pareil. On va situer ça à Venise. Il était déjà gros à ce moment-là. Ça laisse plus de choix pour le chanteur.

— J'ai pensé qu'on pourrait faire intervenir Lady Caroline...

— Ah, non, non ! Pas trop d'anecdotes, c'est d'un ennui mortel. Je vois plutôt un carnaval, ou un truc de ce genre, et puis une fille habillée en garçon... Pouah ! Une oie blanche... une vierge...

— Pourquoi habillée en garçon ?

— Ils adorent ça ! Et puis une plus âgée, en jupe, une catin. Tout le monde se mélange. Il y a des quiproquos. Mais on sait se tenir. Ça pardonne, ça se sacrifie, et cetera. La gosse ne perd pas son honneur... Pouah ! Elle épouse un honnête gondolier... Byron s'embarque pour la

Grèce ou décanille avec la catin. On verra plus tard. Pouah !

— Ça me rappelle quelque chose, objecta Alec.

— Oh ! non, non ! Je ne crois pas. Non, pas du tout. »

Johnnie parlait de la musique. Des paroles, il se souciait comme d'une guigne.

Ils avaient décidé d'y travailler à l'automne, mais la muse de Johnnie s'était manifestée trop vite. Le premier acte était arrivé à Pandy Madoc début août : Alec était prié de se mettre immédiatement à l'œuvre. Changement de plan des plus inopportuns, mais Johnnie, qui avait toujours mené leur barque commune, ne pouvait supporter d'attendre une fois qu'il avait commencé. Ayant lu la partition, Alec s'aperçut, comme d'habitude, qu'elle fournissait l'inspiration requise. Leur absurde intrigue commençait à prendre une forme tout à fait originale. Il allait pouvoir en tirer quelque chose – et devoir renoncer à sa croisière.

Il avait beau détester l'effort, il aimait travailler. Ces deux actions étaient distinctes dans son esprit. Il aimait l'idée de sa tâche, pour peu qu'il ne s'y soit pas encore attelé. C'est qu'il y avait à ses yeux quelque chose d'indécent à devoir y travailler. Les mots et les idées dont il avait besoin se cachaient dans la vase obscène du fin fond de sa pensée. Il lui fallait descendre une ligne pour les sortir de là : c'était ce travail de pêcheur qu'il jugeait répugnant. La ligne remontait à vide pendant des heures. Parfois elle ne ramenait que détritus ; parfois elle s'empêtrait dans l'écume de la surface de l'étang. Écume et détritus souvent trompeurs, car ils ressemblaient à de vrais poissons. Il fallait persister : à un moment ou à un autre, il remontait une vraie prise. Il l'identifiait immédiatement, même s'il en était le premier surpris, même si elle lui était d'une certaine manière inconnue.

Hissée sur la rive, elle n'avait plus rien d'obscène. Il pouvait modeler et polir ce trésor radieux et l'insérer à sa juste place. Certains jours, bredouille, il recomposait le poisson de la veille. D'autres fois, lorsqu'il peinait trop à tirer sur la ligne, il se rabattait sur les détritus et leur donnait un coup de frais, comme il avait appris à le faire, avant de les incorporer à sa préparation. Il n'y avait aucune honte à ça, le travail ne serait jamais fini autrement et personne ne remarquait la différence. Il fallait vraiment qu'il abuse de ce camouflage pour que Johnnie lui retourne le livret, la couverture barrée d'un gigantesque NON.

C'était un de jour pêche à la ligne. L'idée le révulsait tant qu'il en vint même à envisager d'écrire une longue et bonne lettre à sa mère. Il le faudrait bien un jour ou l'autre, pour lui annoncer la séparation prochaine. Il lui semblait qu'il y avait de nombreux points communs entre le divorce et le mariage ; les parents risquaient de se vexer qu'on ne le leur annonce pas à l'avance. Mais la lettre lui parut prématurée – et il ne trouvait rien d'autre à lui raconter. Il y renonça donc et répondit à deux ou trois personnes qui réclamaient un autographe. Après quoi, il sortit sur la terrasse fumer une dernière pipe.

Le soleil était déjà presque trop éclatant. Une brume légère flottait sur la mer, masquant la solide courbe de Cardigan Bay. Sans doute une brise fantomatique passait-elle dans les hauteurs car, derrière la maisonnette, les pins soupiraient doucement, sans qu'aucun souffle ne parvienne jusqu'à la terrasse. Il s'assit sur les pierres brûlantes du mur, heureux comme un lézard.

Dans son appentis près du moulin, le générateur tournait, tournait, avec acharnement... Tchou-tchou, ahanait la machine, tchou-tchou ! Ce qui lui faisait penser à un certain type de femme. Le type de Betsy, le type de sa propre mère, Mrs Canning. Admirables créatures ! Heureuses, tant qu'elles brassaient de l'air. À l'étage, au rez-de-chaussée, tchou-tchoutant sans relâche d'une façon qui, autrefois, l'avait exaspéré. Mais il avait appris, des années plus tôt, à garder ses distances, à ne pas se soucier de cette débauche d'efforts.

À l'instant même, Betsy émergea de la maison, tchou-tchoutante, pour une mission probablement vitale. Elle se dirigea vers l'escalier de la terrasse, comme si elle voulait monter au refuge. L'heure devait être grave pour que Betsy le dérange quand il était censé travailler. On allait le prier de rendre un service ou, pire encore, d'exprimer une opinion. Il fut saisi d'une certaine appréhension.

Un sursis lui fut offert en la personne de Mrs Lloyd, la femme du pasteur, qui venait de faire son apparition au tournant de l'allée. Betsy fut obligée de rebrousser chemin. Ah, pourvu qu'elles reviennent vers la villa, qu'elles y restent un bon moment à tchou-tchouter de concert. Elles restèrent cependant plantées dans l'allée. Mrs Lloyd apparemment demandait quelque chose à Betsy, qui paraissait heureuse d'y apporter une réponse favorable. Elles ne s'écoutaient pas ; elles étaient trop occupées à reformuler ce qu'elles avaient déjà dit.

Les enfants sortirent alors en trombe de la maison, chargés de serviettes de bain et de paniers de pique-nique. Ils se massèrent autour de Betsy, l'assommant de mille exigences. Mrs Lloyd les trouvait « joliment grandis » ! Elle devait le dire d'une façon particulièrement maladroite, car ils baissaient les yeux et donnaient des coups de pied dans le gravier, accablés par la gêne. Mark Hannay, leur jeune invité, se tenait à l'écart, pinçant les boutons des fuchsias et feignant de ne pas entendre. Betsy les remit enfin en liberté.

Elle avait accédé à leurs nombreuses requêtes et ils dévalèrent la colline par le raide sentier du jardin. Betsy et Mrs Lloyd étaient obligées de répéter tout ce qu'elles avaient déjà dit. À combien de fois une femme devait-elle s'y reprendre pour exprimer l'ampleur de son obligeance ? Question qu'Alec n'avait jamais résolue. Une chose cependant était claire à ses yeux : la répétition était une forme de politesse. Ne dire les choses qu'une fois, une seule fois, était impossible, sauf si l'on s'adressait à des inférieurs.

Les enfants étaient au pied de la colline. Ils traversèrent d'un bond la route, escaladèrent une barrière et coururent à travers champs, vers les dunes et la mer. Ils s'étaient répartis selon leur ordre naturel : les deux filles devant, les deux garçons derrière.

Betsy et Mrs Lloyd approchaient de l'épilogue. Elles étaient sorties de leur immobilité – du moins Betsy, très légèrement, comme pour y enjoindre sa comparse. Aucune ne souhaitait rester plantée là. Leurs affaires communes étaient réglées depuis longtemps ; elles avaient toutes deux mille choses à faire. Mais il semblait que la séparation doive leur causer un impossible déchirement. Pouce par pouce, elles s'écartaient, sans cesser de parler. Encore une minute et la pauvre Betsy s'estimerait libérée.

Erreur ! Une nouvelle épreuve l'attendait. Une silhouette étrange et trapue avait émergé des fuchsias : c'était Frau Bloch, du cottage d'en bas. Elle attendait, avec la mine humble des persécutés, le moment où Betsy la remarquerait. En dépit d'un soleil radieux, elle portait son manteau de fourrure ; on ne l'avait jamais vue sans. C'était sûrement, se disaient les Canning, celui qu'elle avait enfilé le jour où elle avait, avec les siens, échappé aux griffes d'Hitler.

Alec ne put voir le visage de Betsy lorsque, s'étant débarrassée de Mrs Lloyd, elle se retourna pour répondre à la nouvelle plaignante. Mais il remarqua non sans amusement qu'elle se répétait beaucoup moins avec Frau Bloch. Les deux femmes ne faisaient pas mine de civilité. Betsy détestait les Bloch qui n'étaient pas suffisamment reconnaissants du prêt de la maison et qui l'accablaient sans cesse de leurs réclamations. Alec ne pouvait guère le lui reprocher ; c'étaient des gens antipathiques. Comment diable l'idée de leur offrir l'hospitalité avait-elle pu germer dans son esprit ? Il était ivre, ce jour-là. Bloch aurait dû s'en rendre compte, il n'aurait jamais dû lui demander d'honorer sa promesse.

Le mécontentement de Betsy était, comme toujours, justifié : l'été, elle avait l'habitude de loger ses invités dans le cottage du meunier. Non seulement elle se trouvait désormais à court de lits, mais elle risquait à tout instant de voir apparaître Frau Broch de derrière les fuchsias, semblable à quelque grossier animal à fourrure, éructant d'une voix rauque que « la poêle édait prûlée ». Betsy dut se pencher pour entendre ce que cette étrange créature disait. L'affaire fut réglée en quelques phrases. La pelisse se renfonça dans les buissons ; Betsy se redressa.

Mais elle ne tchou-tchouta pas immédiatement vers l'écueil suivant. Quelque chose semblait l'avoir figée sur place. Un fumet de désespoir et de perplexité chatouilla les narines d'Alec ; il éprouva cette compassion à présent familière qui lui venait devant les besognes de son épouse. Il savait bien qu'elle n'était pas heureuse, qu'elle n'avait aucun goût pour cette agitation sans fin. Elle aurait aimé s'arrêter, il en était conscient. Elle avait besoin de quelqu'un qui lui prendrait le volant des mains, couperait le moteur, la contraindrait au repos. Qu'il n'y soit jamais parvenu était le pire échec de son mariage.

Il n'avait jamais essayé. Il l'avait toujours laissée faire, sans jamais se départir de son ironique affection. Avec elle, comme avec sa mère, il avait choisi de baisser les bras. Indulgence et nonchalance, chez lui, n'étaient pas des qualités mais des défauts. Il n'avait jamais vraiment voulu affronter ce qui clochait dans leurs rapports, ni essayé de guider Betsy lorsqu'elle en avait besoin. Pourtant il l'avait aimée passionnément et en était encore très épris. La savoir perpétuellement insatisfaite ne pouvait que le peiner.

Lorsqu'elle se décida enfin à prendre l'escalier de la terrasse, il lui cria, n'écoutant que son bon cœur :

« Tu as besoin de moi ? J'arrive ! »

Il se leva. Mais elle avait quelque chose dans la main, une lettre qu'elle agitait ; il fallait qu'elle vienne lui en parler, cria-t-elle. Il était inutile de descendre pour remonter. Il se rassit et la suivit des yeux tandis qu'elle zigzaguait de terrasse en terrasse. Hélas le premier vers de *Byron* choisit ce moment-là pour sortir de la vase. C'était imparable. Il suffisait que l'interruption menace pour que les poissons remontent aussitôt à la surface, eux qui se faisaient tant désirer quand il les appelait.

« Qu'est-ce qu'elle voulait, la mère Bloch ? demanda-t-il quand Betsy l'eut rejoint.

— Oh... ces rustres ont fait sauter tous les plombs ! Rentrons, s'il te plaît. Je vais attraper une insolation. »

Ils pénétrèrent dans la pièce fraîche et Alec, le cœur serré, lança un regard à la partition étalée sur toute la table. Dire qu'il aurait pu s'asseoir et composer sans douleur ni regret. Mais la chatoyante truite avait disparu. On ne capture jamais deux fois de suite de pareils trésors.

« Ma mère arrive. »

Il s'arracha à ses regrets, regarda le télégramme que lui tendait Betsy. Elle lui raconta toute l'histoire d'un ton méfiant, craignant qu'il ne se moque : après tout, elle s'était mise toute seule dans le pétrin. Mais ce qu'on appelle le bon caractère est une vertu autant qu'un vice. Alec fut magnanime.

« Quelle plaie, reconnut-il. Mais je ne vois pas comment lui dire non.

— Elle vient parlementer. Elle veut nous empêcher de divorcer.

— Si c'est ce qu'elle cherche, nous lui demanderons de se taire. Nous lui dirons que rien n'est décidé, qu'elle va tout gâcher en voulant se mêler de nos affaires. Nous emploierons des termes plus aimables, cela dit.

— Alec ! répliqua vivement Betsy, ce n'est pas vrai. Notre décision est prise. Simplement, nous l'avons repoussée de trois semaines. »

Il hésita. L'idée de ce divorce lui déplaisait souverainement. Il n'en avait pas la moindre envie, au contraire de Betsy. Elle s'imaginait, à tort pensait-il, qu'elle serait plus heureuse. Seule, elle continuerait à tchou-tchouter dans son coin, de plus en plus frénétiquement à mesure qu'elle prendrait de l'âge, en se demandant ce qui n'allait pas.

« Notre décision est prise, n'est-ce pas ? répéta-t-elle. C'est la seule solution, nous sommes d'accord ?

— Mais… Oui, puisque je suis un mari toujours aussi exécrable. »

Il avait parlé tout bas, comme pour lui-même.

« Alec, je n'ai jamais dit que tu étais un mauvais mari !

— C'est pourtant le cas. »

Elle sourit, heureuse de cet aveu, même si elle n'aurait jamais permis à quiconque de tenir de tels propos.

« Et moi... dit-elle, j'ai été une mauvaise épouse. »

Un bon mari, se disait-il, aurait pu la guider. Alec n'était pas à la hauteur de cette rude tâche qui exigeait concentration, opiniâtreté, mais aussi un exercice constant de compréhension et de sympathie.

Alec ne doutait pas de sa propre supériorité. Il se savait plus raisonnable, plus équitable qu'elle ; plus désireux d'intégrité, plus lucide. C'était lui, et non pas elle, qui aurait dû diriger leur vie commune. Mais il doutait d'avoir la force de lui imposer ce joug. Elle était trop son égale, trop civilisée, trop sensible. Il ne pouvait faire montre de brutalité à son égard – elle n'était ni un animal, ni une esclave. Il y avait sans doute d'autres moyens d'y parvenir, mais ils auraient épuisé son ingéniosité, ses ressources mentales. La vie n'était pas assez longue pour une pareille entreprise.

N'empêche qu'il l'avait épousée, et s'était par conséquent engagé à la chérir, à prendre son bonheur en charge.

« Tout ça, c'est ma faute, dit-il lentement. Je suis tellement paresseux. C'est ça, le problème.

— Tu ne vas pas changer de nature à ton

âge. Et puis... Même si tu essayais, même si tu renonçais à cette femme, tu crois vraiment que ça irait mieux ? »

Il la regarda, bouche bée. Que diable... Mon Dieu ! Elle pensait à Chris Adams ! Oui, elle pensait à son adultère, péripétie si négligeable qu'il l'avait oubliée.

« Alec, tu ferais bien mieux de l'épouser. Avec elle, tu seras un bon mari.

— Ma chère enfant, si tu pouvais te mettre cette idée en tête : je n'épouserai jamais Chris. Je n'en ai aucune envie. Sans compter qu'elle ne voudrait pas de moi. Elle a un mari qui lui convient parfaitement.

— Il est affreux. Tout le monde le dit.

— Et puis c'est de l'histoire ancienne, tu le sais très bien. Elle est en Californie. Je ne la reverrai sans doute jamais. Il y a des mois que c'est terminé.

— Ce que je n'arrive pas à comprendre, c'est comment tu as pu la chasser de ta vie aussi facilement. Si tu l'aimais...

— Ce n'était pas le cas. Il n'a jamais été question d'amour entre nous. »

Betsy refusait de le croire. Tout aurait été tellement plus facile si Alec avait réellement et sincèrement aimé Mrs Adams. C'est lui qui aurait demandé le divorce.

Elle se laissa tomber sur la banquette de la fenêtre avec un lourd soupir.

« Tu sais ce qui ne va pas ? dit Alec. Tu es épuisée. C'est ça aussi, le problème. Tu n'es pas en mesure de prendre une décision aussi capitale. Ici, on te harcèle sans cesse. Tout le monde s'en prend à toi : les enfants, les bonnes, les Bloch. Rien d'étonnant à ce que tu demandes le divorce ! Comment réfléchir dans cette cohue ? Il faudrait qu'on prenne le temps de discuter de ça dans un coin, tranquillement... Betsy ? Que se passe-t-il ? »

Elle s'était penchée à la fenêtre, l'attention sans doute attirée par quelque incident.

« J'ai cru entendre un bruit de pas sur la terrasse. Tiens ! C'est Emil Bloch ! J'aimerais bien qu'ils ne viennent pas fureter par ici. Nous ne leur avons pas fait cadeau du jardin.

— Il vient, tu crois ? demanda Alec, inquiet.

— Non, il redescend. »

Elle suivit des yeux le crâne étroit et brun de leur hôte, le vit disparaître sous la terrasse.

« Je crois qu'il nous écoutait.

— Non, je ne pense pas que ce soit son genre. Tu as entendu ce que je disais ?

— Si ma mère vient, où diable va-t-on la mettre ? Avec les Bloch dans la petite maison, il n'y a plus de place. Il faudra que tu viennes coucher ici, Alec. Je vais devoir la mettre dans la chambre d'amis et Mark dans la tienne.

— Oui, parfait. Mets-la où tu veux. Tu as entendu ce que je te disais ?

— Évidemment !

— Alors dis-moi ce que tu en penses. Je suis peut-être un mauvais mari ; mais toi, tu as un très vilain défaut. Quand je te pose une question, tu réponds toujours à côté. Qu'est-ce que je te disais ?

— Que je devais prendre du temps pour moi et me reposer. Je suis entièrement d'accord. Ça fait des années que j'y pense. Mais je ne vois pas comment.

— Pourquoi ?

— En plein milieu des vacances ?

— Tu trouves toujours des excuses.

— Comment veux-tu que je parte seule, en plein milieu...

— Pas seule, Betsy. Avec moi.

— Avec toi ?

— Nous n'avons jamais vraiment... Je n'ai jamais... Tu ne crois pas qu'avant de prendre une décision, nous devrions essayer de nous comprendre ? De remonter à la racine du mal, voir s'il n'y a vraiment rien à faire ? J'ai l'impression d'avoir des milliers de choses à te dire, mais elles demandent de la réflexion. Ici, c'est impossible. Ta mère pourrait s'occuper des enfants et de la maison.

— Tu veux dire... Partir maintenant ? Dans l'heure ? Et ton travail ? Je croyais que Johnnie avait dit...

— Qu'il aille au diable ! C'est bien plus important. »

Le sérieux de son ton surprit Betsy. Elle sentit, pour la première fois, qu'il voulait la garder, qu'il tenait à elle. Jusqu'ici, elle avait eu l'impression que c'était l'idée de changement qui déplaisait à Alec. Elle était prise au dépourvu. Pour gagner un peu de temps, elle fit la moue.

« En fait, poursuivit-il d'une voix ferme, je ne t'accorderai le divorce que si tu consens à cette expédition.

— Mais nous nous étions entendus. Je ne vois pas ce qu'il y aurait à ajouter.

— Parle pour toi. J'ai encore plein de choses à te dire. »

Elle hésita, envahie par une sensation de faiblesse, de lassitude. Il comprit qu'il avait fait mouche et qu'il fallait profiter de cet avantage.

« Accorde-toi un jour de congé, et viens à la plage avec moi. Là-bas, on verra quelles décisions prendre. Tu seras plus à même d'affronter ta mère après une journée de repos et un bon bain.

— Impossible, j'ai trop à faire.
— Oublie ça.
— Tu ne te rends pas compte...
— Je ne plaisante pas, ma chérie. Je n'accepterai le divorce que si je sais que tu es en état de raisonner. À l'heure actuelle, ce n'est pas le cas. Il te faut du repos, c'est urgent. Donc, plus vite tu acceptes ma proposition, plus vite nos affaires seront réglées. »

Elle émit encore quelques faibles protestations avant de céder. Elle sentait au fond de son cœur un frémissement de curiosité. Des tas de choses à lui dire, avait-il promis. Elle avait hâte de les entendre.

« Je vais faire préparer un pique-nique.
— Parfait ! On y va dans dix minutes. »

Elle hocha la tête avant de le quitter. Dehors, tandis qu'elle redescendait la pente du jardin, il l'entendit appeler « Joy, Joy ! » d'une voix impérieuse.

La protégée

Une charmante créature aux longues jambes montait la pente d'un pas bondissant ; c'était Joy Benson, qui les accompagnait au pays de Galles chaque été. Betsy la payait une livre par semaine comme gouvernante de vacances et bonne à tout faire, en quelque sorte ; ce n'était pas une occupation des plus plaisantes, mais la jeune fille avait besoin de cet argent, ayant à sa charge une mère invalide. Le reste de l'année, elle était institutrice d'école maternelle, dans une petite ville de province. Les Hewitt, qui avaient bien connu son père autrefois, avaient pris en charge son éducation. Ils avaient été d'une stupéfiante générosité.

Bien que peu démonstrative, elle n'avait jamais donné à penser qu'elle n'était pas dûment reconnaissante de ces bontés. Betsy, qui la connaissait depuis sa naissance, considérait sa loyauté comme acquise. Joy, aurait-elle dit, était une chic petite, mais un peu terne, apathique, trop sérieuse. Son nom de Joy ne décrivait guère sa nature. Elle était belle, cependant. Sa chevelure lustrée avait la couleur du blé mûr, et la grâce de son jeune corps vigoureux était à peine amoindrie par les nippes déplorables dont elle s'affublait : vêtements informes, robes tissées à la main et brodées par de supposés paysans. En costume de bain elle était véritablement Joy. Nue, elle aurait pu poser pour une Aphrodite.

« Je pars pour toute la journée avec Alec, s'écria Betsy, aussitôt que Joy fut à portée de voix. Dites à Serena de nous préparer tout de suite des sandwichs. Ma mère arrive ce soir par le train de Londres. Dites aussi à Eccles d'aller la chercher à la gare avec le porte-bagages ; elle voyage toujours avec d'énormes valises. Demandez à Blowden de faire le lit d'Alec dans le refuge, de mettre Mark Hannay dans la chambre d'Alec et de préparer la chambre d'amis pour ma mère. Vérifiez que les papiers sont neufs dans la commode, de même que le savon et les serviettes. Blowden oublie toujours. Et souvenez-vous, il faut des fleurs sur la coiffeuse.

— Oké, dit Joy d'un air lugubre.

— Ne dites pas Oké. Ce terme est défendu sous mon toit. Les Bloch ont fait sauter les plombs du cottage ; réglez le problème. Mrs Lloyd veut deux douzaines de verres pour la fête : je lui ai dit que nous pourrions sans doute les lui prêter. Comptez-les, voyez si c'est possible.

N'oubliez pas le poisson et faites la commande d'épicerie... »

Joy ne cessait de répéter « Oui, oui », ses yeux bruns rivés, attentifs, sur le visage de Betsy. « Oui... disait-elle... Oui... »

Et si la venue prochaine de Mrs Hewitt la surprit, elle ne le montra pas.

« Ensuite, vous feriez mieux de rejoindre les enfants à la plage ; vous n'allez pas rester déjeuner toute seule. Dites à Serena de vous préparer des sandwichs, à vous aussi », conclut Betsy.

Joy s'en fut sur une pirouette. Courir et bondir à la demande de Betsy, telle était de toute évidence sa mission. Elle expédia les tâches de la journée avec la diligence d'une ballerine mélancolique ; sa jeunesse et la vitalité de son corps lui donnaient le pas léger. D'abord elle courut à la cuisine, puis elle monta à la recherche de Blowden, la femme de chambre. En se mettant au travail, elles se demandaient toutes les deux pourquoi Mrs Hewitt arrivait si inopinément, et pourquoi Alec et Betsy partaient ensemble pour la journée, événement rarissime. Chacune suivait le fil de ses suppositions, l'une en anglais, l'autre en gallois. Elles défirent le lit d'Alec et plièrent les draps, qu'il faudrait monter au refuge. Une odeur, légère et masculine, flottait autour du lit, pénétrant leurs narines. Elles s'empourprèrent un peu toutes les deux en retournant avec effort le lourd matelas, la chevelure dorée s'inclinant vers la brune dans un trouble silencieux.

Blowden se rappela que c'était son après-midi ; elle allait se promener avec son amoureux. Elle en était folle. Ils avaient rendez-vous à trois heures. Et puisque tout le monde déjeunait dehors, elle n'aurait pas de vaisselle, ce qui lui laissait le temps de se friser les cheveux. Mais comment allait-elle tenir jusque-là ? Ses yeux noirs s'embrasèrent tandis qu'elle sortait les oreillers de leur taie.

Joy aurait voulu rester seule un instant dans la chambre. Elle avait envie de se jeter sur ce lit, d'y rester couchée de tout son long, immobile, à l'endroit où Alec avait dormi. Ç'avait été si dur d'apprendre qu'il ne partait pas, en fin de compte, alors qu'elle parvenait tout juste à se faire à l'idée de ne plus le voir cet été. Maintenant, ils allaient encore partager le même toit, se retrouver souvent dans la même pièce. Il lui parlerait. Parfois, même, il la toucherait. Quelle angoisse ! Quand il n'était pas là, il y avait des moments où elle pouvait oublier. Mais quand il était là, dans la maison, elle vivait dans une constante fièvre ; rien n'était réel, rien n'avait de sens, hors ces courts moments de contact, de reconnaissance. Comment résister au désir d'espérer ?

Ce n'était que lorsqu'il était ailleurs qu'elle comprenait à quel point son amour était coupable ; elle devait lutter pour s'en libérer. Il ne l'aimait pas ; il ne l'aimerait jamais. Il se rendait à peine compte de son existence. Il était tout pour elle ; elle n'était rien pour lui. Mais quand il se tenait près d'elle, elle avait peine à le penser : bien qu'il n'en soit pas conscient, il y avait quelque chose entre eux. Une fois, à Londres, deux ans plus tôt, il l'avait embrassée. Elle avait été une femme libre jusqu'à ce jour, considérant le mari de Betsy comme un homme sympathique, qui ne l'intéressait pas particulièrement. Et puis elle avait été appelée chez eux, dans leur maison de Well Walk, à Londres, pour aider Betsy pendant les vacances de Noël. Un soir, ils avaient joué à cache-cache, dans le noir, avec des tas de gens qui venaient d'une autre soirée. La maison résonnait de chuchotements, de rires étouffés, de hurlements soudains, de bousculades paniquées. Alec l'avait prise pour une autre – une des jeunes filles, venue déjà un peu ivre de l'autre maisonnée. Ils s'étaient glissés tous les deux derrière les rideaux de la fenêtre de la bibliothèque. Elle avait reconnu sa voix puis, entendant un pas furtif dans la pièce, s'était agrippée à lui, pour l'avertir. Ils étaient restés immobiles, l'un contre l'autre, le souffle coupé dans les ténèbres. Les pas s'étaient éloignés en faisant grincer le parquet ; Alec l'avait embrassée en chuchotant un autre nom, la prenant pour quelqu'un d'autre – quelqu'un pour qui les baisers n'avaient pas d'importance.

Quelqu'un comme lui. Pourtant, cela n'avait pas été sans conséquence : ils avaient pris feu. Pas seulement elle – tous les deux.

« Qui êtes-vous ? ne cessait de murmurer Alec. Qui êtes-vous ? »

Elle ne le lui avoua jamais. Elle était partie avant qu'il puisse l'identifier.

Elle avait donc été quelque chose pour lui. Pendant quelques secondes, elle avait même été tout ; elle l'avait senti haleter, trembler ; elle avait perçu le brusque emballement de son cœur. Si la chose s'était produite une fois, elle pouvait se reproduire. C'était un terrible péché, elle le savait ; et cependant, elle ne pouvait s'empêcher d'espérer et d'attendre. Sa conscience et sa pudeur lui interdisaient d'en faire plus. Elle ne se confierait jamais ; jamais, de son propre chef, elle ne susciterait un tel instant d'empathie instinctive. Pourtant, elle n'était pas assez forte pour anéantir l'espoir. Il pouvait toujours se produire quelque chose, un événement qui la trouverait tout aussi passive, un moment au cours duquel ils se retrouveraient, comme naguère, à Well Walk.

Le cœur lourd, le pied léger, elle grimpa et dévala les escaliers. Elle compta les verres, envoya la commande d'épicerie, fit un bouquet pour la coiffeuse de Mrs Hewitt. Pour la visite aux Bloch, mieux valait attendre la fin de la matinée ; elle y passerait en allant rejoindre les enfants sur la plage. Midi survint avant qu'elle ait pu rassembler ses affaires de bain et quitter la maison pour courir dans la brume dorée de l'air. L'odeur de la mer se mêlait au parfum des genêts de la colline. Elle arrivait en vagues chaudes, aromatiques. Mais l'odeur du cottage était plus puissante encore ; c'était un fumet assez plaisant d'oignons et d'encaustique, apparu avec les Bloch. Toutes les fenêtres étaient agrémentées d'édredons ; c'était ce qui remplaçait au mieux les matelas rouges rembourrés de plumes que Frau Bloch aurait préféré aérer à ses fenêtres.

Joy s'arrêta, hésitante, sur le seuil, en flairant la forte bouffée d'oignon (ou d'ail, peut-être ?) qui l'accueillait. La maison semblait déserte. Aucun mouvement, aucune bribe de langue étrangère ne lui parvenait de l'intérieur. Elle frappa une fois ou deux, songeant qu'ils n'auraient pas dû partir en laissant la porte grande ouverte. Des gens qui passaient sur la route, des vagabonds, auraient pu entrer et voler les affaires de Betsy.

Elle savait où se trouvait le coupe-circuit : pourquoi ne pas vérifier tout de suite ce qui n'allait pas ? Ils n'étaient pas chez eux et c'était un ordre de Betsy. Elle plissa légèrement le nez et franchit le seuil. Leur salon était une vraie porcherie. Une grande quantité de dessins au fusain, des esquisses pour des films, étaient étalés sur la table où traînaient encore les restes du petit déjeuner. Le coin d'un dessin trempait dans la coupe à miel et elle le retira machinalement avec un reniflement désapprobateur. Son esprit affligé, asservi, s'anima un moment pour songer aux Bloch. Elle se représenta cette famille d'étrangers, à table, parlant et pensant en allemand, considérant le monde de leur regard étranger. Pour autant, ils ne l'intéressaient guère. Rien d'ailleurs ne l'intéressait, à moins d'avoir un lien avec son obsession. Elle vivait, coiffée d'œillères, dans un état de bêtise qui confinait à l'idiotie. Les aventures de l'esprit, les chemins de l'évasion, de la pensée, de l'imagination et de la réflexion : rien de cela n'existait plus pour elle.

Un coup d'œil au coupe-circuit lui suffit. Elle grimpa sur une chaise et commença à remplacer les plombs avec un bout de fil qu'elle avait apporté.

Une voix venant de la cuisine la fit sursauter.

« Hallo ? »

Elle entendit des pas et Emil Bloch parut.

« Hallo, Miss Benson !

— Je suis venue pour l'électricité. J'ai frappé plusieurs fois. Je vous croyais tous sortis.

— Alors ? »

Il s'appuya au chambranle et se mit à la dévisager. C'était un rustre, un homme affreux – un étranger. Mais il portait une vieille chemise bleue qui avait appartenu à Alec. Si bien qu'il ne pouvait laisser Joy complètement indifférente. Ce seul détail donnait quelque sens à cet homme, auquel elle lançait de temps en temps un regard tout en coupant ses morceaux de fil de plomb. Et chaque fois elle croisait le sien – lointain, énigmatique. Elle avait l'impression d'être observée par un animal, par un loup. Il lui faisait un peu peur. Il avait le visage hâve, étroit, la bouche avide et les dents très pointues.

« Vous utilisez un fer électrique ? » demanda-t-elle enfin.

Il secoua la tête.

« C'est déconseillé. Le courant n'est pas assez fort.

— Bien. »

Et soudain, il sourit. Son expression se fit douce et cordiale, comme s'il éprouvait pour elle une affection toute simple.

« Vous avez un beau... chair... » dit-il lentement.

S'il avait dit « corps », elle aurait été choquée. Mais ce drôle de petit mot avait un air innocent et naïf. Elle se mit à rire et lui aussi.

« Les jambes... très belles... »

Puis il ajouta :

« Là... Très joli... »

Et il se frappa les cuisses en lui lançant un regard interrogateur.

« Les cuisses, dit-elle après un bref silence.

— Cusses... »

Il répétait ce mot d'une voix douce, presque

pensive, tandis qu'elle descendait de la chaise. Elle se remit à rire, nerveusement, ne sachant que dire.

« C'est la première fois que je vous entends rire. Ce n'est pas bon... ici... pour vous... Vous êtes dans une mauvaise... situation.

— Oh ! non... Je... je suis très heureuse ici. Je... »

Il la fit taire d'un geste tout en cherchant les mots pour lui répondre en anglais.

« Bientôt... c'est mieux pour vous... Ils vont... faire un divorce...

— Quoi ?

— Alors, peut-être, il partira avec vous.

— Qu'est-ce que vous racontez ? Qu'est-ce que vous voulez dire ?

— Je crois... Vous aimez Alec, n'est-ce pas ? »

Elle poussa un petit cri atterré et fondit en larmes. Emil, dont l'étroit visage exprimait à présent compassion et désarroi, se mit à parler à toute vitesse en allemand, comme pour la consoler.

« Oh ! s'écria-t-elle entre ses sanglots. Comment le savez-vous ? Mais ce n'est pas vrai. Comment le saviez-vous ? Comment pouvez-vous penser une chose pareille ?

— Mais... c'est comme vous lui parlez... comme vous le regardez... une fois ou deux fois... N'ayez pas peur. Personne ne dit rien. Seulement... ça me court dans la tête...

Seulement la mienne. Mais quand il y aura le divorce, je crois, alors ce n'est plus besoin de cacher ; alors je suis heureux pour vous. Et pour lui.

— Mais vous ne comprenez pas. Vous dites n'importe quoi. Il... Il se fiche complètement de moi. Je ne suis rien pour lui. Il ne sait pas...

— Ah, bon ? Il ne sait pas ? »

Il était parfaitement désemparé, certain jusqu'alors que cette belle jeune fille était la maîtresse d'Alec.

Un frisson mélancolique le parcourut. Il se rappela une fois de plus qu'il était dans un pays étranger où rien ne correspondait réellement aux apparences, si bien qu'en dépit de son intelligence, il pouvait commettre de lamentables impairs. Il avait voulu se montrer aimable envers cette jeune fille dont il avait eu souvent pitié, la voyant à ce point asservie par l'amour. Il éprouvait pour elle une sympathie fraternelle. Quel triste sort ce devait être que de travailler pour la si *ungemütliche* Betsy. Mais l'exilé qu'il était avait tout compris de travers ; il n'avait toujours pas trouvé le moyen de communiquer avec ces Anglais, ces étrangers qui se voulaient cordiaux mais demeuraient au fond des créatures énigmatiques et déplaisantes.

« Je suis désolé, dit-il en se renfrognant tout à fait. Je ne comprends pas pourquoi ils font le divorce. Je ne comprends rien !

— Mais c'est faux ! Complètement faux. Vous avez dû mal comprendre.
— Non, mais oui, ils font le divorce. J'ai entendu.
— Qui dit ça ?
— Aujourd'hui, vraiment. Je les ai entendus parler par la fenêtre. Ils parlaient de ça tout le temps. Ils font le divorce et la Vieille vient, pour interdire.
— La vieille... ?
— La vieille dame... la mère... »

Mrs Hewitt ? pensa Joy. Était-ce donc pour ça ? Non, impossible.

« Je suis sûre que vous vous êtes trompé. Ils ne sont pas fâchés. Et d'ailleurs... ils viennent de partir en pique-nique. »

Il haussa les épaules avec un méchant rire.

« Peut-être c'est une habitude anglaise.
— Ce qui n'est pas anglais, c'est d'écouter aux portes, rétorqua-t-elle.
— S'il vous plaît ?
— Ça ne se fait pas.
— Je ne comprends pas.
— Espionner les conversations... En Angleterre, ça ne se fait pas... En tout cas pas chez les gentlemen !
— Ah bien ? Mais au moment, c'est trop difficile pour moi, d'être un gentleman.
— Pourquoi voudraient-ils divorcer ? Ils sont tout à fait heureux.
— Comme vous dites ? Mrs Betsy, peut-être

qu'elle veut mieux. Je crois qu'elle veut marier avec Lord St Mullins.

— Lord St Mullins ! »

Joy n'avait jamais vu ce cousin de Betsy qui avait, peu de temps auparavant et de manière assez inattendue, hérité d'un titre. Mais elle avait souvent entendu parler de lui : dans la famille, c'était une vraie tête de Turc. Personne ne parlait de lui sans ricaner. Avant que la mort de plusieurs cousins et oncles l'ait fait changer de nom, il s'appelait Max Buttevant ; un excentrique, pacifiste, objecteur de conscience, héros d'anecdotes innombrables et grotesques.

« Vous vous trompez complètement. Où donc êtes-vous allé chercher ça ? »

Emil prit le temps d'assembler quelques phrases.

« En juin, quand nous arriver ici, elle est seule dans la maison. Il vient ici, tous les jours, je vous dis, tous les jours la voir. Très souvent, je vois eux ensemble.

— Évidemment ! Il était à Tan-y-Vron, avec sa sœur. Bien sûr qu'il venait ici ! C'est le cousin de Betsy.

— Il l'aime, décréta Bloch. Et il est très riche, n'est-ce pas ? Et aussi un noble ?

— Vous vous trompez complètement. C'est impossible.

— Peut-être. Comme vous dites, je ne comprends rien.

— Surtout, ne dites ce genre de choses à personne. À personne, vous m'entendez ? »

Il hocha la tête ; Joy sentait cependant qu'il ne fallait pas s'y fier. C'était un étranger, pas un gentleman.

« Enfin, pas de ce divorce ; vous êtes complètement dans l'erreur, j'en suis sûre... ou alors... Et ne parlez pas de moi non plus... du fait que vous m'avez vue pleurer... ce n'était rien... un truc bête... Ne le dites à personne.

— Si vous souhaitez. »

Ils se considérèrent avec méfiance. Elle mentait, songeait-il. Il savait bien ce qu'il avait entendu. Il avait des oreilles. Il avait des yeux. Jamais il n'avait vu d'homme si ouvertement amoureux que Lord St Mullins.

Sans rien dire, il s'écarta pour laisser Joy sortir de la maison.

Une fois dans le jardin, elle se baissa pour resserrer sa sandale. Elle entendit la voix de Bloch qui parlait à quelqu'un, dans la maison. Un grognement rauque lui répondit. C'était Frau Bloch, qui sans doute était restée tout ce temps dans la maison, dans la cuisine, la pièce à côté. Ils n'avaient pas été seuls. Elle avait écouté leur discussion depuis la cuisine, et elle avait entendu Joy pleurer.

Bloch parlait. Un long monologue, d'une voix qui semblait courroucée. Joy crut y entendre plusieurs fois son nom. Ces rustres parlaient d'elle ! Et puis elle entendit distinctement « Lord St Mullins ». C'étaient d'horribles individus, sinistres, pleins de méchanceté. C'étaient des étrangers.

Sur la plage

Ce matin-là, les enfants s'étaient déjà baignés quatre fois. La marée était si basse que la côte était à peine visible au-delà de l'immense et brumeuse étendue de sable et de flaques d'eau. Daphne se redressa après avoir barboté une dernière fois dans les petites vagues nerveuses qui bordaient la baie. Les yeux plissés, elle explora du regard les dunes lointaines : où avaient-ils laissé leur pique-nique ? Une tache orange la guida ; ce devait être le flotteur de caoutchouc qu'ils avaient remonté sur le sable après leur troisième bain. Elle fila dans cette direction, au galop sur le sable lisse, plus prudente sur le sable qu'avaient ridé les vagues, barbotant dans les flaques où l'eau paraissait tiède à ses chevilles, après le froid revigorant de la mer.

Eliza la suivait. Elles s'éloignaient toujours plus de la mer mais les dunes ne semblaient guère se rapprocher. La svelte Daphne courait, menton dressé, la masse de ses boucles rousses flottant derrière elle. La grosse Eliza pataugeait dans son sillage, pensive, tête baissée pour chercher des couteaux.

Soudain Daphne s'arrêta, le regard fixe.

« Mais c'est Joy qui est là ! s'écria-t-elle en se retournant.

— Où ça ? demanda Eliza, qui l'avait rattrapée.

— À côté de notre pique-nique.

— Crotte ! »

Elles se retournèrent toutes deux pour le dire aux garçons qui venaient d'émerger des flots et marchaient si lentement qu'ils semblaient presque immobiles. Ils étaient encore trop loin pour entendre les appels des filles.

C'était pareil pour toutes leurs expéditions. Daphne et Eliza dévalaient la campagne en tête, pressées d'arriver au but. Mark et Kenneth, absorbés dans un débat sans fin, se laissaient guider, à peine conscients du chemin suivi. Pour eux, tous les lieux se ressemblaient. Ils traversaient la plage comme le cloître de leur lycée. Et même en maillot de bain, ils gardaient quelque chose de sérieux – une saillie des épaules, évoquant quelque longue toge flottant derrière eux dans le vent marin. Malgré tout, quand l'envie leur en prenait, ils pouvaient se déchaîner, traverser la baie à la nage, se poursuivre l'un l'autre dans les dunes.

Les deux jeunes filles, soupir aux lèvres, s'assirent sur le sable pour les attendre. Ils approchaient, petit à petit. Mark, sans lever les yeux une seule fois, se dirigeait droit vers le pique-nique. Kenneth le suivait d'un pas dansant, visage grave, membres agités. En maillot de bain, il semblait petit et frêle et sa chevelure blonde, qu'aucune eau ne parvenait à lisser, se hérissait sur son crâne. Son regard vif, alerte, passait continuellement du visage de Mark à la mer derrière eux, puis aux dunes lointaines. Mark, son aîné de presque deux ans, était plus trapu ; la mer avait rabattu sa tignasse sombre sur ses yeux, ce qui lui rapetissait la tête.

Lorsqu'ils furent enfin à portée de voix, Daphne leur annonça l'ennuyeuse nouvelle, laquelle ne les occupa guère plus d'une seconde. Ils n'accordèrent qu'un bref regard à l'intruse, assise loin d'eux dans les dunes, avant de reprendre leur discussion. Les jeunes filles se levèrent pour les rejoindre et les écouter en rongeant leur frein.

« Il y a une notion de temps dans la troisième dimension de l'espace, déclara Mark. Prenons une photo normale. Elle est absolument plate... elle a deux dimensions. Et puis on la regarde avec un stéréoscope et on a l'impression qu'elle en a trois. Elle a acquis de la profondeur. Soit ! Mais en fait, ça ne marche pas du tout, la photo a l'air artificielle. Tu ne trouves pas ? Elle est bien plus éloignée de la réalité que l'image à deux dimensions. Tout est mort ; les personnages sont figés… pétrifiés. Pourquoi ? Parce que quand tu as de l'espace, il te faut aussi du temps. Or il n'y a pas de notion de temps dans une photo.

— Tu veux dire dans un instantané, l'interrompit Daphne. Pas une photographie posée ? »

Kenneth la fusilla du regard et Mark poursuivit comme si elle n'avait rien dit.

« Le temps ne se conçoit pas sans l'espace, ni l'espace sans le temps.

— Je n'ai jamais dit le contraire, répondit Kenneth. Je dis juste que… que nos pensées… n'ont pas de contraintes. Quand je pense à la semaine dernière, je n'ai pas besoin de remonter heure par heure pour parvenir au jour qui m'intéresse. Je peux me représenter l'année dernière aussi immédiatement que la journée d'hier. Quand je m'imagine notre salle à manger, je n'ai pas besoin de suivre en pensée tout le trajet qui me sépare d'elle – la plage, les champs, la route, la colline. J'y suis en une seconde.

— Pas ton corps astral, s'interposa de nouveau Daphne. Quand tu veux envoyer ton corps astral dans un endroit, il faut l'accompagner sur tout le chemin. »

Les garçons furent impitoyables. Ils étaient si méprisants qu'Eliza en aurait pleuré. Mais Daphne n'avait pas peur d'eux. Elle avait lu des tas de choses sur le corps astral, dans un magazine, et opposa à leurs sarcasmes une sérénité inébranlable.

« Il y a des preuves ! Un jour, un vieux monsieur voulait entrer dans une bibliothèque qui était fermée à clé. Alors, il a envoyé son corps astral, qui a lu le bouquin à sa place, encore plus vite que le vieux monsieur lui-même.

— C'est ça. Et ensuite, suggéra Kenneth, il n'a plus eu besoin d'aller nulle part, j'imagine. Il est resté tranquillement dans son lit pendant que son corps astral allait faire toutes les corvées.

— L'article ne le précisait pas », répondit Daphne, imperturbable.

Pour se distraire, ils essayèrent de lui faire perdre contenance. Eliza, que leur conversation avait intéressée, aurait bien aimé intervenir mais n'osa pas, de peur de se faire remettre à sa place. Elle s'étonnait souvent de cette étrange situation : qu'elle, qui réfléchissait un peu, doive cheminer à leur côté dans un silence timide, tandis que la frivole Daphne, à la cervelle d'oiseau, parvenait à susciter leur attention moqueuse.

En approchant du pique-nique, ils ralentirent le pas, comme pour retarder le moment où il leur faudrait inclure Joy dans le groupe. Aucun des enfants ne l'appréciait, sans trop savoir pourquoi. Son allégeance obstinée à Betsy en faisait une ennuyeuse compagnie ; elle essayait trop souvent d'avoir le dessus, se prenant pour la représentante de leur mère. Et au contraire des adultes, ils n'étaient pas dupes de sa constante agitation – eux aussi savaient y faire, se montrer pleins d'énergie. Sa tristesse sautait aux yeux, ils sentaient bien que quelque chose clochait.

Enfin parvenus à sa hauteur, ils la saluèrent sans enthousiasme et s'affalèrent dans les herbes et les graminées. Les sandwichs furent répartis ; ils se mirent à manger en silence. Au loin, l'océan chuchotait. Des échassiers couraient sur le sable humide, l'air pressés d'échapper au ciel éblouissant. Les cinq personnes sur la dune s'étaient retirées chacune dans son monde intime. Leurs existences se poursuivirent séparément comme s'ils avaient été à des kilomètres les uns des autres, et non couchés en rang, presque au coude à coude.

Mark continua de méditer sur le temps et l'espace, tentant de parvenir à une conclusion qui lui échappait sans cesse. Il resta pendant cinq minutes, sandwich bien entamé à la main, plongé si profondément dans ses pensées qu'il oublia de le finir. C'est à la mer lointaine et à l'air vif, il en avait conscience, qu'il devait cette sensation de délectable confort.

Daphne s'était couchée sur le ventre, car elle voulait bronzer du dos. Elle réfléchissait – ou du moins en était persuadée. Une succession d'images lui traversèrent l'esprit. Ses camarades d'école admiraient son dos. Elle était la plus bronzée de toutes. Mais elle avait lu dans un livre que l'excès d'ultraviolets pouvait faire fondre la moelle des os. Elle la vit bouillir. Arriva alors Miss Troutbeck, la surveillante générale de l'école, debout sur l'estrade de la salle de cours des sciences naturelles, déclarant qu'il était dangereux d'abuser des bains de soleil ! Elle fut remplacée par le visage d'Elsie Mottram : Trouty était tellement avant-guerre, disait-elle. D'autres élèves ajoutaient en ricanant que Trouty prétendait qu'on attrapait des pneumonies en se rasant sous les bras. Ce n'était pas très drôle, mais elles étaient comme ça, les filles de la chambre six ! Des gamines – elles ne savent pas, disaient les autres. Jean, la meilleure amie de Daphne, leur avait répliqué Encore heureux ! On n'a pas envie de savoir. Ce genre de trucs ne nous arrivera pas avant des siècles. Elles descendaient chiper des gâteaux secs à l'office et une grande, une déléguée de classe, les voyait... Et cette fille lui faisait penser aux esprits, parce qu'elle connaissait quelqu'un qui en avait vu un... J'aime pas ce mot, il me rappelle que je pourrais finir en enfer. Maisie Renshaw avait blasphémé contre le Saint-Esprit. *Celui qui blasphème contre le Saint-Esprit...* moi, j'ai ri, c'est tout. Quelqu'un avait dit « fantôme » et « esprit » c'est la même chose... Ils avaient entendu la voix de Maisie, derrière son rideau de lit. « Et il y a un Saint-Fantôme aussi ? » On a toutes rigolé. Est-ce que ça veut dire qu'on a toutes blasphémé ? Jean dit que non, et son père est pasteur. D'après elle, c'est seulement Maisie. Il nous a emmenées goûter en nous conseillant les glaces à la fraise. Me demande pourquoi ils portent une croix attachée à leur chaîne de montre. Elle se balance sur leur ventre, ce qui n'est pas très respectueux. Ils feraient mieux de la passer à une chaîne qu'ils auraient autour du cou, non ?

Les pensées d'Eliza étaient plus cohérentes. Elle tenait des propos très intelligents que Mark et Kenneth buvaient avec admiration. Daphne n'était pas là. Mark disait : C'est exactement ça. Je n'aurais pas su le dire si bien. Il allait peut-être même jusqu'à ajouter : Je n'y aurais jamais pensé. Mais qu'est-ce qu'elle avait pu dire ? Elle n'avait rien à leur apprendre. Pourquoi en savaient-ils tellement plus qu'elle ? Ne passait-elle pas des heures à son pupitre, à engloutir passivement son éducation ? Certes, son accent français était meilleur que le leur. Mais pourquoi les garçons étaient-ils si différents ? Et leur vie aussi, à St Clere, aux confins du pays de Galles. Ils avaient des cloîtres et des bibliothèques et se baladaient le dimanche sur les falaises le long de River Cliff. Leur argot remontait à Chaucer. Leur existence était noble et libre, alors qu'elle gâchait la sienne dans un poulailler en bois de sapin, de style faux gothique. Elle aurait tout donné pour être un garçon, pour avoir un ami comme Mark.

Kenneth avait concocté une plaisanterie qu'il aurait bien voulu placer. Mais il fallait qu'on lui tende la perche. Si l'un d'eux se plaignait qu'on leur ait envoyé Joy pour surveiller leur déjeuner, il répondrait qu'ils pouvaient être « réconfortés, sustentés sans le secours de la Joie ». Comme s'il venait tout juste d'y penser. Les filles étaient si bêtes qu'elles ne reconnaîtraient pas la citation. Mark l'identifierait tout de suite parce que Emily Brontë était fort prisée de l'intelligentsia de St Clere. Il rirait peut-être – et son approbation plongerait Kenneth dans l'extase. Mark était la perfection même, de sorte que le jeune cœur de Kenneth bondissait de joie rien qu'à le contempler, assis, le front plissé, fixant distraitement son sandwich entamé. Il était si merveilleusement beau ! Comment un seul individu pouvait-il rassembler tant de perfections ? Mark était dans les six premiers du lycée, il était chargé de discipline, il avait presque tout lu. Il se donne des airs, disaient certains. Avis partagé par quelques professeurs, apparemment. Ils trouvaient que Parkin, qui était un bon gars mais ne connaissait rien à rien sauf à la botanique, ferait un meilleur major de l'école, l'an prochain. On avait bien le droit de bomber le torse quand on était à ce point singulier ! « Sans le secours de la Joie. » Était-ce vraiment drôle ? Ou de bon goût ? Mark jugerait peut-être grossier de plaisanter sur le dos de Joy, une domestique, en somme ; il se montrait toujours très courtois avec elle, l'aidant à porter des paquets, lui ouvrant la porte comme si elle était une invitée. Il faut dire que Mark était extrêmement bien élevé et incapable de commettre une goujaterie par inadvertance, comme cela arrivait parfois à Kenneth.

Joy mangea son sandwich en fixant la mer au loin avec des yeux qui ne percevaient rien de tout cet espace, de toute cette beauté. Ses pensées, telles les vagues, déferlaient sans relâche sur le même caillou pour reculer ensuite. Un divorce ! Si c'était vrai… Alors, eh bien… mais ce n'était pas vrai. Ce ne pouvait être vrai. C'était parfaitement impossible. Penser des choses pareilles, c'était mal, un vrai péché. Pourtant… si ç'avait pu être vrai, si une chose pareille pouvait se produire… alors rien n'était exclu et il ne serait plus marié à Betsy, si bien que… mais c'était tellement improbable. Tellement vain. Les gens se disputent quand ils vont divorcer. Ils ne partent pas pique-niquer sur la plage. Ces ingrats de Bloch s'imaginaient n'importe quoi. Écouter leurs racontars, c'était déloyal… mais tout de même… pourquoi cette visite de Mrs Hewitt ? C'était peut-être vrai, après tout. Vraiment vrai ? Non, non, non… Impossible.

Le soleil avait poursuivi sa course. Il descendait vers la mer. L'eau et le sable étaient passés du blanc à l'or tendre, la marée montante chantait un air nouveau.

Betsy se réveilla, comme d'un profond sommeil. Elle s'amusa à faire glisser entre ses doigts des poignées de sable sec et brûlant, cet antique jeu auquel on joue sur les plages depuis l'aube des temps. Allongée au bord de l'eau, elle se sentait profondément en paix, reposée, se laissait bercer avec toutes les choses sensibles et insensibles, vers l'ombre et la fraîcheur de la nuit. Elle aurait aimé rester là jusqu'à ce que le sable chaud ait refroidi. Ce fut Alec qui, enfin, se rappela l'heure qu'il était et lui parla des trains.

« Je crois, suggéra-t-il à contrecœur, qu'il va falloir songer à aller chercher ta mère à la gare. »

Elle acquiesça, sans faire mine de bouger. Il fallut qu'il aille chercher ses sandales, les lui attache, et roule leurs maillots de bain et leurs serviettes. Elle était restée couchée, complètement inerte.

Il avait passé la journée à réfléchir, s'était préparé à certaines décisions. Sans rien dire à Betsy, pourtant, parce qu'il sentait qu'il valait sans doute mieux la laisser dans cet état d'immobilité. Il était si rare qu'elle s'en contente.

« Nous n'avons pas discuté de ce que nous allions vraiment raconter à ta mère, dit-il en vidant ses chaussures du sable qui s'y était collé. Je persiste – nous devons passer du temps seuls tous les deux avant de prendre la moindre décision. Si, après cela, tu tiens toujours à ce que nous nous séparions, je ferai comme tu le souhaites. Et si nous la remerciions grandement d'être venue et lui demandions de tenir la maison en notre absence ? On lui fera comprendre qu'on ne discutera pas de nos affaires privées avant d'être rentrés. »

Betsy se dit : Si je pars avec lui, je finirai par renoncer à mon plan. Il va se montrer beaucoup trop gentil. Puis elle se dit : Eh bien ? Pourquoi ne pas renoncer ?

« Ça n'empêche que je ne vois toujours pas de quoi nous pouvons discuter, répondit-elle.

— Je voudrais savoir comment tu envisages les choses une fois que j'aurai renoncé au droit de m'occuper de toi. Je n'ai pas toujours fait ce qu'il fallait pour te rendre heureuse, mais ce n'est pas une raison pour ne pas le tenter maintenant. Ce n'est pas comme si tu voulais épouser quelqu'un d'autre. Tu ne vas pas te sentir un peu seule ?

— Mais non, pas plus que je ne l'ai été jusqu'ici.

— Mais... ta vie d'après, comment... Tu la vois comment ? »

Bien plus heureuse, voilà comment elle la voyait. Et loin d'être solitaire. Elle se remarierait, ça ne faisait pas de doute. Et l'autre homme, quel qu'il soit, l'aimerait plus qu'Alec ; il la vénérerait, il prendrait soin d'elle. Elle avait de l'expérience maintenant ; elle savait se faire désirer. Elle ne se livrerait pas tout entière une deuxième fois, offrant à pleines mains tout ce qu'elle avait à donner comme elle l'avait fait, jeune fille. L'autre homme ne serait jamais sûr d'elle, ne la tiendrait jamais pour acquise.

Alec pensait-il vraiment que personne ne voudrait l'épouser ? Les prétendants ne manquaient pas, à commencer par Max Buttevant – Max St Mullins. Pauvre Max, il était si émouvant dans son adoration sans bornes. Peut-être qu'elle l'épouserait, mais elle voulait d'abord être sûre de ses sentiments une fois qu'on lui aurait rendu sa liberté. C'était ce qu'elle lui avait dit avant qu'il parte en Chine.

Pourquoi ne pas le dire à Alec dans ce cas ? songea-t-elle. Pourquoi ne pas lui dire que Max veut m'épouser ? Qu'est-ce qui me retient ? Il se demandera comment nous en sommes venus à en parler. Il croira que c'est une affaire presque réglée. Alors que je n'en sais rien. Je ne suis pas certaine de vouloir épouser Max.

Elle regarda Alec, si confiant, si amical. Je serais une vraie garce si je finissais par épouser Max sans lui en avoir parlé, se dit-elle. Surtout si nous partons seuls un moment tous les deux, comme il le souhaite.

Elle soupira. Alec roula sur le sable jusqu'à pouvoir lui toucher la main.

« Tu n'en as aucune envie, chère petite folle !
— Je... Je ne sais pas trop... »

En renonçant, elle n'aurait plus à se reprocher d'avoir agi comme une garce.

Il se dit : Ça ne se passe pas trop mal. Restons-en là pour aujourd'hui. Mrs Hewitt est loin d'être aussi bête qu'elle en a l'air. Je lui donnerai quelques explications avant d'embarquer Betsy. Après quoi... Il faudra que je fasse un effort, que je boive moins, que je voie moins de monde, que je fasse en sorte que Betsy se sente aimée... sans me laisser marcher dessus ; je veux qu'elle arrête de jouer les martyres... qu'elle fasse un effort, elle aussi ! Seigneur, quelle plaie !

Puis il lui tendit les deux mains et l'aida à se relever. Ils se mirent en marche d'un pas vif, jouissant de ce retour au mouvement après leurs longues heures d'inactivité. Il faisait plus frais et l'air était plus limpide ; une brise légère s'était levée. Les montagnes, se mettant à distance de la mer, avaient revêtu leurs teintes d'après-midi et les failles bleues du soir envahissaient leurs pentes.

Le train déboucherait sur la côte après avoir longé le vaste estuaire de l'Afon Arian, profondément enchâssé dans les terres entre ses parois montagneuses. Alec et Betsy traversèrent une petite crique, contournèrent une presqu'île de dunes, et débouchèrent sur la baie de Morvah : Joy et les enfants jouaient à la balle aux prisonniers avec les garçons Bloch, sur la plage.

« Qui vient avec moi accueillir grand-mère à la gare ? » demanda Betsy.

Question accueillie par un concert de stupéfaction.

« Vous ne saviez pas que grand-mère venait ? Joy ne vous l'a pas dit ? »

Joy n'en avait pas eu l'idée. Betsy, pour la centième fois, déplora l'incroyable apathie de la jeune fille.

« Remettez vos souliers, les enfants, ordonna-t-elle. Joy, rentrez donc préparer le thé. Mark, si tu pouvais... »

Mark, sur-le-champ, proposa à Joy de se charger des paniers et des serviettes de bain. À la gare, sans doute, il serait de trop, songeait-il. Les enfants, rendus nerveux par Betsy, s'assirent pour se rechausser le plus rapidement possible.

Joy, elle, courait de tous côtés, industrieuse, excitée, pour rassembler les serviettes. Elle sentait sur elle le regard d'Alec. Son maillot de bain – elle ne s'était toujours pas changée – ne plaisait guère à Betsy. Il n'était pas vraiment convenable. La petite aurait dû comprendre qu'un maillot une pièce convenait mieux à sa situation ; ce corsage bien trop court – la culotte plus courte encore... – donnait d'elle une très mauvaise impression. Kenneth, après tout, aurait bientôt seize ans, et Mark était encore plus âgé. Le spectacle de toutes ces côtes ne leur était peut-être pas bénéfique.

Alec, lui aussi, regardait la jeune fille, observant le mouvement des muscles sur son dos bronzé lorsqu'elle se pencha sur les affaires de bain. Le maillot deux pièces lui convenait parfaitement. Mais il n'accorda qu'un bref regard à Joy, dont la position sociale dans la maisonnée, la jeunesse et la pudeur réfrénaient certaines pensées. Il détourna bientôt les yeux, contempla les troubles contours de l'île de Bardsey, au-delà des flots, tout juste émergés de la brume. Et son visage se rembrunit, mélancolique, effleuré par ce chagrin que la beauté inspire, austère compassion pour les choses fragiles, évasives, solitaires.

Betsy donna des ordres avant de rassembler sa couvée. Elle se sentait en paix, en dépit de toute son agitation – bien plus sereine qu'elle ne l'avait été ces derniers mois. Oui, elle se sentait le cœur étrangement léger, rempli d'espoir. Des dangers qui l'entouraient, de ces éléments hautement combustibles qui jonchaient la plage, elle ne percevait rien. Elle se mouvait avec l'inconscience joyeuse d'une somnambule au bord du gouffre. Il se pouvait qu'un aveugle destin la préserve du pire – auquel cas, elle n'en saurait jamais rien. Elle ne se réveillerait que si sa bonne fortune l'abandonnait.

À la gare

Les enfants Bloch semblaient décidés à accompagner les Canning. Ils les suivaient, loin derrière, en baragouinant dans leur étrange idiome. Betsy tenta en vain de les faire rentrer chez leurs parents ; Eliza lui expliqua qu'ils allaient à la gare pour leur plaisir. C'était leur attraction favorite. Ils la préféraient à la mer et aux montagnes, sentant peut-être que c'était l'endroit le plus proche de leur pays – un lieu d'arrivée et de départ. Ils s'y rendaient dès sept heures du matin, arpentant les quais, secouant les distributeurs automatiques. Ils y passaient la journée. Les manutentionnaires étaient très gentils avec eux et leur apprenaient le gallois, qu'ils comprenaient à présent mieux que l'anglais.

Emil Bloch hantait lui aussi la gare. Il y avait, tout au bout du quai, un banc avec une vue sur l'estuaire où il se réfugiait pendant des heures, à ruminer les amères pensées de l'exil. Ce soir-là, pourtant, il n'était pas venu se morfondre, mais assister à l'arrivée de la Vieille. Il voulait savoir ce qui se passait vraiment chez les Canning.

La vue d'Alec et de Betsy, entourés de leurs enfants, le déconcerta quelque peu. Ils semblaient former une famille tellement unie, tellement heureuse qu'il commença à douter de ce qu'il avait compris de leur conversation dans l'annexe. Arborant son sourire habituel, timide et vorace, il alla les saluer et leur poser toutes les questions auxquelles ils voudraient bien répondre. Ils le jugeraient sans doute indiscret – mais pardonneraient cette attitude venant d'un étranger, infortuné et ignorant. Oui, lui dirent-ils, ils étaient en effet venus accueillir la mère de Betsy, dont la visite était une surprise.

« Mais pourquoi venir ? » demanda Emil, innocemment.

Question que les enfants s'approprièrent du regard.

« Pour des affaires de famille, dit Alec. Ah, voilà le train ! »

Là-bas, au bout de l'estuaire, longeant le pied d'une colline, serpentait une traînée de fumée blanche. Cette diversion ne suffit guère à tempérer les ardeurs d'Emil, qui repartit à l'assaut :

« Ce n'est... pas des nouvelles mauvaises... j'espère ?

— Pas du tout, dit Betsy. Les enfants, allez vite voir si l'auto est bien arrivée. »

Kenneth et Eliza filèrent vers la rambarde,

jeter un coup d'œil au parvis de la gare. La voiture s'y trouvait, avec son porte-bagages.

« Mais oui, grommela Kenneth, pourquoi elle vient ?

— Je crois, répondit Eliza, que père et mère se sont disputés ou je ne sais quoi.

— Zut alors.

— Eh ben, ça leur arrive, non ? »

Kenneth ne pouvait le nier. Il ne se rappelait plus quand il avait, pour la première fois, eu l'impression que son père s'était mal conduit et que sa mère le lui reprochait à juste titre. Mais cela durait depuis si longtemps qu'Eliza et lui avaient fini par le considérer comme naturel. Ça arrivait peut-être à tous les parents.

« Qu'est-ce qui te fait croire ça ? demanda-t-il. Aujourd'hui, en tout cas ?

— Elle avait son air de... de martyre quand je suis allée lui parler du pique-nique, comme quand il fait des trucs qui l'agacent. Tu vois lequel je veux dire.

— Non, je ne vois pas. Ferme ton bec, grosse dondon ! »

Kenneth adorait sa mère et n'appréciait pas qu'Eliza s'en affranchisse. Il considérait son père d'un œil bien plus critique, surtout depuis qu'il avait découvert que Mark ne tenait pas en haute estime les opérettes de Canning et Graham.

Le panache de fumée avait grandi. Il disparut

derrière un bosquet trois kilomètres avant la gare. Lorsqu'il en ressortit, tous les petits Bloch surgirent en trombe de la salle des bagages et vinrent se coller aux Canning. Betsy, exaspérée, croisa le regard d'Alec ; il eut un grand sourire et lui prit la main pour la coincer sous son bras. Quand Mrs Hewitt les verrait ainsi, elle en tirerait les conclusions qui s'imposaient.

Le train entra en gare, ahanant, puis s'immobilisa. Aux portières, pas le moindre visage anxieux et morose. Les Canning arpentaient le quai, déconcertés. Il fallut enfin qu'Emil Bloch attire leur attention sur une élégante petite personne, laquelle venait de sortir tranquillement de la dernière voiture.

« Ce n'est pas... Là-bas, la dame... La mère... ? »

Elle s'avança vers eux, souriant de leur stupéfaction. Pendant tout ce long voyage, elle n'avait cessé de glousser tout bas, se représentant l'expression de leur visage lorsqu'ils verraient descendre la mère qu'ils n'attendaient pas. Tout se passa comme elle l'avait imaginé : à la sidération succéda l'inquiétude, puis la panique.

Avant même qu'ils en finissent avec les embrassades, Alec eut le temps de songer qu'un homme plus courageux que lui l'aurait renvoyée à Londres par le premier train. La consternation de Betsy se fit dans le même temps fureur opiniâtre.

Que venait-elle faire chez eux ? Se mêler de ce qui ne la regardait pas ? Qu'elle essaie ! À la première tentative... Je ne me laisserai pas manipuler... Je ferai tout le contraire de ce qu'elle demande... Qu'elle essaie !

Ingérence

Mais Mrs Canning ne se mêla de rien. Et ils commencèrent bientôt à se demander pourquoi elle était venue. Apparemment, elle n'avait pas lu la lettre de Betsy, ne savait rien de la catastrophe annoncée. La pauvre Henrietta Hewitt, leur apprit-elle, lui avait rendu visite le matin même, trop malade pour lui donner la moindre explication.

« Son état m'inquiétait au plus haut point. Elle avait du mal à parler. Je l'ai fait hospitaliser dans une clinique et lui ai promis de m'occuper de tout, sans vraiment savoir ce dont il s'agissait. Elle semblait affolée à l'idée de ne pas pouvoir venir vous voir, mais n'a pas pu m'en dire plus. Alec et toi partiez sur un yacht, c'est tout ce que j'ai pu comprendre. La pauvre ! Elle ne savait plus ce qu'elle racontait. Elle ne parlait plus que de ce yacht. Alors je me suis dit : si les enfants ont besoin d'une grand-mère, je peux bien venir à sa place. Je m'occuperai de la maison pendant que vous serez en mer. Mais avant que vous ne partiez, il me semble que tu devrais appeler la clinique et prendre des nouvelles de ta mère. »

Les nouvelles de la clinique étaient inquiétantes. La température de Mrs Hewitt avait continué à grimper ; le médecin songeait à la typhoïde. Betsy, effarée, prit le premier train pour Londres, le lendemain matin. Elle téléphona peu après son arrivée : la vie de Mrs Hewitt était en danger, il lui serait impossible de rentrer avant plusieurs jours.

Le pire avait été évité, ne put s'empêcher de penser Alec, lequel avait craint un affrontement fatal entre Betsy et sa belle-mère. Tant qu'elles n'étaient pas sous le même toit, peu importait laquelle des deux se trouvait à Londres. Lui ne se sentait pas menacé. Sa mère ne semblait rien savoir du divorce : il n'aurait pas à prendre les armes. L'esprit libre, il pourrait retourner à son travail. Dès que la mère de Betsy se serait remise, il reviendrait à son projet de vacances conjugales.

Il aurait dû garder à l'esprit le fait que sa mère pratiquait rarement l'attaque frontale. Une longue expérience avait appris à Mrs Canning qu'il fallait compter avec l'étrange noirceur de l'esprit humain. Elle savait que la plupart des gens n'aiment être ni aidés, ni conseillés, ni influencés. Cela faisait des années qu'elle avait cessé d'argumenter avec quiconque. Elle avait appris à employer la force plutôt que la persuasion, et prenait plaisir à imposer sa volonté à ses sujets rebelles. Elle ne dévoilait jamais ses intentions, commençait par démonter ses victimes au moyen d'incessantes petites escarmouches portant sur des points de détail. Elle sapait leur résistance, les poussait à perdre leur calme pour des raisons obscures, les faisait encercler par des témoins hostiles, leur bloquait toute retraite. Et lorsque enfin survenait la crise, ses ennemis comprenaient trop tard qu'ils n'étaient plus en mesure de se défendre.

Elle avait, pour cette nouvelle campagne, la voie entièrement libre. Le destin, en expédiant Betsy à Londres, lui avait fait une fleur.

La première chose à faire était de mettre tous les habitants de Pandy Madoc dans sa poche. Sa visite devait être une réussite ; la maison dont elle prenait les rênes devait bientôt n'être que sourires et contentement. Elle devrait déployer tout son charme de sorte que quand Betsy, de retour de Londres, s'emporterait pour de menus détails, elle se heurterait à l'hostilité de son bon peuple.

Ensuite elle allait devoir trouver tout ce qui pouvait jeter quelque lumière sur l'affaire en question. Betsy avait peut-être une confidente. Ou plusieurs. Sa tâche consisterait à les débusquer, les interroger, les convaincre de changer de camp pour que Betsy n'obtienne que critique et désapprobation lorsqu'elle chercherait leur soutien.

Alors, et alors seulement, elle commencerait le siège d'Alec, qu'elle surprendrait par l'ampleur de ses informations. Avec un peu de chance, elle en aurait déjà tant appris qu'elle n'aurait besoin de mentionner ni Mrs Hewitt ni la lettre. Peut-être serait-elle en mesure de lui faire des révélations qui le bouleverseraient. Betsy comprendrait ainsi – c'était indispensable – que la patience d'Alec avait une fin.

La première étape ne présentait aucune difficulté. Emily Canning se faisait toujours aimer quand elle le voulait. Elle fut magnanime, compatissante, ne se plaignit de rien dans la maison et permit aux domestiques de se rendre à un bal local que Betsy leur avait défendu. On servit du homard tous les jours au lieu d'une fois par semaine et les pêches ne manquaient pas. Le marchand de glace passa tous les soirs. Les enfants avaient quartier libre et même Daphne pouvait se coucher à l'heure qu'elle voulait.

À la surprise générale, Mrs Canning se lia avec les Bloch, qui se montrèrent sous un bien meilleur jour. Elle parlait un allemand courant et très naturel, amélioration bienvenue après les conversations rudimentaires que leur infligeaient Alec et Betsy dans leur allemand de quatre mots. Depuis des mois, ils n'avaient réellement discuté avec personne, en dehors de leur cercle familial. Mrs Canning parvint à extraire Frau Bloch de son manteau de fourrure et l'invita à la maison pour lui faire chanter du Schubert. Il ne lui avait fallu que trois jours pour découvrir la voix magnifique de Frau Bloch, excellente musicienne. Alec s'étonna que Betsy ne l'ait pas remarqué. Il fallait avouer qu'elle avait été mal disposée à leur égard dès le départ. Ce n'étaient pas des gens si affreux que cela. Sa mère les appréciait et semblait comprendre pourquoi il leur avait proposé le cottage. C'était une femme aux nombreuses qualités ! Elle était la seule personne au monde qui lui serve du homard à volonté – qu'il digérait parfaitement, quoi qu'en dise Betsy.

Mais Mrs Canning ne tarda pas à se rendre compte que les Bloch n'avaient jamais dû recevoir les confidences de Betsy. Elle et eux se regardaient en chiens de faïence. Il faudrait chercher ailleurs les partisans de sa belle-fille. La petite bonne à tout faire de la maison, la petite Joy Benson, était une alliée plus vraisemblable. La gamine appartenait au clan Hewitt et semblait très dévouée à Betsy. Elle en savait certainement plus que les Bloch. Cette âme immature et profondément subjective devait avoir de la sympathie pour les revendications de Betsy. Il fallait la dessiller.

Mrs Canning entama la deuxième étape de sa campagne par une conversation avec Joy. Elles étaient parties en voiture toutes les deux jusqu'à un lac, dans les montagnes. Les autres devaient s'y rendre à pied, mais Joy avait été priée avec le sourire de suivre Mrs Canning, dans le but d'aider à préparer le pique-nique. Alors qu'elles s'étaient installées dans la bruyère, au bord du lac, des insinuations furent exprimées, des questions posées.

« Pauvre Mrs Hewitt ! Vous devez vous faire du souci pour elle. Elle a pratiquement été une mère pour vous. Vous savez, Joy – je ne devrais pas en parler avec qui que ce soit, mais c'est que vous êtes pour ainsi dire de la famille – elle m'a fait très peur quand elle est venue chez moi, l'autre matin. Ce devait être le délire de la fièvre, mais voyez-vous, elle était obsédée par une idée terrifiante. Je n'ai même pas osé en parler à Betsy et à Alec. Figurez-vous qu'elle était persuadée qu'ils étaient au bord du divorce ! »

Joy resta muette. Son regard vide ne reflétait pas la moindre expression.

« Vous n'étiez pas au courant ? Betsy ne vous avait rien dit ?

— Non, madame.

— J'ai des scrupules à en parler. La maladie peut vous donner de drôles d'idées... Mais s'il y a une once de vérité là-dedans, je me dis que les amis de Betsy devraient se porter à son secours.

— Oui, madame. »

Bon sang ! Qu'avait donc cette fille avec ses

Oui, madame, Non, madame ? Sotte habitude dont Betsy aurait dû la guérir.

« Il ne faudrait pas qu'elle y sacrifie son bonheur. D'après ce que m'a dit Mrs Hewitt, j'ai cru saisir qu'elle ne pensait pas être la femme qui convient à Alec. Elle ne comprend pas ce qu'il fait, ne l'apprécie pas et se dit qu'il serait plus heureux s'il était libre. Dites-moi, Joy... En dehors de ce cas particulier, que diriez-vous de ce genre de situation ? Qu'en pense votre génération ? »

Mrs Canning, interrogeant la jeunesse à sa source, avait un sourire enjôleur. Mais Joy ne sut que faire de cette flatterie. Les joues empourprées, elle déclara qu'elle ne savait pas.

Sur quoi il lui fut répondu que les jeunes n'approuvaient pas le divorce chez les gens d'un certain âge. Pour eux, qui tâtonnaient encore, c'était une solution. Mais, à l'âge de Betsy (« Elle a trente-huit ans, ne l'oubliez pas ! »), ce ne pouvait être qu'un aveu d'échec. La jeune génération, lucide, hautaine, n'avait guère de sympathie pour les ratés.

Cette opinion mettrait Betsy en fureur, mais encore fallait-il que Joy s'en empare. Or Joy était une idiote. Elle ne fit aucun commentaire, se contentant de demander, après un bref silence, si Alec voulait divorcer. Mrs Canning répondit par la négative.

« Alors, elle, elle ne pourra pas ? demanda la jeune fille.

— Elle pourrait le convaincre. Faire en sorte qu'il s'y sente forcé.

— Mais comment… à moins que… je veux dire, il faudrait que l'un d'eux… qu'il ait été…

— Mais oui. Et c'est ça, le pire. Il faudrait qu'elle prouve qu'il lui a été infidèle.

— Parce que… c'est vrai ? souffla Joy, presque inaudible.

— Bien sûr que non ! C'est sordide. Je crois qu'il est prévu qu'il aille dans un hôtel, avec une femme, et qu'ils y passent le week-end. Une femme qu'il ne connaîtrait pas. »

La naïveté de Joy étonnait Mrs Canning. Ce maillot de bain qui laissait les côtes à l'air l'avait induite en erreur. Si elle avait su, elle ne se serait pas donné tant de mal pour disserter sur la jeune génération, lucide et hautaine !

« Vous voulez dire, se récria Joy, qu'il doit… aller quelque part… avec quelqu'un ?

— C'est la loi ! dit Mrs Canning, ajoutant : Bien sûr, il ne se passerait rien entre eux. »

Affirmation hâtive qui semblait pourtant peu appropriée. Mais pouvait-elle s'exprimer plus clairement sans tomber dans la salacité ?

La jeune fille ne sembla pas particulièrement surprise. Mrs Canning aurait payé cher pour savoir à quoi elle réfléchissait si profondément.

« Vous n'aviez aucune idée de tout ça ? lui demanda-t-elle soudain. Personne ne vous en avait rien dit ?

— Mais... Si...

— Comment ? Mais vous disiez tout à l'heure que jamais Betsy...

— Ce n'est pas Betsy. C'est Mr Bloch.

— Mr Bloch ? Seigneur ! Ils sont donc au courant ? Qu'est-ce qu'ils vous ont dit ?

— Il m'en a parlé une fois. J'ai dit que je ne savais pas. J'ai pensé que c'était une fausse rumeur. Que c'était parce qu'ils ne comprenaient pas bien l'anglais. »

Ce fut au tour de Mrs Canning d'être surprise.

Le regard

Un cri lointain éveilla des échos sur le lac. Les marcheurs venaient d'arriver. Une guirlande de silhouettes apparut par-dessus l'arête d'une colline verte. Elle resta un instant intacte avant de s'égrener, chacune de ses composantes dévalant la pente herbeuse à son rythme.

Alec attendit au sommet de la colline qu'Eliza les rattrape. Il avait remarqué – ou cru remarquer – qu'elle faisait exprès de traîner. Les garçons avaient encore dû la snober.

L'été précédent, elle avait fait alliance avec Kenneth tandis que Daphne jouait les seconds rôles. Mais depuis l'arrivée de Mark, Eliza était exclue. Ses journées n'étaient plus que petites rebuffades et déceptions, et Alec, qui en était témoin, avait de la peine pour elle. En enfant confiante qu'elle était, elle n'avait pas encore la mesure de la situation. Les vacances étaient censées être agréables et elle faisait de son mieux pour continuer d'y croire, acceptant chaque rejet comme un incident isolé, sans voir que son frère et elle n'étaient plus les mêmes. Le matin, elle se préparait à s'amuser, guère découragée par les désillusions des jours précédents. La journée avançant, elle traînait derrière les autres, décontenancée et abattue, mais toujours disposée à se réjouir pour peu qu'ils veuillent bien l'inclure.

Alec songeait qu'il aurait voulu l'aider, sans savoir pourtant comment s'y prendre. Il ne pouvait quand même pas lui expliquer qu'elle se vengerait bien assez tôt de ces arrogants jouvenceaux, lesquels se trouveraient eux-mêmes un jour à la merci de petites filles qu'ils avaient humiliées.

La grosse, la sincère, l'optimiste Eliza se métamorphoserait inévitablement en une femme inconnue de son père. Ce dont il était navré, car il l'aimait bien telle qu'elle était. Des trois, c'était la seule qui lui soit vraiment chère. Les deux autres appartenaient exclusivement à leur mère. Mais elle, Eliza, lui avait ravi le cœur alors qu'elle avait à peine une heure ; on la lui avait mise dans les bras et elle l'avait dévisagé comme pour lui demander la signification de tout ce cirque. Ce regard, elle l'avait parfois encore, ce qui ne manquait pas d'attendrir Alec. Elle était un être sans défense, habitante déconcertée d'un monde au cœur sec. Et ni la protection d'un père ni son esprit de prévoyance ne pouvaient lui venir en aide. Tandis qu'il la voyait gravir avec peine la pente, à la poursuite d'un frère qui ne voulait pas d'elle, ce fut ce même sentiment d'impuissance qui s'empara de lui. Lorsqu'elle parvint au sommet, il lui suggéra de se reposer un instant pendant qu'il allumait sa pipe. Ils s'allongèrent sur la terre tiède et contemplèrent la chaîne des lacs en contrebas. De part et d'autre de la haute vallée s'évasaient les montagnes, mouchetées par les ombres des nuages. Une petite île flottait sur le sein argenté de leur lac, Llyn Alyn. Ni l'un ni l'autre ne se rassasiait de ce paysage. Il ne s'imprimait jamais assez clairement dans leur esprit pour qu'ils puissent se le rappeler quand ils étaient au loin. En dépit de leur contemplation avide, il leur restait tout juste un souvenir de lumière, d'espaces légers et de couleurs si tendres qu'elles échappaient à l'œil de l'âme, comme une image vue en rêve.

C'était à cela qu'ils pensaient tous les deux.

« Tu crois que c'est vrai, demanda bientôt Eliza, que la nature n'a jamais trahi un cœur qui l'aimait ?

— Mon Dieu ! Je ne sais pas, répondit Alec ; qui dit ça ?

— Wordsworth. On l'a étudié le trimestre dernier. C'est sa philosophie de la vie, tu sais. Le genre de citations qu'on nous demande d'inclure dans nos rédactions... Ça, et la "fleur la plus modeste". Je me demande ce que ça peut être.

— Une sorte de pissenlit, j'imagine ?

— Non, trop jaune. Je dirais le mouron. Tu te vois avoir des pensées tellement profondes que tu ne peux même pas pleurer devant du mouron ?! Ça veut dire quoi à ton avis : "La nature n'a jamais trahi" ?

— Eh bien... Quand tu aimes ce genre de choses (il balaya du geste le noble paysage sous leurs yeux), tu te rends compte que cet amour ne fait qu'augmenter au fil du temps. Jamais tu ne te diras : "Mais ça ne vaut pas un clou !"

— Alors elle te console quand tu as le cœur brisé.

— Pourquoi pas. Si tu es assez bête pour avoir le cœur brisé. »

Eliza fit la grimace, trouvant plutôt intéressant d'avoir un jour le cœur brisé. Parfois, elle n'avait qu'une envie – grandir, pour accéder à ce plaisir. Un jour, elle en était certaine, une grande tragédie surviendrait dans son existence, lui conférant une aura d'importance et de mystère. Les gens diraient : « Eliza... ou plutôt Elizabeth Canning, a connu l'enfer... »

« Ken et Mark sont déjà en bas, sur la route, reprit-elle, mélancolique. Regarde-les qui jacassent... »

Alec émit un grognement. Il éprouvait quelque remords à ne pas apprécier davantage le jeune Hannay, de toute évidence un garçon charmant, courtois et intelligent. Sa compagnie faisait le plus grand bien à Kenneth, quant à lui vaniteux, mou et inconstant, quoi qu'en dise sa mère. Cette aigreur était de nature personnelle et mesquine : Alec avait parfois le sentiment que leur invité le jaugeait sans rien dire, et que cette appréciation n'était guère flatteuse. Non que Mark l'exprime d'aucune façon. Seulement Alec, de temps à autre, se voyait avec les yeux de ce jeune Mark : homme d'âge mûr, prenant du poids et perdant sa vivacité d'esprit comme de corps, d'une beauté un peu trop canaille, d'une paresse abominable et optant souvent pour la facilité.

« Rattrapons-les avant qu'ils arrivent au lac, proposa Eliza ; ce serait affreux s'ils se baignaient sans nous ! »

Elle était décidée à les poursuivre, ces jeunes sacripants plus importants à ses yeux qu'Alec. Des compatriotes – ce que lui n'était pas. Elle lui fit dévaler la pente à folle allure, mais le lac, quand ils y arrivèrent, était déjà constellé de têtes de nageurs.

Mrs Canning était assise, toute seule, sur la rive de bruyère.

« Ils prétendent que l'eau est très bonne », dit-elle en leur tendant leurs serviettes.

Alec, sur ses gardes, la dévisagea. Il y avait dans les yeux de sa mère une lueur dangereuse.

« Mère ! Tu ne vas tout de même pas... Bah, de toute façon, tu n'as pas de maillot de bain.

— Ma chemisette peut très bien en tenir lieu.

— Pure folie ! Rappelle-toi la dernière fois, quand tu as insisté pour te baigner à Arisaig. Tu as été malade pendant des semaines. Tu as eu un lumbago...

— La baignade n'y est pour rien. C'était d'avoir à jouer au bridge.

— Mère, je t'en supplie...

— Très bien ! Je n'irai pas. »

Elle frémit de rage pendant quelques minutes. C'était insupportable d'être vieille, de devoir rester immobile à regarder les autres, alors que son cœur était celui d'une jeune fille.

Alec se faufila derrière un mur pour enfiler son maillot. Betsy, si elle avait été là, aurait pensé à lui apporter ses espadrilles, pour qu'il ne se blesse pas les pieds. Ce lac avait un défaut : il fallait, avant d'entrer dans les eaux profondes, patauger pendant plusieurs mètres sur des rochers anguleux et couverts de vase.

En émergeant de sa cachette, il fut ravi de constater que les nageurs étaient déjà passés de l'autre côté de l'îlot. Aucun d'eux ne le verrait ramper piteusement sur les rochers, trébucher et gémir. Il se sentait toujours vieux et un peu bête au moment d'entrer dans ces eaux.

Tandis qu'il se tenait au bord du lac, se demandant par quel chemin entreprendre son pénible trajet, il entendit crier son nom. Il se retourna sur Joy, qui brandissait une paire de sandales de bain, et la salua d'un cri ému. Elle bondissait dans la bruyère. Elle portait toujours son drôle de petit maillot mais ne s'était pas encore baignée ; sa chevelure dorée volait au vent. Comme c'était agréable, songea-t-il, que cette charmante créature prenne soin de lui. Il s'imagina brièvement en potentat oriental. Réconfortante vision : il lui suffisait de taper dans les mains pour que de belles filles au teint bistre accourent à son service.

Elle lui tendit les sandales et resta devant lui, haletante, ses jeunes seins se soulevant et s'affaissant très vite sous l'étroite brassière. Il s'agenouilla pour attacher les sandales. Les pieds à l'abri, il reprenait confiance. Quand il se redressa, elle était toujours là, ne l'ayant pas quitté des yeux. Leurs regards se croisèrent.

« Maintenant déguerpissez, la pria-t-il en hâte. Je n'ai aucune envie de m'offrir en spectacle – même avec ces chaussures ! »

Elle lui sourit, puis se retourna et se précipita droit dans le lac, survolant les traîtres cailloux comme un tapis moelleux, avant de s'immerger dans l'eau profonde. Sa chevelure dorée fila vers l'île.

Alec la suivit, hésitant, précautionneux, trébuchant et jurant à chaque pas. Il trouva enfin assez de fond pour se baisser avec prudence, s'allonger, se lancer. Le sol se déroba sous ses pieds. L'eau soyeuse l'enveloppa, plus émolliente, plus affaiblissante que la mer.

Il nagea lentement, car il réfléchissait. Il était encore sous le choc. Cela ne veut rien dire, se disait-il, pour songer la seconde suivante que cela voulait tout dire.

Je n'ai pas rêvé, se dit-il. Pas du tout. La jeune Joy vient de m'inviter du regard.

Imprudence

Après trois semaines passées à Pandy Madoc il était inévitable que Mark Hannay commence à s'ennuyer. L'adulation de Kenneth les coupait du monde. C'était à peine s'il avait le droit d'échanger un mot avec les autres ; on aurait dit ces deux garçons abandonnés sur une île d'enchanteresse intimité – plaisant domaine, mais trop petit. Ils avaient nagé, pêché, escaladé des collines, galopé des heures sur la plage. Il ne leur restait plus qu'à tout recommencer, jusqu'à plus soif. La puissance de raisonnement et de discussion de Kenneth avait ses limites. Il perdait trop facilement, était trop souvent trahi par son désir inquiet de séduire, d'impressionner. Ils n'étaient pas égaux. Mark aspirait désormais à un changement de compagnie.

Un soir, après le dîner, ils sortirent dans le jardin regarder le coucher de soleil. Ils étaient perturbés par un excès d'énergie. La journée avait eu beau être remplie, ils n'étaient pas encore prêts au repos ; tous deux se sentaient insatisfaits. Il leur fallait tenter quelque chose de nouveau. Mark rejeta si sèchement la proposition d'un bain vespéral que Kenneth en fut bouleversé. Il avait toujours été taraudé par l'idée que cet intermède paradisiaque pouvait avoir une fin. Et regardant le beau et froid visage de son ami, il fut saisi d'une terrible et douloureuse angoisse.

« Bon, mais alors... s'exclama-t-il. Qu'est-ce qu'on fait ? »

Mark ne répondit pas. Il écoutait. Des fenêtres de la salle d'étude, grandes ouvertes, s'échappaient quelques notes de piano, flottant, timides, dans l'air voluptueux du soir.

« Qui est-ce ?

— Ça ! Oh, c'est juste Eliza. »

Mark tendit l'oreille pendant quelques secondes.

« Elle joue bien », constata-t-il non sans surprise.

La musique était un plaisir qu'ils ne pouvaient partager, même si Kenneth s'était efforcé de singer l'enthousiasme de Mark. Lorsque Frau Bloch montait chanter chez eux, il réprimait ses bâillements et se tenait comme son ami près du piano, absorbant la musique avec sérieux. Quelques partitions de *Lieder* traînaient sur l'instrument et Mark, parfois, s'essayait à jouer les airs qui l'avaient le plus charmé. Mais voilà qu'Eliza s'y mettait elle aussi, avec beaucoup plus de succès.

« Brahms ! dit Mark, souriant – *Wie Melodien*…

— On pourrait aller à l'Institut, faire un peu d'exercice, suggéra Kenneth.

— Non. Rentrons et demandons à Eliza de poursuivre sur sa lancée.

— Elle ne sait pas jouer. Elle se contente de taper sur les touches.

— Non, elle s'en sort bien, je t'assure. »

Eliza chantait à présent. Sa voix fluette, souple, naturelle, s'élevait comme un oiseau qui prend son envol. Mark rentra dans la maison.

Le crépuscule envahissait le salon. Le ciel rose se reflétait çà et là en flaques tranquilles sur les miroirs, les coupes, les tables bien cirées. La brume confuse d'une fumée de cigarette flottait au-dessus de Joy, affalée dans l'ombre. Eliza avait allumé une bougie qu'elle avait posée sur le piano. Dans ces rayons délicats, son visage, penché sur la partition, avait perdu son incertitude enfantine ; sérieux et noble, il avait revêtu un masque annonciateur, peut-être, de ce qu'elle deviendrait. Mark la regarda un instant avant de se faufiler derrière elle pour lire la musique. Elle ne l'entendit pas immédiatement. Lorsqu'elle perçut sa présence, elle se troubla, joua une fausse note et s'interrompit. La maturité lui fit défaut. Elle se recroquevilla, redevint une enfant maladroite avançant à tâtons.

« Continue, dit Mark.

— Je ne peux pas.

— Mais si. Tu te débrouilles bien mieux que moi », répondit-il d'une voix douce.

Il se mit à feuilleter les partitions sur le piano, à proposer d'autres airs. Sous le regard envieux de Kenneth, il s'était métamorphosé d'incroyable manière. Son arrogance et sa superbe avaient disparu, donnant naissance à un tout autre Mark. Il s'adressait à Eliza comme à une égale, avec simplicité et sans nulle raideur. Et peut-être même l'implorait-il – cherchant à faire réapparaître celle qu'elle avait été quelques minutes plus tôt.

Avait-il jamais essayé *Auf dem Wasser zu singen* ? bafouilla timidement Eliza. Elle ne pouvait jouer que l'accompagnement ; chanter en même temps, c'était trop difficile.

« Tu n'as qu'à fredonner, proposa Mark qui, ayant trouvé la partition, l'ouvrit sur le pupitre. Je t'accompagne. »

Elle s'exécuta. Mark se joignit à elle, comme un joyeux bourdon. Les défauts de leur interprétation ne les gênaient pas le moins du monde : leur esprit s'était fixé sur une autre musique, celle qu'ils auraient pu interpréter dans un monde idéal.

Kenneth ne savait pas quoi faire. Se joindre à eux ? Impossible, il était incapable de fredonner juste. Et le bruit qu'ils produisaient était si étrange qu'il ne pouvait feindre d'y trouver le moindre plaisir. Leur mère aurait dû se trouver dans le salon, à veiller sur sa fille, qui ne savait pas jouer et était trop souvent dans leurs pattes. Mais il n'y avait que Joy, plus indolente que jamais – un meuble, plutôt qu'un être humain. Il traversa le salon en claquant des talons, lui demanda d'une voix forte où étaient passés les autres.

« Je ne sais pas, dit Joy en se redressant. Je crois que Daphne écrit des lettres dans la salle d'étude. Votre père est descendu à l'auberge demander pourquoi la bière n'a pas été livrée.

— Où est grand-mère ?

— Elle est passée voir les Bloch. »

La musique s'interrompit un moment et Kenneth s'enquit avec ironie si Joy et lui devaient applaudir. Mais les jeunes gens au piano étaient dans leur monde. Ils se remirent à chanter. Kenneth finit par sortir dans le jardin, torturé par une jalousie inquiète qu'il savait ridicule.

Joy l'imita quelques minutes plus tard. Elle voulait se trouver dans le jardin lorsque Alec remonterait de l'auberge. Sans s'être fixé aucun plan d'action, elle avait pris cette habitude : chaque fois qu'elle le pouvait, elle se dressait sur son chemin, le forçant à la prendre en considération. Cette impulsion incontrôlable s'était réveillée le jour où elle s'était installée sur les rives de Llyn Alyn avec Mrs Canning.

Elle n'était troublée par aucune vision du futur, ne se demandait pas ce qu'elle ferait d'Alec le jour où elle aurait pu l'attraper. Comme si elle comptait mourir une fois ce fruit goûté, cette envie comblée. Son raisonnement n'allait pas plus loin. La logique, ou ce qu'il en restait dans son esprit, n'était plus qu'un obstacle.

Il faisait frais et sombre dans le jardin. Le ciel immense et sans nuages, bien plus profond, bien plus vaste que celui du jour, couvrait de sa voûte la terre vigilante. Joy monta sur la seconde terrasse et s'accouda au mur, encore tiède d'avoir cuit toute la journée au soleil. Une odeur de giroflée lui monta aux narines. L'air éventait ses épaules nues.

Les portes de sa prison s'ouvrirent quelques instants ; elle en sortit pour respirer un peu de liberté. Son moi perdu l'appela des lointains. Il aurait pu y avoir une autre Joy, qui n'aurait pas croupi dans son cachot, une Joy qui n'était pas esclave, mais libre de posséder le monde, libre de rire, de voir, d'écouter, de savoir. Une chic fille, une honnête personne, voilà ce qu'aurait pu être ce moi perdu, opiniâtre et sage. Tandis que, dans ces chaînes, il lui fallait languir, périr. Submergée par la honte, elle ne put que murmurer :

« Oublie-le... Fiche le camp... Mets fin à cette comédie... tu es folle... Ce n'est pas de l'amour... C'est affreux... Allez, un peu de courage, finis-en... »

Des pas montaient dans le jardin. Elle vit

l'extrémité de son cigare voleter comme une luciole, en contrebas. À présent, il avait atteint sa terrasse, la tête et les épaules en ombre chinoise sur le ciel. Il s'était arrêté, il l'avait aperçue, accoudée au mur. Il n'allait pas continuer son chemin. Il allait s'accouder au mur à côté d'elle.

Il avait rencontré quelques amis à l'auberge, il avait bu quelques verres. S'il avait refusé le dernier, il ne se serait pas arrêté. Mais il était dans ce relâchement des sens où l'on perd prudence, et Joy l'intriguait. Ces derniers temps, il avait pensé à elle. Elle qui lui semblait autrefois presque invisible surgissait désormais constamment devant lui. Était-ce par hasard, ou le faisait-elle à dessein ? Impossible de le dire.

« Vous êtes bien pensive », dit-il.

Entrée en matière qu'il regretta aussitôt, voulant éviter un échange trop intime. Il n'y avait aucun mal à se tenir près d'elle sur la terrasse, mais il fallait prendre garde à ce qu'il dirait.

« Oui, je pensais à l'an prochain, et je me disais que je serais triste de ne pas revenir, dit-elle.

— Ah ? Vous ne reviendrez pas l'an prochain ?

— Je ne sais pas si je pourrai. J'ai envie de changer de métier, à la rentrée. L'enseignement, ça me fatigue. J'ai une amie, une femme de mon âge, qui me propose de l'aider à tenir une sorte de librairie à Chelsea. C'est tentant.

— Qu'est-ce que Betsy en dit ? Vous lui en avez parlé ?

— Non. Je n'en ai parlé à personne.

— Et... votre mère ?

— Oh, elle a décidé d'aller vivre chez ma sœur. Je serai plus libre, ce qui me réjouit. Il faut vivre sa vie, vous ne croyez pas ? »

Betsy et les Hewitt ne seraient pas de cet avis, songea Alec. Ils avaient mis la main à la poche pour que Joy devienne institutrice et s'occupe de sa mère. Puis il lui vint une autre pensée : rares désormais seraient les occasions de la voir. Elle ne viendrait plus à Pandy Madoc l'été, et Betsy, vexée, ne l'inviterait sans doute plus à Well Walk. D'ici quelques semaines, elle ne serait plus l'employée d'Alec, mais seulement cette fille étrange, cette fille troublante qu'il n'avait jamais réussi à comprendre, qui paraissait réservée et qui pourtant l'invitait du regard.

Le silence n'avait que trop duré. Il l'interrompit, bien malgré lui, pour une autre remarque intime.

« Vous allez prendre froid, non ?

— Non, dit-elle en croisant ses bras nus. J'ai plutôt chaud. »

Phénomène dont il voulut avoir la confirmation, alors même que sa prude conscience cherchait à l'avertir, à l'éloigner au plus vite.

« Ah mais oui... C'est vrai ! »

Espèce de crétin, arrête tout de suite ! Ne la touche pas ! Lâche-lui le coude !

« Alors vous, les femmes, s'exclama-t-il, vous êtes incroyables. Je me demande comment vous faites pour ne pas mourir de pneumonie. Votre robe, là... elle est en mousseline, n'est-ce pas ?...

— En mousseline de soie...

— Ce n'est pas assez chaud. Moi qui suis en veston, je peux vous dire que j'ai même un peu froid.

— Mais la soie, c'est ce qui tient le plus chaud, dit Joy troublée, tandis qu'il lui serrait plus fort le bras.

— Non. C'est le triomphe de l'esprit sur la matière. »

Déclaration un peu trop pédante à laquelle il ajouta immédiatement :

« Pour nous, les vêtements ne sont qu'une protection. Pas pour vous. Vous ne vous embarrassez pas de savoir s'ils sont chauds ou s'ils sont commodes ; vous êtes au-dessus de ça... »

Il poursuivit sur cette lancée pendant un moment, sachant pourtant qu'elle ne l'écoutait pas. Ce discours impersonnel et vaguement pompeux lui paraissait amoindrir la signification de son geste. Tant qu'il parlerait, son bras pourrait rester en toute quiétude sur celui de Joy. Cela ne voulait rien dire. Il avait simplement voulu vérifier son intuition – chose faite. S'il l'avait voulu, il aurait pu aller beaucoup plus loin. Aussi loin qu'il le souhaitait. S'il l'avait voulu, elle aurait pu être sienne. Mais il n'était pas assez ivre pour ça. Il connaissait les limites à ne pas dépasser. Dans quelques secondes, il allait élégamment, presque distraitement, retirer son bras et lui souhaiter bonne nuit.

Il éclata brusquement de rire. Un absurde couplet lui était venu à l'esprit : *Il lui lâcha la taille... et elle périt d'un rhume... d'entrailles !* Joy sursauta, se raidit. La pauvre enfant avait été effrayée par cette brutale hilarité – rien d'étonnant à cela.

« Pardon... marmonna-t-il. Ma chérie... je te demande pardon... »

Scélérat ! Embrasser la gouvernante !

Ce n'est pas « la gouvernante ». Elle tient une librairie.

Le souffle vif de la fournaise l'embrasa. Son rire, sa curiosité, son assurance d'ivrogne : tout cela l'abandonna. Il lui sembla que c'était son premier baiser, qu'il ne s'était jamais accolé à un autre corps, qu'il n'avait jamais rien tant désiré que cette jeune fille. Sauf une fois...

« C'était toi ? murmura-t-il. C'était toi, derrière le rideau ?

— Oui...

— Viens, montons... Montons une minute au refuge. »

La seconde d'après, pourtant, il la repoussait.

« Je vous demande pardon, dit-il. Je dois être ivre. »

Ils entendirent des bruits de pas, tout près, qui

s'éloignaient. Joy poussa un petit cri et s'adossa au mur. Ces pas, comprit Alec, il les avait perçus déjà, un moment plus tôt, tout près de la terrasse. C'était quelqu'un qui partait en courant. Il se pencha par-dessus le mur, cherchant à percer l'obscurité.

« Qui va là ? » s'écria-t-il.

Il se précipita sur la terrasse du dessous, mais le silence était revenu. Le jardin semblait entièrement désert.

Cette diversion soudaine l'avait dégrisé. Son excitation avait disparu sans laisser de trace, un interrupteur qu'on aurait actionné. Lui succédèrent l'inquiétude et le regret. Il avait été d'une incroyable sottise, il en avait conscience. Joy se pencha sur le mur, au-dessus de lui.

« Vous avez pu voir qui c'était ? s'écria-t-il.
— Non. »

Pour rien au monde il ne serait remonté près d'elle. Il prit congé d'une voix hésitante.

« Bonsoir, Alec. »

Et revenant d'un pas hâtif vers la maison, il voulut croire que ces pas dans la nuit n'avaient aucune signification. Il se forgea quelques résolutions nouvelles. Les limites n'avaient pas été franchies, mais il avait compris qu'il ne pouvait pas se fier à lui-même.

C'est la faute de Betsy, songea-t-il. Elle m'enferme dans une chambre froide pour ensuite lâcher cette furie sur moi.

Sa mère était dans le salon ; penchée sur un jeu de cartes, elle venait de commencer une patience. Elle lui lança un regard vif, intrigué ; il eut le sentiment d'être entré trop vite et trop brusquement.

« J'étais au pub, expliqua-t-il, pour cette histoire de livraison de bière et j'ai rencontré les Garstang. Tout le monde est couché ?

— Je ne sais pas, répondit Mrs Canning. Moi aussi, je viens de rentrer.

— Ah oui ? Tu étais où ?

— Chez les Bloch. Ils m'ont invitée à prendre le café et à voir des projets de décor pour le film.

— Vraiment ? »

Cet échange le rasséréna. Ce n'était pas elle qu'il avait entendue sur la terrasse. Jamais elle n'aurait couru si vite dans le noir.

« Ces pauvres Bloch, dit-elle, désinvolte, en distribuant son premier paquet de cartes. Ils sont un peu dépassés par les coutumes anglaises. J'ai voulu leur expliquer Lord St Mullins.

— Max ? Pourquoi ? Ils le connaissent ?

— Mais oui. Il était ici en juin, souviens-toi, chez sa sœur, à Llanfair. Les Bloch étaient dans la petite maison et ils l'ont rencontré quand il est venu voir Betsy.

— Ah ! c'est donc ça ! Tu m'étonnes qu'ils soient dépassés. N'importe qui le serait.

— Ils ne comprennent pas comment le cousin de Betsy peut être comte alors qu'elle n'a même pas de titre. Et ils le trouvent par ailleurs très bizarre.

— Ce qui est le cas, non ?

— Je ne pense pas l'avoir jamais rencontré.

— Mais si, mère. Il était là à notre mariage.

— Je n'en ai aucun souvenir. Je me rappelle tout un tas de Buttevant, Mrs Pattison, le vieux Lord St Mullins, le vieil oncle, et le garçon qui devait hériter du titre, ce pauvre garçon qui s'est noyé, mais lui...

— Quand on l'a vu une fois, mère, on ne peut pas l'oublier. »

Elle secoua la tête, semblant soudain hésitante, vieillie.

« Pourquoi ? Il est si particulier que ça ?

— Tu sais bien que oui... Il est tout chétif, avec une voix nasillarde. Et il jacasse tout le temps en agitant les mains.

— Et il a quel âge ?

— La quarantaine. Mais on dirait qu'il ne vieillit pas. D'un autre côté, il n'a jamais eu l'air jeune. C'est un vieux petit garçon. Il me semble que ses parents l'ont eu tard ; c'est peut-être pour ça. Tu sais, comme ces pommes qui se rident avant de mûrir ?

— Et c'est quelqu'un de bien, en dehors de son apparence ?

— Difficile de le détester complètement. Il est si chaleureux, si éperdument sincère... Tu sais qu'il a été fou amoureux de Betsy ?

— Ah bon ? »

Mrs Canning distribua son deuxième paquet de cartes. Alec s'approcha de la petite table pour se préparer un verre. Sa mère paraissait avoir oublié son arrivée quelque peu échevelée, avantage qu'il se hâta de conserver en poursuivant sur le même sujet.

« Oui ! Et quand elle l'a éconduit, le pauvre bonhomme a eu tant de chagrin qu'elle a bien failli changer d'avis. Pour être franc, il est d'un ennui fatal, ce qui ne l'empêche pas d'avoir des foules d'amis, parce que personne ne veut lui faire de peine. Sans compter que c'est une sorte de fanatique qui veut réformer la planète entière. C'est la mission qu'il s'est confiée : courir le monde pour combattre les atrocités. Il faut avouer que cet homme a un cœur de lion. Aux yeux de Dieu, il en vaut dix dans mon genre. Il n'hésitera pas à empoigner une canaille deux fois grande comme lui pour lui faire la morale. Impossible de ne pas le trouver admirable. Il n'a peur de rien.

— Et qu'en dit Betsy ?

— Oh ! Elle se moque un peu de lui, mais je crois qu'elle l'aime bien, elle aussi. Il lui voue une sorte de culte, ce qui vous rend toujours les gens sympathiques.

— C'est sûr ! Et toi, tu l'aimes bien ?

— Oh, oui. Mais il n'a aucun sens de la mesure. Il mouline comme un don Quichotte en toute saison. Quand on l'invite à dîner, il vous apporte des tas d'objets, des instruments de torture authentiques dénichés je ne sais où, des photos de rats dans les taudis. De quoi vous donner la nausée en plein milieu du repas ! Il voudrait bien devenir ami avec moi, parce que je suis le mari de Betsy, mais nous n'avons pas un seul atome crochu. Il me soumet à des interrogatoires sur le théâtre, veut savoir si les machinistes ont droit au chômage, si les choristes ont suffisamment de mètres cubes d'air dans leurs loges. Questions auxquelles je suis incapable de répondre.

— Et ça lui plaît d'être comte ?

— Apparemment. Il n'est pas mécontent de s'exprimer à la Chambre des lords. Là, au moins, il peut parler sans qu'on lui coupe la chique. Dans le temps, il n'a jamais réussi à se faire élire à la Chambre des communes. Il a essayé des dizaines de fois et il a toujours perdu sa caution. Et puis, il ne crache pas sur l'argent dont il a hérité. Pas pour lui-même. Il aime bien en donner. »

Mrs Canning leva brusquement la tête.

« Parce qu'il en a tant que ça ? Après avoir dû régler des frais de succession trois fois de suite ?

— Pas trois fois, mère, une seulement. Les autres héritiers étaient morts avant, souviens-toi. Il a hérité en droite ligne du vieil oncle que tu as croisé. Si bien qu'il est affreusement riche. Il est propriétaire de trois stations balnéaires. »

Mrs Canning avait réussi sa patience. Elle rassembla les cartes et les rangea.

« Donc, poursuivit-elle, espiègle, si Betsy n'avait pas refusé sa main, elle serait aujourd'hui comtesse et riche à millions.

— Oui. Pauvre Betsy ! Elle a raté une bonne occasion. Mais aucune femme digne de ce nom n'épouserait Max.

— Et cette propriété où habite sa sœur... Mrs Pattison ?... Llanfair ? Où est-ce ?

— La maison d'Isobel ? C'est vers le sud, sur la côte. À vingt ou vingt-cinq kilomètres d'ici, je dirais.

— Je me demandais si je ne devrais pas lui rendre visite, pendant que je suis là, histoire d'être polie.

— Oh ! je ne crois pas que ce soit la peine, à moins que cela te fasse plaisir.

— C'est une très bonne amie de Betsy, si je ne me trompe pas ?

— Non, je ne dirais pas ça. Bien sûr, elles se connaissent depuis l'enfance. Elles sont cousines. Elles s'apprécient comme on s'apprécie entre cousins, en général. »

Mrs Canning se leva, ramassa ses cartes, son ouvrage, ses lunettes, et souhaita bonne nuit à son fils.

« Je vais y aller, je pense. J'aimerais bien la revoir », dit-elle au moment où il se levait pour lui ouvrir la porte.

Une fois sa mère partie, Alec eut l'impression d'avoir trop parlé. Il avait voulu dissimuler sa nervosité mais n'était pas certain d'y être parvenu.

Et il s'étonnait que sa mère n'ait jamais rencontré Max. Dans le feu de la conversation, il ne s'était pas donné le temps de trouver la chose absurde. Maintenant qu'il le prenait, il était convaincu qu'elle se trompait. Elle avait forcément croisé Lord St Mullins à de nombreuses reprises. C'était inévitable.

Sans doute, l'âge venant, perdait-elle la mémoire. Elle était coutumière de ces curieux lapsus ; Betsy, qui était plus méfiante, jugeait ces confusions moins innocentes qu'il y paraissait. Mais pourquoi induire Alec en erreur au sujet de Max ? Cet oubli devait être sincère. Il n'avait aucune raison de penser qu'elle avait voulu lui tirer les vers du nez. Et pourtant, s'il avait été davantage maître de lui-même, moins anxieux et plus sobre, il n'aurait pas été si bavard. Certes, il ne se souvenait pas d'avoir franchi quelque limite que ce soit concernant Max et Betsy. Mais il y avait de l'imprudence dans l'air, ce soir-là, et ce n'était pas pour le rassurer.

Les amis

Mark se brossait les dents lorsqu'il entendit Kenneth monter l'escalier quatre à quatre, s'arrêter puis frapper à la porte.

« Entre ! le pria-t-il aimablement. Où étais-tu passé pendant tout ce temps ?

— Dans le jardin, dit Kenneth en fermant la porte.

— À bouder ?

— La ferme ! »

Mark fit volte-face et constata que son ami fulminait encore. Il allait mettre les points sur les i. Hors de question de laisser le jeune Kenneth s'emporter si facilement.

« Pourquoi es-tu parti comme ça ? On voulait jouer au poker – impossible de te remettre la main dessus.

— Je pensais que vous chantiez.

— Pas toute la nuit, espèce d'idiot ! Tu pourrais avoir un peu de considération pour les lubies des autres. D'accord, on faisait un sacré raffut.

Mais ça n'a pas duré. Il va falloir t'habituer à ne pas être de toutes les aventures. Eliza, elle, ne boude pas quand ça lui arrive.

— Toi, en revanche, ça ne t'arrive jamais ? »

Mark éclata de rire.

« Oh, moi, non. Je suis très large d'esprit ! »

Kenneth s'assit au bord du lit, désarmé. Son visage était sans couleur et Mark comprit que l'affaire était plus grave qu'une simple colère enfantine. D'une voix plus douce, il lui demanda de nouveau ce qu'il se passait.

« Rien !

— Mal au ventre ?

— Non.

— On dirait, pourtant.

— Vraiment ?

— Aurais-tu la bonté de libérer mon lit ? Je voudrais me coucher. »

Le silence s'installa. Mark attendait quelque explication mais Kenneth se contentait d'arpenter la chambre jusqu'à ce que son ami perde patience.

« Soit tu dis ce que tu as sur le cœur, soit tu t'en vas.

— Je ne pourrai jamais en parler », déclara Kenneth, qui fut pris de frissons.

Et cependant il était venu se confier à Mark. Il était tremblant, furieux, au comble de l'excitation.

« Bon, dit Mark, prêt à conjecturer. Pas la

peine d'en faire un plat. Tu es tombé sur une idylle nocturne, c'est ça ?

— Comment as-tu deviné ?

— J'ai raison ?

— Oui. »

Ils étaient revenus en terrain connu. Mark pensait savoir comment atténuer le choc.

« Ça m'est arrivé une fois. J'étais tout gamin. C'était dans un cottage en ruines... J'ai vomi au retour en voiture. On dira ce qu'on veut, ce n'est pas un beau spectacle... »

Il se carra contre ses oreillers, les yeux fixés sur le plafond. À la vérité, ses certitudes étaient moins solides qu'il voulait bien le montrer. Son esprit était un royaume où l'ordre régnait. Ce qui s'y trouvait était soigneusement étiqueté et rangé dans les casiers idoines. Aucun problème sans solution n'y traînait. Mais le pouvoir de cet esprit ne s'étendait malheureusement pas aux pays voisins. Il scintillait, petite étoile, au sein du chaos. Alentour s'étendait une ténébreuse contrée où grouillaient, informes, des instincts et des passions qu'il n'osait affronter. Apporter l'ordre et la lumière à ces forces du désordre était au-delà de ses forces. Le rire était sa meilleure défense ; une partie de cet esprit si bien ordonné s'adonnait volontiers à la grivoiserie ; c'est là qu'il cherchait refuge quand l'inconnu menaçait.

Il voulait rire à présent, et faire rire son ami.

Avec une bonne grosse blague, l'ordre reviendrait.

« Je ne vais pas vous faire un dessin, hein, les garçons ? gloussa-t-il, avec la voix du professeur qui les avait préparés à la confirmation. C'est sain ! C'est naturel ! Non, Wedderburn, non, on ne rit pas ! Ce... n'est... pas... une... plaisanterie !

— Je n'ai jamais dit que c'en était une », grogna Kenneth.

Il avait la nausée. Et aucune envie de rire.

« Eh, toi, s'écria Mark, soudain alerte. Interdit de dégobiller sur mon plumard. File boire un verre d'eau. »

Il bondit de son lit et alla lui-même en chercher dans un verre à dents. Kenneth s'en saisit en croassant un remerciement.

« Bon, reprends-toi, l'encouragea Mark. Qu'est-ce qu'ils faisaient de si terrible ?

— Ils s... s'embrassaient.

— Ils s'embrassaient ? Mon Dieu ! C'est tout ? »

Kenneth avala une nouvelle gorgée et lâcha le morceau.

« C'était mon père et... et Joy... »

Il y eut un silence glaçant. Mark était consterné. Le sujet interdisait toute plaisanterie. La compassion s'effaça de son visage ; ses traits se durcirent.

« Ah, je vois, finit-il par marmonner. Bon... tu n'y peux rien. Si j'étais toi, j'irais me coucher et j'oublierais tout ça.

— C'est un vieux porc. Il me donne envie de vomir.

— Désolé, Ken. Mais je ne tiens pas à ce que tu m'en parles. C'est ton père, pas le mien.

— Et si c'était le tien, tu dirais quoi ? »

Mark n'en avait pas la moindre idée. Il n'avait jamais connu son père, mort à la guerre. Sa mère l'avait suivi dans la tombe, elle aussi, alors qu'il n'était qu'un enfant ; il avait grandi sans famille, ne tenant rien ni personne pour acquis. De l'amour, de l'affection, il ne savait pas grand-chose. Son esprit avait mûri précocement mais son cœur n'avait jamais été bien nourri.

« C'est tordant, hein ? insista Kenneth. Cette bonne blague ! Tu hurlerais de rire, si c'était ton père.

— Pas une seconde. Ne dis pas n'importe quoi.

— Alors tu ferais quoi ? »

Mark n'avait qu'une seule réponse à cette question : « Je ne sais pas. » La situation le scandalisait. Deux constats qu'il n'avait aucune envie d'admettre, de même qu'il lui répugnait de renoncer à sa réputation de juge infaillible. Kenneth l'avait toujours considéré comme un maître à penser ; il n'avait aucune envie de reconnaître son impuissance en la matière. La vanité, tout autant que le dégoût, lui conseillait d'esquiver.

Il tergiversa. Kenneth avait besoin de son aide, et il n'était que trop conscient de la fragilité de son ami. Il l'avait remarqué il y a longtemps : ce garçon avait besoin qu'on l'aide à rester dans le droit chemin. Or Kenneth l'adorait et il s'acquittait de cette dette en acceptant une responsabilité morale à son égard. Refuser de l'aider, c'était l'abandonner.

Il refusa pourtant, parce qu'il n'y avait dans les petites cases de son esprit aucun précepte qui fasse autorité. Il ne trouvait pas de solution. Et il était trop inexpérimenté, trop immature pour se rendre compte qu'aucune solution n'était nécessaire, que les formules, si compétentes soient-elles, ne réparent pas les cœurs brisés. Seule la compassion aurait servi, mais il avait du chemin à parcourir avant de comprendre cela.

« Je ne peux pas discuter des penchants de ton père, dit-il. C'est impossible. En tout cas, arrête d'en faire toute une histoire. Ce n'est pas ton problème, à vrai dire.

— Ah, tu crois ? Tout à l'heure, tu disais que ça t'avait rendu malade... Et je parie que ce n'étaient même pas des gens que tu connaissais.

— Rien à voir. Ils ne faisaient pas que s'embrasser. »

Kenneth alla poser le verre sur la table de toilette, puis sans se retourner complètement, il dit à voix basse :

« Mais... est-ce que ça ne t'a pas donné un peu envie d'en faire autant même si ça t'a écœuré ?

— Ça suffit, gronda Mark, furieux. Sors-toi ça

de la tête. On est tous pareils. Mais on évite d'y penser, à moins d'être un cochon.

— J'en suis peut-être un. C'est peut-être héréditaire. »

Mark choisit de ne pas s'étendre.

« Quoi qu'il en soit, dit Kenneth en sortant de la chambre, tu ne m'as pas beaucoup aidé. »

Une matinée perdue

Les nouvelles de Londres étaient rassurantes. Mrs Hewitt avait été déclarée hors de danger et son professeur de mari en prenait désormais la charge. Betsy espérait donc rentrer à Pandy Madoc dans les jours qui venaient. Mais il y avait dans ses lettres une sourde inquiétude qui n'échappait pas à Alec. Gisaient entre les lignes cent questions inexprimées. Elle voulait savoir ce que tramait sa belle-mère. Rien du tout, vraiment, pour autant qu'il puisse en juger, lui répondit-il à plusieurs reprises.

« Elle est d'une incroyable placidité, écrivait-il. Je ne l'ai jamais vue prendre les choses aussi sereinement. Me croiras-tu si je te dis qu'elle nous passe tout ? Mon seul reproche, c'est que c'est trop facile ; il est temps que tu reviennes mettre de l'ordre. La liberté, c'est bien, à condition de ne pas en abuser. Ce n'est pas moi que ça dérange. Mais j'aime bien voir les autres se tenir à carreau. Les femmes de chambre se laissent aller. Blowden est retombée dans ses travers : elle ne remet qu'une chaussure à la fois dans ma chambre, si bien que je ne trouve jamais la paire. Les enfants sont devenus incontrôlables. Ken est insupportable, morose, très impertinent depuis quelques jours. Mark Hannay, qui est parti mardi, doit lui manquer. Mais il traverse une phase odieuse. Il a perdu la clé du garage ce matin. Par pure paresse ! Il l'avait fichue dans sa poche, au lieu de la remettre là où elle devait être. Puis il est allé se baigner et l'a perdue sur la plage. On a dû faire venir quelqu'un de Morvah pour la refaire. Quand je l'ai grondé, il a refusé de s'excuser, et s'est montré d'une insolence inadmissible. Je lui ai tenu le genre de discours que je n'aurais jamais pensé adresser à mes enfants, "Ne me parle pas sur ce ton, etc." Scène pénible. Il se calmera quand tu seras là. Il n'est pas le seul ici à avoir besoin de toi.

Betsy, ma chérie, tu avais raison : le homard ne me réussit pas. Je devrais le savoir, depuis le temps. Tu as toujours raison. Mère nous en a servi tous les jours pendant une semaine et maintenant, rien que l'idée... J'ai été atrocement mal fichu, mais j'ai réussi à me soigner au bismuth ! Voilà, rentre vite, je t'en prie. Tu nous manques. »

De fait, Alec travaillait dur et voyait très peu sa famille, sauf au petit déjeuner et au dîner. D'une part parce qu'il lui fallait répondre à la pression de Johnnie Graham et d'autre part parce qu'il souhaitait éviter Joy. Ne l'ayant plus revue qu'au moment des repas, depuis quelques jours, il commençait à espérer que l'incident soit clos.

Pourtant, un matin, en montant au refuge après le petit déjeuner, il trouva une lettre posée sur son bureau. En la lisant, il entendit s'effondrer toutes ses protections imaginaires.

Cher Alec (lut-il)

Mrs Canning m'a dit que Betsy et vous alliez divorcer. Elle me dit qu'il faut que vous partiez avec une femme, n'importe laquelle, pour avoir un motif.

C'est vrai ? Et si vous devez vraiment partir avec quelqu'un, serait-il possible que ce soit moi ? Il faut que je vous dise que je vous aime à tel point que je mourrais si je devais ne plus vous voir. Vous êtes tout pour moi, toute ma vie. Bien sûr que je sais que vous ne m'aimez pas, que vous ne m'aimerez jamais de cette façon. Mais, avec ce qui s'est passé l'autre soir, j'ai l'impression qu'on pourrait tout à fait partir, vous et moi, ensemble, pendant un moment ; après cela, je ne vous embêterais plus, je ne vous demanderais plus rien, je ne chercherais même plus à vous revoir. J'aurais eu ma minute de bonheur, et c'est plus qu'en obtiennent bien des gens. Je préfère passer ce court moment avec vous puis essayer de refaire ma vie que me traîner sans but jusqu'à la fin de mes jours. Après, je serais malheureuse, mais ma vie aurait un sens, ce qui n'est pas le cas aujourd'hui. Des deux malheurs, c'est celui que je préfère.

S'il vous plaît, ne vous dites pas que je suis trop jeune. Je sais ce que je fais ; ça ne gâchera pas mon avenir. Comme je vous l'ai dit, je vais quitter mon emploi pour travailler dans cette librairie. Mon amie ne me fera aucune remarque sur ma vie privée ; elle a eu la même expérience.

Si je vous écris, c'est pour nous faciliter la tâche à tous les deux au cas où vous diriez non. Ou plutôt où vous écririez non, je veux dire. Mais, s'il vous plaît, ne répondez non que si vous pensez vraiment n'avoir pas assez d'affection pour moi. Et ne me reprochez pas d'avoir écrit cette lettre. Mon désespoir est si grand. C'est insupportable. Vous ne voulez plus me regarder, vous ne voulez plus me parler, soit, mais vos reproches n'ont pas lieu d'être.

Joy.

Cette lettre déversait un tel chapelet de bombes qu'il avait peine à savoir laquelle l'avait le plus profondément ébranlé.

La première phrase, preuve manifeste de la duplicité de sa mère, le laissa pantois. Elle savait donc depuis le début que Betsy se séparait de lui, elle en avait même parlé autour d'elle ! Sa capacité de nuisance était sans limites. Peut-être était-elle en train de distiller la nouvelle du divorce chez Isobel Pattison, avec laquelle elle déjeunait en cet instant.

Quant à Joy...

Quel cauchemar. Pendant plus d'une heure il arpenta son refuge, maudissant toutes les femmes, y compris Betsy, puisque c'était la lettre envoyée trop tôt en Suisse qui avait provoqué ce malheur. Il était si furieux qu'il ne songea pas immédiatement à répondre à Joy. Elle ne le méritait pas. Il ignorerait sa proposition scandaleuse, espérant qu'elle devinerait, devant ce silence, ce qu'il pouvait en penser.

D'autres raisonnements se firent cependant jour dans son esprit. Sans réponse de la part d'Alec, n'allait-elle pas penser qu'il hésitait encore ? Et puis il faudrait la croiser aux repas, avec sur les épaules le fardeau de cette lettre tue. De surcroît, il devait contredire les ragots de sa mère. Mieux valait écrire à Joy deux ou trois phrases définitives, niant le divorce à venir et contraignant la jeune femme à regretter son offre. Il se précipita à sa table, s'empara d'un stylo et écrivit ceci :

Chère Joy,
Ma mère est dans l'erreur. Betsy et moi n'allons pas divorcer ; il n'est donc pas question de...

Fallait-il en dire plus ? Comprendrait-elle cette rebuffade implicite ? Ou devait-il préciser qu'il n'aurait jamais pris en compte sa proposition, quelle qu'ait été la situation ?

Puis il se souvint de la terrasse. Il fallait donner une explication à Joy, se prit-il à penser. Il avait beau retourner la chose en tous sens, c'était lui, tout de même, le plus coupable. Il fallait le reconnaître tout en essayant de faire entendre raison à Joy, d'examiner l'incident d'un œil logique. Comment pourrait-elle poursuivre dans l'existence si le moindre baiser prenait une telle importance pour elle ?

Il relut sa lettre, et fut, cette fois-ci, pris d'une certaine compassion pour la souffrance qui s'y exprimait. La stupéfaction avait émoussé ses sens. Il était si préoccupé par ses propres soucis qu'il n'avait pas vraiment compris ce qui avait inspiré la jeune femme. Il voyait bien maintenant qu'elle souffrait, qu'elle était persuadée de l'aimer, et qu'il l'avait indubitablement encouragée dans cette illusion. Erreur pardonnable – elle était si jeune ! Il aurait été malvenu de la lui reprocher. Il fallait plutôt l'aider, dans la mesure du possible, et lui répondre sans l'humilier. Le refus serait, de toute manière, bien assez blessant ; inutile d'y ajouter de l'amertume. Comme il avait vingt ans de plus qu'elle, comme il avait plus d'expérience, c'était à lui de régler cette affaire.

Il se remit à l'ouvrage tout en jurant tout bas.

Mais, ma chère Joy…

Trop gentil, peut-être ? Non, pas vraiment.

… Je n'aurais en aucun cas pu entendre votre proposition. Premièrement, je ne sais pas si vous comprenez tout à fait quelle est la coutume à ce sujet entre gens de bonne compagnie. La loi du divorce, il est vrai, exige une preuve d'infidélité ; mais c'est de pure forme. En général, il s'agit tout au plus d'un week-end dans un hôtel…

Diable, diable ! Est-ce que ça suffit ? Va-t-elle comprendre ? Je ne vais tout de même pas écrire adultère en toutes lettres, non ? C'est juste pour répondre à sa proposition…

Sans qu'il soit question d'infidélité à proprement parler…

C'est de la collusion, ma chère Joy ! Ça m'enchante de devoir vous expliquer ça. Et quelle prévoyance, au cas où je devrais divorcer ! Oh ! Betsy. Je te tordrais volontiers le cou.

Et deuxièmement, je ne peux admettre que vous y soyez mêlée. Ce serait scandaleux de ma part. Vous si jeune, vous qui êtes l'amie

de Betsy et qui appartenez à ma « famille »,
au sens romain du terme.

Troisièmement, il est de mon devoir de
vous convaincre que votre sentiment pour moi
n'est ni aussi sérieux ni aussi durable que vous
le pensez. Je suis plus âgé, plus expérimenté
que vous, vous pouvez me croire. Bien sûr, je
suis ému, reconnaissant...

Vraiment ? Non. Mais si. Enfin je ne sais pas.
Pauvre gosse.

... et je sens que c'est en partie de mon fait,
parce que j'ai perdu la tête, l'autre soir. Je
suis impardonnable. J'ai mal agi, j'en ai honte.
Mais je vous prie de croire que dans quelques
années... Une ou deux...

Années ? C'est très vaniteux. Je l'impressionne
à ce point ?

... Dans quelques mois...

Ah, là, c'est rude. Je ne la prends pas au
sérieux.

... dans beaucoup moins longtemps que
vous ne le pensez, vous m'aurez complètement oublié. On a tous commencé par aimer
la mauvaise personne : on ne peut pas viser

juste du premier coup. Un jour ou l'autre, vous trouverez l'homme qu'il vous faut. Ce que vous voyez en moi est en réalité une qualité que vous traquez inconsciemment en lui. Vous n'êtes donc pas complètement à côté. Vous comprendrez cela quand vous l'aurez trouvé. Cet homme vous rappellera notre rencontre, mais il sera beaucoup plus gentil que moi. Ma chère, ne vous tourmentez pas, et comprenez que les gens les plus heureux commencent par faire d'horribles bévues. Je suis très content que vous m'ayez parlé et vous ne devez pas le regretter, car...

Elle avait au contraire tout motif de le regretter. Elle s'était offerte à lui. Elle avait été mise de côté. Rien ne pouvait atténuer cette douleur.

Il relut sa lettre, du début jusqu'à la fin ; elle lui parut horriblement factice. Elle contournait le sujet essentiel – cette forte attraction physique dont ils étaient tous deux conscients. Impulsion bien présente, dont il avait essayé d'ignorer l'existence. Il était un lâche, un hypocrite.

Il prit une nouvelle feuille sur laquelle il écrivit ceci :

Je ne pars avec personne. Mais si tel était le cas, j'apprécierais que ce soit avec vous. Vous m'attirez énormément et cette aventure me donnerait du plaisir, c'est indéniable, à condition de n'avoir aucune obligation envers vous. Il me semble qu'il s'agit, pour vous comme pour moi, d'un désir éphémère et que nous n'aurons pas grand-chose à nous dire une fois qu'il aura été assouvi. On s'amuserait, c'est certain.

Mais ce serait mal, bien sûr, et parfaitement idiot et j'espère avoir la force de résister à cette tentation. Oublions cette idée, si vous voulez bien. Cela vaut mieux pour nous-mêmes, pour notre relation et pour tous ceux qui nous sont proches.

Aveu aussi candide que précis et, à bien y regarder, nettement moins humiliant pour elle. L'envoyer, en revanche, était impensable. Ces choses pouvaient être dites, mais on ne les couchait pas sur le papier. Il n'avait pas perdu toute prudence. En fin de compte, peut-être valait-il mieux lui parler.

Il déchira ses brouillons, de même que la lettre de Joy, puis fit tout brûler dans la cheminée. Il était midi et demi et il n'avait pas commencé à travailler. Sur la table, devant lui, trônait le matériau de la journée, non encore exploité. Ces fichues bonnes femmes avaient gâché sa matinée. Il serait forcé de la voir au déjeuner, chose impossible tant que leur affaire n'était pas réglée. Il n'avait pas d'autre choix que de passer la journée au club de golf.

En descendant vers la maison, il se souvint qu'il ne pourrait disposer de l'auto. Sa mère l'avait empruntée pour aller à Llanfair. Il allait devoir se rendre au club à vélo mais avec toutes les collines du bord de mer, autant marcher. Il débordait de rage. Comme la plupart des gens affables, il avait du mal à contrôler ses accès de colère. N'était-il pas monstrueux qu'Alec Canning, distingué librettiste aux revenus assez confortables pour s'offrir une Buick, soit obligé de traîner une bicyclette pendant huit kilomètres sous un soleil de plomb, parce qu'une nuée de harpies l'avait chassé de son domicile ?

La clé de la remise à vélos était accrochée – aurait dû l'être, du moins – à un clou, derrière la porte d'entrée. Il entra dans la maison pour la récupérer et tomba directement sur Joy, laquelle disposait des fleurs dans le vestibule. Ils échangèrent un seul regard, lourd de panique.

« Je vais à mon club de golf, se hâta-t-il de préciser. Où est la clé de la remise à vélos ?

— Accrochée au clou. Vous ne l'avez pas trouvée ?

— Non, je ne l'ai pas trouvée. Elle n'est pas sur le clou.

— Vraiment ?

— Vraiment.

— C'est peut-être Ken qui l'a prise.

— Dieu du ciel ! Et où est-il ?

— Je ne sais pas. À Morvah, je crois. »

C'était la première fois qu'elle voyait Alec aussi furieux et cela l'affolait.

« Je pourrais... s'écria-t-elle, confuse. Je pourrais filer...

— Filer où ?

— Chercher une autre clé...

— Une autre clé ? Où ça ? »

Cette proposition était ridicule, mais Joy souhaitait tellement paraître utile. Sa vaine agitation, son visage blême, effaré, firent exploser la rage d'Alec.

« Ça n'a pas de sens, c'est grotesque. Vous dites décidément n'importe quoi ! J'en ai assez.

— Alec, c'est contre moi que vous êtes fâché ? Pourquoi vous mettre dans cet état ?

— Pourquoi ? Vous me demandez pourquoi ? Comme si ça ne suffisait pas que ma mère colporte cette rumeur... ces mensonges...

— Alors, ce n'est pas vrai ?

— Bien sûr que non. Il n'y a pas un mot de vrai là-dedans.

— Mais comment pouvais-je le savoir ? Comment...

— Et maintenant vous, qui venez m'empoisonner la vie...

— Alec ! je vous en supplie...

— ... avec votre ignoble proposition ! C'est ma faute, bien sûr. Je sais que c'est ma faute. Je n'aurais pas dû vous embrasser. Mais vous l'avez cherché...

— J'ai seulement...
— Pour l'amour de Dieu, partez. Fichez le camp. Laissez-moi tranquille. Je ne veux plus jamais croiser votre chemin, je ne veux plus jamais penser à vous. Si vous aviez la moindre pudeur, vous ficheriez le camp... »

Elle se plaqua les mains sur le visage et s'écarta, épaules courbées, comme s'il l'avait frappée. Et elle resta là, dans le vestibule, voûtée, le visage dans les mains, longtemps après qu'il eut fini de parler, longtemps après qu'il fut parti.

Le retour

En début d'après-midi, le ciel éclatant s'ennuagea d'une tendre mélancolie. De l'autre côté de la baie, les montagnes s'étiraient, claires et bleues ; la mer gris tourterelle s'étendait jusqu'à leurs pieds, sans une ride, sans une ombre. Betsy, remontant de la gare, ne cessa de s'arrêter pour regarder autour d'elle ; elle avait été agitée, inquiète, pendant le voyage en train, mais la sérénité du soir l'apaisait. Elle était très heureuse de rentrer chez elle et se sentait accueillie par le ciel, la mer et la terre. Elle avait beaucoup pensé à ce moment, à ce qui l'attendait dans sa maison, se demandant ce qu'avait fait Mrs Canning, ce que dirait Alec, ce qui les attendait tous les deux. Mais elle avait oublié qu'elle retrouvait un lieu aimé depuis longtemps. Elle l'aimerait encore plus, désormais, serait encore plus à l'écoute de sa douce voix, car elle garderait la maison quoi qu'il en soit. Si elle renonçait à son impérieux désir de liberté pour se résigner à son devoir, il lui resterait au moins cela. Non seulement ça, mais elle pourrait en jouir l'esprit serein.

Rien de ce qui m'attend là-haut, dans la maison, n'est bien compliqué, songeait-elle. Personne n'est contre moi. Ils m'aiment tous. Je n'aurai pas à me battre. Elle aussi m'apprécie et me veut du bien. Nous voulons la même chose toutes les deux. Je dois simplement rester sereine. Ne pas me laisser perturber par elle. M'efforcer d'être raisonnable, aimante. De conserver cette paix qui règne sur mon cœur. Je ressens une certaine tristesse. Mais il y a de la tristesse dans tout apaisement. Il est plus difficile d'accepter que de se battre...

Lorsqu'elle arriva à Pandy Madoc, la maison paraissait déserte. Les portes étaient ouvertes et les pièces emplies seulement de la lumière paisible et grise. Elle regarda dans le salon, aperçut les partitions entassées en désordre sur le piano, ouvert. Partout, se manifestaient les traces d'une occupation étrangère. Des fauteuils avaient été déplacés. Sous la fenêtre, la banquette était jonchée de canevas et de laines à broder. Les bibliothèques n'avaient pas été époussetées. Betsy remarqua ces menus détails avec un vague malaise : tous lui parlaient de la femme qui avait vécu là en son absence. C'était comme si Emily Canning imprimait d'un sceau indélébile tous les lieux qu'elle habitait.

Mais tout rentrerait vite dans l'ordre ; il suffisait

de cinq minutes, songea Betsy, en revenant dans le vestibule où régnait une désagréable odeur de fleurs fanées. Saisie d'une irritation croissante, elle constata que les coupes et les vases étaient disposés n'importe comment sur la table. La plupart étaient à demi remplis d'eau sale. Sur un tas de journaux gisait une masse de végétation en décomposition, malodorante, prête à être jetée. La personne qui avait commencé à s'occuper des fleurs avait dû tout laisser en plan des heures plus tôt, car les roses et les pois de senteur fraîchement coupés étaient déjà flétris, les pauvres !

Betsy, qui haïssait les mauvaises odeurs, se détourna, souhaitant d'instinct se livrer au grand air et retrouver la sérénité de son retour. Un léger mouvement dans l'escalier l'en empêcha. Elle leva les yeux : Mrs Canning regardait par-dessus la rambarde, l'œil vif, l'allure furtive, comme un animal sortant la tête de son terrier. La présence tapie dans la maison avait retrouvé vie.

« Betsy !

— Bonjour ! Me voilà revenue ! »

Je dois être raisonnable, aimante, se répéta-t-elle, en souriant avec toute la douceur dont elle était capable.

Mrs Canning la rejoignit en hâte dans le vestibule.

« Ma chère, nous ne savions pas que vous rentriez aujourd'hui ; vous aviez envoyé un télégramme ?

— Non, dit Betsy, sans se départir de son sourire. J'ai préféré vous faire la surprise.

— Et votre mère ? Comment va-t-elle ?

— Mieux, bien mieux. Elle est complètement hors de danger. Le médecin ce matin était si optimiste que j'ai pris le premier train pour rentrer à la maison.

— Mais... Ma pauvre enfant. Personne n'est venu vous chercher.

— Aucune importance. Ça m'a fait du bien de marcher après cette longue journée dans le train. J'enverrai quelqu'un pour les bagages. Comment vont-ils, tous ? Où sont-ils passés ?

— Je ne sais pas. Alec est sur le green, je crois.

— Vraiment ? demanda Betsy, surprise. Alors qu'il a tellement de travail... Ça n'avance plus ?

— Je n'en ai aucune idée. Je n'ai pas été là de la journée, je déjeunais chez Mrs Pattison.

— Ah ! »

Il y avait dans le ton de Mrs Canning quelque chose qui semblait suggérer qu'elle aurait pu en dire beaucoup plus si elle l'avait voulu. Betsy se sentit envahie par un malaise familier – le besoin de se défendre, d'être sur ses gardes, d'élaborer des tactiques mesquines pour contrer des attaques qui l'étaient tout autant. Mais elle était aimante, raisonnable ; elle devait ignorer ce malaise. Elle s'enquit avec détachement des nouvelles de la maison.

« Eh bien... Joyce Machin... Votre bonne à tout faire...

— Joy Benson ?

— Elle prétend avoir mal à la tête. Je viens de passer la voir. Je ne sais pas ce qui ne va pas. On dirait qu'elle a pleuré à s'en rendre malade. Mais elle appelle ça avoir mal à la tête.

— Ah ! dit Betsy en regardant les fleurs sur la table, je comprends mieux... Bon, je monterai voir ce qu'il y a. »

Ce fut le moment que Kenneth choisit pour apparaître à la porte. En voyant sa mère, il poussa un cri de joie, se précipita vers elle. Elle l'étreignit, presque violemment. La description qu'avait faite Alec de leur fils avait inquiété Betsy et elle se rendit immédiatement compte que le garçon allait mal. Puis Eliza et Daphne surgirent d'un pas alerte. Le vestibule résonna de bavardages ; la maison s'éveilla de sa grise sieste. Les bonnes, dans la cuisine, se remirent à émettre des bruits domestiques. Des pas parcoururent les escaliers. Des portes claquèrent, des robinets coulèrent dans les salles de bains.

Mrs Canning revint au salon et s'installa sur la banquette de la fenêtre pour travailler à sa tapisserie, laquelle était destinée au tabouret de piano de Betsy : le modèle, copié sur une pièce du musée de South Kensington, était remarquable. Comme tout ce qu'elle entreprenait, c'était original et charmant, et attirait tout de suite le regard. Mais Mrs Canning n'avait pas assez de patience pour mener son ouvrage à bien. Les points étaient irréguliers, les rangées partaient dans tous les sens et les couleurs n'étaient pas les bonnes. Négligeant pour l'heure le fond, elle n'avait brodé que les parties les plus amusantes du dessin. Sans aucun doute, le rond de tabouret finirait sa carrière au fond du tiroir de sa commode florentine, avec maintes autres broderies inachevées dont certaines avaient plus d'un demi-siècle. Persuadée qu'elle les terminerait un jour ou l'autre, elle n'avait pas le cœur de les jeter, préférant se lancer dans de nouveaux travaux, avec l'inconstance d'une enfant de dix ans. Dans ce tiroir gisait la preuve que cette enfant de dix ans pouvait également être épouse, mère, grand-mère, arbitre de la vie d'autrui, et faire croire au monde qu'elle était une adulte de soixante-huit ans, riche d'expériences.

Le gravier crissa ; elle leva la tête. Alec traversait le jardin d'un pas las. Sa journée sur les greens n'avait pas dû lui faire du bien : il avait l'air exténué. Elle lui fit signe par la fenêtre ; lorsqu'il approcha, elle constata qu'il était dans l'une de ses effrayantes colères noires. Événement qui ne se produisait que tous les dix ans, et dont elle oubliait entre-temps l'éventualité. Mais elle ne se méprenait jamais sur son symptôme : un regard fixe, étrange, qui ne voyait plus rien.

« Betsy est revenue, annonça-t-elle.
— Très bien. »

Deux mots prononcés sans entrain. Et, arrêtant son regard aveugle et furibond sur Mrs Canning, il ajouta :

« J'aurais deux ou trois mots à te dire. »

Elle se sentit défaillir, avant de se rappeler qu'elle avait la même intention. S'il avait quelque chose à lui reprocher, elle gardait dans sa manche un bel atout défensif.

« Oui, mon chéri, murmura-t-elle. Mais il est huit heures moins le quart. Si tu veux prendre un bain, ne tarde pas. »

Il poursuivit son chemin, contourna la maison ; elle se remit à broder. De temps à autre, elle plantait l'aiguille dans le rêche canevas, et contemplait au-dehors le ciel gris, la mer grise, la frange de montagnes suspendue entre eux. Il n'y aurait pas de coucher de soleil. Tout allait se fondre en un doux crépuscule.

La dispute

Le règne de Mrs Canning ayant pris fin, les enfants durent se coucher de bonne heure. Betsy ne tarda pas à imiter leur exemple car elle était épuisée et mal à son aise. Sa sérénité l'avait abandonnée ; elle avait commencé à se désagréger dès le seuil de la maison franchi.

Il y avait quelque chose de corrompu dans l'air, flottant telle une mauvaise odeur ; elle le percevait sans pouvoir déterminer son origine. Un certain nombre de petites choses l'inquiétaient, auxquelles il serait facile de remédier, et qui étaient sûrement sans lien les unes avec les autres. La maison était sale, mal rangée. Les domestiques s'étaient relâchées. Joy avait mal à la tête. Kenneth se morfondait. Quant à Alec, il n'était décidément pas dans son assiette, conséquence, sans doute, de sa consommation excessive de homard et de bismuth. Mais rien de tout cela, pris séparément ou ensemble, ne justifiait la prémonition d'une catastrophe imminente.

À présent seule dans l'intimité de sa chambre, elle voulut se raisonner. Ce malaise n'avait rien de nouveau, rien d'extraordinaire. La seule présence de sa belle-mère suffisait à le susciter. Les détails les plus infimes revêtaient soudain des significations disproportionnées ; personne n'était tout à fait sincère et des ressentiments inexpliqués faisaient leur apparition. Il ne fallait pas y attacher d'importance ; c'était juste que son tempérament provoquait chez ceux qui la côtoyaient une sorte de réaction chimique.

Et pourtant, se disait Betsy en brossant ses cheveux, ce n'est pas une méchante femme. Elle est capable de courage, de générosité. Elle nous est profondément attachée. Mais elle n'est pas vraie. Elle ne connaît pas le sens du mot vérité. L'affronter, c'est se battre contre des ombres... elle va bientôt repartir. Et puis elle mourra, un jour... Et j'en serai contente... J'aurais préféré que ce ne soit pas le cas, mais... C'est comme ça. Contente, vraiment ? Ou vais-je regretter de ne pas l'avoir aimée davantage ? Quand les gens meurent, on les considère sous un autre angle. Parce qu'ils sont morts et que nous sommes vivants. Ils deviennent passifs, alors que nous restons actifs... Raison pour laquelle nous avons le sentiment que nous aurions dû agir, intervenir dans cette relation avec eux... Mais peut-être ai-je encore le temps. Avec un gros effort, je parviendrai peut-être à me lier d'amitié avec elle.

Dans le salon, juste sous ses pieds, elle entendait des voix, parfois fortes, parfois basses. Alec et sa mère discutaient. Elle se demandait s'ils en avaient pour longtemps, si elle avait le temps de s'enduire le visage de crème avant qu'ils ne montent ? Alec avait retrouvé sa chambre depuis le départ de Mark Hannay et elle espérait qu'il viendrait bavarder un moment avec elle avant d'aller se coucher. Mais elle ne souhaitait pas qu'il la trouve luisante de crème, car c'était le premier soir de leur nouvelle vie. Il ne se passerait pas grand-chose. Ils bavarderaient, ils riraient, feraient quelques projets – c'était tout. Mais ce serait le premier pas vers le rajustement de leur existence.

Penchée vers le miroir, elle examina longuement son image, cherchant à distinguer les changements provoqués par ces dix-sept années. Ils étaient des plus minimes, tout compte fait. Elle avait pris soin de son apparence et son visage était encore intact. Mais la jeune fille qui avait épousé Alec, elle, avait disparu, engloutie par le temps. Le temps qui passait à une telle allure, le temps qu'elle avait dilapidé… Bientôt, elle serait vieille. Puis ils mourraient tous les deux, Alec et elle : reposant en paix, chacun de son côté, dans sa tombe. La Betsy disparue n'avait rien su du temps. Elle avait eu la vie devant elle et n'en avait rien su… Pauvre idiote, à l'enviable ignorance. À présent, le temps était tout. Chaque heure vous rapprochait de la fin…

Une porte se ferma au rez-de-chaussée. Elle entendit Mrs Canning monter et entrer dans la chambre d'amis. Elle reposa son pot de crème et resta immobile, l'oreille tendue. Il s'écoula un long moment avant qu'elle entende les pas d'Alec dans l'escalier – si long, en vérité, qu'elle commença à s'en irriter. Ils n'avaient guère échangé plus de trois mots en tête-à-tête depuis son retour ; il devait savoir qu'elle l'attendait. Lorsqu'il frappa enfin à sa porte, ce fut d'un ton sec qu'elle le pria d'entrer.

« Betsy, qu'est-ce que c'est que cette histoire de Max Buttevant ? »

Le cœur de Betsy dégringola au fond de sa poitrine. Elle avait mal entendu. Il n'avait pas dit cela.

« Quoi ? De quoi tu parles ?

— De Max St Mullins. Tu lui as vraiment promis de l'épouser dès que tu serais débarrassée de moi ?

— Qui dit ça ?

— C'est vrai, oui ou non ?

— Non. C'est faux. Qui dit ça ?

— Isobel Pattison en a parlé à ma mère cet après-midi.

— Elle est folle. »

Betsy se leva pour aller ranger quelques vêtements dans son armoire. Elle avait besoin d'un petit moment pour retrouver son assurance. Le temps de se ressaisir, et elle se sortirait de ce mauvais pas. Ce ne sont pas les arguments qui lui manquaient. Elle avait longuement réfléchi à ce qu'elle dirait à Alec s'il apprenait un jour pour Max. Elle n'aurait pas dû être prise au dépourvu.

« Isobel dit qu'il lui a tout raconté avant de partir en Chine. L'affaire pour lui était entendue – tu retrouvais ta liberté pendant qu'il était là-bas et tu l'épousais à son retour.

— Il s'arroge un droit qu'il n'a pas. Que je ne lui ai pas donné.

— Tu en as déjà parlé avec lui... de notre divorce ? Mais non... Tu ne pouvais pas. Il était déjà parti quand l'idée t'est venue. Il t'a demandé ta main ? Tu lui as répondu quoi ? C'est ça qui t'a mis l'idée du divorce en tête ?

— Ta mère est encore en train de semer la zizanie. C'est malhonnête de ta part de l'écouter. Tu m'avais promis que tu ne parlerais pas de nos affaires avec elle. C'est déloyal...

— Réponds-moi. Son accusation est claire. Je veux que tu me dises si elle est justifiée.

— Quel mal y a-t-il à vouloir épouser Max ? Si j'étais libre, il n'y aurait rien de déshonorant à ça.

— Je ne dis pas le contraire. Tout ce que je veux savoir, c'est pourquoi tu ne m'en as jamais parlé. As-tu déjà discuté avec lui du fait que tu pourrais retrouver ta liberté ?

— Oui... mais...

— Quand ça ?

— En juin. Quand il est venu voir sa sœur.

— Et tu as attendu juillet pour me parler d'une séparation.

— Parce que tu n'étais pas là. Ma décision a été prise en juin, et je t'en ai parlé dès ton arrivée ici.

— Mais toi et lui, vous en aviez déjà discuté ?

— Je lui avais dit que j'y pensais.

— Pourquoi ?

— Nous sommes cousins... il a beaucoup d'affection pour moi...

— Il t'a demandé ta main ?

— Oui. Oui, il me l'a demandée. Mais...

— C'était la première fois ? Il est amoureux de toi depuis des années. Pourquoi, maintenant...

— Si tu veux savoir, c'est parce qu'il venait d'entendre parler de toi et de Chris Adams. Les ragots, ce n'est pas son genre. Il a toujours pensé que nous formions un couple parfaitement uni ; il n'avait pas la moindre idée de la vérité. Quand il l'a sue, il en a été horrifié ; il m'a suppliée de te quitter...

— Et tu t'es dit, pourquoi pas. L'idée vient de lui.

— Pas du tout ! Je commençais moi-même à en avoir assez. J'aurais pris cette décision quoi qu'il arrive. Ça n'a rien à voir avec lui.

— Tiens donc. Mais il t'a demandé ta main et il est certain que tu vas lui répondre oui. Tu lui as dit le contraire ? Tu lui as dit quoi, en fait ?

— Que je n'en parlerais pas avec lui tant que je n'étais pas libre. Que j'hésitais encore.

— Mais à moi, pas un mot. Pas un mot !

— Je n'avais aucune raison de t'en parler. C'était tellement vague. Comment voulais-tu que je sache ce que je ferais dans un futur qui me paraissait encore lointain ? T'en parler, c'était rendre les choses plus concrètes. Et dans le cas d'un divorce, je n'ai jamais pensé une seconde que tu puisses t'opposer à mon remariage. Si tu voulais le faire de ton côté, ça me serait égal. Je t'y pousserais même. Notre liberté nous appartient. »

Ils se faisaient face à présent. La colère leur ôtait toute prudence.

« Les raisons que tu m'as données jusqu'ici sont donc de pures balivernes.

— Pas du tout.

— Ta vraie motivation devait te paraître un peu douteuse.

— Tu es d'une extrême mauvaise foi. Et je refuse ta mise en accusation. Que tu me traites ainsi. Je...

— Ton hypocrisie défie l'entendement. J'abandonne. Tu joues les épouses malheureuses, tu me manipules, tu invoques les enfants... et pendant tout ce temps... avec un parfait détachement... ce type que tu n'aimes même pas... tu sais que tu ne l'aimes pas... tu ne pourrais pas l'aimer... mais tu aimerais bien devenir Lady St Mullins, alors...

— Il m'aime, Alec. Il m'aime et toi, non. Tu ne m'as jamais aimée. La seule raison pour laquelle tu tiens à moi...

— Bon, mais tu veux l'épouser, oui ou non ?

— C'est mon affaire.

— C'est la mienne aussi. Si la réponse est oui, on se sépare aujourd'hui. Arrête de tergiverser.

— Je t'ai déjà dit que... Je ne pouvais pas me décider tant que...

— Tu crois vraiment que je vais continuer à patienter des heures, en attendant de savoir si tu préfères refaire ta vie avec ce petit singe ? Décide-toi. Maintenant.

— Cet ultimatum, c'est elle.

— Pas du tout.

— C'est elle qui a posé ce piège. Qui s'est démenée dans mon dos... qui a rassemblé les preuves... qui m'a dénoncée... Et tu l'as écoutée ! Je ne te le pardonnerai jamais.

— Ce n'est pas ce que je te demande. Il fallait bien que j'apprenne la vérité, non ?

— Je n'ai rien à me reprocher.

— Vraiment ? Alors que tu n'as pas cessé une seconde de me mentir ?

— Je ne t'ai pas menti. Je vous interdis de me harceler de cette manière... Ta mère et toi... Tu peux lui dire que ça va lui retomber dessus. Si tu crois que c'est la meilleure façon de me retenir...

— Qu'est-ce que tu cherches, Betsy ? Tu veux

que je parte ? Que je lui laisse la place ? Très bien. Je m'en fiche. Je partirai. Dès demain. Tu ne vaux pas la peine que...

— Oui, c'est ça. Va-t'en.

— Tu ne me reverras jamais, si je pars.

— Je n'ai aucune envie de te revoir. Je ne veux plus t'avoir sur le dos. Tu m'as insultée, tu m'as traitée de menteuse. Si tu ne pars pas, c'est moi qui ficherai le camp.

— Parfait. Eh bien adieu !

— Adieu. »

Minuit

Un interrupteur cliqueta ; la pièce principale de l'annexe s'illumina. Elle avait cette allure désolée et impersonnelle d'une chambre dans laquelle on revient après l'avoir quittée pour la soirée. Sa vie diurne était en suspens, toute chaleur humaine abolie. Le désordre du bureau, les pipes, les dossiers, les feuilles griffonnées : rien n'évoquait ni le passé ni l'avenir.

Alec, se mouvant encore avec la précision somnambulique d'un homme en furie, se dirigea vers le bureau et commença à rassembler ses affaires. Il était venu prendre la partition du *Byron*, son manuscrit, des lettres auxquelles il n'avait pas répondu et un carnet de chèques. Car il faisait ses bagages. Il s'y était mis dès qu'il était sorti de la chambre de Betsy ; il était allé tout droit au débarras, en avait rapporté deux ou trois valises. Il y avait un train à sept heures le lendemain matin, qu'il avait l'intention de prendre. Il lui fallait commettre quelque chose de violent, d'irrévocable.

Le visage de Betsy lui apparaissait constamment. Non celui de leur conversation de la nuit, car il avait été trop aveugle pour le regarder, mais celui, mélancolique et charmant, qui était le sien lorsqu'elle était venue, dans cette même pièce, lui demander sa liberté. Il se flagella, se remémorant chacune de ses paroles, son affection feinte, son appel à sa générosité. C'était une garce, ce qu'il regrettait de ne pas lui avoir dit. Une garce sournoise, calculatrice et sans cœur. Si elle avait eu un amant, il aurait pu le lui pardonner. Mais elle se fichait de Max, se fichait du monde entier, garce qu'elle était, fille de la sangsue.

L'affaire était close, en ce qui le concernait. Il n'avait plus rien à lui dire, si ce n'est la permission d'aller au diable. Son sort lui était indifférent. Elle pouvait se vendre à ce pantin, coucher avec lui, lui livrer ce précieux corps pour lequel elle faisait tant de simagrées. C'était une bonne affaire pour Betsy : le bonhomme avait tout de l'eunuque, mais ça, ça lui plairait sûrement ; c'était exactement ce qu'il lui fallait. Beaucoup promettre et ne rien donner, c'était sa conception des affaires. Maintenant qu'il le savait, il ne s'en faisait plus pour elle. Elle n'était pas la seule femme au monde. Il y en avait des foules d'autres, et de bien meilleures. Il n'avait plus besoin d'elle.

Les feuilles de son manuscrit étaient toutes mélangées. En les triant, il se mit à siffler tout bas. Parce qu'il se sentait la tête froide, parce que l'idée de partir lui était si indifférente. Pourquoi sifflait-il un hymne ? Il n'en savait rien. C'était la première mélodie qui lui était venue à l'esprit, surgie d'un obscur recoin où elle rôdait depuis plus de quarante ans en compagnie de Dieu sait quel accès de jalousie enfantine :

> *Jérusalem la bénie*
> *Où pleuvent le lait et le miel !*

Cette musique résonna d'horrible manière aux oreilles de Joy, recroquevillée contre les coussins du divan.

Le sifflement lancinant se mêlait au bruissement des feuilles du manuscrit. Joy était pétrifiée d'effroi. Elle resta couchée là, respirant à peine, priant de toute son âme pour qu'il se taise au plus vite et s'en aille.

> *Et quand je te contemple*
> *Mon cœur défaille, ma gorge se serre !*

Lorsque la lumière l'avait éblouie et qu'elle l'avait vu entrer et arpenter la pièce, elle avait pensé qu'il était venu la chercher, encore mû par la colère. Elle s'était faite toute petite, en attendant qu'il lui adresse la parole. Puis elle avait fini par comprendre qu'il se croyait seul. Mais il était trop tard pour bouger. Il ne s'était pas retourné une seule fois vers le recoin où elle se trouvait, n'ayant cessé de s'occuper à son bureau.

Jérusalem la bénie...

Parfois, lorsqu'il parcourait une lettre, une page d'annotations, le sifflement cessait quelques secondes. Alors, dans le silence, elle entendait les papillons de nuit heurter les murs. Ils étaient venus, voletant, de la nuit du dehors, lorsque Alec avait allumé la lumière. Puis il y eut un bruit de papier qu'on déchire, et le sifflement reprit...

Jérusalem la bénie
Où pleuvent le lait et le miel !

... avant de s'interrompre brusquement.

Alec, abasourdi, considéra un bref instant le divan. Il avança de deux ou trois pas, s'arrêta, darda vers elle un regard aveugle qui la transperça.

« Qu'est-ce que vous fichez là ?
— Je... Je...
— Qu'est-ce que vous fichez là ?
— Je ne voulais pas... Je ne pensais pas que vous viendriez si tard. Je vous le jure. Je pensais

que vous étiez allé vous coucher... Vraiment. Je m'en vais, comme vous me l'avez demandé. Je pars demain. Je n'avais pas la moindre intention de vous revoir. Quand vous êtes entré, je ne savais pas comment réagir. Je voulais que vous repartiez sans vous rendre compte que j'étais là.

— Mais pourquoi être montée ?

— Alec, je vous en supplie...

— Quand je suis entré, vous étiez déjà là, dans le noir ? »

Elle était encore trop affolée pour se redresser. Elle resta là, blottie, à le regarder. Les mots lui sortaient un à un de la bouche, péniblement.

« C'est juste que... je voulais... vous dire adieu... à vous... à ce bureau... avec toutes ces choses qui vous appartiennent... parce que je pensais... ne jamais vous revoir... j'ai... j'ai toujours eu envie... de m'allonger ici... un petit moment... parce que c'est là... que vous dormez... C'est tout.

— Je vois. »

Il retourna vers le bureau et se mit à fourrer ses papiers dans un petit porte-documents. Ses mains tremblaient un peu.

« Je ne suis pas fâché, dit-il pourtant d'une voix posée. Pas contre vous. Pas pour ça. »

Rassurée, elle se dressa sur son séant, écarta des mèches de ses yeux.

« Si j'avais pu, je serais partie sans que vous vous en aperceviez », murmura-t-elle.

Il balaya le bureau du regard, s'assurant qu'il n'oubliait rien.

« Il semble que ma mère ait eu raison, après tout, dit-il, le dos à demi tourné vers Joy. Betsy veut se débarrasser de moi. Je fiche le camp. »

Joy, qui avait posé les pieds à terre, se rassit avec un choc sourd et regarda Alec, bouche bée.

« Quoi ?
— Je fiche le camp. Pour de bon.
— Vous partez ?
— Oui. »

Il se retourna, lui lança un regard. Elle eut l'impression qu'il ne la voyait toujours pas. Depuis qu'il avait fait son entrée à l'annexe, il s'était conduit en parfait étranger, comme si quelque esprit s'était emparé de son corps. Il empoigna le porte-documents et se dirigea vers la porte. Il tendit la main vers l'interrupteur.

Un cliquetis, et la pièce disparut. Il n'y eut plus un bruit. Était-il parti, était-il encore à la porte ? Elle n'aurait su le dire.

« Emmenez-moi avec vous », dit-elle dans le noir.

Et l'avait-il entendue ? Elle ne le savait pas, n'aurait pas osé parler si elle l'avait su.

Le silence était total. L'obscurité pesait sur ses épaules. Puis un léger mouvement révéla la présence d'Alec. La porte grinça, une clé tourna. Des bruits ténus accompagnèrent son retour.

Il avançait à tâtons entre les meubles. De

nouveau il se mit à siffler son air grêle et ténu, tout en tirant un rideau sur le carreau scintillant d'une des fenêtres.

> *Jérusalem la bénie*
> *Où pleuvent le lait et le miel !*

Elle se laissa retomber sur le divan, tête cachée sous les coussins, pour ne plus l'entendre.

Matin

Blowden monta le message d'Alec à Betsy avec son thé du matin. Il était bref et lui faisait simplement savoir qu'il était parti par le premier train et que le mieux pour l'heure serait de faire suivre son courrier à son club.

Elle le lut sans s'émouvoir. Elle avait très bien dormi et s'était éveillée dans l'étrange inertie qui succède à un choc. Elle se sentait comme quelqu'un qui vient de tomber dans l'escalier et gît à terre, pensif, au bas des marches, avant de chercher où il s'est blessé. Elle ne souffrait pour le moment de rien.

Alec était parti. Elle l'avait souhaité et ce ne pouvait donc être envisagé comme une catastrophe. Elle ne se plaignait pas. Et elle n'autoriserait personne à la plaindre. C'était le résultat de ce qu'elle préparait depuis des mois, bien qu'elle ait, ces derniers temps, quelque peu hésité. Et cette scène affreuse de la veille n'aurait pas vraiment d'importance dans leur existence.

Plus vite elle l'oublierait, mieux cela vaudrait. Ce n'était pas la cause de leur séparation. Ils l'avaient déjà décidée ; la regretter aurait été puéril. Il n'y avait pas plus à regretter en ce matin-là qu'en tous ceux qui l'avaient précédé.

Elle se sentit pourtant prise d'une effroyable lassitude, comme si elle n'avait pas, très sagement, dormi à poings fermés. Elle aurait voulu rester au lit à ne rien faire ; mais il fallait affronter le monde et lui montrer tout de suite qu'elle n'était pas à plaindre. Il fallait donner sa propre explication rationnelle des événements, la ressasser jusqu'à ce que tout souvenir de la dispute de la veille s'efface.

Domptant sa fatigue, elle sauta hors du lit et se doucha à l'eau froide. Puis elle s'attela à son visage. Elle n'avait pas l'habitude de se poudrer dès le matin, surtout à la campagne. Ce jour-là, elle ne ménagea pas sa peine, pour un résultat qui aurait trompé l'œil le plus soupçonneux.

Mais Elle, se demanda Betsy, est-ce que j'arriverai à la tromper ? C'est curieux d'avoir *meilleure* mine que d'habitude, non ? Je vais peut-être en enlever... et le train qui s'en va, pendant ce temps... lui qui est dedans... moi qui suis ici. Et alors ? Je suis très heureuse... Oui, mais lui ? Il doit être furieux, désespéré... Non, ce n'est pas ce que je voulais. Il faudrait qu'il puisse voir les choses comme moi... pour le mieux. Je dois me préoccuper de ce qu'il ressent. J'espère que nous sommes encore amis... Voilà ! C'est parfait comme ça.

Quand le gong du petit déjeuner sonna, elle était dans la salle à manger, l'esprit vif, la tête froide, l'efficacité incarnée. Mais il n'y avait personne pour la voir. Elle avait endossé son masque officiel un peu trop tôt, songea-t-elle. Les enfants étaient toujours en retard, Joy en revanche n'aurait pas dû manquer de ponctualité. Puis elle se souvint du mal de tête, ou supposé tel. Et en repensant à toutes ces affaires de la veille qui restaient à régler, elle sentit le poids de sa fatigue. Ce fut, malgré la poudre, le visage hâve qu'elle accueillit sa belle-mère.

Emily Canning ne s'était pas donné la peine de dissimuler les effets d'une mauvaise nuit. Neuf heures durant, elle s'était agitée et retournée sous ses couvertures, à se demander si les choses allaient s'arranger. Elle avait entendu Alec entrer dans la chambre de Betsy, s'était sentie encouragée par la brièveté de cette visite. Trop courte pour que la colère d'Alec ait pu être apaisée par la persuasion. Betsy était capable de tout ; elle aurait fait descendre le soleil du ciel, assurément ; mais il lui aurait fallu la moitié de la nuit pour expliquer son inconduite. Elle n'avait visiblement que peu d'arguments pour se défendre ; pour peu qu'Alec soit resté ferme, tout devait s'être bien passé. La fureur d'Alec était regrettable mais nécessaire, son pire défaut étant de ne s'affirmer que lorsqu'il perdait son calme. Et elle ? Avait-elle bien fait d'attaquer si vite ? Les heures se traînaient. Jamais elle n'avait vécu si longue nuit. Son angoisse devint impossible à maîtriser ; l'idée de déjeuner au lit lui était insupportable : il fallait vite descendre, voir ce qu'il s'était passé. Devant la surprise de Betsy elle dit, d'un ton faussement joyeux :

« Oh ! Comme j'étais réveillée, je me suis levée.

— Du porridge ? proposa Betsy. Du café ?

— Merci. Je vais prendre du porridge. »

Betsy lui passa le pot de crème.

« Alec est parti, annonça-t-elle, désinvolte.

— Parti ? Parti où ?

— Je ne sais pas, dit Betsy en lui tournant le dos pour se couper un peu de jambon. Nous avons pris cette décision hier soir. J'ai cru comprendre que vous étiez au courant – enfin, au courant de notre projet de séparation. Maintenant que je suis rentrée et que la santé de ma mère ne m'inquiète plus, il valait mieux prendre le taureau par les cornes. C'est ce que nous avons fait et il est parti. »

Mrs Canning ne fit aucun commentaire. La crème qu'elle se versait déborda de son assiette et coula sur la nappe. Le temps que Betsy se retourne, une grande flaque blanche s'était formée sur la table, que la vieille femme fixait d'un œil alarmé, bouche bée.

« Aucune importance, dit Betsy très vite. Je vais l'essuyer en une minute. »

Elle épongea la crème avec une serviette et glissa une soucoupe retournée sous la nappe tachée. La table prit un aspect désordonné, sordide. Mrs Canning n'avait pas détourné le regard, ses vieilles lèvres toujours sottement ouvertes. Son visage avait perdu toute sa vitalité, toute sa ruse ; il était informe, tremblotant. Betsy en conçut une grande honte, comme si elle s'était rendue coupable d'un acte de violence.

Il fallait pourtant bien que je le lui dise. Qu'elle le sache. Je ne voulais pas la... je ne voulais pas lui faire de peine. Mais pourquoi les gens vieillissent-ils ? Quelle injustice.

« J'ai pensé, reprit-elle, qu'on pourrait tous aller voir le concours des chiens de berger, aujourd'hui.

— Concou de siens », répéta Mrs Canning d'une voix si pâteuse qu'elle semblait appartenir à quelqu'un d'autre.

Puis elle parvint à mouvoir sa langue.

« Vous vous êtes disputés ? articula-t-elle distinctement.

— Quoi ?

— Vous vous êtes disputés, avec Alec, hier soir ?

— Non, affirma Betsy. Non, rien de tel.

— Mais il vous a quittée.

— Nous avons décidé de nous séparer. Tout

va bien. Je vous assure. Nous en sommes tous les deux très contents. Ça fait des semaines que nous en parlons.

— Non ! Non ! Vous vous êtes disputés. Et c'est de mon fait.

— Mais pas du tout, Mrs Canning. Ça n'a rien à voir avec vous. Si nous nous séparons, c'est parce que nous le voulons.

— J'ai provoqué cette dispute. Je l'ai monté contre vous. Je croyais que s'il se mettait en colère, il n'écouterait pas vos sornettes. Je voulais empêcher ce divorce.

— Vous en auriez été incapable. »

Joute lamentable qu'elles se livraient par-dessus une table souillée. Elles s'étaient affrontées toute leur vie et maintenant que Betsy l'avait emporté, il n'y avait nul triomphe.

La défaite du vieil âge n'est jamais un triomphe. Elle est trop définitive. Il leur semblait à toutes les deux qu'Emily Canning avait été expédiée dans sa tombe. Elle avait vécu trop longtemps. Betsy éprouvait l'invraisemblable désir de la consoler, de la convaincre qu'elle avait encore un rôle à jouer en ce monde. La pauvre vieille n'aurait plus qu'à mourir si son pouvoir sur autrui lui était retiré.

« Vous verrez, Mrs Canning... vous comprendrez. Alec sera tellement plus heureux. Vous vous réjouirez de ce divorce. Ne nous faites pas faux bond, ne devenez pas une ennemie. Nous allons avoir besoin de vous. Tout ne sera pas facile et il va falloir nous soutenir.

— Je crois que je ne m'en remettrai pas.

— Mrs Canning, il ne faut pas que les enfants le prennent comme une catastrophe. Ce n'est pas bon pour eux. Il faut garder la tête froide.

— Oh ! les pauvres enfants ! chevrota Mrs Canning, les pauvres petits chéris. Qu'est-ce qu'ils vont devenir ?

— Il va falloir que nous discutions de ce que je vais leur dire.

— Comment a-t-il pu prendre une telle décision ? Il aurait dû penser à ses enfants !

— Ils n'en pâtiront pas. Ils trouveront ça normal. Il suffira de leur expliquer les choses. Nous allons nous les partager. Il n'est pas question qu'on se dispute pour eux ou pour l'argent. Tout s'arrangera de manière amicale, pour peu que… »

Betsy s'interrompit pour saluer Daphne qui entrait en courant.

« Eh bien, ma chérie ? Tu as les cheveux tout mouillés. Tu es déjà allée te baigner ?

— Oui. Avec les autres. Dis, ils sont partis où, Joy et père ?

— Ton père est à Londres. Et Joy…

— À Londres ? s'écria Eliza, qui venait de les rejoindre. Qu'est-ce qu'ils sont allés faire à Londres ?

— Joy n'est allée nulle part. Père est parti

pour affaires. Eliza, enfin ! Tes cheveux dégoulinent de partout. Tu n'as pas pris ton bonnet ?

— Mais si, Joy est partie ! objecta Eliza. Elle était à la gare.

— Joy ?

— Les petits Bloch les ont vus, expliqua Daphne. Père et Joy, dans le train de sept heures. Et on les a rencontrés sur la route, les petits Bloch, je veux dire, et c'est ce qu'ils nous ont raconté.

— Ils ont vu Joy ? Joy ? Mais que diable pouvait-elle...

— Alors c'est vrai ! s'écria Mrs Canning en se levant d'un bond. C'est vrai. Cette gamine... ils m'avaient prévenue... Mrs Bloch m'avait dit... Bien sûr, sur le moment, je ne l'ai pas crue. Je lui ai répondu que jamais Alec... mais ce doit être vrai. Oh, Betsy !

— Mais c'est impossible...

— Tu ne savais pas qu'ils étaient partis ? demanda Eliza.

— Betsy... il faut vous interposer. Il faut les ramener.

— Je ne comprends pas. Tout cela est insensé. Il doit y avoir un malentendu !

— Mère, qu'est-ce qu'il y a ?

— C'est impossible ! déclara Betsy. Rien ne pourra me faire croire... »

Son visage démentait ses paroles. La poudre ressortait sur ses joues cendreuses comme une fine poussière rouge. Elle se détourna, le regard aveugle, et se dirigea d'un pas trébuchant vers la porte où elle croisa Kenneth qui redescendait de l'étage et qui dit, le visage aussi blême que celui de sa mère :

« C'est vrai, mère. Elle est partie. Je suis allé voir. Elle a laissé ses valises dans sa chambre, toutes bouclées. Elle est partie avec lui. »

Il serra Betsy contre lui de ses bras maigres, comme pour la protéger.

« Je le savais déjà, ajouta-t-il.

— Tu savais quoi, Ken ?

— Qu'il était avec Joy. Ce sont des porcs. Divorce, maman chérie. Ne pense plus à lui... Je m'occuperai de toi. »

Eliza et Daphne étaient si déconcertées qu'elles crurent qu'il était arrivé quelque chose d'effroyable à Kenneth. Ce n'est qu'un peu plus tard qu'elles comprirent que cette chose effroyable les affectait tous.

La fin des vacances

Il s'était produit une chose effroyable, mais personne n'en disait mot. Leur grand-mère repartit à Londres dans des flots de larmes. Leur mère passait son temps à sourire, horrible spectacle. Cela ne les concernait pas, disait-elle, puisque cela ne changerait rien pour eux. C'était entre leur père et elle.

En septembre, sa grande amie, Mrs Trotter, passa les voir et il y eut des palabres sans fin derrière des portes closes. Mrs Trotter faisait grise mine, mais ses yeux pétillaient et il était impossible de ne pas se rendre compte qu'elle prenait du plaisir. Elle traitait leur mère comme une convalescente, était aux petits soins avec elle et grondait les enfants lorsqu'ils faisaient du bruit. À la moindre mention de leur père, elle en chantait les louanges d'un air énigmatique, comme quelqu'un qui s'acquitte d'une obligation. Elle écrivait assez de lettres pour remplir à elle seule la sacoche à courrier.

Eliza et Kenneth en discutèrent une seule fois et leur désaccord fut si violent qu'ils le regrettèrent amèrement.

« Si tu te mets dans son camp, dit Kenneth, je ne te parlerai plus jamais de ma vie.

— Je ne me mets pas dans son camp. Tout ce que je dis, c'est qu'on ne sait pas pourquoi il a fait ça.

— Moi, je le sais, grommela Kenneth.

— Bien sûr, parce qu'il t'a consulté et t'a tout expliqué.

— Ne fais pas l'andouille ! Tu es tellement immature... Tu ne peux pas comprendre.

— Bien sûr que je comprends ! protesta-t-elle avant d'ajouter, cramoisie, solennelle : Tu te figures qu'il a souillé la couche nuptiale, c'est ça ? »

Kenneth, en dépit de son désespoir, éclata de rire. Une couche, pour le frère et la sœur, c'était un de ces divans en crin noir garnis de têtières au crochet qu'ils avaient vu dans les locations de station balnéaire. Mais si Eliza employait ce mot, c'est qu'il était fréquemment question de couche nuptiale dans l'*Alceste*, qu'elle avait commencé à lire pendant le dernier trimestre.

« Tu es un bébé ! dit-il lorsqu'il eut retrouvé son calme. Tu es à mille lieues de comprendre.

— Mais si, fit Eliza, vexée. Je sais tout sur le mariage et le reste. Mère m'en a parlé il y a des siècles, et nous avons eu des conférences, à l'école. Ce que je veux dire, en fait, c'est... c'est qu'il n'a pas pu faire quelque chose comme ça, c'est impossible. Je n'y crois pas. Pourquoi tout le monde en tire des conclusions hâtives ? Tout ça parce qu'il est parti par le même train que Joy.

— C'est une putain », dit Kenneth.

Le mot l'excitait et il s'empourpra violemment. Eliza fut moins choquée ; c'était la première fois qu'elle entendait prononcer ce terme, qui l'intéressait au plus haut point. Elle se sentit pourtant obligée de le contredire.

« Tu es répugnant. Et tu n'en sais rien.

— Bien sûr que si. J'étais au courant avant tout le monde, si tu veux tout savoir. Ils n'ont pas attendu de partir pour le faire. Ils montaient à l'annexe.

— Tu mens ! S'il y avait une justice, tu serais foudroyé sur place. Jamais il ne...

— Je ne mens pas. Je les ai vus ensemble... Il l'embrassait, il lui demandait de monter à l'annexe. Je savais très bien ce que ça voulait dire. Je savais très bien ce qu'il voulait faire.

— Je ne t'écouterai pas. Tu mens. C'est ton horrible imagination. Personne n'y croit.

— Mère y croit.

— Non, elle n'y croit pas.

— Si, elle y croit. Je lui ai dit ce que j'avais vu.

— Quoi ? Tu lui as raconté ça, toi ? Je te trouve vraiment... Tu me rends malade !

— Oui, eh bien, elle m'a quand même cru. J'ai bien vu.

— Dans ce cas-là, elle me rend malade, elle aussi. Vous vous valez, tous les deux. Alors que c'est son mari ! Il a dû ficher le camp parce qu'elle était odieuse avec lui.

— Répète ça et je te tape dessus.

— Et maintenant, elle essaie de mettre les gens de son côté.

— Tous les gens sensés vont se mettre de son côté, c'est évident. Elle va divorcer. Elle ne pourrait pas le faire si elle était dans son tort. »

Ce fut le coup de grâce pour Eliza, qui fondit en larmes.

« J'espère qu'on ne la laissera pas, sanglota-t-elle. C'est tellement injuste. Si on la laisse, ce sera seulement parce qu'elle a raconté des tonnes de mensonges auxquels elle ne croit même pas, et que tu as inventés. »

Kenneth fit deux pas vers elle, avant de se reprendre.

« Je ne te frapperai pas, dit-il d'une voix lente. On n'a plus l'âge. Mais je ne te parlerai plus de ma vie. »

Et ils n'échangèrent plus un mot jusqu'à la fin des vacances. Daphne devint leur messagère et ils évitèrent de se trouver ensemble dans la mesure du possible.

Daphne ne souffrit pas comme eux. Elle ne comprenait pas grand-chose à ce qu'il s'était passé et n'avait aucun désir d'en comprendre davantage. Son père s'était enfui, il avait agi étrangement : avoir un père étrange, l'être soi-même d'une manière ou d'une autre, c'était un terrible stigmate ! Personne à l'école ne devait jamais l'apprendre ; si ses amies l'apprenaient, elles la tiendraient à l'écart. Elle serait expulsée de la troupe heureuse, réconfortante, on la repousserait dans les limbes de la singularité, avec les phénomènes de foire. Personne d'autre, personne qui comptait, n'avait de père étrange. Un père devait être riche, important, et, si possible, agréable à regarder. Une autorité reconnue. Je suis conservatrice car papa est conservateur. Papa dit qu'il faut supprimer la Société des Nations. À l'école, elle disait « papa », comme toutes les autres, se gardant de mentionner qu'elle l'appelait « père » à la maison. On pouvait se vanter, discrètement, de la fortune et de la réussite de papa. Avoir un père pauvre, c'était presque aussi grave qu'avoir un père étrange. Papa dit que je peux prendre des leçons de musique, si ça me plaît, mais il veut que je m'amuse. Il ne voudrait pas que j'en fasse mon métier. Ce n'est pas comme si je devais un jour gagner ma vie. Papa a offert à maman un somptueux bracelet en platine et diamants ! Et quand papa était bel homme, on l'exhibait à la fête de l'école. Alec avait été un père parfaitement convenable. Riche et célèbre. Les autres filles l'admiraient. Comme il ne se mêlait pas de politique, Daphne pouvait le faire passer pour conservateur.

Mais voilà qu'il était sorti du rang. Daphne vivait dans la terreur que Jean Hodgekin, en visite à Pandy Madoc, ne comprenne ce qui se passe. Jean était sa meilleure amie mais il y a des épreuves auxquelles aucune amitié ne survit. Daphne était constamment sur le qui-vive, de crainte qu'une allusion familiale ne puisse trahir son scandaleux secret.

Jean, cependant, n'était guère perspicace. Elle venait d'un foyer terne et d'un milieu collet monté, si bien que la tristesse qui régnait à Pandy Madoc ne la changeait pas beaucoup. Elle s'était attendue, d'après ce que lui avait raconté Daphne, à devoir côtoyer une famille férocement taquine ; ce n'était pas le cas, ce qui la soulagea, car elle n'aimait pas qu'on se paie sa tête. Elle s'étonna qu'Eliza et Kenneth ne se parlent pas, mais Eliza, bien qu'étant la sœur de Daphne, était bizarre. À l'école, tout le monde le pensait. Et elle trouva Kenneth un peu sarcastique. C'est ce qu'elle confia à Daphne le dernier jour des vacances. Daphne, en guise d'excuse, répondit qu'il passait pour supérieurement intelligent.

« Papa, déclara Jean, dit que ça n'excuse pas les sarcasmes.

— Pourtant... Les gens intelligents sont toujours sarcastiques.

— Papa dit que les gens intelligents sont constructifs et non pas destructifs. Il dit que c'est facile de critiquer, de tout détruire, mais qu'est-ce qu'on met à la place ?

— À la place de quoi ?

— À la place des choses qu'on critique. Kenneth devrait essayer d'être une petite fille veuve pendant cinq minutes !

— Une petite quoi ?

— Une petite fille veuve, dans le sud de l'Inde. Il se moquait des missionnaires. Alors je lui ai dit, mets-toi à la place d'une petite fille veuve. Il m'a dit, j'adorerais. Je lui ai dit, ça m'étonnerait. On te prendrait tous tes bijoux, on te raserait la tête, on te ferait faire tout le ménage et on te donnerait un seul repas dégoûtant par jour. Et on te brûlerait vif si ça n'était pas interdit par le Raj anglais. Comment peut-il dire avec ça que les missionnaires ne servent à rien ? Je lui ai dit qu'à Bombay, les gens n'enterraient même pas leurs morts. Ils les mettent dans les Tours du silence pour que les oiseaux les mangent. C'est ignoble. Et il m'a répondu que c'était gentil pour les oiseaux.

— Il aime bien les débats », expliqua Daphne.

Jean trouvait ça pervers. Les débats, c'était malpoli. Les gens bien ne débattaient pas, ils étaient toujours du même avis.

Elle écrasa le nez sur la fenêtre de la salle d'étude. Il pleuvait à torrents. Il avait plu tous les jours depuis son arrivée.

La mer était un tourbillon de gris et de blanc ; l'horizon avait disparu.

« Tu veux qu'on se raconte d'autres tortures chinoises ? proposa Daphne, revenant à leur principal amusement intellectuel. C'est ton tour.

— Non, c'est le tien.

— Mais non. Hier, j'ai raconté celle où ils font avaler des fourmis.

— Je n'en connais pas d'autres qui soient intéressantes. Enfin, pas de chinoises. Il y en a une que Betty Morrison m'a racontée, mais elle vient de l'Inquisition.

— Betty Morrison ? La Betty Morrison ?

— Non, dit Jean, pleine d'ironie. La princesse Margaret Rose, bien sûr !

— Mais je pensais que tu trouvais Betty Morrison trop bizarre.

— Il suffit de lui rabattre son caquet régulièrement.

— Quand elle est arrivée, tout le monde la trouvait épouvantable.

— Toutes les nouvelles sont un peu bizarres. Et puis ça finit par s'arranger. »

Ce n'était pas faux. Être nouvelle était un motif suffisant de bannissement. Certaines étaient modestes, d'autres arrogantes, mais toutes passaient pour bizarres, le temps qu'on s'habitue à elles.

« Alors, qu'est-ce qu'elle t'a raconté, comme torture ?

— La chambre qui rapetisse. Tu connais ?
— Non. Raconte !
— On t'installe dans une belle pièce, on t'offre un délicieux repas, commença Jean, émoustillée. Et tu te dis, quel bonheur, sauf que... »

Eliza entra en coup de vent dans la salle d'étude et souleva le couvercle du piano. Elle allait faire ses gammes pendant deux heures au moins. S'il y avait des gens que ça gênait, ils n'avaient qu'à partir !

Daphne et Jean répondirent à cette invasion de la seule manière possible. Elles échangèrent en silence des regards de connivence, comme surprises en plein échange de secrets. Blotties l'une contre l'autre sur la banquette de la fenêtre, elles se mirent à chuchoter, leurs deux petites têtes rondes et lisses accolées. Les gammes d'Eliza étaient ponctuées de gloussements étouffés. S'il n'était pas question d'elle dans leurs conciliabules, elles le laissaient croire par les coups d'œil qu'elles lui lançaient.

Eliza travailla toutes ses gammes, tous ses arpèges, à l'octave, à la tierce et à la sixte, dans tous les dièses et dans tous les bémols. Elle s'était entraînée si régulièrement ces trois dernières semaines que ses progrès étaient flagrants. Elle était parvenue à une certaine maîtrise de ses mains et de ses doigts et trouvait dans cette bataille de chaque jour une indéniable satisfaction. Elle devait se concentrer avec une telle intensité pour réussir ses gammes qu'elle oubliait le reste. Son malheur lui sortait de l'esprit. Essayer de penser à des sujets agréables ou de lire un livre intéressant ne marchait pas ; rien de plaisant ne faisait le poids. C'était précisément à cause de leur caractère odieux qu'elle pouvait se cramponner aux gammes.

Elle était seule à présent. Daphne et Jean, fatiguées de bavarder au milieu d'un tel boucan, s'étaient réfugiées à l'étage. Son programme contenait un délice qu'elle s'était gardé jusqu'ici pour mieux le savourer. Elle apprenait le dernier mouvement de la *Sonate au clair de lune* qu'elle tenait à conquérir, à cause de quelque chose que Mark avait dit. Il s'était moqué des gens qui ne savent jouer que le premier mouvement, avec les deux pédales et l'air pénétré. Elle s'était figuré non sans crainte qu'elle en faisait partie. Une immense surprise l'attendrait à sa prochaine visite à Pandy Madoc. Elle commencerait à jouer le premier mouvement, il la considérerait avec une condescendance polie. Puis elle jouerait le deuxième, tellement plus difficile qu'il n'y paraît, et il hocherait la tête d'un air approbateur. Enfin, elle se précipiterait dans le dernier mouvement et il ne pourrait plus dissimuler son étonnement.

C'était sa seule façon d'en appeler à des temps meilleurs. Car elle ne pouvait abandonner tout espoir, ni penser que Dieu lui infligerait un pareil châtiment jusqu'à la fin de ses jours. Tôt ou tard, les choses s'arrangeraient. Son père reviendrait, et tout le monde serait heureux. Il y aurait un nouvel été à Pandy Madoc, un été éclatant où elle, Mark et Ken seraient trois grands amis et où rien n'aurait changé – sauf qu'elle aurait appris à jouer la *Sonate au clair de lune* en entier sans une fausse note.

Mais c'était désespérément difficile. Certes, elle pouvait estomper la montée rapide des arpèges par un usage discret de la grande pédale, pour dissimuler une certaine rugosité. Mark s'en rendrait-il compte ? Sans aucun doute. Une vie suffisait-elle à gravir ce sommet ?

Vie qui pour l'heure lui paraissait interminable. Elle avait encore devant elle quatre ennuyeuses années d'enfance, quatre années au bout desquelles elle aurait dix-huit ans. À dix-huit ans, elle pourrait commencer à vivre, à multiplier les expériences. Elle deviendrait peut-être de ces personnes intéressantes et mystérieuses qui ont vécu des choses terribles. Il ne lui venait pas à l'esprit qu'elle les vivait en cet instant même. Elle habitait son enfance comme une chrysalide son cocon et quand elle en sortirait pour intégrer le monde éblouissant des adultes, elle s'attendait à être devenue une tout autre personne. Ce qui se produisait pour l'heure ne pouvait avoir de conséquence sur le futur.

La pluie ruisselait sur les fenêtres. Elle continua

à marteler les touches en comptant à haute voix jusqu'à ce que la voix de Kenneth l'interrompe brusquement. Il avait passé la tête par la porte, balayant la pièce du regard, comme s'il avait perdu quelque chose.

« Au fait, annonça-t-il d'un ton gêné, je m'en vais. »

Il rentrait à l'internat ce matin-là.

Elle se redressa d'un bond. Le sombre abîme de leur querelle béait entre eux et elle ne pouvait rien dire pour le combler. Comment ne plus se voir, alors qu'il y avait tant de choses à réparer ? Elle s'empressa de lui demander si elle pouvait monter dans la voiture avec lui jusqu'à la gare.

« Mère vient avec Mrs Trotter.

— Ah, dans ce cas-là j'imagine qu'il n'y aura pas beaucoup de place. »

Ils échangèrent un regard muet. Il s'avança vers elle et lui donna un bref baiser.

« Au revoir… ma vieille Eliza !

— Oh… Ken… au revoir. »

Ils se serrèrent l'un contre l'autre comme quelques années plus tôt, lorsqu'il était parti à l'école préparatoire. Le chagrin alors les avait pris au dépourvu. Ils ne s'étaient pas souciés de la séparation avant le dernier soir des vacances. Ce soir-là, il était venu, l'air un peu effrayé, solennel, dans la chambre d'enfants. Il voulait lui donner sa chère poupée Valerie pour qu'elle s'en occupe en son absence. À ces mots, Eliza avait ouvert une bouche carrée et s'était mise à hurler. Et il avait hurlé, lui aussi, tandis que Daphne, alors âgée de trois ans, les regardait avec curiosité à travers les barreaux de son petit lit. Ils faisaient un tel vacarme que leurs parents avaient fini par accourir. Betsy avait apaisé Kenneth, Alec avait câliné Eliza, Nannie consolait Daphne qui, se trouvant mise à l'écart, avait commencé à brailler.

Ils étaient trop vieux à présent pour hurler en chœur. Et ils ne savaient plus que penser l'un de l'autre. Ils ne faisaient plus partie d'un même tout : ils étaient deux individus distincts et la croissance paisible et inconsciente de leurs âmes jumelles avait pris fin. Comme des oisillons trop tôt tombés du nid, ils grelottaient dans le froid et la solitude de ce vaste monde. Ils soupiraient après le foyer étouffant, le contact des autres créatures duveteuses, le plaisir de cancaner et de virevolter dans ce nid si étroit et de prétendre qu'ils n'étaient pas vraiment deux êtres distincts mais plutôt une personne. S'aimer, se comprendre après une telle séparation était bien trop dur. Ils ne le tenteraient pas.

Elle le prit dans ses bras. Elle posa un baiser sur sa joue froide. Il était sorti sous la pluie pour aider à ranger ses valises dans la voiture. Elle sentit le contact rêche et humide de son manteau.

Leur mère appela, du rez-de-chaussée. Il s'écarta d'Eliza et fut bientôt parti.

Deuxième partie
COLÈRE

Colère

(Extraits de divers courriers portant sur l'affaire Canning contre Canning et Benson.)

Mrs Graham à Mrs Trotter.

St Leonard's Terrace, le 20 septembre.

Ma chère Angela,

Johnnie et moi rentrons tout juste de Salzbourg et nous sommes sidérés par les bruits qui circulent sur les Alec. Hier, nous avons croisé les Merrick à la première de Vereker, et ils nous ont dit qu'Alec et Betsy se séparaient ! C'est vrai ? J'espère vraiment que ce n'est pas le cas. Apparemment tu as passé quelques jours à P. M., donc tu es au courant. Écris-moi !

Johnnie est retourné, pour le moins – plus que je ne m'y serais attendue étant donné sa réaction désinvolte à l'affaire Chris Adams. Chris y est-elle pour quelque chose ? Les Merrick disent que non, qu'elle est en Californie. Johnnie pense qu'Alec ne doit pas laisser détruire son foyer, que c'est tout autre chose que de se distraire à l'extérieur, dans les limites du raisonnable. Johnnie dit que quand on prend femme, on la garde, même si on s'ennuie avec elle. Sinon les mariages ne dépasseraient pas la semaine. Très flatteur, tu ne trouves pas ?

D'après les Merrick, c'est Betsy qui mène la danse. Ils ont toujours été assez pro-Alec, tu le sais. Ils la trouvent égocentrique et vaniteuse. Je t'en supplie, écris-moi, dis-moi ce qui se passe vraiment, et la manière dont Betsy réagit. Il faut que je le sache, avant de la revoir. Où est-elle ? Toujours au pays de Galles ?

Mrs Trotter à Mrs Graham.

Cambridge, le 23 septembre.

... Ma chère, je suis au courant de tout. Mais j'ai bien peur de ne pas pouvoir entrer dans les détails, ayant promis le secret à Betsy. Sache au moins cela : Alec s'est conduit *de la pire manière.* S'ils étaient aussi bien informés que moi, les Merrick ne le défendraient pas. Quant à leurs commentaires déplaisants sur Betsy ! Ah ! Je les trouvais plutôt sympathiques, mais on en apprend décidément tous les jours.

Betsy est à Oxford avec sa famille. Elle s'est conduite comme une sainte dans cette affaire, magnifique, extraordinaire ! Elle refuse qu'on s'en prenne à Alec, elle dit que tout cela doit se régler à l'amiable. Elle ne veut pas que les amis d'Alec sachent ce qu'il a fait, elle ne veut pas que les gens se liguent contre lui. Ce que je peux – et dois – te dire, c'est que ça n'a rien à voir avec Chris Adams. *Celle-là*, c'est vraiment de l'histoire ancienne.

Personnellement, je pense qu'on ne doit pas laisser Alec s'en tirer à si bon compte. Betsy lui a sacrifié les meilleures années de sa vie et voilà qu'à presque quarante ans elle se retrouve sur le carreau, avec trois enfants sur les bras. Je trouve ça ignoble. Comme tu sais, je n'ai jamais aimé Alec, mais de là à le penser capable d'une telle bassesse ! Il ne l'a jamais appréciée à sa juste valeur. Il a toujours eu tendance à la négliger, au profit d'autres femmes. Bon sang, la nuit où Daphne est née, il avait emmené une autre femme au théâtre ! Ça, je peux le dire, tout le monde est au courant. Et tu te souviens comme Betsy était malade ? Quand je pense à tout ce qu'elle a subi, et pas seulement avec Chris Adams, sans se plaindre une seule fois ! Je ne dis pas qu'il ait été un *monstre*; d'après elle, il l'a toujours traitée gentiment, sauf à la fin – là, oui, il a été odieux. Mais c'est un type tellement faible, tellement vaniteux. Il est incapable de dire non quand une femme se jette sur lui, ce qui arrive souvent puisqu'il a du succès, qu'il est célèbre, et assez bel homme. Et *égoïste*! Quand je pense comme il l'a constamment laissée se sacrifier !

Sa vieille mère s'en est mêlée. Elle a semé la zizanie entre eux. Cette bonne femme est une plaie. On l'a toujours su. Il n'y avait que Betsy pour la supporter si longtemps.

Alec mérite qu'on le secoue. Johnnie n'a-t-il aucune influence sur lui ? Betsy est tellement déprimée que je pense qu'elle se remettrait avec lui, pour peu qu'il rentre dans le droit chemin. Ne pouvez-vous rien faire, Johnnie et toi ? Vous êtes ses meilleurs amis...

Carte postale de Johnnie Graham à Alec.

Hart's Club, W.1, le 24 septembre.

Tu peux venir déjeuner avec moi ici jeudi à 1 heure ?

Carte postale d'Alec à Johnnie Graham.

Hôtel des Trois Couronnes,
Fontaine-de-Vaucluse, Provence.

Désolé d'avoir raté le déjeuner. En Provence jusqu'à la mi-octobre.

Johnnie Graham à Alec.

St Leonard's Terrace, le 4 octobre.

... Qu'est-ce que tu fiches dans le Vaucluse ? Un trou pareil ! Et Byron, alors ?

Le bruit court que tu as quitté Betsy. Si tu ne te dépêches pas de rentrer, ta réputation sera en lambeaux.

Je peux faire quelque chose ? Tu vas me dire que ça ne me regarde pas. Mais je suis ton plus vieil ami et je ne vais pas rester les bras croisés à te regarder te ficher en l'air. Je ne sais pas ce qui s'est passé, mais il paraît que Betsy est au désespoir, qu'elle a le cœur brisé, qu'elle n'est pas du tout opposée à une réconciliation. Si tu veux, je passerai la voir, pour tâter le terrain.

Tu as passé l'âge de ce genre de trucs. Tu n'as pas le droit de plaquer une femme de l'âge de Betsy, après tant d'années de mariage. C'est décourageant pour nous qui nous accrochons... Tu lui as toujours laissé la bride sur le cou, il ne faut pas t'étonner qu'elle se rebelle. Pour l'amour de Dieu, reviens et reprends les rênes. Dix contre un que c'est ce qu'elle te demande.

Et de toute façon, reviens, j'ai encore fini un acte.

Alec à Johnnie Graham.

Les Baux, Provence, le 10 octobre.

... C'est Betsy qui m'a expédié ici, et si je rentre trop vite, ça n'ira pas. Il faut que je la laisse complètement tomber. C'est ce qu'elle m'a demandé. Je suis bien triste d'apprendre qu'elle est au désespoir et qu'elle a le cœur brisé, mais c'est un peu tard pour changer d'avis, maintenant. D'ailleurs je doute que ce soit le cas. La dernière fois que je l'ai vue, elle avait des plans très arrêtés.

Va la voir, si tu y tiens. Je ne sais pas ce qu'elle te dira, mais quoi qu'il en soit, sa version sera la bonne. Je ne la contredirai pas. Elle me rendra justice. Elle l'a toujours fait.

Je suis désolé que tu t'en fasses pour ma

réputation. Je ne pensais pas qu'à notre époque, le divorce pouvait vous stigmatiser à ce point. Betsy m'a toujours affirmé le contraire ; nombre de nos amis y ont survécu sans y laisser trop de plumes. Ça se tassera, avec le temps...

Mrs Graham à Mrs Trotter.

St Leonard's Terrace, le 14 octobre.

... Nous avons reçu une lettre vraiment bizarre d'Alec, envoyée de Provence ou d'un coin de ce genre. Je n'ai pas le temps de m'étendre, mais il dit que c'est Betsy qui a demandé le divorce et qui l'a prié de partir, que tout est de son fait. Tu y crois, toi ? Johnnie pense que c'est vrai. D'après lui, A. est si flemmard qu'il n'aurait jamais plaqué sa femme sans y être poussé...

Mrs Trotter à Mrs Graham.

Cambridge, le 16 octobre.

... Eh bien ! Qu'est-ce qu'il ne faut pas entendre ! Essayer de faire porter le chapeau à Betsy ! Il mérite le peloton d'exécution !

Je vais te confier quelque chose que j'avais pourtant promis à Betsy de ne pas répéter. Mais tu le gardes pour toi. Dans ces circonstances, il me semble que le devoir de ses amis est de prendre sa défense. Évidemment tu peux en parler à Johnnie.

Alec est parti avec une autre femme. Tu te souviens de cette fille, Joy, la nièce de Mrs Hewitt je crois, qui les accompagnait tous les étés au pays de Galles ? Ils la présentaient comme une gouvernante, ce qu'elle n'était pas vraiment, elle ne donnait pas de cours, seulement un coup de main à Betsy. Eh bien, c'est elle ! Une gamine ! Après leur départ de la maison, Betsy a appris qu'Alec avait une liaison avec elle, et qu'ils se cachaient si peu que même les enfants le savaient. Pour dire les choses franchement, il est clair qu'il l'a séduite, à moins que ce ne soit le contraire.

Comment peut-il prétendre que Betsy l'a prié de partir ? Comment ose-t-il le suggérer ? Ça n'a pas de sens.

Betsy est anéantie. Elle se sent plus ou moins responsable. Elle n'aurait jamais dû faire venir cette gamine, connaissant Alec. Bien sûr, il n'est pas le seul en cause. Cette gosse est une éhontée, elle savait ce qu'elle faisait. Mais ça n'empêche pas !

Si Alec va par là, Betsy ne *devrait* pas lui

pardonner. La voyant au fond du trou, c'est vrai que j'ai espéré un moment qu'ils se réconcilient, même s'il s'est mal conduit. Mais après ça, non. J'espère que tous ceux qui se respectent s'en écarteront comme d'un pestiféré. Il ne mérite pas mieux. C'est tellement sordide…

Alec à Johnnie Graham.

Southwick Court, W.2, le 25 octobre.

… Mon adresse pour les mois qui viennent. Je suis rentré en Angleterre lundi dernier et j'ai loué un meublé à ce numéro, un endroit assez bizarre, avec des plafonds de verre et des meubles en acier. Mais j'y logerai avec mes quelques possessions en attendant que ça se tasse. Je viens de t'envoyer des tas de trucs par porteur. Quand est-ce que je peux passer pour qu'on en parle ?

Johnnie Graham à Alec.

Hart's Club, W.1.

… ton texte pour *Byron* est bien arrivé, ce dont je te remercie grandement.

Je ne vois pas trop quand tu peux passer m'en parler. Susie ne veut pas que tu mettes les pieds chez nous, et je ne peux pas lui en vouloir – les femmes ont bien le droit de monter des syndicats, elles aussi.

Je crois qu'on va laisser tomber *Byron* pour le moment. Je n'ai pas trop envie de te voir. Désolé, mais ta goujaterie ne passe pas. J'ai eu trop d'affection pour toi pour réagir de manière désinvolte, comme je l'aurais fait avec une simple connaissance. Bien sûr que je connais de pires salopards, et que j'ai travaillé avec eux, mais ils m'étaient indifférents.

Je ne te juge pas. C'est ton affaire. Mais j'attendrai pour te revoir d'avoir digéré le fait que tu as séduit une jeune fille sans défense, à votre charge, et que tu as lâchement déserté le domicile conjugal. Notre travail s'appuie sur une intimité, une compréhension mutuelle, une sympathie... choses que je ne ressens plus aujourd'hui. J'en suis navré, vraiment. Mais tu comprends sûrement ce que je veux dire, tu n'as quand même pas changé à ce point...

Mrs Canning à Alec.

Bedford Gardens, W.8, le 27 octobre.

… J'ai téléphoné chez toi ce matin, mais on m'a dit que tu n'étais pas là. C'est pourquoi je prends la plume. Mon chéri, es-tu libre vendredi soir ? Je voudrais donner une petite réception, et je tiens beaucoup à ce que tu viennes. Quelques amis à dîner, et d'autres qui passeront plus tard. Huit heures. Tenue de soirée.

Nombre de tes amis sont désireux de te voir – et il faudrait contrer les rumeurs très désagréables qui circulent çà et là, à l'instigation des Hewitt, j'en ai peur. Il est important de montrer que tu as dans ton camp des gens importants, des gens sensés. J'ai invité les Merrick, qui te sont dévoués, et que ces rumeurs enragent. Veux-tu que j'invite les Graham ? Dis-moi qui tu voudrais voir…

Alec à Mrs Canning.

Southwick Court, W.2.

… On m'a dit que tu avais appelé, « on » étant Joy, mais tu n'as pas dû reconnaître sa voix. C'est un appartement avec services compris, nous n'avons pas de femme de chambre. La personne qui répond au téléphone – quand le cas se présente –, c'est soit Joy, soit moi.

Ma chère mère, c'est très gentil à toi de vouloir organiser une réception en notre honneur. Nous serons présents, avec joie. Mais n'invite pas les Graham. Ils ne veulent plus me voir ; on a laissé tomber *Byron*. Johnnie est choqué par mon comportement ; pour lui, j'ai souillé les valeurs de notre bonne vieille école.

Mrs Canning à Alec.

Bedford Gardens, W.8, le 29 octobre.

... Mon chéri, je suis bien contente que tu puisses venir vendredi. Mais l'invitation, je le crains, ne concerne que toi. Il ne serait pas prudent de ma part de recevoir Miss Benson. Tu comprends, bien sûr ? Mon chéri, il faut qu'on puisse discuter longuement de tout cela dans les jours qui viennent. Au téléphone, c'est impossible, et j'ai des tas de choses à te dire. Quand peux-tu passer ?

Alec à Mrs Canning.

Southwick Court, W.2, le 29 octobre.

… Je suis navré pour ta réception, mais si Joy n'est pas invitée, je regrette de ne pouvoir venir. Je ne vais pas chez les gens qui refusent de la recevoir. Pour ce qui est de nous parler : mère, ça ne sert à rien. Je ne retournerai pas auprès de Betsy, je ne quitterai pas Joy. À quoi bon en parler, dans ce cas ? Ça ne servira qu'à te rendre malheureuse. Bien sûr, je peux passer te voir, mais à une seule condition : qu'il ne soit pas question de mes affaires personnelles. Et je crains que tu ne puisses pas t'empêcher de les aborder, raison pour laquelle je n'ai pas mis les pieds à Bedford Gardens depuis mon retour…

Mrs Canning à Alec.

Bedford Gardens, W.8, le 30 octobre.

… Ta lettre m'a terriblement chamboulée. Mon Alec chéri, je suis ta mère, et je serai toujours de ton côté. Mais ta conduite n'est, à mon sens, pas seulement erronée, elle est également stupide. Pourquoi t'afficher avec elle de manière aussi voyante ? Cela te met en porte-à-faux. Tu ne vois donc pas que cela va donner crédit à toutes les rumeurs scandaleuses qui circulent sur ton compte ? Tu pourrais agir plus discrètement. Personne n'a besoin de savoir qu'elle est à Londres.

Certes les gens de nos jours sont très larges d'esprit ; mais ils sont toujours aussi avides de scandale. On peut faire presque tout ce qu'on veut, pour peu qu'on y mette *les formes.* Ne te comporte pas comme si tu te fichais de ce que les gens pensent, c'est une terrible erreur. Personne n'est assez populaire pour se permettre de mépriser l'opinion publique. Il a pu te paraître étrange (c'est mon cas) de voir certaines personnes bannies par leurs amis et discréditées aux yeux de la société pour un faux-pas sans importance, alors que les portes sont grandes ouvertes à d'autres, qui ont commis de pires crimes. Cela semble injuste. Mais à y regarder de près, on constate toujours que ces exclus ont manqué de *savoir-vivre**[1]. Qu'ils s'y sont mal pris, donnant l'impression de pouvoir agir à leur guise, ce qui est fatal. C'est cela – c'est cette arrogance qui vous fait détester par le monde.

Hors le cercle des Hewitt, personne, à mon

---

1. Les mots en italiques suivis d'un astérisque sont en français dans le texte.

avis, n'est particulièrement mal disposé à ton égard. Le divorce n'est rien de nos jours. Mais les gens aiment à penser qu'ils ont du pouvoir, ils sentent que tu n'es pas entièrement à ton avantage en ce moment, et ça leur donne l'impression d'être dévoués et loyaux en prenant ta défense. Tu dois leur permettre d'avoir cette impression. Tu ne dois pas t'enferrer dans ta posture « c'est-comme-ça-et-pas-autrement ». Tu les offusqueras. Ils diront : pourquoi devrions-nous recevoir cette fille ? Il faudrait pour ça qu'ils reconnaissent la réalité de ta *liaison**. Est-ce clair ?

Mon chéri, je suis horrifiée de ce que tu me dis des Graham. Ne te brouille pas avec Johnnie, ce serait la pire des catastrophes. Comment travailleras-tu ? Tu m'as dit que tu ne pouvais collaborer avec personne d'autre. Tu leur as raconté ce qu'il s'était vraiment passé ? Ils connaissent ta version des faits... ?

Alec à Mrs Canning.

Southwick Court, W.2, le 31 octobre.

... Je ne sais pas ce que sait Johnnie. Je lui ai dit de se renseigner auprès de Betsy, et je suis certain qu'elle n'a rien dit qui ne soit pas vrai.

Ta lettre est un modèle de sagesse et je

l'approuve à cent pour cent. Je la mets de côté pour Kenneth, il la lira à son vingt et unième anniversaire. Cela dit, je crains de ne pouvoir suivre ton conseil et caser la pauvre Joy dans un petit appartement à l'abri des regards. Je compte l'épouser dès que je le pourrai. Elle attend un enfant et je compte bien faire tout ce qui est en mon pouvoir pour la soutenir et la protéger. Mes obligations envers elle prennent le pas sur toute autre considération.

Dans l'intervalle, je compte sur mes amis pour la traiter comme si nous étions mari et femme. C'est tout ce que je leur demande : tant pis pour ceux qui n'en sont pas capables et qui donnent de mon comportement la pire explication possible. Je vais, je pense, voir sur qui je peux vraiment compter, et me prépare à quelques mauvaises surprises…

Mrs Graham à Mrs Trotter.

St Leonard's Terrace, le 3 novembre.

Tu sais quoi ? La vieille Mrs Canning vient de nous faire une interminable visite ! Pour nous donner la version d'Alec !

Il a fallu rester polis, bien sûr. Elle a été très gentille quand nous étions jeunes mariés – elle l'a toujours été. Et c'est normal que la pauvre vieille défende son fils. Je n'ai pas pu m'empêcher quelques piques. « Vous devez tenir ça des Hewitt », m'a-t-elle dit. J'ai répondu : « Pas du tout ! Nous ne les avons pas vus depuis cette histoire, et à ce que je sais, *eux* vivent cela très dignement et ne courent pas dans tout Londres pour défendre leur fille. Ils ne doivent pas penser qu'elle en ait besoin ! »

Cela dit, ma chère, *écoute* quand même les arguments du camp adverse. Alec est tellement chevaleresque qu'il prend toute la faute sur lui, à la place de Betsy. La petite Joy n'a rien à voir avec le divorce. Elle est venue après. Il fallait qu'il parte avec quelqu'un et c'est tombé sur elle. Mrs C. reconnaît que le choix n'est pas très heureux. La vraie raison est la suivante : Betsy – *Betsy* a un autre parti en vue, et n'a eu de cesse de harceler Alec pour qu'il lui rende sa liberté. Et qui est cet autre parti, à ton avis ? La Sauterelle ! Mrs C. n'a pas donné de nom, mais j'ai fait travailler mon cerveau car elle m'a dit que c'était 1) quelqu'un qui était amoureux de Betsy depuis toujours ; 2) qui avait beaucoup d'argent et un statut social des plus enviables ; 3) de la famille dans les environs de Pandy Madoc. Ça ne peut être que lui.

Qu'en penses-tu ? Peut-il y avoir un peu de vérité là-dedans ? Et si tel n'est pas le cas, ne devrait-on pas toucher un mot à Betsy de ce que colportent Alec et compagnie ?

Heureusement, rien de tout cela n'a vraiment ébranlé Johnnie. Vrai ou non, m'a-t-il dit, ça ne justifie pas l'attitude d'Alec. Il aurait pu dire à Betsy qu'elle n'avait qu'à épouser qui elle voulait. Et la manière dont Mrs C. a parlé de cette gamine l'a dégoûté. À l'entendre, la fille ne demandait que ça, etc. Johnnie dit que c'est le comble de la goujaterie. Un type qui séduit une fille deux fois plus jeune que lui et lui fait porter le chapeau mérite le fouet. Johnnie, comme tu le sais, est un peu fleur bleue et très vieux jeu question jeunes filles.

Dernière chose ! La gamine attend un bébé, et Alec se croit obligé de l'épouser. C'est le pompon, tu ne crois pas ?

Mrs Trotter à Mrs Graham.

Cambridge, le 4 novembre.

... pardon pour ces quelques lignes écrites en hâte. J'interprète la Charité dans une pièce de Noël, et nous répétons littéralement jour et nuit.

La lecture de ta lettre m'a mise dans un tel état de rage que je n'ai plus de mots pour l'exprimer. Il n'y a pas une once de vérité dans ce que raconte Alec, crois-moi. Toi et moi savons très bien que Betsy n'a jamais pris la Sauterelle au sérieux. Et concernant le bébé, ils auront l'air malin s'il naît avant mai ! Oui, il faut en parler à Betsy. Elle doit être de retour à Well Walk. Passe la voir et touche-lui-en un mot. Dieu sait à qui Alec et sa bande peuvent colporter ces âneries, à l'heure qu'il est...

Carte postale d'Alec à Kenneth.

Southwick Court, le 5 novembre.

Quand sont tes vacances ? Je voudrais venir te voir.

Kenneth à Alec.

St Clere College, le 7 novembre.

Je passe les vacances avec ma mère.

Mrs Graham à Mrs Trotter.

St Leonard's Terrace, le 14 novembre.

... Voilà, j'ai vu Betsy. Je suis allée prendre le thé avec elle hier. Elle est passée par toutes les teintes, si bouleversée que je me suis posé deux ou trois questions. La Sauterelle était au pays de Galles l'été dernier. Bien sûr, elle a immédiatement démenti l'histoire d'Alec.

Je lui ai dit aussi pour le bébé. Elle n'a pas répondu grand-chose, mais elle avait l'air au bord des larmes, la pauvre ! Puis elle a fait comme nous, un peu de calcul mental ; j'ai bien vu qu'elle pensait... On verra !

Je ne sais pas ce qu'elle te disait quand tu séjournais à Pandy Madoc, mais c'est certain que l'amertume a pris le dessus. L'accord de séparation à l'amiable dont on nous a rebattu les oreilles ne marche pas si bien que ça. L'histoire de la Sauterelle et ce bébé trop vite arrivé l'ont mise à mal...

Mrs Pattison à Mrs Canning.

Tan y Vron, Llanfair, le 16 novembre.

... Une amie venue séjourner quelque temps à la maison me dit qu'on parle beaucoup de mon frère à propos du divorce des Canning. Cela me perturbe grandement. Je crois comprendre que ça vient des amis d'Alec. Vous avez, j'en ai bien peur, oublié que notre conversation d'août dernier était strictement confidentielle. Jamais je n'aurais dû vous en parler, mais vous étiez tellement à l'écoute et si inquiète ; je l'étais tout autant car, comme je vous l'ai dit, je n'ai aucune sympathie pour une telle union. J'espère pouvoir compter sur vous pour démentir cette rumeur. Il n'est pas correct que Max soit mêlé à cette affaire alors qu'il est à l'étranger et ne peut se défendre.

À mon sens, il faut rappeler à tous et à chacun que cette brouille est sans rapport avec Max. Alec a abandonné son épouse pour une autre femme, tout le monde est au courant. Et c'est pour cela que Betsy demande le divorce...

Mrs Canning à Mrs Pattison.

Bedford Gardens, W.8, le 17 novembre.

... Pourquoi vous reprocher quoi que ce soit ? Notre conversation n'a aucun rapport avec cette affaire. Betsy a spontanément avoué à Alec qu'elle voulait épouser votre frère et lui a demandé de lui rendre sa liberté. Il lui a procuré les preuves dont elle avait besoin. La voilà, la vérité.

Joy à Kenneth.

Southwick Court, W.2, le 16 novembre.

... Ton père a été si troublé par ton refus de le voir que je me sens dans l'obligation de t'écrire. Je ne l'avais jamais vu dans un tel état. Il ne voulait pas s'expliquer ; j'ai dû insister.

Je le sens au fond de moi, tu ne sais pas ce qui s'est réellement passé. Ne crois pas ceux qui veulent te monter contre lui. Il n'est coupable en rien, et s'est au contraire conduit avec élégance, avec générosité. Ta mère voulait se débarrasser de lui pour pouvoir épouser quelqu'un d'autre. Il ne l'aurait jamais quittée sans cela, bien qu'elle n'ait jamais cherché à le rendre heureux.

Je fais tout mon possible pour le consoler. L'an prochain, nous nous marierons, j'espère ; j'espère aussi qu'Eliza, Daphne et toi viendrez vivre chez nous, au moins une partie de l'année ; nous n'avons bien sûr aucune envie de vous arracher à votre mère. Je ferai de mon mieux pour que notre foyer vous soit agréable à tous. Ton père et moi, nous nous adorons ; c'est horrible de dire que j'ai gâché sa vie. Ta mère va être heureuse avec son nouveau mari ; pourquoi nous envier notre bonheur ?

Ton père n'est pas au courant de cette lettre et serait fâché d'apprendre que je te l'ai envoyée. Il refuse de plaider sa propre cause devant qui que ce soit. Mais je ne permettrai à personne de te monter contre lui...

Mrs Graham à Mrs Trotter.

St Leonard's Terrace, le 17 novembre.

... J'ai quelques soucis avec Johnnie. Il a été repris d'une crise « pauvre Alec », et je l'ai bien senti faiblir. Je crois qu'il a envie de reprendre la composition et ne sait pas travailler sans Alec. Il a commencé à dire qu'on pouvait difficilement juger sans connaître tous les détails, etc.

Fort heureusement, cette Joy a eu l'heureuse idée de mettre les pieds dans le plat. Elle a écrit aux enfants, tu te rends compte ? Kenneth a fait suivre à sa mère la lettre en question, sans commentaire. Ils essaient de le liguer contre sa propre mère, elle qui a de tout temps refusé de mêler ses petits à tout cela. Johnnie a reçu un tel choc que le voilà redevenu implacable.

Betsy en est folle de rage. Elle se battra jusqu'au bout pour obtenir la garde complète des enfants, c'est ce qu'elle m'a dit. C'est une chose que de le laisser les voir, tant qu'il se conduit bien. Mais s'il essaie de les retourner contre elle... Et puis, cette demoiselle B., peut-on lui confier des fillettes ?

Betsy dit qu'elle va la citer comme complice. Alec, sans se démonter, lui a envoyé des preuves – une note d'hôtel, je crois, où le nom de Joy ne figure pas. Il avait dû y passer la nuit avec quelqu'un d'autre. Mais Betsy ne se gênera pas pour la nommer expressément, car elle tient à ce que le tribunal le tienne loin des enfants...

Betsy à Mrs Hewitt.

Well Walk, N.W., le 1ᵉʳ décembre.

... J'ai décidé de passer la fin de l'hiver à l'étranger. Je ne supporte plus Londres et j'ai besoin de bouger. Je veux passer du temps ailleurs jusqu'au procès. J'irai quelques jours chez Angela Trotter puis de là, à Paris ; Pen Priday me prête un appartement. Angela m'aidera à m'installer. C'est la seule personne vraiment acquise à ma cause, à ce que je vois. Père et toi ne l'êtes pas vraiment. Je sais que vous compatissez, mais vous ne me soutenez pas quand j'en ai besoin ; père ne doit pas pouvoir s'empêcher de considérer les choses du point de vue masculin. Je pensais pourtant que tout le monde me soutiendrait dans le combat que je mène pour mes enfants.

Ken pourrait me rejoindre à Paris pour les vacances. Il y a juste la place qu'il faut pour lui dans l'appartement ; on pourrait s'occuper ensemble, tous les deux ; il est assez grand pour en profiter, maintenant. C'est une bonne chose pour lui, et ça me fera du bien. Je connais pas mal de gens intéressants là-bas qui ne se soucieront pas de moi et de mes petites affaires.

Pourrais-tu prendre Daphne et Eliza, mes pauvres chéries ? Elles vont être un peu tristes de passer Noël sans Ken et moi, mais l'appartement est trop petit – sans compter que je suis trop exténuée pour affronter l'idée d'avoir à traîner toute la bande. Et je sais que tu seras ravie de les avoir...

Eliza à Kenneth.

Barton House School, Wendover, le 7 décembre.

Tu n'as pas écrit une seule fois, ce trimestre ; pourquoi ? Tu as reçu mes lettres ? Daphne a eu droit à une carte. Écris-moi, s'il te plaît.

On t'a dit pour les vacances ? Qu'on

va chez grand-mère, et toi à Paris ? C'est affreux ! J'espérais qu'on serait tous à la maison. On est toujours ensemble à Noël. Tâche de faire changer d'avis à mère. On ne peut pas être séparés à Noël, quand on a la maison à décorer et tout ça.

Comment va Mark ? Il a eu son prix Grier, comme tu le prévoyais ? Si oui, dis-lui bravo de ma part. Et aussi qu'on est allées entendre Elizabeth Lange en concert ; elle a chanté du Brhams... Bhr... Barh... Zut... terrifiquement bien.

Mrs Trotter à Mrs Graham.

Rue Saint-Évian, Paris, le 12 décembre.

... J'ai installé Betsy dans l'appartement, à Paris, et je rentre lundi. Je suis bien contente de l'avoir accompagnée : elle est au bord de la dépression nerveuse, tu sais – incapable de rien faire toute seule, la pauvre.

On aurait pu penser qu'à Paris, elle aurait un peu de répit. Eh bien non ! On la persécute jusqu'ici ! À peine étions-nous arrivées que Charles Merrick s'est pointé. Il est là pour je ne sais quel congrès d'ingénieurs et il avait un message de la part d'Alec, qui voulait contacter Betsy et avait entendu dire qu'elle était à Paris si bien qu'il nous a envoyé Charles en ambassadeur. Il lui a demandé de ne pas mêler le nom de Joy à tout ça et l'a suppliée de ne pas complètement retirer la garde des enfants à Alec. Quel toupet ! De se mêler d'une affaire aussi intime. Cela ne devrait regarder que Betsy et Alec.

Alec viendrait seulement de comprendre qu'elle voulait la garde complète, et il a l'audace de dire que ce n'est pas juste, pas dans l'accord initial, etc. Il veut aussi revenir sur l'argent. Il a dû espérer que Betsy accepterait une pension inférieure pour qu'il puisse tout donner à Joy.

Je te rassure, Betsy n'a pas cédé d'un pouce. Elle va réclamer la pension maximale et lui interdira de voir les enfants avant leur majorité. Elle se fiche bien maintenant de savoir si les gens sont au courant ou non de la manière terrible dont Alec s'est comporté et je peux te dire des choses dont il ne fallait pas parler jusqu'ici. Son penchant pour la boisson, par exemple. Il l'a poussée dans l'escalier un jour où il était ivre ! Elle dit qu'elle ne répétera à *personne* les horreurs qu'il lui a débitées le dernier soir, avant de la plaquer. Mais je te raconterai le reste quand nous nous reverrons...

Charles Merrick à Alec.

Hôtel Saint-Cyr, Paris, le 12 décembre.

... C'est fichu, j'en ai peur. J'ai vu Betsy, elle ne lâchera pas pour les enfants. J'ai dit tout ce que je pouvais, ça n'a servi à rien. Cela me navre au plus haut point. Je crois qu'elle est prête à laisser Joy en dehors de l'affaire si tu renonces à toute démarche envers les enfants.

Je ne comprends pas qu'elle déborde d'amertume à ce point. Ça ne lui ressemble pas ; je crains que ses amis n'aient manqué de jugement et ne lui aient monté la tête. Elle a très mauvaise mine, je trouve, les nerfs dans un bien triste état. Tout ce qu'on peut espérer, c'est qu'elle se calme et qu'elle change d'avis avant le procès – qui n'aura sans doute pas lieu avant un moment.

Désolé de n'avoir pas pu faire mieux...

Charles Merrick à sa femme.

Hôtel Saint-Cyr, Paris, le 13 décembre.

... C'est fichu pour l'*affaire** Canning.
Betsy est une harpie, une furie et une

garce ! C'est tout ce que j'ai à dire. Je lui ai rendu visite, j'ai fait ce que je pouvais, sans perdre mon calme. Mais j'ai rarement vu quelqu'un d'aussi malveillant. Je lui ai expliqué que j'étais certain qu'Alec n'avait rien à voir avec les lettres de Joy. Elle ne m'a pas cru. Elle ne voulait pas me croire.

Elle va chercher les griefs les plus minables, tout ce qu'elle aurait dû oublier et pardonner depuis des siècles. En 1920, il l'a bousculée et elle est tombée dans l'escalier ! Mon Dieu ! Ça doit être autorisé au moins une fois dans n'importe quel mariage, ça. J'ai failli lui dire que je t'avais un jour assommée d'un coup de bouillotte.

Pour rester gentil, on dira que la pauvre n'a plus toute sa tête. C'est l'air qu'elle a, d'ailleurs. Tu sais, je crois qu'elle est encore amoureuse de lui, ce qui explique cette fureur insensée. « Quand l'amour fait place à la haine / Le cerveau doit sembler de démence agité. »

Oh, Meg, ma chérie, il ne faut jamais se disputer. Les disputes conjugales, c'est l'enfer sur terre. Ce n'est pas naturel. C'est une gangrène, un cancer. Qui attaque tout le système. C'est vrai, j'ai connu des gens qui s'étaient séparés bons amis, sans ressentiment. Ce doit être qu'il ne restait plus une once d'amour. Autrement – comme c'est le cas de Betsy, je crois –, ça se frelate et se gâte.

Tâche de passer voir Alec et Joy. Je sais que tu la trouves ennuyeuse, mais ils sont si abattus, tous les deux ; tu ferais une bonne action. Leurs amis devraient les soutenir.

J'espère être à la maison pour Noël. Embrasse les chenapans pour moi, et ne lis pas au lit jusqu'à plus d'heure…

Mrs Merrick à son mari.

Victoria Road, S.W., le 18 décembre.

… Je suis passée chez Alec et Joy hier soir ; mon chéri, note ça dans la colonne des bonnes actions, parce que je l'ai fait pour toi. Je ne peux pas t'en dire beaucoup plus. On est restés à se regarder. La conversation ne démarrait pas. Joy nous a servi du café – le pire que j'aie jamais bu ! – mais il a fallu qu'Alec le lui suggère deux ou trois fois.

Ils sont affreux, tous les deux, coincés dans cet horrible appartement, avec tous ces meubles en acier – si peu accueillants. Comment a-t-il pu louer ça ? C'est tellement macabre.

Elle reste là, comme une masse, à le contempler avec un air de dévouement tragique. On voit bien que ça l'énerve, lui. Elle l'adore, c'est sûr, mais je pense qu'elle sait très bien que c'est un fiasco et qu'il reste avec elle par pitié.

N'empêche qu'elle ne le laissera jamais partir. Elle restera collée à lui comme une bernique pour le restant de leurs jours. Elle va se transformer en paillasson *exigeant**, si tu vois ce que je veux dire.

Tu dis que Betsy est pleine d'amertume. Lui aussi : pas seulement contre elle, mais contre le reste du monde. Je crois qu'il a pris en pleine figure le fait que tant de gens soient prêts à croire les pires choses sur son compte. Il avait toujours été si apprécié, si amical ; cette averse de méchanceté, c'est une révélation pour lui, on dirait que ça lui a donné la manie de la persécution. Je suis sûre qu'il voit des rebuffades partout, même là où il n'y en a pas. Ce qui le pousse à dire des choses horribles sur les gens, sur un ton ricanant, plein de mépris. On dirait qu'il veut démontrer que tous les mariages sont voués à l'échec et que ceux qui disent le contraire sont des hypocrites ou des crétins. Il a été particulièrement venimeux envers les Graham, prétend que Johnnie ne supporte plus Susan depuis des années mais qu'il n'ose pas le dire, qu'il est trop lâche pour rompre, et que c'est la raison pour laquelle il n'aime pas ceux qui vont jusqu'au bout. J'ai presque eu l'impression qu'Alec nous en voulait d'être heureux et qu'il ne serait pas mécontent d'apprendre que notre mariage bat de l'aile.

À la fin de la soirée, il est redevenu lui-même, en partie. Il est descendu avec moi dans l'ascenseur. La nuit était douce, et je lui ai dit que j'allais marcher un peu pour trouver un taxi ; il a décidé de me tenir compagnie, m'a pris le bras en me disant que c'était gentil de ma part d'être venue. Il m'a dit que Joy se sentait au fond du trou. Et je suis vraiment désolée pour elle, la pauvre fille ! Ce doit être affreux d'attendre un bébé dans des conditions pareilles, sans aucun des plaisirs qui accompagnent cet événement, l'espérance, la fierté, et sans autre compagnie que cet individu amer et morose.

Il a un peu parlé du bébé et j'ai eu l'impression qu'il se sentait excessivement coupable, honteux. Il a dit une fois ou deux que c'était complètement sa faute. On dirait que quelque chose lui a échappé. Il ne l'aime pas, mais il a dû se mettre dans tous ses états pour elle, ressentir une attraction si violente qu'il n'a pas essayé de la contrôler. Je veux dire qu'il n'a laissé aucune affection, ou considération pour elle, ni même la simple prudence, entrer en ligne de compte. Alors maintenant, il y a un bébé dont personne ne veut, mais qui deviendra un être humain comme nous, avec des sentiments, de la souffrance. Je comprends qu'il se sente obligé de rester avec elle et avec ce bébé. Mais c'est davantage un enfant de la haine que de l'amour.

D'où vient-elle, toute cette haine ? C'est comme une tempête maudite qui se serait abattue sur eux. Je ne sais pas comment ils retrouveront le bonheur. Tu dis que ce sont des restes d'amour qui se sont gâtés. Tu ne crois pas que c'est parce qu'ils refusent tous de voir la vérité en face ? L'amour peut rendre malheureux, mais il faut y mettre du sien pour qu'il se gâte. Ce ne sont pas les blessures, les mauvaises actions qu'ils ne se pardonnent pas ; c'est qu'ils savent. Alec et Betsy savent, et Joy aussi, qu'en dépit de tout, en dépit de ce qu'ils ont dit et fait pour se détruire l'un l'autre, ils ne supportent pas d'être séparés.

Troisième partie
SÉPARÉS

Sur River Cliff

L'école St Clere se dresse au sommet d'une falaise escarpée, au-dessus d'un affluent de la Severn. Elle donne, de l'autre côté de la rivière, sur les bonnes vieilles briques d'une cité ancienne et d'une église qui est l'une des gloires des comtés de l'Ouest. Au-delà, s'étend une suite de monticules boisés et de vallées profondes et fertiles ; l'école est, de tous côtés, entourée par les collines, anglaises et galloises.

Elle forme de solides érudits depuis six cents ans. L'ancien monastère, érigé dans la première moitié du XIVe siècle, est devenu un sanctuaire pour l'enseignement ; dans ce pays sauvage, champ de bataille où s'affrontaient deux races, c'était le seul endroit où les arts de la paix avaient pu être préservés. C'est là que se rendaient les jeunes lettrés des Marches galloises, tous ceux qui préféraient les livres aux joutes. Ils y entendaient parler de tout ce qui se passait au-delà de leurs sauvages collines ; ils conversaient avec des étudiants d'autres terres. Quand ils quittaient St Clere, c'était pour faire carrière dans l'Église ; d'ailleurs, un nombre étonnant d'entre eux devinrent évêques. Cependant, ils se voulaient savants, et non politiques ; aucun ne fut ni archevêque ni cardinal. L'école ne produisit pas davantage de saints ni de martyrs. S'ils allaient au bûcher ou se faisaient excommunier, c'était pour de si obscures hérésies qu'ils étaient seuls à les comprendre, avec leurs adversaires.

Henry VIII ordonna la dissolution du monastère. Le collège se fit école privée et laïque, prospéra grandement et devint un pilier de l'éducation à l'anglaise. Mais l'atmosphère ne changea pas. St Clere continua à former un fort contingent d'évêques, de doyens, de professeurs et d'enseignants ; quelques grands juges et juristes puis, lorsque les examens de la fonction publique furent devenus des concours, un grand nombre de chefs de service. La moisson de militaires, de médecins, de poètes, d'hommes politiques, d'évangélistes et de criminels resta chétive. Au Moyen Âge, ses cloîtres et ses jardins n'hébergeaient jamais de ces hommes qui crient dans le désert ; ils offraient plutôt un sanctuaire aux débats de la raison. Six élèves sur dix poursuivaient leurs études dans un collège bien spécifique d'Oxford, collège qui vivait encore sur le capital de l'ancien monastère, de sorte que les jeunes gens baignaient, durant leurs années d'université, dans les mêmes associations, les mêmes standards, la même manière de penser.

St Clere demeure, de par sa situation, la plus belle des écoles privées d'Angleterre. Elle a aussi peu changé de l'extérieur que de l'intérieur. Tout ce qui se voit date du XIVe et du XVe siècle. La chapelle, les cloîtres, les vieux bâtiments du couvent avec leur belle loge forment un ensemble imposant sur la crête de River Cliff, le chemin de la falaise ; les ajouts modernes sont dissimulés dans les bosquets, par-derrière, pour ne pas altérer la vue. Le bourg sur l'autre rive est plus récent. Il est né en des temps plus pacifiques, lorsque les routes étaient plus sûres. Il a fort heureusement cessé de grandir sous le règne de George IV et ne comporte, par conséquent, aucune construction laide. Le bourg, l'école, la rivière, les collines environnantes : tout a le charme du rêve. Et, comme le rêve, tout y est un peu lointain, un peu irréel. St Clere est à l'écart de la tension et de la presse du monde moderne, de même que le vieux couvent parvenait à surnager dans le chaos des Marches.

Et c'était contre cette beauté, contre cet isolement, que Mark Hannay s'était mis soudain à lancer les plus violents anathèmes. Il était major de l'école depuis presque un an ; pendant deux trimestres, il avait joui comme personne de cette splendide nomination. Mais au cours de son dernier trimestre à St Clere, il avait sombré dans une extraordinaire déconfiture mentale. Il lui était venu l'idée d'étudier les parcours des précédents majors, pour voir combien étaient devenus Premier ministre, et lui, qui se pensait doté des capacités requises pour s'emparer un jour des rênes de la nation, fut consterné de constater qu'il n'y en avait pas un seul. Il se demanda s'il avait fait le bon choix en devenant major de St Clere, et même en choisissant cette école. Sa nature le disposait à subir, tôt ou tard, les tourments d'une conversion soudaine. Ce moment était venu. Il mit les certitudes de son existence à l'épreuve et toutes semblèrent s'effondrer. Il commença à brûler ce qu'il avait admiré, à admirer tout ce qu'il avait brûlé. Il se croyait toujours capable d'accomplir de grandes choses, mais n'était plus certain d'y parvenir.

Pendant un moment, il ne s'ouvrit à personne de ses tourments. Mais un jour, étant parvenu à certaines conclusions, il en fit part à son rival et ami, Adrian Parkin. C'était en juin, un dimanche après-midi ; dans chaque arbre, un coucou clamait ; les aubépines écumaient de mille fleurs. Tous les champs et les collines alentour étaient constellés de petites silhouettes noires cheminant tranquillement par deux. Des bizuths joufflus faisaient de longs détours pour éviter River Cliff, dont une tradition immémoriale les bannissait. Une certaine inquiétude assombrissait la promenade dominicale de ces innocents : il y avait tant de choses interdites, et tant de femmes de professeurs en circulation ! Les petits hauts-de-forme étaient rarement au repos.

Aucune de ces incertitudes ne pesait sur Hannay ni Parkin. Ils étaient des dieux dans ce monde étroit. Ils avançaient à grands pas au beau milieu de River Cliff, voie sacrée, somptueusement arrogants, saluant les dames de leur connaissance avec une courtoisie qui n'était pas exempte de condescendance.

« C'est décidé, dit Mark. Je n'irai pas à Oxford. À quoi bon ? À quoi bon y passer tous les examens avec les honneurs ou même devenir président de la société des étudiants ? Pour faire quoi, ensuite ? »

Parkin ne répondit pas. Il scrutait le talus fleuri au pied duquel ils se tenaient. C'était par ici qu'il avait découvert, deux ans plus tôt, la campanille à feuilles de lierre. Hélas, il ne l'avait jamais revue. Mais Mark n'attendait aucune réponse. Sa question était rhétorique.

« Pour avoir, poursuivit-il, le choix entre trois choses. Placer sagement mon intelligence et entrer dans l'administration, miser sur elle et m'inscrire au barreau, ou tout ficher en l'air pour devenir professeur d'université. Quel autre choix avons-nous ? »

Parkin souhaitait aller en Amérique centrale étudier les orchidées. Ce que Mark commenta avec une certaine impatience.

« Oui, toi, c'est réglé. De toute façon, tu n'as pas vraiment le type St Clere. Et puis tu vises Cambridge. Je ne parlais pas de toi, mais de moi.

— J'avais bien compris ! fit Parkin avec un grand sourire.

— Qu'est-ce que je vais faire ? Si je ne décide pas maintenant, il sera trop tard. Je dois savoir où je vais.

— Je te verrais bien faire carrière au barreau.

— Carrière ! rétorqua Mark avec le plus profond mépris. Ah, ça, c'est sûr. Le barreau est un métier pour les gens comme il faut. Très excitant, de surcroît, parce que tu ne sais jamais comment ça va tourner. Un vrai pari ! Soit ça marche et on a trop de travail, soit ça ne marche pas, et on crève de faim.

— Tu ne crèverais pas de faim. »

Mark s'empourpra. Il était riche et il avait honte d'y penser. Il avait cinquante mille livres et Parkin était sans le sou ; malgré tout, se trouver une carrière était aussi important pour lui que pour Parkin. Et sa fortune n'avait rien à voir dans l'affaire ; l'idée que son choix puisse être sans importance parce qu'il était riche le rendait fou. Les questions d'argent ne s'étaient que récemment imposées aux deux garçons ; elles jouaient un rôle mineur dans la vie de St Clere.

« On enfile un costume, poursuivit-il sans prendre gare à l'interruption ; on met une perruque et on entame une partie avec un autre type à perruque, un peu comme aux échecs. Oui, ça m'amuserait. J'aime les problèmes. Si je vais à Oxford, je tenterai sûrement le barreau.

— Rendre la justice n'est pas un jeu, protesta Parkin. C'est un travail très important et il faut bien que quelqu'un le fasse.

— Je ne rendrai pas la justice ; je me contenterai de gagner des procès. Avant que je devienne juge, il coulera de l'eau sous les ponts, dit Mark, modeste. Et puis ce qui m'intéresse, c'est faire les lois, pas les appliquer.

— Alors choisis la politique.

— Oui, c'est ce que j'aimerais. Mais je ne pense pas que j'y arriverai après quatre années à Oxford.

— Pourtant, avec une éducation aussi riche en humanités...

— Humanités, cette blague ! explosa Mark, à présent sur sa lancée. C'est complètement absurde. Tu ne vois pas ce qui arrive ? Elles servent à quoi, ces humanités ? Qu'est-ce qu'elles ont fait pour nous qui venons des classes moyennes supérieures ? Elles nous ont corsetés. Nous a-t-on appris quelque chose qui puisse nous servir à vivre ? À réfléchir ? Et où nous mènent ces réflexions ? À un point où nous comprenons qu'il est absurde d'entreprendre quoi que ce soit, puisque toute action est illogique au plus haut point. Nous réfléchissons tellement que nous sommes pris dans une sorte de constipation mentale qui nous condamne à l'immobilité jusqu'au restant de nos jours. On doit pouvoir faire fructifier l'esprit humain de manière plus intelligente. Qu'est-ce qui t'arrive ? »

Parkin avait brusquement foncé sur le talus. Mais ses sens l'avaient trompé.

« Rien... J'ai cru... C'est trop tôt dans l'année, de toute façon. Poursuis.

— Tu ne m'écoutes pas.

— Je t'écoute des deux oreilles. Qu'est-ce qui cloche dans la classe moyenne supérieure ?

— Nous ne sommes pas des chefs. Nous n'inventons rien, alors que c'est notre rôle. Nous avons les capacités, le cerveau ; mais notre énergie... a été siphonnée par ces fameuses humanités. Nous allons nous employer, dociles, à gagner nos vies aussi agréablement que possible, en tâchant d'en faire un jeu. Allons, allons, soyons sport ! Voilà ce qu'on attend de nous...

— Je ne suis pas d'accord, dit Parkin. La seule personne qui m'ait dit d'être sport, ici, c'est un vieux garçon qui un soir à la chapelle voulait nous enrôler pour une mission aux îles Salomon. Tu t'acharnes sur un cadavre.

— Pas du tout ! On sait que le monde est dans un sale état. On sait qu'on se dirige vers la sortie ; on voit arriver le mur, mais essaie-t-on de l'éviter ? On ne peut pas. On a trop peur du changement. On est trop enracinés dans le passé. Notre énergie, notre intelligence ont été solidement corsetées. Tu peux être sûr qu'ils s'en sont assurés.

— "Ils", c'est-à-dire ? Ceux qui nous gouvernent ? Tu penses vraiment qu'il y a des gens dans ce monde qui siègent, la mine grave, dans une salle et qui se demandent : "Comment allons-nous faire pour empêcher Hannay de sauver la patrie ?" Franchement, Mark...

— Non. C'est plus subtil que ça, bien sûr. Mais tu reconnaîtras quand même que l'élève type des écoles privées, ici comme ailleurs, reçoit une formation qui le pousse à perpétuer le système actuel, jusqu'à plus soif. On ne le prépare pas à devenir un meneur.

— Encore heureux ! Tu te rends compte de ce qui se passerait si nos universités fabriquaient des milliers de meneurs tous les ans ? Des milliers de types qui brandiraient la pioche pour préparer la voie ? Il n'y aurait plus une route après leur passage.

— Mais nous ne croyons plus dans le système actuel. Nous ne pensons pas que le monde soit bien gouverné. Simplement, nous avons peur de disparaître en même temps que le système – et tout ce qui a de la valeur pour nous. Alors nous défendons ce système, pour sauver notre peau. Et les seuls qui osent bouger, ce sont ceux qui ont échappé à tes fameuses humanités.

— Ce n'est pas faux, acquiesça Parkin. Mais

ça a toujours été le cas. Les exaltés sont efficaces ; ils passent à l'action. Bonne ou mauvaise. L'intellectuel, l'homme cultivé, ne travaille pas pour un résultat immédiat.

— C'est pourtant ce qu'il faut aujourd'hui. Ou on va tous mourir. C'est bien pour ça que je dois me décider maintenant. Je n'irai pas à l'université. Je vais m'embarquer sur un caboteur. Dans la chaufferie.

— Ah oui ? Et comment comptes-tu y arriver ? Comment comptes-tu dégoter un boulot de ce genre ? »

Mark ne savait pas vraiment. Il n'était pas capable non plus d'expliquer en quoi la vie dans une chaufferie pourrait le faire progresser.

« Ne va pas t'imaginer que je veuille jouer au "Camarade Hannay". Je veux rester moi-même, c'est-à-dire un intellectuel, mais un intellectuel qui agit. Je veux savoir comment tout ce que j'ai appris jusqu'ici peut subsister dans un milieu complètement différent. Si ça se dissout, ça ne sert à rien. Avant qu'il soit trop tard, avant que je m'installe, je veux me fondre dans un creuset, d'une certaine manière.

— Dans ce cas, la chaufferie, c'est parfait. Qu'est-ce qu'il te faudra comme équipement ?

— Oh, juste un chiffon, pour m'essuyer le front. »

Parkin fut pris d'un tel fou rire que Mark se vexa.

« Tu dois trouver ça complètement idiot.

— Non, non, je ne pense pas. Je crois voir où tu veux en venir. Mais pourquoi une chaufferie ? On y est un peu à l'étroit, non ? Toi, ce que tu veux, c'est traîner tes guêtres et rencontrer toutes sortes de gens. À ta place, je m'engagerais pour quelques années.

— Tu veux dire, m'engager comme simple soldat ?

— Oui. Ça te donnerait une vraie leçon de vie.

— Mais je serais pieds et poings liés pendant des années. Je cherche simplement une alternative à Oxford.

— Ça dépend. Si tu t'enrôlais dans l'artillerie, tu ferais trois ans dans l'active et neuf ans dans la réserve. Je le sais, parce que j'ai fait quelques recherches pour un gamin de mon village qui visait l'armée. Un régiment de ligne, c'est sept ans d'engagement. À ta place, je me renseignerais sur la RAF.

— Tu es sérieux ?

— Tout ce qu'il y a de plus sérieux. Ça te ferait le plus grand bien. »

Mark était intrigué mais n'apprécia que moyennement cette dernière remarque.

« Le plus grand bien ? demanda-t-il, soupçonneux. Qu'est-ce que tu veux dire ?

— Eh bien... que tu rencontreras toutes sortes de gens, et devras apprendre à t'entendre avec eux. Ça pourra te servir plus tard quand tu commenceras à manier ta pioche. Les gens font davantage attention à ce qu'on raconte quand on s'entend bien avec eux.

— Mais je m'entends déjà très bien avec les gens !

— Ici, oui. Et à Oxford. Avec les gens comme toi. Mais les autres... ne t'intéressent pas vraiment. Trois ans dans l'armée comme soldat du rang, ça te ferait du bien, même si tu te destines au barreau par la suite. Tu as l'air de penser que tu ne manqueras pas de travail si tu deviens avocat, et tu te poses uniquement la question de savoir si ça te plaira. Mon frère est avocat, et son souci à lui, ce sont bel et bien les dossiers. Si tu ne t'entends pas avec les gens, les avoués et tous les autres, ils ne te donneront pas de travail.

— Qu'est-ce que tu me reproches ? Pourquoi tu crois que...

— Parce que tu n'arrives pas à oublier ta propre supériorité et que ça hérisse les gens.

— Mais non, je... » commença Mark.

Il s'interrompit, faute de pouvoir nier l'accusation. De nul autre, il n'aurait accepté de si déplaisantes remarques. Il n'avait jamais connu les humiliations salutaires de la vie de famille et avait trop souvent été traité en adulte. Personne ne s'était arrogé le droit de le conseiller ou de le corriger. Il n'avait pas de foyer. Son tuteur, un vieil avoué, gérait ses cinquante mille livres, lisait ses bulletins scolaires et veillait à ce qu'il consulte un dentiste quatre fois par an. La femme de charge de l'avoué s'était, lorsqu'il était plus jeune, occupée de sa garde-robe. S'il n'avait su où aller, il aurait toujours pu se réfugier à Wimbledon, chez le vieil homme. Mais l'essentiel de ses vacances se passait chez des amis ; il y était traité avec considération, comme un invité. Tant qu'il y faisait montre de politesse, de bonne humeur et d'affabilité, son arrogance ne lui attirait aucune critique.

Il était en colère contre Parkin, et impressionné à la fois. Leur amitié avait été sévèrement éprouvée par leur rivalité, tant en matière de classement que de statut. De nombreux professeurs auraient préféré voir Parkin major et Mark, ne l'ignorant pas, avait souvent dû réprimer des accès de jalousie.

Ils étaient parvenus à l'extrémité de River Cliff et empruntèrent un portillon qui donnait sur les terrains de jeu de l'école. Deux promeneurs s'effacèrent pour laisser passer les grands hommes. L'un d'eux était Beddoes, un chef de section, mais certainement pas un ami ; sa réputation était si douteuse que la plupart des esprits sensés jugeaient sa nomination scandaleuse. L'autre était Kenneth Canning.

Une fois ces deux garçons hors de portée de voix, Mark grommela : « Tiens ! Les voilà, tes humanités ! »

Il avait voulu protester au trimestre précédent, songeait même à rencontrer le directeur pour exiger le retrait de Beddoes. Mais Parkin l'en avait dissuadé, lui faisant remarquer qu'ils n'avaient aucune preuve concluante.

« Si ce n'était pas Beddoes, ce serait quelqu'un d'autre, dit Parkin. Pourquoi accuser l'école ? Il y a trois cents types bien ici, et une douzaine de salopards, tout au plus. On ne peut rien faire pour un gars qui choisit toujours les salauds. Canning est... »

Il s'interrompit, se rappelant que Mark et Kenneth avaient jadis été amis.

« C'est un sale gamin, répondit Mark d'un ton définitif. Ce qui n'était pas le cas tant que j'avais l'œil sur lui.

— Tu ne pouvais pas le couver éternellement. Il fallait bien qu'il se débrouille tout seul, un jour ou l'autre. Mais c'est le genre à tourner mal, quelle que soit l'école dans laquelle il se trouve. Comme ces gens qui attrapent tous les microbes. L'école n'est pas en cause. C'est lui qui ne tourne pas rond... ou sa famille peut-être.

— Tu as raison. C'est sa famille. Il traverse une mauvaise passe. Ses parents viennent de divorcer, tu sais...

— Oui, j'ai su ça. Mais il n'est pas le seul.

— Tout a éclaté l'été dernier, quand j'étais chez eux. Il était bouleversé. Il... il voulait m'en parler mais j'ai refusé de l'écouter. J'ai peur de l'avoir blessé. En tout cas, il m'en veut depuis.

— Ah ? Mais pourquoi refuser de l'écouter ? »

Répondre à cette question n'était pas chose facile pour Mark.

« Tu aurais fait pareil. J'étais invité chez ses parents, je ne pouvais pas me mêler de ça.

— Oui. Je vois. Délicat.

— Tu aurais refusé toi aussi, non ?

— Ça dépend. Si j'avais pensé que ça pouvait lui faire du bien de se confier... Qu'est-ce qu'il voulait ? Un avis, un conseil ?

— Non. Pas vraiment. Il était affreusement perturbé.

— Il voulait juste t'en parler ?

— Comment voulais-tu que je l'écoute ? Tu aurais fait quoi, toi ?

— Je ne sais pas, hésita Parkin. Si ç'avait été mon ami... et qu'il avait eu envie de parler, je pense que je l'aurais écouté... j'aurais compati, je lui aurais dit que j'étais désolé. Ça n'aurait peut-être pas été très utile, mais il aurait au moins pu se libérer de ce fardeau.

— Tu crois que j'aurais dû...

— Personne ne peut dire ce que tu aurais dû faire, à moins d'être à ta place. »

Ils passèrent devant le portail de l'infirmerie, et Parkin s'y engouffra en expliquant qu'il devait passer voir un ami qui s'était cassé la clavicule.

Mark revint vers l'école, à travers champs. Il

était à présent certain d'être inférieur à Parkin comme à quiconque doté d'un grand cœur. Il se faisait horreur, et trouvait odieuse la froide vanité qui l'avait trahi. Car il était parfaitement conscient d'avoir laissé cette vanité le bâillonner lorsque Kenneth lui avait demandé son aide. Confronté à une crise pourtant très simple, il avait échoué, il avait failli, non par stupidité, mais par égocentrisme.

Et je ne peux pas mettre mon égocentrisme sur le dos de l'école, se dit-il. Comment y remédier ? Comment m'en débarrasser ? Si je n'y parviens pas, je ne vaudrai jamais rien.

Il rajusta sa toge d'un mouvement d'épaules et passa sous une arcade qui donnait sur le cloître. Ses pas claquaient sur les dalles réverbérantes ; depuis des centaines d'années, elles faisaient écho aux déambulations des jeunes gens. Son tourment était aussi ancien qu'elles mais il n'en était pas conscient, non plus que des innombrables garçons qui les avaient foulées, la conscience malheureuse.

La consécration

Eliza entendit le bruit de ses pas avant qu'il sorte du cloître. La grande cour où elle se trouvait était déserte et silencieuse, hormis le roucoulement des pigeons sur les pavés. Mrs Hewitt et le directeur venaient juste d'entrer dans la bibliothèque pour y contempler un nouveau portrait. Elle aurait dû les suivre mais était restée en arrière, craignant que Kenneth ne puisse les retrouver. La tour de la chapelle s'élançait vers le pâle ciel d'été. Elle regardait en tous sens, désespérant de voir son frère. Ce fut alors qu'elle entendit des pas fermes et rapides le long du cloître, un bruit, songea-t-elle, qui semblait faire partie du lieu. Et parce que St Clere signifiait Mark à ses yeux, elle ne fut pas surprise de le voir émerger de la grande arcade et s'avancer dans la clarté du soleil. Il était tel qu'elle le voyait toujours en imagination : brun, vigoureux, sombre, marchant, pensif, la toge remontée sur les épaules. Elle osait à peine lui parler, de peur d'interrompre ses nobles méditations.

Il se retourna lorsqu'elle dit timidement bonjour, et elle se rendit compte, consternée, qu'il n'avait pas la moindre idée de qui elle était. Il lui serra cependant la main et s'enquit poliment de sa santé.

« Très bien, merci. Dis-moi... Tu sais où est Ken ? »

Il se souvenait, à présent ! Elle avait tellement grandi, tellement changé que cela l'avait déconcerté. Elle avait minci. C'était sa façon de s'habiller, peut-être, ou bien autre chose, mais elle avait l'air presque adulte, maintenant. Schubert, se remémora-t-il, dans cet ordre, précisément... Pandy Madoc... la sœur de Kenneth... Eliza...

« Il sait que tu es là ?

— Non. Il ne m'attendait pas. Où est-ce que je peux le trouver ? Le Dr Blakiston a envoyé un garçon à sa recherche, mais il y a une éternité de ça. Il nous traîne partout dans l'école pour nous montrer je ne sais quoi – le Dr Blakiston, je veux dire –, comme s'ils avaient oublié que nous étions venus pour Ken et pas pour tous ces tableaux. »

Mark réfléchit un moment. Puis, d'une voix sonore, il hurla :

« Commissionnaires ! »

Le mot résonna dans toute la cour. Des pas se firent entendre dans les escaliers, et six ou sept petits garçons surgirent, aussi vite qu'ils le pouvaient. L'un d'eux, arrivé du pavillon d'entrée, était très en retard sur les autres. Mark attendit qu'il ait rejoint les autres gamins essoufflés pour s'adresser à lui.

« Toi, là ! »

Les autres s'égaillèrent bruyamment.

« Va chercher Canning ! dit Mark, et dis-lui que sa sœur l'attend. Il est quelque part sur River Cliff. Cours et tu le rattraperas. Tu as l'autorisation d'aller sur River Cliff. »

Tandis que le garçonnet filait, Eliza demanda :

« Tu choisis toujours celui qui arrive le dernier ?

— Oui. Ça leur apprend à se dépêcher. Comment es-tu venue ? Tu es seule ?

— Ce sont mes vacances de mi-trimestre, et je les passe à Malvern avec ma grand-mère, Mrs Hewitt, je veux dire. Elle fait une sorte de cure là-bas. Elle m'a demandé ce que je voulais faire aujourd'hui et je lui ai dit que j'aimerais bien voir Ken, parce que c'est tout près, en autobus. Mais on s'est décidées à midi et je n'ai pas pu le prévenir.

— Où est ta grand-mère ?

— Oh, elle est dans la bibliothèque avec le Dr Blakiston. Ils sont très amis, tu sais ! Il nous a invitées pour le thé mais ça m'embête, parce que je voudrais discuter avec Ken.

— Je vois. Tu pourrais prendre le thé avec nous ?

— Avec toi et Ken ? s'écria Eliza, rayonnante.

— Il n'a pas de bureau à lui, il est encore trop jeune. Mais nous pouvons aller dans le mien. Comment va Daphne ? Elle est là, elle aussi ?

— Non, elle est en vacances chez une amie. Tu crois que Ken viendra ?

— Je n'en doute pas. »

Le directeur et Mrs Hewitt sortirent de la bibliothèque. Mark, les ayant rejoints, obtint la permission de recevoir les Canning dans son bureau.

« C'est réglé, dit-il en revenant vers Eliza. Kenneth et toi prendrez le thé chez moi. »

Et il l'emmena vers le pavillon d'entrée. Il se rendit compte qu'elle était fébrile, nerveuse. Tandis qu'il lui décrivait les splendeurs de son bureau, une ravissante petite pièce ornée de boiseries, de tout temps privilège du major de l'école, elle l'écoutait à peine.

« Je sais, disait-elle, on me l'a déjà montré. Si Ken ne vient pas et si tu me dis où le trouver, je pourrais peut-être y aller moi-même ?

— Le gamin le trouvera. On ne peut pas se cacher sur River Cliff. Tu ne ferais pas mieux.

— Mais s'il ne veut pas venir ? Ma crainte, c'est que l'autre garçon, celui envoyé par le Dr Blakiston, l'ait trouvé et qu'il ait refusé de venir. »

Mark avait l'air abasourdi.

« Tu n'es peut-être pas au courant, ajouta-t-elle... mais... je ne l'ai pas vu depuis l'été dernier. Depuis Pandy Madoc et la fin des vacances, l'été dernier.

— Tu ne l'as pas vu ? Mais Noël et Pâques...

— Non. À Noël, il était à Paris avec mère. Et à Pâques, j'étais en quarantaine à cause des oreillons et je suis restée à l'infirmerie de l'école pendant toutes les vacances. Et il n'a pas écrit, non plus. Il n'a pas répondu à mes lettres. C'est pour ça que j'ai tenu à venir. Oh ! Mark. Tu sais ce qui ne va pas avec Kenneth ? Tu es son meilleur ami. Est-ce qu'il t'a dit quoi que ce soit... Qu'il était fâché contre moi ?

— Non, rien. Pas un mot. »

Elle le dévisagea, inquiète.

« Et il va bien ?

— Très bien. À ce que j'en sais.

— Pourtant, j'avais l'impression que non. Tu... Tu sais ce qui nous est arrivé, Mark, je crois ?

— L'histoire de vos parents ? Le divorce ? Oui. Je suis navré. Vous avez dû vivre des moments difficiles, les uns et les autres.

— Ç'a été épouvantable. Ken t'en a parlé ? Qu'est-ce qu'il a choisi ? Il te l'a dit ?

— Choisi ?

— Notre mère a notre garde jusqu'à nos seize ans, et ensuite, nous pouvons choisir. Ken, bien sûr, a dix-sept ans, et je sais qu'il a choisi de rester avec mère. Mais moi, je vais bientôt avoir seize ans. Et j'aimerais... Je ne suis pas sûre, en fait... Je ne supporte pas l'idée de renoncer entièrement à mon père. Mais je ne peux pas non plus renoncer à Ken. Je me disais que si je pouvais avoir une conversation sensée avec lui, on pourrait peut-être convaincre nos parents d'une garde partagée, pour ne pas briser complètement notre famille. Ken pourrait convaincre mère, j'en suis sûre. Mais je ne sais pas ce qu'il en pense, je ne sais pas s'il est toujours aussi acharné à la défendre. Tu as peut-être une idée sur la question ?

— Je crains que non. Il ne m'a rien dit.

— Pourtant, je me disais... Tu es son grand ami. »

Mark se sentit obligé d'expliquer que Ken et lui n'étaient plus intimes. Eliza blêmit et le dévisagea avec épouvante.

« Je ne savais pas, finit-elle par dire. Comme c'est dommage. Je suis désolée de t'avoir ennuyé avec nos affaires. Je pensais...

— Si seulement je pouvais t'aider », s'exclama Mark.

Elle extirpa un mouchoir de son joli sac à main et se moucha.

« Tu connais la chanson *Dithyrambe* ? demanda-t-elle derrière son mouchoir.

— *Dithyrambe*. Oui. J'ai même le disque. »

Il alla le chercher dans un placard, le mit sur le gramophone, tout en commentant un air ou un autre, sans regarder Eliza, pour lui laisser le temps de se remettre. Quand ses yeux se posèrent de nouveau sur elle, il fut pris d'un tel élan de compassion qu'il en oublia ce qu'il venait de dire.

« Assieds-toi, la supplia-t-il en avançant un vieux fauteuil en osier. Je vais faire préparer du thé. N'attendons pas Kenneth. Ça le fera venir. Après quoi, je vous laisserai tous les deux, pour que vous puissiez parler. Je m'assurerai que personne ne vous dérange. »

Il sortit sur le pas de la porte, et de nouveau la cour retentit d'un sonore « Commissionnaire ! » Le dernier arrivé fut chargé de mettre de l'eau à bouillir.

« Mais Ken va bien ? » insista Eliza, tandis que Mark fouillait dans un placard, à la recherche d'un gâteau et de quelques biscuits.

Il la rassura de nouveau. Ils attendirent en silence, lui assis sur la table, elle dans le fauteuil d'osier. Ils écoutèrent *Dithyrambe*. Avant la fin du disque, des pas se firent entendre au-dehors et Kenneth entra en compagnie d'un autre garçon. Tout arriva alors en même temps, ce qu'elle attendait et ce qu'elle n'attendait pas. Elle débita ses salutations et ses explications avec une gaieté forcée, devant témoins, alors qu'elle avait espéré un tête-à-tête. Il lui était impossible de savoir s'il était fâché ou non de la voir. Rien ne se passait comme elle l'avait imaginé.

Kenneth s'empressa de dire : « On va aller en ville. Prendre un thé. »

À quoi Mark se hâta de répondre :

« J'ai demandé qu'on nous en apporte. Vous ne voulez pas le prendre ici ? »

Puis il y eut un bref silence qui intrigua Eliza. En dépit de ses propres tourments, elle perçut quelque chose de la tension entre les jeunes gens. Kenneth eut un moment d'hésitation, puis, comme deux jeunes commissionnaires apportaient le thé, son compagnon, Beddoes, s'attabla, hilare.

« Parfait, dit-il à Mark. Comme tu préfères. »

Mark se renfrogna. Son invitation ne concernait à l'évidence que les Canning. Sans rien répondre, il se tourna vers Eliza pour lui demander de se charger du service.

Son bureau se trouvait au rez-de-chaussée et, quelques minutes plus tard, des touristes de passage à St Clere purent lancer, curieux, un coup d'œil par la fenêtre ouverte. Les accueillit la plaisante vision de quatre jeunes gens engouffrant un solide goûter. La petite lycéenne qui servait gravement le thé était un détail inattendu. Les intrus sourirent à sa vue. Lorsqu'ils furent passés, une voix s'éleva :

« Quelle adorable petite sœur ! »

Eliza s'en souvint plus tard et fut réconfortée qu'on ait pu la trouver adorable. Le reste du goûter se perdit dans un grand flou. Elle ne put jamais définir avec certitude le moment à compter duquel sa confusion s'était dissipée, lui permettant de remarquer chez son frère de terribles petites modifications, et lui faisant comprendre qu'il n'avait plus aucun rapport avec celui qui habitait ses pensées depuis qu'ils s'étaient séparés, l'été précédent, à Pandy Madoc.

Elles étaient si ténues, ces modifications, qu'elles n'avaient aucun sens prises séparément. Son regard était plus dur, son élocution plus lente, plus réfléchie. Il avait perdu son élan, son enthousiasme, ses rires éclatants, son regard vif. Il était devenu curieusement languide. Dans ses prunelles et dans sa voix dominait à présent une sorte d'arrogance ricanante, méfiante, désagréable.

Elle regarda Mark une seule fois, par-dessus la table ; leurs regards se croisèrent et elle comprit, le cœur serré, qu'il savait tout. Il savait que quelque chose de terrible s'était produit, quelque chose qu'elle n'aurait pu imaginer, et qu'il avait menti lorsqu'il avait prétendu que Kenneth allait au mieux. Il s'empourpra sous son regard interrogateur.

Beddoes assurait l'essentiel de la conversation mais ce fut à peine si elle lui accorda un regard. Il n'était pour elle qu'un intrus relativement dépourvu de tact, et elle était trop inquiète pour lui accorder plus d'attention. Ce fut une lueur soudaine dans l'œil de Kenneth qui conduisit Eliza à l'ultime révélation.

« L'Automobile Club se charge de tout, disait Beddoes. Il suffit d'embarquer avec l'auto. »

Que signifiait ce regard menaçant ? Pourquoi vouloir faire taire Beddoes ?

« Et vous ne serez pas gêné, demanda-t-elle, par la conduite à droite ?

— Oh non. D'ailleurs, elle est à gauche, en Suède. Et les routes sont splendides. On peut faire du cent dix pendant des heures. Canning ne veut pas me croire, mais il verra bien.

— Avec une bonne voiture, sûrement, dit Kenneth. Mais pas avec ton vieux tacot. À soixante-dix, il tomberait en morceaux.

— C'est ce qu'on verra. Et puis, mon père est quasiment disposé à nous laisser la Bentley. »

Eliza eut une illumination.

« Oh ! s'écria-t-elle. Ken vous accompagne ? En Suède ? »

Elle apprit que c'était le cas, pendant toute la durée des vacances d'été. L'intrusion de Beddoes ne devait rien au hasard. C'était le nouvel ami de Kenneth, le remplaçant de Mark.

Elle le scruta avec attention et croisa le regard franc et candide de la malhonnêteté invétérée. Personne ne pouvait accuser Beddoes de ne pas regarder les gens en face. Son apparence était des plus rassurantes. Il avait le teint frais et sain, les yeux bleus, les cheveux blonds, et la ligne brutale de ses lèvres ne se révélait que lorsqu'il se taisait. Il aurait charmé Betsy. Mais Eliza, que la tension avait mise en état d'hyperesthésie, n'eut pas une seconde d'hésitation. Elle comprit tout de suite qu'il était méchant, cruel et menteur, qu'il était responsable du changement de Kenneth. Elle le comprit mieux que Mark, car elle l'appréhendait d'instinct, sans chercher à en définir les implications. Mark avait besoin de preuves pour concrétiser ses soupçons. Pas Eliza. Beddoes était odieux et il avait rendu Kenneth odieux. C'était clair comme de l'eau de roche.

Elle sut à peine que dire lorsqu'ils eurent fini de goûter et qu'elle se retrouva seule avec Kenneth. Elle avait longuement réfléchi à cette entrevue – mais le regard moqueur de cet étranger avait chassé de son esprit tout ce qu'elle avait prévu de dire.

« Je regrette que tu te sois brouillé avec Mark, fut-elle seulement capable d'articuler.

— Ce n'est pas le cas.

— Ah bon. C'est... ce que j'avais cru comprendre.

— C'est ce qu'il t'a dit ?

— Non. Mais je vois bien que vous n'êtes plus amis.

— Il est trop sûr de lui, dit Kenneth avant d'ajouter, soupçonneux : Il t'a dit des choses sur mon compte ?

— Rien. Pourquoi tu ne m'as pas écrit ? Tu n'as répondu à aucune de mes lettres. J'étais morte d'inquiétude.

— Je n'aime pas écrire.
— Tu écrivais tout le temps, autrefois. Je croyais qu'on s'était réconciliés.
— Réconciliés pourquoi ?
— Tu sais bien, notre dispute… l'été dernier.
— On s'est disputés ? Aucun souvenir.
— Ken, je t'en prie… »

Il se carra contre le dossier de sa chaise et la toisa en silence.

« Tu vas vraiment passer tout l'été en Suède ? »

Il hocha la tête.

« Alors on ne se reverra pas avant Noël ?
— Non, je ne pense pas.
— Tu sais que je vais avoir seize ans en novembre.
— Quel rapport ?
— Tu le sais. Très bien. »

Il ne protesta même pas. Mais son regard se fit plus ouvertement hostile.

« Tu vas choisir père, dit-il enfin.
— Je ne sais pas. C'est pour ça que je voulais te voir. Si ça veut dire que je ne te reverrai plus jamais, Ken…
— C'est exactement ce que ça veut dire. Tu vivras intégralement chez lui. Mère ne voudra plus de toi, et moi non plus.
— Oh, Ken…
— Tu t'es assurée qu'il voulait bien t'accueillir ? Il a Joy. Ils se suffisent peut-être.
— Parce que… Joy… Joy est encore avec lui ?

— Évidemment qu'elle est avec lui. C'est sa maîtresse, espèce d'idiote. Si tu vas vivre chez lui, elle sera là tout le temps, elle couchera avec lui, et tu seras bien forcée de t'en rendre compte, aussi naïve que tu sois. Mais si ça te chante, vas-y. Et passez vos soirées à débiner mère.

— Ce n'est pas ce qu'on fera. Ce n'est pas ce que je ferai.

— Ce sont deux porcs et tu es libre d'aller vivre dans leur porcherie. Mais ne t'attends pas à ce qu'on veuille te revoir, mère et moi. Les truies n'ont pas leur place à Well Walk.

— Comment peux-tu penser et dire des choses pareilles ? C'est toi, le cochon, s'emporta Eliza. Oui, c'est vraiment toi. Tu n'es qu'un sale gosse, avec de sales idées, et c'est de pire en pire. Et ton ami Beddoes, là… c'est le roi des gorets. Tout est sa faute, j'en suis certaine.

— Tais-toi ! Qu'est-ce que tu veux dire ? s'écria Ken en se relevant d'un bond.

— Tu te pinces le nez devant les autres. Mais toi ? Tu t'es regardé ? »

Kenneth la traita d'un nom qu'elle n'avait jamais entendu et sortit en courant.

Mark errait dans la cour. Il avait prévu d'intercepter tous les visiteurs importuns, afin qu'Eliza puisse s'entretenir tranquillement avec Kenneth. Mais leur entrevue se termina beaucoup plus vite qu'il ne s'y attendait. Kenneth sortit, le regard fulminant, ignora l'appel de Mark et fila droit chez Beddoes. Mark, en proie aux pires inquiétudes, retourna auprès d'Eliza. Il lui suffit d'un regard pour comprendre ce qui s'était passé.

« Pauvre Eliza ! murmura-t-il.

— Oh, Mark, qu'est-ce que je vais faire ?

— Vous vous êtes disputés ?

— Il dit que je suis horrible, que je les trahis. Je ne sais pas quoi faire. Je suis perdue. Je n'y peux rien, c'est mon père que j'aime le plus. Je ne peux rien contre mes sentiments.

— Ils sont souvent plus sages conseillers que les pensées », déclara Mark.

C'était là une conclusion à laquelle il n'était arrivé que très récemment, aussi prononça-t-il ces mots avec beaucoup de solennité, ce qui impressionna Eliza.

« Il est sûrement temps, dit-elle, éplorée, que j'aille retrouver ma grand-mère.

— Je t'accompagne. »

Il retrouva son sac à main et ses gants.

« Je n'aime pas Beddoes, dit-elle tandis qu'ils traversaient la cour.

— Ah oui ? Pourquoi ?

— C'est un tricheur, non ?

— Un tricheur ?

— Tu l'aimes bien, toi ?

— Pas beaucoup. Mais je n'ai rien de précis à lui reprocher. »

Dans le cloître, elle lui confia :

« J'ai passé un hiver affreux sans personne à

qui parler. Bien sûr, je ne pouvais rien dire à Daphne. Et je me rassurais toujours en pensant que Ken, au moins, avait la chance de t'avoir. Quand on a un ami, on lui confie des choses, et c'est en les mettant à plat qu'on arrive à mieux les comprendre. Plus personne ne réfléchit quand il y a une dispute familiale. C'est pour ça qu'on a besoin d'un ami. De quelqu'un d'extérieur. Je pensais que Ken était à l'abri, mais je vois que ce n'est pas le cas.

— Oui, dit Mark, songeur, ça a dû être dur pour toi. »

Ils étaient arrivés devant la porte du directeur. Elle se tourna vers lui, abasourdie, n'en croyant pas ses oreilles.

« Mais je trouve que tu es une personne de premier ordre, avait-il dit en pressant la sonnette. Je voudrais te ressembler.

— Quoi ?

— Au revoir. »

Il hocha la tête et pivota sur ses talons tandis que la bonne ouvrait la porte. Eliza fut obligée d'entrer. Elle était tellement stupéfaite qu'elle faillit trébucher sur le paillasson. Mark, *Mark*, la plus noble des créatures de Dieu, l'ami qu'elle n'aurait jamais parce qu'elle n'était pas un garçon, avait-il vraiment prononcé ces mots ?

Une personne de premier ordre ! Non, elle avait mal entendu. Ce n'était pas possible. Il n'y avait pas autant de bonheur au monde...

Elle suivit la bonne, qui la fit entrer dans un salon bondé. Et les gens sourirent à la vue de son visage radieux, songeant qu'elle avait dû passer un après-midi des plus heureux.

Père et fille

Ce fut le début de jours meilleurs. Eliza rentra à Malvern dans un tourbillon de joie, et de si belle humeur qu'elle trouva tout le courage nécessaire à l'épreuve suivante.

Le lundi matin, de bonne heure, elle fit sa valise et quitta discrètement l'hôtel en laissant à sa grand-mère ce message :

Chère Granny,
Je suis partie à Londres pour la journée, voir père. Je rentrerai à l'école par le train de 5 h 40 à Baker Street ; c'est celui que prennent toutes les élèves de Londres. Merci beaucoup pour ces merveilleuses vacances, c'était gentil de t'occuper de moi. Ne t'inquiète pas pour moi à Londres. J'ai plein d'argent, je ne me perdrai pas dans les rues, et je ne parlerai pas aux inconnus. Mère me laisse toujours sortir seule, tu sais. Je voulais t'en parler, mais je sais qu'elle ne souhaite pas que nous le voyions, et

tu aurais été obligée de me dire non. Or il faut vraiment que je le voie !

Ta très chère Eliza.

Elle ne savait pas où son père vivait, désormais, mais elle songea qu'elle n'aurait aucun mal à le retrouver. En arrivant à Londres, elle trouva une cabine téléphonique et appela son autre grand-mère, à Bedford Gardens.

« Je voudrais l'adresse de père », expliqua-t-elle.

À l'autre bout du fil, Mrs Canning fut prise au dépouvu.

« Eliza ! Où es-tu ? Et l'école ?

— Ce sont les vacances. Grand-mère, je t'en prie, donne-moi son adresse. Mère refuse.

— Oh ! dit Emily Canning, oh, vraiment ? Comme c'est... Ah, la voilà : 97 D, Gladstone Gardens, près de la station de métro de Gloucester Road.

— Merci !

— Où es-tu ?

— À Nuneaton.

— Quoi ?

— Et tu te portes bien, grand-mère ?

— Eliza, je n'ai pas entendu où tu étais ?

— À Torquay.

— Quoi ? Où ? »

Eliza avait déjà raccroché.

Mrs Canning ne tarda pas à regretter d'avoir donné l'adresse si facilement. Elle aurait dû demander quelques explications, mais la tentation de contrecarrer Betsy l'avait emporté. Elle ne voulait pas croire qu'Eliza ait pu le prévoir, et s'en soit servi pour la manœuvrer. Aucun de ses petits-enfants ne serait capable d'une telle ruse. Mais plus elle y pensait, plus son malaise grandissait.

Quelle effroyable fourberie, se dit-elle. C'est nouveau, cela, chez Eliza. Ah... elle doit le tenir de Betsy...

Gladstone Gardens était une petite place sordide bordée de hauts immeubles aménagés en appartements juste après la guerre, époque où n'importe quel logement, si improvisé et si inconfortable qu'il soit, se louait très cher. C'était devenu un quartier délabré, lugubre – un taudis pour classes moyennes. Il fallait être sur la pente descendante pour y vivre. Les portes communes étaient en triste état ; il n'y avait pas d'ascenseur et les escaliers sentaient mauvais.

Eliza trouva le n° 97, monta un nombre considérable d'étages, et se heurta bientôt à une petite porte sans palier, à même la marche. La lettre D y était inscrite alors ce devait être là. Mais elle était perturbée, car cette entrée, cet escalier, cette porte avaient quelque chose de médiocre, quelque chose qui ressemblait bien peu à son père. Comment en était-il arrivé à vivre dans un tel endroit ?

Elle appuya sur la sonnette, laquelle était

de celles qui déclenchent immédiatement une clameur rageuse de l'autre côté de la porte. En attendant qu'on lui ouvre, elle se demanda comment son père faisait quand il recevait, avec tous ces gens qui devaient s'entasser dans ce petit escalier si raide, sans savoir où se mettre avant d'entrer. Car elle ne pouvait pas penser à son père sans imaginer des soirées pleines de monde.

Un pas lourd se fit entendre dans l'appartement. Une domestique à l'air revêche ouvrit, la dévisagea, voulut bien reconnaître que Mr Canning était chez lui et finit par consentir à la laisser entrer. Il leur fallut, non sans précaution, partager l'étroit vestibule tandis que la porte se refermait.

« Si vous voulez bien attendre ici ? » dit la bonne en poussant une autre porte.

Eliza entra dans un salon plein de trophées orientaux. Des éléphants en ivoire déambulaient sur la cheminée, par-dessus le poêle à gaz. Les murs, gris pierre, étaient couverts d'armes, de broderies et de dessins sur papier de riz. Il y avait un bouddha assis dans un coin, une peau de tigre étendue sur le tapis en crin. Des dames, des femmes de notables du Raj, photographiées dans leurs robes de gala, la fixaient, l'œil chagrin, de leur cadre d'argent terni. Eliza regarda autour d'elle, dans la plus grande perplexité. Puis ses yeux se posèrent sur le divan, près de la fenêtre. Là, dans un petit panier d'osier, reposait une chose si stupéfiante qu'elle manqua s'évanouir.

Les yeux exorbités, elle approcha lentement. Puis elle s'agenouilla et écarta le châle de quelques millimètres pour mieux voir.

La chose dormait. Elle avait un si bon petit visage, réservé et sérieux, qu'Eliza fut envahie par une admiration quasi religieuse. Les mains, minuscules et rouges, étaient dévotement croisées sous le menton. Eliza savait à quoi cela correspondait, grâce aux cours de physiologie de l'école ; elle y avait appris qu'un nouveau-né se recroqueville toujours de lui-même en un petit paquet bien serré, bras et jambes repliées, exactement comme il était blotti dans sa première et tendre demeure. La naissance, événement des plus extraordinaires, était encore toute proche, nimbant toute vie d'une apparence de miracle.

Elle était plongée dans une contemplation et un émerveillement si profonds qu'elle n'entendit pas son père entrer. Et lui, pendant quelques secondes, eut le souffle coupé, car il n'avait pas reconnu cette jeune femme, si grande, et la prit un instant pour Betsy. Il eut l'impression d'être remonté dans le temps. L'inconnue était tournée vers le divan, lui cachant son visage, mais la courbe de la joue, la forme de sa tête, les boucles brunes sur sa nuque, tout réveillait en lui le souvenir de Betsy.

Cette jeune fille-là n'était plus, comme il le

comprit l'instant d'après. Aucune vicissitude ne pouvait la ramener. Que Betsy vienne ou pas... Mais qui était-ce donc ? Il prononça quelques mots, sans savoir lesquels, et elle se retourna.

« Eliza ! »

Elle était trop excitée pour le saluer.

« Oh, père ! Comment... Jamais je... Quel adorable petit bébé ! »

Il sourit.

« Tu ne savais donc pas que tu avais un petit frère ?

— Un frère ? »

Ce mot lui donna une décharge électrique. Pouvait-il y avoir un autre frère que Ken ?

« Est-ce que... Quel âge a-t-il ?

— Tout juste quinze jours.

— Il est... Il est né ici ?

— Non. Dans une maternité. Nous l'avons ramené hier.

— Mais alors... C'est... C'est le bébé de Joy ?

— Oui. »

Oh, quel accomplissement de la part de Joy ! Et qu'il semblait étrange qu'une chose si merveilleuse puisse lui arriver ! Qu'avait-elle ressenti ? Elle avait dû être incroyablement excitée !

« Il est drôlement brun !

— Oui, hein ?

— Alors, vous êtes mariés ?

— Non. Je l'épouserai dès que... On ne peut

pas se remarier juste après un divorce, tu sais. Il faut attendre six mois.

— Ah, oui... la loi... », dit Eliza, vague.

La loi entraînait bien des choses qu'elle ne comprenait pas.

Ils se rendirent alors compte qu'ils ne s'étaient pas embrassés et remédièrent à cet oubli.

« Je suis heureux de te revoir, Eliza. Comment as-tu... comment se fait-il que tu sois venue ? »

Les mots l'abandonnèrent. Quinze ans ne peuvent s'entretenir avec quarante-cinq. Ils étaient incapables de se parler. L'un et l'autre avaient vécu tant de choses depuis ce jour où ils s'étaient assis au-dessus de Llyn Alyn, qu'ils n'auraient pas su par où commencer. Ils ne pouvaient que les deviner.

Elle se lança pourtant, maladroitement, et lui fit part de ce qui importait le plus à ses yeux.

« J'ai vu Mark, hier.

— Mark ? Qui est-ce ?

— Mark Hannay. Tu sais... l'ami de Ken. »

Alec s'en souvenait, maintenant, un beau garçon assez bavard. Il n'avait aucune envie d'entendre parler de Mark Hannay.

« Sauf que Ken et lui ne sont plus amis, s'obstina Eliza. C'est affreux, non ?

— Comment va Ken ?

— J'ai pris le thé avec eux hier, fut tout ce qu'elle put dire.

— Ah ? Tu es allée à St Clere ?

— Oui. Je suis en vacances. Ken va en Suède cet été avec un type qui s'appelle Beddoes. Ça ne me plaît pas.

— Vraiment ? Mais comment es-tu arrivée jusqu'ici ?

— J'ai eu l'adresse par grand-mère. Qui est cette dame, sur la photo ?

— Je ne sais pas. »

Eliza eut l'air si perplexe qu'il dut ajouter :

« Rien de tout ça n'est à moi. C'est un meublé.

— Ah ! s'écria-t-elle, visiblement soulagée. Alors ce n'est pas définitif ?

— Non, Dieu merci ! Il nous fallait quelque chose en urgence. Les propriétaires de Southwick Court étaient de retour et nous avons dû décamper au plus vite. Nous chercherons un logement plus définitif quand Joy sera complètement remise.

— Ah, je vois.

— Tu ne pensais pas que j'avais acheté tous ces éléphants ? »

Mais si. Elle avait accepté tous ces bibelots étranges, ces photos d'inconnus, comme faisant partie du bouleversement de leur existence. Son père s'était embarqué dans une existence inattendue, inexplicable. Les éléphants ne l'étonnaient pas plus que le bébé.

« Ce n'est pas cher, poursuivait Alec, et nous pouvons repartir quand on veut. C'est une location au mois. »

Eliza s'efforça de trouver une explication.

« C'est donc que tu es pauvre ?

— Je suis à sec en ce moment. Oui. Ça fait presque un an que je n'ai pas travaillé et je ne vois pas vraiment comment ça peut s'arranger. »

Elle enregistra ce détail. Le divorce pouvait ruiner les gens. Mais sa mère lui semblait être encore bien pourvue et ils n'avaient pas quitté leur maison de Well Walk.

Trois ou quatre coups sonores retentirent derrière la cloison.

« C'est Joy, dit Alec. Elle veut que je lui apporte le bébé. On le laisse ici, parce qu'il fait plus frais. »

Il s'approcha du panier, et écarta le châle d'un geste hésitant.

« Oh, s'il te plaît ! Je peux le porter ? supplia Eliza. Je peux ? Je sais comment faire. Je me suis exercée, à la pouponnière. Je ferai très attention. »

Il fut ravi de la laisser faire, car il était terrifié à l'idée de prendre le bébé dans ses bras. L'habileté avec laquelle elle s'occupa de la petite créature le remplit de respect et d'émerveillement. C'était une femme qui maîtrisait la situation – et, en même temps, une petite fille heureuse de cette colossale récompense. Elle éprouvait, à porter ce bébé, une joie intense et le contemplait comme si le monde n'avait pu receler plus grand trésor.

« Comment s'appelle-t-il ? demanda-t-elle soudain.

— Peter.

— Oh ! »

Quel nom affreux, elle était sûre qu'Alec n'en pensait pas moins. Qu'il l'ait choisi de lui-même semblait incongru. L'idée devait venir de Joy.

Eliza fut de nouveau troublée. Il n'avait pas l'air de savoir où il allait. Elle s'était attendue à le trouver débordant d'activité, dominateur et parfaitement sûr de lui. Il avait commis un acte étrange et violent, renversé l'ordre naturel des choses. Ce qui, dans l'imagination de sa fille, l'avait investi de l'énergie du rebelle. Elle avait du mal à présent à réajuster sa vision, à le considérer comme un naufragé emporté par un raz-de-marée et déposé sur un rivage qu'il n'avait pas choisi.

Un nouveau coup retentit. Avec maintes précautions, elle emporta Peter dans la chambre voisine.

Joy était assise sur le lit défait. Sa chevelure blonde était emmêlée ; elle portait un vieux tricot vert sur sa chemise de nuit. Elle paraissait fatiguée, fragile. À la maternité, elle s'était sentie en forme, mais le retour à l'appartement l'avait complètement épuisée. À la vue d'Eliza elle poussa un petit cri et rougit. Eliza s'avança, non sans hésitation, et lui déposa le bébé dans les bras.

« Ça ne t'embête pas, Joy ? J'ai déjà porté des bébés. Je sais comment on fait. Et j'en avais tellement envie !

— Pourquoi es-tu venue ? demanda Joy, confuse.

— Elle est venue nous voir, dit Alec. Elle ne savait pas qu'elle avait un petit frère et elle est folle de joie.

— Mais qui l'a accompagnée ?

— Personne. Ce sont mes vacances de mi-trimestre. Oh, regardez, il s'est réveillé ! »

Le bébé se mit à pousser de petits bêlements furieux. Joy ouvrit immédiatement sa chemise de nuit et essaya de lui donner le sein. Mais ni l'un ni l'autre n'étaient très habiles dans l'exécution de ce simple exercice. Le bébé ne cessait de glisser dans le creux du coude de Joy au lieu de rester sagement contre son sein.

« Il te faut des tonnes d'oreillers en plus, s'exclama Eliza, et un coussin sous le bras. »

Elle arrangea les oreillers, exactement comme à la maternité, jusqu'à ce que Joy fût confortablement installée. Le bébé se mit à téter, placide.

Alec et Eliza s'assirent de chaque côté du lit et contemplèrent la petite tête brune. Eliza se sentait gênée que son père soit là ; Joy aurait pu faire ce qu'elle avait à faire d'une manière plus décente. Puis elle se rappela ce que lui avait dit Kenneth la veille. Ses joues s'empourprèrent, brûlantes. Ce devait être vrai, alors, pour son père et pour Joy. Et c'est ici que se trouvait la couche nuptiale, ce symbole si guindé, avec ses têtières et son bourrage en crin. Eliza était assise dessus. Mais il y avait aussi le bébé. La vulgarité, la brutalité des paroles de Kenneth n'avaient aucun sens. On ne pouvait pas les appliquer à la situation. Rien de ce qui concernait un bébé ne pouvait être mauvais.

Alec, quelques instants plus tard, porta à la cuisine le plateau du petit déjeuner de Joy. Dès qu'il fut sorti, cette dernière éclata en reproches.

« Pourquoi n'es-tu pas venue plus tôt ? Il avait tellement envie de te voir. Ça n'est pas très gentil, je trouve.

— Je n'avais pas le droit, expliqua Eliza.

— À cause de ta mère ?

— C'est la loi, tu sais. Jusqu'à nos seize ans.

— C'est horrible. Je n'arrive pas à comprendre qu'elle puisse être aussi cruelle. Après lui avoir pris tout son argent ?

— Elle a fait ça ?

— Bien sûr. Toutes les économies d'Alec. Jusqu'au dernier sou. Tu ne savais pas ?

— Non, pas du tout.

— Et pourquoi te laisse-t-elle venir, maintenant ?

— Elle ne m'a pas laissée venir. Je suis venue sans sa permission.

— Oh ? C'est vrai ? Oh je suis ravie ! »

Joy la regarda d'un drôle d'air, puis reprit d'un ton plus aimable :

« Ma chérie, je suis très contente que tu sois venue. Je n'ai jamais eu l'intention de le brouiller avec ses enfants. Ça m'a presque brisé le cœur. Elle va t'en vouloir à mort, j'imagine ?

— J'espère que non, dit Eliza. J'ai presque seize ans.

— C'est vrai. Alors, tu es dans son camp ? »

Qu'Eliza puisse avoir son propre camp n'avait visiblement jamais effleuré l'esprit de quiconque. Elle fit la moue, donna un coup de chaussure sur le pied de lit en cuivre et répondit qu'elle n'en savait rien.

« À seize ans... Tu choisiras qui ?

— Je ne sais pas.

— Viens chez nous... Je ferais tout ce que je pourrais... On s'est toujours bien entendues, toi et moi ? Tu es sa préférée, tu sais. C'est toi qu'il regrette le plus. Si tu savais ce qu'il a vécu... Je ne peux pas t'en dire plus pour le moment. Tu es trop jeune pour ça. Mais le jour viendra. Et il y a quand même une chose que tu dois savoir. Ta mère...

— Non, non ! éclata Eliza. C'est ma mère. Il ne faut rien lui reprocher. Je me fiche de savoir qui a raison ou tort. Si je viens vivre chez vous...

— Tu vas venir ?

— Il faut encore que je réfléchisse. »

Lorsque Alec revint, Joy annonça, triomphale :

« Eliza pense qu'elle pourrait venir chez nous quand elle aura seize ans.

— Oh ! c'est vrai ? Eliza ! C'est vrai ? »

La joie le retint d'en dire plus, mais il rayonnait et Joy de même. Ils regardaient Eliza comme si elle leur avait promis une offrande d'une valeur infinie.

Elle viendra chez nous, pensait Joy. Ils verront que ses enfants sont dans son camp. Ils comprendront que ses enfants préfèrent vivre avec nous. Je n'ai pas gâché sa vie.

Elle viendra chez nous, pensait Alec, et tout s'arrangera. Elle et Joy deviendront même copines, elles s'agiteront toutes les deux autour du bébé et j'aurai un peu plus la paix. Elle s'y est tellement bien prise avec les oreillers ! C'est un amour, une perle. Avec elle, la vie sera plus supportable.

Ils me veulent pour leur confort, pas pour le mien, pensait Eliza. C'est drôle ! Je me demandais si j'aimerais vivre avec eux, mais c'est le cadet de leurs soucis. Tant pis, je sais que je vais aimer ça. Je m'occuperai du bébé. *Elle*, elle en est incapable, cette idiote ! Quelle idée de lui choisir un châle plein de trous où il pourra se coincer les doigts ! On ne lui a donc *rien* appris ? Mes bébés, mes bébés à moi, auront des châles sans trous. Oh ! comme je m'amuserai ! Je suis folle de joie. Une personne de premier ordre... Oh ! Mark ! Mark ! Tu m'as fait don du bonheur...

Elle se tenait les bras autour du torse, assise au bord du lit. Elle était heureuse et Mark en était la raison. Ce qu'elle attendrait désormais de la vie viendrait nécessairement de lui, mais elle commençait à peine à l'entrevoir.

La sonnette bourdonna, rageuse. La bonne alla ouvrir en traînant des pieds dans le couloir. Il y eut des bruits de voix et Eliza bondit.

« Oh, misère ! C'est Granny ! Elle est venue me chercher. De Malvern ! Oh, malheur !

— Mrs Hewitt ? » s'exclama Alec.

Eliza passa la tête à la porte de la chambre et murmura :

« Je suis là.

— Eliza ! s'écria Mrs Hewitt. Comment as-tu pu faire une chose pareille ? Que va dire ta mère ? »

Trop perturbée pour se rendre compte de ce qu'elle faisait, elle s'engouffra dans la chambre.

« Regarde notre bébé ! » dit Eliza.

Henrietta Hewitt s'effondra. Elle s'était frayé un chemin jusqu'au quartier général du vice. Et qu'y trouvait-elle ? Une femme dans un lit, avec un nourrisson ; un lieu où tous auraient dû marcher sans bruit et parler avec douceur.

La chose à faire aurait été de sortir dignement et en silence pour gronder Eliza ailleurs. Alec et Joy étaient des pécheurs éhontés et leur nouveau-né n'avait pas lieu d'être, ni de naître. C'était trop demander à Henrietta. Autant demander à un bon catholique de passer devant le Saint-Sacrement sans plier le genou. C'était un nouveau-né. Un petit bâtard, certes, une terrible catastrophe, mais nouvellement né, et donc un don de Dieu.

Elle s'approcha du lit, le visage sévère, et scruta le petit en exprimant l'espoir que Joy n'ait pas passé un trop mauvais moment. Car en ce qui concernait ce « moment », il fallait compatir avec toutes les femmes, aussi pécheresses soient-elles.

« Oh, le petit chéri… si bien fait… »

Ce compliment, propre à la génération d'Henrietta, surprit Alec et Joy. Alec se rappela que cette expression avait toujours irrité Betsy et fut saisi d'une forte envie de rire.

Henrietta, que l'embarras, l'humanité, la compassion, le choc et le sentiment de trahir Betsy réduisaient au silence, quitta l'appartement avec Eliza. Dans la rue, elle se mit à la gronder. Mais Eliza ne tenait pas en place. Elle ignora les foudres de sa grand-mère et se mit à gambader en parlant de son nouveau petit frère avec un ravissement enfantin.

« Tu n'as pas l'air de comprendre, finit par dire Mrs Hewitt. C'est une triste affaire. Vraiment terrible. Ce pauvre bébé n'aurait pas dû venir au monde. Tu ne comprends pas, ma chérie ?

— Mais tu as dit toi-même qu'il était un petit chéri…

— Tous les bébés... vous fendent le cœur... mais...

— Eh bien, voilà ! »

Mrs Hewitt abandonna la partie.

« Bon, allons déjeuner chez Gorringes », soupira-t-elle.

Seule

Nous avons tous une terreur intime, irrationnelle : le tonnerre, les fantômes, le cancer, l'incendie, l'enterrement prématuré. La honte peut nous faire ensevelir ces peurs, sans pour autant les chasser ; la raison peut les dominer, sans les faire taire. Dans les profondeurs de l'inconscient, leurs racines se nourrissent à des sources secrètes et oubliées.

Betsy avait peur du dentiste : non par crainte de la souffrance, mais parce que, enfant, elle avait entendu parler d'une personne qui avait sursauté au moment où la fraise touchait le nerf, si bien que la fraise avait glissé et lui avait coupé la gorge. Betsy vivait dans la terreur d'un semblable accident.

Mais ce fantasme lui faisait honte, et elle ne l'avait avoué à personne, sauf à Alec, des années plus tôt, au début de leur mariage. Il avait compati. Il avait immédiatement compris qu'une visite chez le dentiste était bien plus désagréable pour elle que pour n'importe qui et qu'elle ne serait jamais rassurée par le fait de savoir que cette torture était le lot du commun des mortels. Tant qu'ils avaient vécu ensemble, et même après leurs premiers désaccords, il avait fait de son mieux pour l'aider. Il insistait pour qu'elle s'y rende régulièrement, avant que la fraise ne devienne indispensable. D'elle-même, elle n'y serait jamais allée. Il lui prenait un rendez-vous tous les trimestres et il l'emmenait, en personne, consommer cette horrible idylle. Il restait dans la salle d'attente pendant la visite, se réjouissait avec elle de sa fin et l'emmenait ensuite déjeuner, en guise de récompense.

Plus personne n'étant là pour l'obliger à y aller, elle n'était pas retournée chez le dentiste depuis dix-huit mois. L'automne arrivé, lorsque le divorce fut définitivement prononcé, elle avait commencé à souffrir légèrement de quelques dents. Ce n'était qu'une sorte de névralgie, se persuada-t-elle, et elle se mit à mâcher de l'autre côté. À Noël, la douleur se fit permanente. En janvier, elle ne la supportait plus. Un jour, prise d'un accès de courage désespéré, elle téléphona au dentiste et prit rendez-vous pour le lendemain matin.

Au petit déjeuner, les enfants furent odieusement indifférents. Ils savaient ce qu'elle allait subir, même s'ils ne pouvaient soupçonner l'étendue de ses tourments. Mais ce rendez-vous les arrangeait car cela leur permettait, incidemment, de se faire déposer en voiture non loin de la patinoire d'Edgware Road. Ils souhaitaient y être vers dix heures et demie et quand elle leur objecta que son rendez-vous n'était qu'à onze heures, ils furent assez cruels pour lui suggérer d'y aller un peu plus tôt et de lire des magazines dans la salle d'attente.

« Ça vous amuserait, vous, de perdre une demi-heure dans une salle d'attente ?

— Moi, oui, dit Kenneth. J'aime bien feuilleter les magazines. Il n'y a que là que je peux en lire. J'aime bien aller chez le dentiste.

— C'est qu'on ne t'a jamais fait mal, rétorqua Betsy.

— Toi oui, peut-être ? »

Il aurait été malhonnête de prétendre que cela lui était arrivé. Mr Abercrombie était très délicat.

« Mais cette fois-ci, je vais souffrir.

— C'est ta faute, dit Kenneth, tu aurais dû y aller plus tôt. »

Il boudait à cause de la patinoire. Il avait été d'une humeur atroce pendant toutes les vacances ; s'attendant à ce que tous se plient à ses caprices et la rabrouant souvent, ce qu'Alec n'aurait jamais toléré. Tout cela, parce qu'elle avait refusé de le laisser partir en Suisse avec son ami Beddoes. Mais il avait déjà passé l'été en Suède, et il était normal que Betsy veuille réunir ses enfants pour

Noël. Son regard se posa sur le visage morose du garçon et elle soupira. Il avait été si gentil à Noël l'année dernière, à Paris ! Ses tourments de l'époque n'auraient pu lui faire oublier à quel point il avait été doux, compréhensif, débordant d'une compassion si émouvante. Aucun adulte n'aurait mieux pris soin d'elle. Pour un garçon de seize ans, il avait été extraordinaire.

À présent, il se disputait comme un gosse avec Eliza qui l'accusait de s'être évanoui quand on l'avait vacciné.

« Tu vois, tu n'as pas tant de cran que ça. Inutile de te vanter en disant que tu aimes aller chez le dentiste.

— Nom de Dieu !

— Kenneth, intervint Betsy, je ne veux pas que tu emploies cette expression.

— Ce n'est qu'une pruderie insulaire. Sur le continent...

— Ça m'est égal. Je ne veux pas l'entendre. C'est une mauvaise habitude.

— Seigneur Jésus !

— Kenneth !

— Ne le réprime pas, mère, s'interposa Eliza. Il ne faut pas réprimer les adolescents. Ça ne fait qu'aggraver les choses. »

Kenneth semblait sur le point d'émettre un effroyable qualificatif lorsque la femme de chambre entra pour dire que Lord St Mullins demandait Betsy au téléphone. Suivit un silence éloquent. Eliza se pencha avec attention sur son haddock ; Kenneth et Daphne dévisagèrent leur mère. Dès qu'elle fut sortie de la pièce, le garçon s'exclama :

« Vous voyez ?

— C'est interdit de téléphoner, peut-être ? demanda Eliza.

— Pas vingt fois par jour ! »

Daphne avait une question au bord des lèvres, qu'elle n'osait poser ni à l'un ni à l'autre. Si leur mère devenait Lady St Mullins, est-ce qu'elle deviendrait Lady Daphne ? Ou l'Honorable Daphne ? Elle craignait bien que non.

Dans la froide quiétude du salon, Betsy prit le récepteur et entendit une voix inquiète répéter :

« Allô, allô, allô, allô ! »

C'était la coutume de Max lorsqu'il patientait au téléphone, de peur que l'opératrice ne coupe.

« Allô ! Allô ! Ici Lord St Mullins. Puis-je parler à Mrs Canning ? Allô ! Allô ! Allô !...

— Max, c'est moi ! C'est Betsy à l'appareil.

— Oh, allô, Betsy ! C'est bien Betsy ?

— Oui, c'est moi !

— Oh, Betsy. »

Il y eut un long silence. Max avait également coutume d'expirer tout à coup au téléphone. Il lui était si éprouvant d'appeler quelqu'un qu'il n'avait plus rien à dire une fois la personne au bout du fil.

« Oui ? demanda Betsy.

— Oh, Betsy, comment va votre mal de dents ? A-t-il empiré ? Allô, Betsy ? Vous êtes là ?

— Oui, je suis là.

— Comment va votre pauvre dent ?

— Mal. Je vais chez le dentiste ce matin.

— Oh ! c'est affreux ! Pauvre Betsy ! Quelle horrible histoire. Je suis désolé. Vous avez peur ?

— Oui, j'ai peur. C'est idiot, n'est-ce pas ?

— Mais non, ça n'a rien d'idiot. Moi aussi, j'ai horreur de ça. À quelle heure y allez-vous ?

— Onze heures.

— Chez Abercrombie ?

— Oui.

— Vous voulez que je vous accompagne ? Ça vous aiderait à supporter cette épreuve ?

— Non, non. C'est absurde.

— Mais il faut qu'on vous accompagne. Vous ne devriez pas y aller seule. Vous ne voudriez pas que...

— Non, Max. On ne va pas en faire toute une histoire. Tout se passera bien, j'en suis sûre, dit Betsy, qui se sentait déjà d'humeur plus légère.

— Mais bien sûr qu'il faut en faire une histoire. Vous pourriez perdre connaissance, ou je ne sais quoi. Je serai là-bas à onze heures.

— Non... Mais, Max, enfin... »

Il avait raccroché.

Sa compassion la touchait et la réconfortait. Voilà au moins quelqu'un qui ressentait et disait ce qu'il fallait. Les autres ne se préoccupaient plus de son sort. Les enfants étaient d'un égoïsme total. Ses amis s'étaient désintéressés de ses malheurs. Personne ne semblait comprendre à quel point elle était seule.

De nouveau, pour la centième fois, elle passa en revue ses sentiments envers Max, non sans quelque espoir. Il était si bon, si gentil, si entiché d'elle. Elle aurait pris sa décision sur-le-champ si elle avait pu dénicher au fond d'elle-même la moindre ébauche d'une émotion réciproque et spontanée. Faute de quoi, elle se sentait incapable de l'épouser.

Elle ne pouvait pas davantage l'écarter, puisqu'elle se sentait souvent sur le point d'en tomber amoureuse. Les mois d'indécision se succédant, il devenait de plus en plus difficile de le chasser, tant il faisait étalage de son adoration ; les gens diraient qu'elle se montrait cruelle à son égard. Réaction injuste, quand c'était le désir de ne pas lui nuire qui la faisait hésiter. Elle ne voulait pas l'épouser sans l'aimer. Et c'était la faute de Max, et non la sienne, si le monde entier était au courant de sa passion. Il ne cessait de l'appeler, de lui faire envoyer des fleurs. Il s'arrangeait pour être partout où elle allait, si bien que leurs rencontres ne devaient plus rien au hasard et qu'on les voyait toujours ensemble.

Non, se dit-elle. Je ne veux pas qu'on dise que je l'exploite. Isobel Pattison va en faire toute une histoire si elle apprend qu'il m'a accompagnée chez le dentiste. Ce n'est pas juste.

Mais elle ne savait pas où le joindre pour l'empêcher de venir chez Abercrombie. Elle téléphona à Hornwood, sa maison du Sussex : il n'y était pas. Elle téléphona à son club : même réponse. Il lui fallut appeler Isobel Pattison, en espérant qu'il soit chez elle, à Thurloe Square. Isobel n'avait pas la moindre idée de l'endroit où se trouvait son frère et se montra si désobligeante que Betsy faillit lui dire :

« Je ne cours pas après ton horrible petit frère. C'est lui que j'essaie d'empêcher de me courir après ! »

C'était peine perdue. Elle se résigna.

Lorsqu'elle arriva devant chez Mr Abercrombie, la vue de la voiture de Max, déjà garée le long du trottoir, ne pouvait même plus accroître sa détresse. Elle était morte de terreur. Ce seuil, elle l'avait foulé tous les trois mois avec Alec, qui lui prenait toujours le bras durant l'attente. Dans cinq minutes au plus, elle serait dans le fauteuil, tête renversée. La fraise n'entrait pas tout de suite en jeu. Il commencerait par inspecter les dents, une par une, jusqu'à ce que... ah ! voilà une carie... ouvrez un peu plus la bouche, s'il vous plaît – non, je ne vais pas vous faire mal... et la fraise apparaîtrait...

une taille médium, s'il vous plaît, infirmière... un ustensile de la taille d'une aiguille de gramophone... ouvrez, s'il vous plaît... brrrrrrrr... si vous sentez quoi que ce soit, vous levez le bras... je ne pourrai pas, je me cramponne des deux mains au fauteuil ! je me cramponne pour ne pas sursauter... ne pas sursauter... je suis en nage... ouvrez un tout petit peu plus... Je vais tomber dans les pommes... et vomir... la fraise va toucher le nerf. Je sais qu'elle va toucher le nerf. Oui, voilà, elle est sur le nerf, *en plein sur le nerf*, et je vais sursauter, sursauter et elle va glisser – comment fera-t-il pour l'arrêter si je sursaute ? Elle va me couper la langue en deux... brrrrr...

La domestique grisonnante ouvrit la porte. Aucune main sous le bras de Betsy pour la guider. Elle dut entrer seule, remonter le couloir. Max l'attendait dans la salle d'attente, au milieu des magazines et des reproductions de Hogarth. Il vint à elle, lui serra la main, dans un accès de commisération douloureuse.

« Oh, Betsy, murmura-t-il, si je pouvais y aller à votre place. »

Son petit visage grave et ratatiné avait viré au vert. Betsy elle-même n'aurait pu faire montre d'une telle souffrance.

« Voulez-vous que j'y aille avec vous ? demanda-t-il.

— Ah non ! » dit Betsy d'un ton si ferme qu'il

n'insista pas. Il avait soumis ses nerfs à une telle torture qu'elle dut le réconforter. Lorsque la domestique reparut pour lui faire signe d'entrer, il poussa un gémissement.

Mère et fils

Daphne patinait très bien et Kenneth progressait à toute allure. Mais Eliza était nulle. Elle n'avait pas le sens de l'équilibre et n'osait jamais se lancer au milieu de la patinoire ; elle tournait le long des bords, avec la procession mélancolique des incapables. Elle vacillait tristement, la tête en avant, engourdie par le froid de la glace, sensation si peu naturelle en intérieur et qui appartenait à l'air frais de l'extérieur.

L'orchestre jouait une mélodie charmeuse. Loin, au centre de la patinoire, Daphne filait et virevoltait, sa jupe plissée tournoyant comme une roue. L'Honorable Daphne Canning – Lady Daphne Canning – une des débutantes les plus en vue de la prochaine saison, patinant à Saint-Moritz. Elle regrettait qu'ils ne soient pas allés à la patinoire de Grosvenor House. Ici, il y avait des gens très ordinaires ; n'importe qui pouvait venir. À l'école, personne ne disait qu'il était allé patiner à moins d'être allé à Grosvenor House. Bien sûr, ma mère, Lady St Mullins, fait partie du club.

Kenneth n'avait pas sa place au centre, avec les experts. Il essayait des figures compliquées et tombait si souvent que les gens finirent par rire. Au bout d'un moment, humilié et couvert de bleus, il décida de se faire moins voyant. Faute d'être en mesure de rivaliser avec Daphne, il pouvait toujours se consoler en volant au secours de l'incompétente Eliza. Il parcourut la piste du regard et la vit se traîner assez près de la rambarde pour pouvoir s'y cramponner. Il s'élança vers elle avec assurance.

« Croisons les mains, on ira plus vite. »

Il l'emmena un peu à l'écart. Cette allure plus soutenue améliorait l'équilibre d'Eliza qui parvint presque à y trouver du plaisir. Elle dit à Kenneth qu'il était bien meilleur que le moniteur, ce qui lui fit plaisir. Ils virevoltaient en courbes harmonieuses.

« Tu crois, lui demanda-t-il, que Daphne est au courant... de ce qu'on sait ?

— Je ne vois pas comment elle pourrait ne pas être au courant. Tu n'arrêtes pas de dire des horreurs sur lui.

— C'est un véritable avorton. Tu ne trouves pas ? Sois franche.

— Oh, tu exagères. Pourquoi ça te gêne à ce point ?

— Ça me gêne, parce qu'à Paris, elle m'a dit qu'elle ne l'épouserait jamais. Je lui avais posé la question. Il le fallait bien, après tous les mensonges de Joy. Elle m'a juré qu'il n'y avait pas un mot de vrai là-dedans. Si elle l'épouse, c'est qu'elle aussi mentait.

— Pourquoi ? Elle peut bien changer d'avis, non ? Et puis ses sentiments ont peut-être évolué, depuis Paris ?

— On ne change pas d'avis sur un sujet comme celui-là. »

Eliza comprit qu'il ne servait à rien de discuter avec lui. Elle ne pouvait pas comprendre pourquoi il avait tant besoin de croire en l'honnêteté de leur mère. Elle ignorait tout de son séjour à Paris, de la tension extrême imposée à ses nerfs encore juvéniles. Après quelques tours de patinoire, elle déclara :

« N'empêche que tu n'aurais pas dû être si méchant avec elle ce matin, quand elle avait si peur.

— Peur ?

— Peur du dentiste.

— Tu parles ! Le vieil Abercromble ne fait mal à personne.

— Non, mais c'est plus fort qu'elle. Une sorte de panique – elle déteste ça. Comme certaines personnes avec les chats. Père m'avait expliqué. Tu ne te rappelles pas ? Il l'accompagnait toujours. »

Kenneth fut tellement surpris qu'il tomba, emportant Eliza avec lui. Une fois debout, ils se traînèrent jusqu'à la rambarde, pour s'y agripper.

« Tu aurais dû me le dire plus tôt. J'y serais allé avec elle.

— Elle ne veut surtout pas que ça se sache.

— S'il l'accompagnait, c'est à moi d'y aller. Je file là-bas. Daph et toi, vous pouvez rentrer seules. »

Il quitta la piste en boitillant et commença à ôter ses patins.

Eliza le suivit d'un regard approbateur, sentant qu'elle avait fait une bonne action. Il n'était pas déplaisant de penser que deux foyers dépendaient à présent de son bon sens et de son égalité d'âme. Ni son père ni sa mère n'auraient pu se débrouiller sans la personne de premier ordre qu'elle était. Et même s'il était angoissant de réfléchir à son dilemme – lequel des deux avait le plus besoin d'elle –, elle y songeait avec un certain contentement. Elle n'avait presque plus aucun regret du passé. Elle ne soupirait plus après l'époque où elle avait été un membre mineur d'une famille unie.

« Dépêche-toi et tu la rejoindras avant qu'elle sorte. »

Il scruta son petit visage aimable et satisfait et répliqua, amer :

« Madame je sais tout. »

Quelque peu décontenancée, elle retourna sur la piste.

Ils n'avaient plus rien de commun. Ils avaient suivi des chemins trop divergents pendant leur année de séparation. Eliza s'était trouvé une place dans le nouvel ordre des choses. Elle avait accepté l'inévitable, apprenait à en tirer le meilleur parti possible. Elle s'était endurcie, était devenue plus autoritaire, plus portée à se croire infaillible.

Kenneth, lui, était resté dans un état de total délabrement. Il n'avait rien accepté, avait sombré dans un auto-apitoiement hystérique. Il en voulait au monde entier, lequel n'était pas le paradis qu'il avait imaginé. En vérité, il souffrait d'une dépression nerveuse.

Le premier choc – la découverte honteuse de la sensualité de son père – avait été aggravé par les péripéties de la querelle entre ses parents. Il avait été au courant de tout, contrairement à Eliza. Pendant le séjour à Paris, sa mère, elle-même à demi folle, lui avait tout raconté. Il avait appris l'histoire de Chris Adams, et les mensonges odieux que faisaient circuler Alec et Joy. Il croyait que sa mère n'avait rien à se reprocher dans cette affaire, qu'elle était la victime d'un salaud qui avait gâché sa vie. Dans ce monde infâme, elle seule était restée pure, digne de compassion. Il se cramponnait à cette foi en elle, et serait mort plutôt que de torturer sa mère par quelque révélation sur sa propre sensualité. Elle ne devait jamais rien savoir des bas instincts qui étaient les siens, ne jamais deviner le plaisir honteux qu'il prenait à imaginer les vices de son père. Kenneth avait écouté sa mère, il l'avait apaisée et consolée avec une tendresse au-dessus de son âge. Il avait fait d'incroyables efforts pour rester patient et doux. Mais ses passions turbulentes devaient bien s'exprimer et ses nerfs auraient fini par craquer si la bonne de l'appartement parisien, une aimable gourgandine, n'avait pas eu à cœur de le séduire et de le consoler.

Yvonne était gentille, mais elle ne pouvait pas grand-chose pour l'imagination malade de Ken, et il était trop jeune pour l'apprécier vraiment. Il lui aurait fallu quelqu'un qui puisse comprendre ses tourments. Il était retourné à St Clere, proie de choix pour Beddoes ou n'importe quel autre garçon plus âgé et plus expérimenté que lui. Sa déroute mentale ne l'empêchait pourtant pas de vouloir se montrer digne de sa mère. Il se voyait comme son unique protecteur et était bien résolu à tout lui cacher de son autre vie. Si son amitié avec Beddoes devait un jour menacer la sérénité maternelle, il se sentait capable d'y renoncer sur-le-champ.

Il se reprocha amèrement ses méchantes paroles du matin. Il allait d'un pas rapide dans l'air ensoleillé et glacial, plein de bonnes résolutions. Elle avait eu peur, elle s'était sentie seule, alors qu'il s'autorisait d'impardonnables soupçons à son égard. Il arriva chez Mr Abercrombie en moins de dix minutes. Il pria la domestique d'avertir Betsy de sa venue et entra dans la salle d'attente, à présent comble, car plusieurs médecins se partageaient l'immeuble.

Une exaspération croissante y couvait, une vraie poudrière, car Lord St Mullins, incapable de rester assis, mettait à la torture ses compagnons d'infortune en arpentant la pièce avec force gémissements. Il était en pleine crise lorsque Kenneth entra. Mais, en apprenant la raison de la venue de son jeune cousin, il découvrit sa denture en un rayonnant sourire.

« Tu es venu prendre soin de ta mère ? C'est très gentil, mon vieux. Moi aussi, je veille.

— Ah bon ? répliqua Kenneth, le regard incendiaire. Pourquoi ? »

Les patients délaissèrent leurs magazines pour se repaître du spectacle.

« Je me suis dit qu'elle avait besoin d'être accompagnée, expliqua Max.

— Je suis là. Je la ramènerai à la maison.

— Mon cher Ken, je suis content que tu prennes soin d'elle. Nous la raccompagnerons tous les deux, si tu veux bien. »

Ken ne répondit pas à cela. Il s'assit, prit un magazine et s'y plongea.

Les spectateurs avaient à présent l'œil rivé sur la porte, espérant apercevoir Betsy avant de se rendre à leur propre rendez-vous. Kenneth attirait pour l'essentiel les sympathies, car Max, à force de gémir, s'était rendu insupportable et personne ne pensait qu'il ferait un beau-père très appétissant. Il s'était remis à faire les cent pas, soufflant bruyamment à travers ses dents, comme lorsqu'il avait un problème à résoudre. Or les enfants de Betsy en étaient un. Il allait falloir, d'une manière ou d'une autre, gagner leur considération.

« Et comment va Beccles ? » demanda-t-il d'un ton chaleureux.

Kenneth leva sur lui un regard vide.

« Beccles... ton ami... vous êtes bien partis en Suède ?

— Vous voulez dire Beddoes ?

— Beddoes ? Oui, c'est ça ! J'avais retenu Beccles. Ta mère me parlait de lui. Ce doit être un type merveilleux.

— Qu'est-ce qui vous fait croire ça ?

— Ce que ta mère en disait. Elle avait l'air de l'apprécier.

— Oui, dit Kenneth. Elle juge les gens sur leur physique. C'est important pour elle. Il est grand, vous savez. Mais pas trop, juste ce qu'il faut. »

Il leva la main à quelques centimètres au-dessus de Max.

« Les cheveux blonds et bouclés, les yeux bleus, tout ça. »

Max blêmit légèrement. Mais il persista, car il n'en était pas à sa première rebuffade.

« Et ton autre ami, Hannay ? Comment va-t-il ?

— Aucune idée. Il a quitté l'école l'été dernier.

— Ah ! Il est à l'université ?

— Non.

— Non ? Qu'est-ce qu'il fait, alors ?

— Il s'est engagé dans l'artillerie, comme simple soldat.

— Comment ? Simple soldat ? C'est incroyable !

— Je croyais que vous étiez socialiste.

— Oui, c'est le cas, mais... »

Ce fut alors que Betsy réapparut ; Max bondit vers elle avec un petit murmure de compassion.

« Ah, est-ce qu'il vous a fait mal ? Ça n'a pas été trop atroce ?

— Non, non. »

Elle rayonnait.

« Seulement deux petites obturations. Je l'ai à peine senti. Tiens, mais c'est Ken... »

Elle les dévisagea l'un après l'autre, effarée. Kenneth s'avança, la prit par le bras et la fit sortir de la salle d'attente en disant qu'il était venu la ramener. Max les suivait. Sur le pas de porte, il dit, avec toute la gentillesse dont il était capable :

« Mon vieux, je suis navré, mais je voudrais inviter ta mère à déjeuner. J'ai besoin qu'elle m'aide à choisir des rideaux. Betsy ! Vous avez un peu de temps à me consacrer ? »

« Tu rentres avec moi, n'est-ce pas ? »

Kenneth s'était retourné vers sa mère, le regard fulminant. Elle commençait à le trouver très agaçant.

« Cette sollicitude à mon égard est bien soudaine, dit-elle. Tu en étais totalement dépourvu, ce matin. Je suis désolée de t'avoir arraché à ta patinoire, mais je crois que je ne vais pas rentrer tout de suite. Si tu veux vraiment te rendre utile, tu peux ramener la voiture à Well Walk. »

Max avait déjà ouvert la portière de la sienne, et elle y entra sans un regard pour Kenneth. Mais tandis que l'auto s'engageait sur la chaussée et que Max lui emmitouflait les genoux dans une immense couverture en fourrure, elle jeta un coup d'œil par la vitre et vit son fils debout sur le trottoir. Le visage blême, atterré, du garçon lui fit un choc.

« Oh, non. J'ai dû le vexer. Il est tellement sensible.

— N'avez-vous donc jamais le temps de penser à vous-même ? Ces enfants vous réduisent littéralement en esclavage.

— Mais c'était si gentil de sa part d'être venu.

— C'était si gentil de la mienne aussi, dit Max, avec une vivacité peu commune chez lui. Et puis, j'étais là le premier. Il faut que vous m'aidiez à acheter un certain nombre de choses. »

Betsy, qui adorait dépenser, sourit et se prépara à l'écouter. Il lui expliqua qu'il allait faire des travaux à Hornwood, laissé en état depuis cinquante ans. Lorsqu'il annonça la somme qu'il comptait dépenser en milliers de livres, elle ne put réprimer un petit frisson d'aise. Cette somme la surprenait, car Max, malgré sa fortune, ne se comportait guère en homme riche. Pour sa part, il aurait été très heureux avec quelques livres par semaine, pour peu que les gens veuillent lui rendre l'affection qu'il leur portait. L'argent n'avait que peu d'importance à ses yeux ; il supposait qu'il n'en avait aucune à ceux de Betsy.

Décoration d'intérieur

Le crépuscule les surprit, excités, noirs de poussière, dans les greniers de Hornwood. Betsy avait décrété qu'elle ne pouvait donner aucun conseil pour les rideaux et les tapis avant d'avoir revu les lieux, et ils avaient filé droit dans le Sussex, où ils arrivèrent à temps pour un déjeuner tardif. Depuis, ils exploraient. C'était la première fois qu'elle avait l'occasion de parcourir toute la maison, d'en inspecter chaque pièce. Elle était bien plus grande qu'elle ne l'avait pensé. Il faudrait des mois pour la rendre habitable.

C'était, de l'extérieur, une bâtisse parfaite aux nobles proportions, solide et gracieuse. De larges ailes flanquaient la partie centrale, avec ses hautes colonnes qui montaient sur deux étages, jusqu'à une élégante plinthe. Derrière s'élevait une pente boisée, abrupte ; devant s'étendaient un parc et son grand lac. L'arête des South Downs décorait l'horizon. Pourtant, même à l'extérieur, la beauté et le caractère du manoir avaient été gâtés par de multiples attentats. On avait planté des araucarias partout où ils pouvaient accaparer l'œil ; une jungle de bambous mourants défigurait les rives du lac. Des allées de gravier orange vif, soigneusement entretenues, serpentaient à travers des hectares de rhododendrons.

« Arracher, déraciner, couper, dit Betsy, debout sur le perron. Il serait bon de donner à tout cela un petit air négligé. »

Puis elle entra et arpenta les chambres les unes après les autres en s'écriant :

« Rien à garder ici. »

Le salon était un cauchemar de dorures et de marbres de Paros. La salle à manger en acajou était de la mauvaise époque. La bibliothèque sentait le moisi. Dans l'antichambre, il y avait même un cosy-corner de style pseudomauresque. La seule pièce du rez-de-chaussée qui puisse rester en l'état était la salle de billard, car Betsy, qui ne jouait pas au billard, l'avait à peine regardée.

À l'étage des chambres, il n'y avait que deux salles de bains, immenses et traversées de courants d'air, sans radiateur pour chauffer les serviettes. La plupart des têtes de lit étaient en cuivre ; les cuvettes et les brocs des tables de toilette destinés soit à des géants, soit à des nains, et aucune coiffeuse n'était suffisamment éclairée. Il y avait des armoires grandes comme des chaumières, avec pour les cintres d'énormes patères et non des tringles. Dans toutes les pièces, sur tous les murs, on croyait revoir le même tableau : un paysage brun et confus représentant une montagne, un lac, un peu de brume et trois vaches au premier plan.

La bonne humeur de Betsy faiblit quelque peu devant cet amoncellement d'inconfort et de laideur. Elle s'était amusée au début, attaquant chaque pièce avec un entrain joyeux ; au bout d'un moment, elle se plaignit de perdre son acuité. Elle ne voyait plus la maison sous ces attributs monstrueux.

« N'y a-t-il donc rien d'un peu joli ici ? s'enquit-elle.

— Il doit rester quelques sympathiques vieilleries dans les combles, dit Max. Il me semble que le père d'oncle Jim, quand il a fait des travaux vers 1840, y a entreposé un tas de choses. Oncle Jim a tout rénové vers 1880 ou 1890 et il a jeté tout ce que son père avait acheté. Mais je me demande s'il s'est rendu compte que la maison possédait des combles. Il n'y montait jamais en tout cas. »

Il la conduisit par des escaliers pleins d'échos, en bois nu, lui expliquant, inquiet, qu'il n'avait aucun goût et qu'elle trouverait peut-être horribles ces rebuts. Ils arrivèrent dans un long couloir, plongé dans la pénombre en cette fin d'après-midi, et plein de portes. Il ouvrit la plus proche et fit entrer Betsy dans une pièce assez vaste, plutôt sombre, et remplie de meubles comme une salle de ventes.

« Il doit y avoir huit chambres comme celle-là, dit-il, mais nous n'en visiterons qu'une ou deux. Je ne veux pas que vous vous fatiguiez. Vous avez été déjà si bonne de...

— Oh! Max... chut! Je veux dire... c'est... incroyable... »

Ses yeux, s'accoutumant à la pénombre, allaient de merveille en merveille. Elle en manquait la moitié. Elle courut d'une mansarde à l'autre, le souffle coupé, s'extasiant sans cesse. Elle découvrit des chaises Sheraton et Hepplewhite, de délicates *chinoiseries**, des cabinets en laque, des petits lits à baldaquin encore ornés de leurs mignonnes tentures fanées, de gracieux sofas recouverts de vieilles soies rayées, des ottomanes Récamier, des dessins d'Ingres, des aquarelles de Cozens et un ou deux manteaux de cheminée Adam certainement enlevés pour faire place aux marbres massifs du rez-de-chaussée.

« Il n'y a là que des pièces de musée. Au moins une personne dans votre famille avait du goût, Max. Regardez un peu ce qu'il y a dans ce vaisselier – de la porcelaine coquille d'œuf, cette coupe en céladon... et ça, c'est une glaçure peau-de-pêche. On va tout descendre, faire un feu de joie avec le reste et meubler la maison avec ce qui se trouve ici.

— Et cela suffira ? On dirait qu'il y a énormément de meubles ici, mais est-ce qu'ils n'auront pas l'air un peu perdus, en bas ?

— Ça ira très bien pour commencer. Ça me donnera le diapason. Nous allons retrouver la maison que le père de l'oncle Jim a dû acheter. Ces splendeurs vont nous guider. On ne pourra plus se tromper, ensuite. On ne pourra plus faire l'erreur d'acquérir des choses moins belles. Même si, bien sûr, il faudra en acheter, des choses... »

La beauté de Hornwood s'était, tout entière, emparée de son esprit ; à présent, elle voyait exactement à quoi devait ressembler la maison. Elle avait hâte de se mettre au travail. Cette restauration la rendrait heureuse pendant des années.

« Venez voir ce verre, dit-elle, penchée sur la table, c'est du Waterford... »

Max s'approcha. Dans le silence, juste derrière elle, elle entendit un curieux battement, et elle comprit que c'était le pauvre cœur de Max, qui avait cette manie de battre trop fort quand son propriétaire était ému. Elle se rendit compte à quel point ses plans du moment devaient le faire souffrir, et cette demi-promesse d'un avenir commun contenu dans ses « *nous* ferons ceci, *nous* ferons cela ».

Il va me redemander ma main, s'effraya-t-elle, prise de panique. Et elle se dépêcha de sortir de la pièce, avant qu'il puisse parler.

La dernière mansarde, de l'autre côté du corridor, était remplie de livres, certains dans des caisses, d'autres entassés en piles poussiéreuses sur le plancher. Max ne l'y suivit pas tout de suite. Il s'efforçait de retrouver son calme, honteux de son cœur bruyant et craignant que Betsy ne l'ait entendu. Son corps le trahissait constamment de cette manière. Il refusait les obstacles que son âme aurait survolés.

Lorsqu'il se décida enfin à la rejoindre, elle était debout près de la fenêtre, regardant se coucher par-dessus la cime des arbres le pâle soleil d'hiver. Il commençait à faire trop sombre pour voir grand-chose mais, dans les dernières lueurs du soir, elle pouvait examiner un livre qu'elle avait ramassé sur une des piles.

« Crébillon, murmura-t-elle, avec des gravures. Elles sont excellentes. Cela a certainement de la valeur. »

Tandis qu'elle tournait les pages, il regardait par-dessus son épaule.

« Elles portaient tant de jupons », dit-elle au bout d'un moment.

Les gravures étaient en effet pleines de jupons. De petites dames potelées, lèvres perpétuellement arrondies en un cri qui ne devait être guère perçant, se pâmaient dans les bras d'aimables petits amoureux, à peine plus grands que Max. Rien d'autre ne s'interposait entre ces bienheureux prétendants et leur plaisir que des couches innombrables et froufroutantes de jupons. Certains hommes, songea Max, ont la vie facile. Il souffla bruyamment entre ses dents et s'exclama :

« Extrêmement pornographique ! »

Sans vouloir en regarder davantage, il se mit à contempler à travers la vitre empoussiérée la longue arête d'une colline, et les arbres nus, comme gravés sur les moirures safranées du couchant. Son cœur sombrait de plus en plus profondément dans un lac de montagne où le soleil n'avait jamais lui. Il se sentit vraiment désespéré.

Je ne les séparerai jamais, songeait-il.

C'était comme si l'ombre d'Alec était brusquement apparue entre eux – cet homme qui l'avait prise dans sa jeunesse, si facilement, avec une telle habileté. Max en était certain, sa passion à lui brûlait d'une flamme bien plus pure ; sa dévotion était virile et noble. Mais il ne pouvait rien lui transmettre. Son âme ardente ne pourrait jamais s'échapper d'un corps dénué de force comme de dignité.

Betsy continua à feuilleter Crébillon. Max ne s'était pas trompé sur ces gravures ; en dépit de toute leur fantaisie, elles distillaient un trouble subtil. Et elle pensa, elle aussi, à Alec, à sa propre jeunesse, à de nombreuses choses qui ne reviendraient jamais. À aucun autre homme, elle ne pourrait donner ce qu'avait eu Alec. Elle n'aimerait plus jamais personne de cette ancienne et légère manière. Quelle folie de penser qu'une fois libre, elle retrouverait un jeune cœur. Elle avait trente-neuf ans.

« Rentrons, dit-elle, il fait trop sombre pour y voir quoi que ce soit, et puis il fait froid. »

Le corridor était si mal éclairé qu'ils avancèrent à tâtons, et qu'arrivés à l'escalier, il lui prit le bras pour la guider. Tout en cherchant la rampe de l'autre main, elle lui dit :

« Je vous épouserai, cher Max, si vous le souhaitez vraiment. Je ne vous aime pas comme j'aimais Alec. Je n'aimerai plus jamais personne comme lui. Mais j'ai beaucoup d'affection pour vous, et je pense que nous pourrions être heureux. Oh, faites attention ! »

Dans son extase, il avait manqué perdre l'équilibre et les précipiter tous deux au bas du raide escalier.

« Veiller sur vous... Prendre soin de vous ! S'assurer que personne ne puisse jamais plus vous faire de mal ! Il ne vous a jamais aimée comme je vous aime. Et vous devez m'aimer un peu, sinon vous ne m'épouseriez pas. Je vais mourir de bonheur. »

Ils étaient couverts de poussière. Ils avaient déjà les mains noires, mais à présent, avec ses étreintes frénétiques, il les avait tous deux barbouillés d'une saleté vieille d'un siècle. Lorsqu'ils émergèrent dans la clarté de la galerie du rez-de-chaussée, Max poussa un glapissement horrifié.

Betsy éclata de rire tandis que, consterné, il lui tamponnait le visage avec un grand mouchoir en se lamentant de toujours être si maladroit.

« Ce moment ne restera pas sacré pour vous, Betsy, mais il le restera pour moi. »

Il la conduisit dans une des salles de bains et resta sur le seuil tandis qu'elle tirait le verrou, la bombardant de questions à travers le battant. Elle ne manquait de rien ? Des serviettes, du savon ? L'eau était-elle chaude ?

« Bouillante ! mentit Betsy. Allez vous laver, vous aussi. Je ne veux pas vous revoir avant que vous soyez propre. »

Elle entendit ses pas s'éloigner à regret dans le couloir. Il se débarbouilla en un temps incroyablement court et fut aussitôt de retour, à gigoter sur le seuil, à lui demander ce qui la retardait.

Betsy se poudra le nez comme elle put dans la pénombre. Elle lissa ses boucles derrière ses jolies oreilles et se maquilla les lèvres.

Quand il faut y aller... se dit-elle en tirant le verrou de la salle de bains.

Bonheur

Il était au septième ciel. C'était merveilleux de penser qu'elle puisse avoir tant d'importance pour quelqu'un d'autre ; comment ne pas s'en émouvoir ? Lorsqu'ils revinrent en voiture à Londres, après le dîner, elle l'attira à elle avec une véritable ardeur, en murmurant des mots d'amour et de consolation. Stupéfait, muet, il resta blotti contre sa poitrine, tandis qu'elle regardait les phares fendre l'obscurité devant eux. Les arbres et les haies, fantomatiques, surgissaient un instant dans la lueur blanche pour disparaître aussitôt dans la nuit.

Il n'était pas impossible de l'aimer. Une tendre compassion la conduirait sur ce chemin. Il s'en contenterait et leur mariage serait un succès tant qu'il serait content. Elle lui apporterait tout ce qui lui avait manqué. Elle participerait à ses bonnes œuvres, le protégerait de l'excentricité et de la brutalité qui lui avaient tant nui autrefois. Elle l'aiderait à ériger des constructions pratiques sur les bases de son ardent idéalisme. Elle lui apprendrait à cultiver l'égalité d'âme, cette première nécessité de la vie publique.

Il pourrait devenir un excellent ministre de l'Éducation, se disait-elle.

Et puis, ils feraient de Hornwood un foyer merveilleux pour les enfants. Kenneth pourrait y amener ses amis. Daphne, Eliza et lui grandiraient dans une atmosphère de grands espaces et de loisirs, et ils auraient accès à un monde bien plus raffiné que ce qu'elle aurait pu leur offrir à Well Walk.

Car, lorsqu'elle aurait rendu Hornwood présentable, elle avait l'intention d'y recevoir énormément. Ses ambitions sociales n'avaient rien de grossier ou de vulgaire. Elles étaient extrêmement romanesques ; jusqu'ici, elle n'avait jamais eu l'occasion de les accomplir. Elle aspirait à la distinction. Elle voulait le confort, l'élégance, la facilité et la possibilité d'échapper pour toujours à la nécessité de tolérer tout ce qui était de second ordre, les objets comme les gens. Elle voulait ce qui se faisait de mieux, et s'en savait capable, pour peu qu'on lui en laisse la chance. Depuis toujours, elle déplorait le gâchis de son goût infaillible, de ses talents. Elle n'avait rien pu faire avec les canailles que fréquentait Alec. Le second ordre ne le choquait pas, lui ; son amabilité sans distinction avait complètement submergé les instincts plus délicats de sa femme. Elle se sentait encore, à ce jour, frémir de colère au souvenir de toutes ces réceptions chaotiques et bruyantes où se côtoyaient pêle-mêle la distinction et la médiocrité, et où personne n'écoutait personne. Épouse d'Alec, elle n'avait eu qu'un rôle : veiller à ce qu'il y ait assez à manger et à boire. On ne lui demandait même pas de reconnaître tous les invités. Mais femme de Max, maîtresse de Hornwood, elle montrerait au monde de quoi elle était capable.

Si je ne suis pas trop vieille pour ça, méditait-elle. J'ai perdu tellement de temps à servir le thé à des chimpanzés. Nous aurons l'argent. Mais il nous manque encore la position. Max n'est pas un homme du monde, pauvre chéri, et il ne le sera jamais. D'ailleurs, s'il l'avait été, il n'aurait pas voulu m'épouser. Et je ne suis rien. Femme divorcée, classe moyenne. Ni jeune, ni belle d'une façon qui sorte de l'ordinaire, rien qui puisse me faire considérer par les gens comme quelqu'un qui compte. Mais je suis intelligente. Je le sais. Et l'argent, ça aide, quoi qu'on en dise. Si on en a assez, et ce sera le cas, on peut choisir qui on voit, en s'y prenant bien. Je voudrais que Max entre au gouvernement. Comment m'y prendre ?

Max, qu'elle berçait dans ses bras, se mit à parler. Elle l'écoutait d'une oreille tandis que l'autre moitié de son esprit se déployait dans un voluptueux futur.

« Je n'arrive toujours pas à y croire, disait-il. Je sais que les gens se moquent de moi, et j'en souffrais quand j'étais plus jeune. Et puis je me suis rendu compte que le ciel ne me tombait pas pour autant sur la tête. Ça n'avait pas d'importance, ça ne m'empêchait pas de me faire des amis. Ça ne m'empêchait pas non plus d'arriver à mes fins. Ça aurait pu, si j'avais tenu compte de ces moqueries. Mais le plus insupportable là-dedans, c'était l'idée que j'avais pu te perdre pour cette raison-là. Je me disais que tu m'aurais peut-être épousé si je n'avais pas eu le talent de me rendre constamment ridicule. Il va falloir que tu y réfléchisses, d'ailleurs. Il faut que tu puisses supporter ça. Mon ridicule, je veux dire. Je n'y peux rien. Ça vient en partie de ce que je suis plutôt petit. Et que je ne sais pas me tenir. Je m'emporte trop facilement et j'ai la voix trop aiguë. La semaine dernière, j'ai encore dit une horreur, dans une intervention sur le désarmement. J'ai dit « iprasistible » au lieu d'« irrésistible ». On a quand même déposé notre résolution, mais j'avais l'air bête. Alors, voilà. Tu vas parfois t'installer sur une estrade pour m'entendre dire ce genre d'âneries.

— Tu n'en diras plus une fois que nous serons mariés, dit Betsy, rassurante. Ce sont tes nerfs. Ils seront plus solides.

— Je crois que tu as raison. Et ce n'est pas sans rapport avec le fait de t'avoir perdue.

Quand tu as épousé Alec, il me semble que toute mon assurance m'a quitté. Je n'arrivais pas à me défaire de cette pensée que tu aurais pu avoir de l'affection pour moi si j'avais été aussi grand et... eh bien... aussi agréable à regarder que lui. »

Elle songeait à son château en Irlande, incendié pendant les troubles. Peut-être pourraient-ils le reconstruire. Il pourrait servir à contracter de nouvelles amitiés. Hornwood deviendrait une sorte de centre de tri. On y inviterait des tonnes de gens pendant les week-ends, on les testerait, on les vérifierait et les élus seraient conviés à Mullingar pour une quinzaine de jours ou plus. Il lui fallait vraiment deux maisons pour réaliser ses projets – une près de Londres, et une très loin. Pour la maison de ville... elle n'avait pas tranché. Avoir un petit appartement serait pratique, en attendant d'être assez sûre d'elle – même pour recevoir à Londres.

« Je ne serais pas surpris, dit Max, plein d'espoir, si les gens commençaient à me prendre plus au sérieux.

— C'est déjà le cas, mon chéri. Tu l'as dit toi-même, tu arrives souvent à tes fins.

— Parce que je suis insupportable, et que je harcèle les gens jusqu'à ce qu'ils cèdent. Je ne t'ai jamais dit, je crois, comme j'ai dû batailler pour les installations sanitaires de Little Craneswick ? Je suis allé voir le principal propriétaire terrien de la commune... Tu sais que pour tout le village, il n'y a que trois w.-c., dont deux qui ne fonctionnent plus ?

— Non ! s'écria Betsy. Quelle horreur ! Je ne peux pas le croire.

— Mais si. Je les ai vus de mes yeux. Mon Dieu, quel bonheur de parler de ces choses avec toi. Et dire que je vais pouvoir tout te raconter maintenant, jusqu'à la fin des temps ! Où en étais-je ? Ah, oui. Alors j'ai vu ce grand propriétaire, un type très bien, d'ailleurs. Et je... ! Mais on est déjà à Putney Bridge ? Et si on passait rapidement à Thurloe Square pour annoncer la nouvelle à Isobel ?

— Non, dit Betsy d'un ton ferme.

— Mais pourquoi ? Elle sera tellement ravie.

— Nous déciderons demain de la manière et du moment où nous l'annoncerons aux gens.

— Betsy ! Tu ne vas pas changer d'avis, quand même ?

— Non. Mais je ne sais pas encore à qui je veux en parler. Isobel... bien sûr... la famille... les amis les plus proches, mais pour le reste...

— Tu veux dire, rien dans les journaux ? »

Max était déçu. Il voulait faire part de cette glorieuse nouvelle sans tarder, et au plus grand nombre. Du rôle qu'il avait joué dans le divorce des Canning, des ragots qui avaient accouplé leurs noms, il n'avait pas la moindre idée. Il avait voyagé à l'étranger pendant toute cette année-là et ne se tenait d'ailleurs guère informé des scandales du moment.

« Les gens vont être vexés si nous nous marions sans leur dire, protesta-t-il. Ils seront tous tellement ravis. »

Betsy, quant à elle, pensait le contraire. Les amis de Max diraient qu'il avait été piégé. Et ses amis à elle l'accuseraient sans doute, dans son dos, de fourberie et d'ambition. Peut-être auraient-ils même la suprême injustice d'affirmer qu'elle avait toujours eu l'intention de l'épouser. Ses partisans des premiers jours se retourneraient tous contre elle.

Elle n'avait plus besoin d'eux. Elle épouserait Max et ne les verrait plus jamais. Car elle avait l'intention de s'éloigner de tous ceux qu'elle avait connus dans sa vie précédente. Susie Graham et Angela Trotter avaient fait preuve d'une grande gentillesse durant la crise ; leur bruyante défense lui avait redonné cœur à l'ouvrage et elle leur en était reconnaissante ; mais qu'avait-elle de commun avec elles, au fond ? Elle ne voulait pas d'elles à Hornwood. Et peu lui importait ce que se raconteraient les amis de Max. Ils seraient mis au rancart, avec les chaises dorées et le cosy-corner de style mauresque. Il s'était acoquiné avec bien trop de raseurs mal fagotés et autres philanthropes miteux. Elle lui trouverait des fréquentations plus distinguées.

Tandis qu'ils filaient sur Fitzjohn's Avenue, elle l'écarta doucement d'elle. Elle avait l'épaule tout engourdie de l'avoir enlacé si longtemps, et son chapeau était de travers.

« J'espère que les enfants seront couchés, dit-elle en remettant de l'ordre dans sa chevelure. J'ai l'impression de ne pas être montrable. »

Et lorsqu'ils furent entrés dans le vestibule, à Well Walk, elle demanda, inquiète, si elle n'avait pas l'air effroyable.

« J-j-je ne t-t-t'ai j-j-jamais v-v-vue si b-b-belle », bégaya Max.

Elle avait bonne mine en effet. Le voile de douleur s'était levé de son visage, qui n'était plus tiré ni hâve. Car elle avait, à présent, un avenir. Elle pouvait aller de l'avant, faire des projets. Elle était jeune, sereine et bienveillante. Max se rua vers elle et l'enlaça maladroitement, de sorte qu'elle dut se pencher un peu.

Il faut absolument qu'il évite de m'embrasser quand nous sommes debout, se dit-elle. Il faut que je trouve le moyen de l'en empêcher. On doit avoir l'air idiot, tous les deux.

Kenneth, qu'ils n'avaient pas vu dans l'embrasure du salon, les trouva non seulement idiots, mais également grotesques. Ils le faisaient sans doute exprès, se disait-il, ils ne pouvaient pas ignorer la rage et la détresse qui l'avaient consumé pendant toute la journée ; à présent, ils tenaient à lui montrer l'étendue de leur indifférence. Le cri affolé que poussa soudain Betsy en l'apercevant sembla affecté et absurde.

« Kenneth ! Tu n'es pas couché ?

— Non, dit-il d'un ton las, je t'attendais.

— Alors tu seras le premier à le savoir, s'écria Max. Viens, entre. On a quelque chose à te dire.

— Je le sais déjà. »

Mais Max les poussa tous les deux dans le salon. Il avait la ferme intention d'en appeler tout de suite à ce qu'il y avait de plus tendre chez Kenneth.

« Mon cher vieux, lui dit-il, tu peux toujours me lancer ces regards noirs. Je comprends parfaitement ce que tu ressens. Je ne suis pas le beau-père que tu te serais choisi, mais si tu pouvais arrêter de ne penser qu'à toi... Songe à ta mère, par exemple. Tu l'aimes énormément, je crois ? Tu souhaites son bonheur ? Et si je peux la rendre heureuse, n'est-ce pas le moment de lui épargner tes propres sentiments ? Pense à tout ce qu'elle a sacrifié pour toi ! »

Kenneth écouta ce discours avec une attention glaciale. Puis, poliment, il dit :

« Cela me paraît un très bon arrangement. Veuillez accepter mes félicitations.

— Ah, voilà un bon garçon, dit Max, rayonnant.

— Ç'a été très soudain, s'interposa Betsy. Nous venons juste de nous décider. Si on m'avait dit au petit déjeuner que je serais fiancée au goûter, j'aurais crié au fou.

— Personne ne sera vraiment surpris, je crois », commenta Kenneth.

Elle s'empourpra et lança un coup d'œil à Max. Ce dernier n'avait rien perçu du venin dans les mots de Kenneth.

« Mais si, dit-il simplement. Enfin moi, je sais que je le suis. Bien sûr, les gens savent sans doute ce que je ressens pour ta mère. Je n'ai jamais été capable de le cacher. Mais... Je crois que ce qui peut surprendre, c'est qu'elle puisse m'aimer. »

Sa voix tremblait un peu. Son opiniâtreté était si lumineuse, si évidente que même Kenneth la percevait. Max était sincère, heureux et plein de bienveillance. Betsy se sentit soudain prête à tout sacrifier – sa personne, son avenir et même sa réputation pour qu'on n'assaille pas cette sérénité. Du regard, elle implora Kenneth de l'épargner.

« Tout le monde... », commença Kenneth avant de s'interrompre.

Il adressa à sa mère un petit hochement de tête, rassurant et plein de mépris. Qu'elle se tranquillise ! Il n'allait pas détruire ses ridicules illusions. Si elle s'imaginait pouvoir protéger l'amour qu'elle avait exploité, eh bien, bon vent. Sa conscience ne regardait qu'elle.

Betsy suppliait Max de s'en aller, et il s'y efforçait en effet, maintenant que leur affaire avait pris les apparences de la cordialité. Mais il n'avait jamais été capable de sortir simplement d'une pièce. Il ne parvint qu'à se rapprocher lentement de la porte en lui répétant qu'elle était fatiguée, qu'elle devait se coucher au plus vite, qu'il l'appellerait tôt dans la matinée, mais pas trop tôt quand même, car elle devait dormir, ou peut-être valait-il mieux qu'elle l'appelle, elle, dès qu'elle aurait ouvert l'œil, il serait à son club et n'en partirait pas avant son coup de téléphone. Elle dut, pour finir, le prendre par le bras et le traîner quasiment de force dans la rue nocturne.

L'éclat du premier moment s'était évanoui. Lorsqu'elle revint dans le salon pour réprimander Kenneth de sa méchanceté, elle avait de nouveau les traits tirés, l'air éprouvé.

« Méchant ? En quoi ai-je été méchant ?

— Pourquoi me reproches-tu mon bonheur ? J'ai supporté tant de choses. J'ai été si seule.

— Ma chère mère, je ne te reproche rien. Je vous ai félicités, non ? Qu'est-ce que tu veux de plus ?

— Je sais que tu ne l'aimes pas beaucoup, mais...

— Ce n'est pas que je ne l'aime pas. C'était le cas, mais plus maintenant. En fait, j'ai plutôt envie de le plaindre. Il est tellement sincère.

— Kenneth !

— Mais n'essaie pas de me convaincre que tu n'avais pas prévu de l'épouser depuis le début, dit Kenneth en montant se coucher. Je ne te croirai pas. »

Le tournant

Les Merrick avaient une maison de campagne dans le Wiltshire et ils avaient trouvé, dans le même village, une jolie demeure qu'ils pressaient Alec d'acheter. Car il était grand temps pour lui de s'installer, pensaient-ils, d'envisager l'avenir, de refaire sa vie sans Betsy. Un déménagement à la campagne, dans une atmosphère toute nouvelle, le revigorerait peut-être.

Il avait épousé Joy le lendemain du jour où Betsy avait obtenu son jugement définitif de divorce, mais cela semblait ne rien avoir changé à leur chaotique existence. Ils n'avaient toujours pas de logement fixe, erraient de meublé minable en meublé minable sans faire de projets. Ils étaient comme des voyageurs dans la salle d'attente d'une gare. Ils n'invitaient personne et sortaient très peu.

Il était incroyable qu'Alec, naguère si apprécié, ait si complètement disparu de la société. Aigri par la défection de quelques-uns de ses amis les plus proches, il n'était plus de si bonne compagnie. Les gens le trouvaient déprimant, et c'est un défaut qu'on pardonne difficilement. Personne ou presque ne se souciait de son divorce, mais la rumeur courait qu'il était devenu sombre et ennuyeux, que sa nouvelle épouse était insupportable et qu'il semblait en vouloir au monde entier. Certes, l'égayer aurait été une bonne et loyale action, mais guère plaisante, au fond ; et l'on remet toujours au lendemain les bonnes actions. Sa brouille avec Johnnie Graham lui faisait beaucoup de tort. Johnnie ne souhaitait pas le croiser, cela se savait et on ne l'invitait donc jamais là où Johnnie pouvait aller. Tout cela lui donnait le sentiment d'avoir été oublié et proscrit par tous. Il n'en était rien. Rares étaient les amis qui ne voulaient vraiment plus le voir. La plupart comptaient les inviter, lui et Joy, plus tard, au printemps ou en été, quand ils en auraient le temps et l'énergie.

Et puis il était à sec. Il n'avait pas travaillé depuis quinze mois et vivait à présent sur sa part de la vente récente d'une opérette au cinéma. Quand il l'aurait mangée, il ne lui resterait presque rien, car l'essentiel de ses économies avait été versé à Betsy. Il était le premier à dire qu'il n'avait pas la moindre idée de la manière dont il pourrait gagner sa vie. Tout ce qu'il savait faire, c'était écrire des paroles sur les musiques de Johnnie.

Les Merrick, attentifs, anxieux, avaient fait de leur mieux pour le tirer de son inertie spleenétique. Mais ils ne pouvaient rien contre l'effroi que lui inspirait l'avenir. À croire qu'il brandissait l'impermanence comme un bouclier contre l'inévitable. Il préférait ne pas s'installer, tout comme Joy, malgré elle, car elle craignait de le perdre tout à fait le jour où ils sortiraient de leur salle d'attente. Elle était follement jalouse de tous ceux qui risquaient de s'interposer entre eux. Elle l'adorait avec un sérieux fanatique et solennel qui ne laissait place à aucun autre centre d'intérêt, aucune autre affection, et qui était d'autant plus farouche que cette dévotion était à sens unique. Elle n'avait aucun désir de le voir réconcilié avec le monde. Elle se cabrait, muette, obstinée, contre la moindre apparence de changement. Elle avait su déjouer les efforts des amis d'Alec et, si Eliza ne s'était pas imposée, ils auraient pu croupir à jamais dans leur mélancolique isolement.

La lettre d'Eliza arriva un soir, par la dernière tournée. Alec ne l'ouvrit pas tout de suite car il finissait ses mots croisés, passe-temps de plus en plus envahissant.

« "Ne volent pas, mais fleurissent dans les jardins", c'est quoi, à ton avis ? » demanda-t-il à Joy.

Joy, heureuse qu'on lui parle, se creusa la cervelle. Comme le vide y régnait, elle ne put lui répondre. Mais elle prit un air intense, profond, jusqu'à ce qu'Alec trouve.

« Oui, c'est ça : "épervières", dit-il en remplissant les cases. Pas mal, non ? »

Elle émit un murmure d'approbation. Il la dévisagea. Bien sûr, elle ne connaissait pas le sens de ce mot ; elle n'en avait même pas la moindre idée. Il ouvrit la bouche pour le lui expliquer, eut l'impression que ce serait peine perdue et se ravisa.

La pendule sonna dix heures. C'était l'heure du biberon. Elle renonça provisoirement à son occupation du soir, qui avait été de s'asseoir de l'autre côté du poêle à gaz et de regarder Alec faire ses mots croisés. Son tricot, qui n'allait pas vite du tout, car elle pouvait à peine quitter Alec des yeux, fut rangé dans un sac jaune.

« Tu vas te coucher ? demanda-t-il, plein d'espoir.

— Non. Je vais juste donner le biberon à bébé. Je reviens après. »

Si elle se couchait sans Alec, il resterait à lire un livre ou faire Dieu sait quoi la moitié de la nuit. La seule manière de l'en empêcher était de revenir et de rester assise à le regarder, jusqu'à ce qu'il s'extirpe de son fauteuil.

Elle passa dans la chambre, qui jouxtait le salon, alluma le réchaud à gaz et fit chauffer le biberon. Le bébé émit une plainte somnolente, mais la tétine qu'elle lui fourra dans la bouche le fit bientôt taire. Elle s'assit sur une chaise basse près du feu avec l'enfant sur ses genoux, attendant, placide, qu'il ait fini. Si quelque chose au monde avait pu étonner Joy, ç'aurait été son peu d'amour pour l'enfant, car c'était celui d'Alec, le fruit de la passion d'Alec. Mais Peter appartenait au présent, chose qui ne l'intéressait pas. Il n'avait pas été là en Provence, quand elle y était avec Alec. Il ne pouvait lui rappeler d'aucune façon ces quelques semaines terribles où elle avait eu ce qu'elle voulait. Chaque parole échangée, chaque caresse s'étaient gravées, indélébiles, dans son esprit. Elle s'y replongeait souvent dans une rêverie morne, revivant chaque moment. Il l'avait désirée alors et il ne la désirait plus. Pendant un bref instant, ils avaient été emportés par un raz-de-marée de sensations extraordinaires et violentes. Ils s'y étaient abandonnés, s'emparant chacun avec fureur de tout ce que l'autre pouvait donner. Et puis, pour lui, la vague était redescendue aussi vite qu'elle était montée. En moins de deux mois, la page était tournée, il n'avait plus envie.

Il était envers elle d'une gentillesse invariable mais ce n'est pas ce qu'elle demandait. Il plaisantait, se montrait amical ; ce n'était pas le même homme qu'en Provence. Elle voulait le retrouver tel qu'il avait été là-bas, enragé, sans tendresse, physiquement proche à tout instant. Mais chaque tentative pour rallumer cette flamme semblait l'écarter davantage.

Elle l'entendit arpenter la pièce voisine. Il

devait avoir fini ses mots croisés. Elle voulait retourner au salon pour le regarder faire les cent pas et donna une petite secousse impatiente au bébé, qui buvait trop lentement.

Alec la rejoignit bientôt dans la chambre. Il s'était produit quelque chose d'inattendu. Il semblait excité, particulièrement animé.

« Une chose incroyable vient de... Eliza m'écrit... Betsy va épouser Max, finalement.

— Eh bien, dit Joy, on le savait.

— Oui, sans doute. »

Pourtant, il n'en avait jamais été tout à fait sûr. Il s'était parfois demandé s'il n'avait pas été atrocement injuste, s'il ne s'était pas conduit en goujat, comme le disait Betsy. Il était soulagé d'apprendre qu'il avait, au fond, toujours eu raison contre elle. Et pourtant, d'une certaine façon, il aurait préféré être le seul coupable. Cela aurait rendu toute cette affaire moins confuse, moins tributaire du hasard.

« Donc Eliza dit qu'elle s'installera chez nous dès que ça nous arrange. Elle sait exactement ce qu'elle veut, et elle n'a plus aucun scrupule à quitter sa mère.

— Ah... oui, dit Joy.

— Qu'est-ce qu'on décide pour la maison de Devizes ? Si Eliza vient, on ferait bien de la prendre. Tu veux que j'écrive à Charles tout de suite ? Ça pourrait partir au courrier du soir. Je crois qu'elle est encore à vendre. »

Joy, sans le quitter du regard, digérait avec lenteur cette nouvelle et ses conséquences.

« C'est une grosse somme, finit-elle par dire. Nous n'avons pas beaucoup d'argent. Tu n'arrêtes pas de le dire. Pourquoi devrions-nous entretenir Eliza ? Betsy t'a tout pris pour s'occuper des enfants.

— Oh, ça peut s'arranger, ça. Il faut vraiment que je me remonte les manches et que je me trouve du travail.

— Je ne vois pas pourquoi nous devrions prendre Eliza.

— Ce n'est pas une question de devoir. C'est ce que nous souhaitons, non ?

— Non », dit Joy.

Elle l'exprimait pour la première fois, mais il avait toujours su qu'elle ne le souhaitait pas. Simplement, les promesses d'Eliza étaient restées si floues qu'ils n'avaient jamais tiré l'affaire au clair. Le visage d'Alec se durcit.

« Eh bien, elle viendra quand même.

— Tu l'aimes plus que moi, déclara Joy, morose.

— Oui, d'une certaine façon. »

Et puisqu'ils s'étaient engagés sur cette voie, autant poursuivre jusqu'au bout.

« Je ne peux pas éprouver pour toi ce que tu éprouves pour moi, dit-il. J'en suis navré, mais c'est impossible. Je n'ai jamais fait semblant, d'ailleurs. Si nous voulons rester ensemble, mieux vaut en prendre conscience.

— J'aimerais être morte, marmonna-t-elle. Si tu fais venir Eliza, je me tuerai.

— Parfait, parfait ! Tu ne penses vraiment qu'à toi.

— Comment ça ? Non, je ne pense... Je ne pense qu'à toi. Je vénère le sol que tu foules.

— Bon sang, Joy, si tu pouvais vénérer quelque chose d'autre ! Penser à quelque chose d'autre. Me ficher la paix. Je suis désolé... C'est méchant de te dire ça... Mais je n'en peux plus.

— Il faudrait que je pense à quoi ?

— À n'importe quoi. Vraiment. Tu ne lis jamais. Je ne te vois jamais avec un livre. Tu n'as pas d'amis, tu ne t'intéresses à rien. Et le bébé t'ennuie, je crois. Tu n'as qu'une idée en tête, et c'est...

— Je vais me tuer, répéta-t-elle. Je ferai ça pour toi. Je vais me tuer, et le bébé avec. Comme ça, on ne te gênera plus.

— Tu parles d'un cadeau ! Ce serait mon arrêt de mort, en quelque sorte. Si tu y mettais du tien, on pourrait envisager l'avenir, mais tu ne fais rien. Tu ne lèves pas le petit doigt. Nous avons commis une terrible erreur. C'est un désastre, mais c'est un désastre dont on pourrait tirer quelque chose, si on essayait. On pourrait trouver un compromis... apprendre à mieux s'entendre... Seulement, ça demande un effort. Et tu ne veux pas. J'ai fait ce que j'ai pu. Je t'ai épousée. Mais tu ne fais rien pour t'adapter. Je n'en peux plus. Je n'en peux plus, je te dis... »

Il sortit en trombe de la chambre ; quelques secondes plus tard, elle entendit claquer la porte du palier. Une fois ou deux déjà, il était sorti et avait erré une partie de la nuit, plutôt que de rester seul avec elle dans l'appartement.

Elle s'assit près du feu, le bébé sur les genoux. Elle avait la ferme intention de se tuer. Et de le faire tout de suite, avant son retour. La bonne ne venait que dans la journée. Elle était donc seule à présent et comptait bien aller dans la cuisine et mettre la tête dans le four à gaz. Elle prendrait le petit avec elle. Alec les retrouverait morts tous les deux.

Si l'enfant ne s'était pas réveillé, elle n'aurait pas flanché. Mais lorsqu'elle se leva pour aller dans la cuisine, elle vit qu'il ne dormait plus, et qu'il la regardait. Puis soudain, il sourit, d'un sourire amical et sans dents, suivi d'un bâillement satisfait.

Elle se rassit sur le lit, en le serrant dans ses bras. Elle ne l'aimait pas, mais elle ne pouvait pas le tuer. Que faire ? Elle se mit à prier sans même s'en rendre compte.

« Aidez-moi, ne cessait-elle de répéter, aidez-moi, aidez-moi ! »

Comme un navire encalminé tressaute et tremble au premier souffle de brise, elle se sentit saisie par une impulsion venue du dehors. Petit à petit, elle changea de cap, poussée vers un but nouveau. À aucun moment, elle ne prit une résolution. Ce ne fut que plus tard qu'elle lutta. Le vent la poussa et, au bout d'un moment, elle se détourna de la mort. Elle coucha l'enfant dans son berceau et revint s'asseoir près du feu.

À présent, elle avait devant elle un lendemain, puis un autre, et tout le reste de sa vie. Il fallait qu'elle fasse quelque chose pour rester saine et sauve. Épuisée par la crise qu'elle venait de traverser, elle se renversa contre le dossier de la chaise. Ah, si quelqu'un avait pu lui apporter un thé. Mais il n'y avait personne et elle était trop fatiguée pour bouger, trop fatiguée pour se mettre au lit.

Demain, se dit-elle, je lui dirai que je veux bien d'Eliza. Si elle était là, elle m'apporterait du thé. Et je commencerai à faire tout ce que je devrais faire ; je vais lui montrer que je veux y mettre du mien. *Tu ne lis jamais. Je ne te vois jamais avec un livre.* Il a raison. Demain, je lirai un livre.

Autrefois, il y avait longtemps, elle avait beaucoup lu. Elle s'était enorgueillie de sa culture, avait écrit des articles pour une société littéraire locale. Chose difficile à croire à présent, après cette interminable stagnation. Elle voulut se rappeler ses impressions, ses pensées d'avant qu'elle se retrouve captive, trois ans plus tôt. Elle avait été si jeune et elle l'était encore. L'expérience ne lui avait rien appris ; elle n'avait en rien mûri. La vie qu'elle menait depuis avait été empoisonnée par une culpabilité qui paralysait toute croissance. Elle avait perdu l'estime d'elle-même, et avec elle, toute possibilité de vivre des expériences fructueuses. Comme s'il ne lui était rien arrivé d'important entre cette toute dernière demi-heure et ses dix-neuf ans, âge auquel elle fréquentait les bibliothèques publiques de sa ville. L'odeur lui en était restée plus vivement que tout autre souvenir, une puanteur moite qui imprégnait tous les livres qu'elle y empruntait. Les portes battaient dans les courants d'air et des hommes déprimés, mal vêtus, feuilletaient les journaux dans la salle de lecture. Elle se mit en quête de cette Joy perdue, courant à la bibliothèque, jeune fille vigoureuse, exubérante, un volume de pièces de Shaw sous le bras. Car c'était ce qu'elle lisait à l'époque. Elle avait à tout moment George Bernard Shaw sur les lèvres, et dans le cœur. Elle avait écrit une dissertation sur lui.

À bien réfléchir, elle se souvint d'avoir vu un recueil de ses pièces dans la bibliothèque du salon. Elle aurait donc un livre à lire demain. Elle le trouva en effet et l'emporta au lit. Forçant ses yeux à cheminer d'un mot à l'autre, forçant le sens de ces mots à entrer dans sa cervelle, elle commença à lire. Elle avait ouvert le livre au hasard, en plein milieu d'une pièce qu'elle n'avait jamais lue et qu'elle aurait jugée frivole si George Bernard Shaw n'en avait pas été l'auteur. Les caractères étaient petits et laids. Ils lui faisaient mal aux yeux. Elle avait tellement envie d'un thé. Mais elle poursuivit sa progression sur le sentier caillouteux du bien et finit par s'endormir.

Elle ne se réveilla pas lorsque Alec rentra, un peu après trois heures. Il s'approcha sans bruit du lit et aperçut, avec stupéfaction, le livre sur la couverture, échappé de la main de Joy. Il ne voyait pas du tout ce qu'elle aurait pu tirer d'*On ne peut jamais dire*. Mais il n'avait pas l'énergie de se demander ce qui lui était arrivé, ni de songer au tournant qu'avait emprunté leur destin. De tout ce qui l'attendait, il n'était pas plus conscient que le bébé endormi dans son berceau, près de la fenêtre. Il se déshabilla avec maintes précautions, éteignit la lumière et se glissa dans le lit près d'elle. Entre aujourd'hui et demain, si semblables, si dénués d'espoir, gisait un bref instant d'oubli. Il le chercha et le trouva bientôt. Ils dormaient tous les trois.

La vérité

« Ma pauvre chérie ! répéta Max, ma pauvre, pauvre chérie ! »

Le garçon, qui lui avait passé une imposante *Carte du jour**, s'éclipsa discrètement, hors de portée de voix, et la mélancolie de Betsy redoubla. Elle avait faim et regrettait de n'avoir pas laissé Max commander avant de réclamer sa commisération.

« Comment puis-je te consoler ?

— Avec des huîtres, répondit-elle avec un sourire héroïque.

— Des huîtres ? Vraiment ? C'est bien vrai, ça ? »

Son regard fit revenir en hâte le garçon.

« Combien penses-tu pouvoir en avaler, ma chérie ? Une douzaine ? Magnifique ! Tu es vraiment la créature la plus courageuse qui soit. Avec quel panache tu prends les choses. Pouvoir... Non, garçon, restez ! Que prendras-tu après cela, ma chérie ? Une grillade ? Un steak, peut-être ? »

Si la nourriture avait pu lui faire le moindre bien, la carte entière y serait passée. Il ne fut guère satisfait par la simple requête d'une omelette au caviar.

« Tu es sûre de ne rien vouloir de plus ? Sûre et certaine ? Très bien, on fera avec, alors. Parfait, garçon. Une douzaine d'huîtres suivie d'une omelette au caviar. Le plus vite possible. Bon, et puis-je faire autre chose pour toi ? Tu veux que j'écrive à Eliza ? Oui, c'est cela, garçon. Allez, ne perdez pas de temps.

— Tu n'as rien commandé pour toi, Max !

— Vraiment ?

— Tu n'aimes pas les huîtres. Prends du saumon fumé.

— Non, je prendrai juste un plat. N'importe quoi, ce que vous avez de prêt. Ça m'est égal...

— La *Sole de la maison** est très bien, murmura le garçon. Avec du raisin... et un peu d'estragon...

— Je vais prendre ça. Bien sûr, je pourrais aller voir Eliza dès que je serai rentré d'Allemagne. Lui rendre visite à son école. Ça vaudrait peut-être mieux qu'une lettre.

— Non, Max. Je ne veux pas qu'on essaie de l'influencer. Je ne dirai pas un mot pour la faire changer d'avis. Elle avait le droit de choisir à seize ans et elle y réfléchit apparemment depuis des mois.

— Mais attendre d'être à l'école pour t'écrire de là-bas !

— J'imagine qu'elle souhaitait nous éviter une scène pénible à toutes les deux. Si elle tient davantage à son père, elle a raison d'aller vivre chez lui.

— Mais enfin, comment est-ce possible ? Comment est-ce possible ? »

C'était exactement le sentiment de Betsy et l'entendre exprimé par Max lui procura une éphémère consolation.

« Je ne comprends pas qu'on puisse ne pas t'adorer. Tu as été une si bonne mère pour les enfants – un ange ! Ah, parfait. Voilà tes huîtres. Mais oui ! Le supplice que tu dois endurer ! C'est insupportable. Mais je sais – je sais ce que tu ressens. »

Il n'en a aucune idée, se disait Betsy, tout en déposant une infime quantité de poivre rouge dans chaque huître. Malheureusement, il n'a pas la moindre idée de ce que je ressens.

Elle avait besoin de compassion et s'exaspérait de le voir étaler la sienne sur une blessure imaginaire, sans rien voir du véritable abcès. Car la compassion est comme un baume : lorsqu'elle n'est pas appliquée au bon endroit, elle ne sert à rien. Betsy en avait déjà fait l'expérience. Un jour, petite fille, en visite avec sa mère, elle s'était assise sur une guêpe. Elle n'avait pas pu se retenir de pleurer, mais la pudeur l'avait empêchée de révéler en présence de tant d'inconnus la véritable raison de ses larmes. Elle avait prétexté un mal de dents. La commisération et les caresses prodiguées pour cette raison n'avaient soulagé en rien la douleur de la piqûre. Plus tard, ayant mis sa peine d'avoir raté le prix de catéchisme sur le compte de la mort de son grand-père, elle avait ressenti la même frustration. Le simple fait d'attirer l'attention, d'être un objet de compassion et de pitié ne pouvait que momentanément la soulager d'un néant sans espoir.

Toute sa conversation avec Max était teintée d'une pénible ambiguïté. Les paroles qu'elle prononçait étaient vraies sans l'être. Comme une équilibriste qui apprend son métier, elle ne pouvait avancer que de quelques pas à la fois.

« Pour parler très franchement, dit-elle en se lançant au-dessus du vide, je ne me suis jamais bien entendue avec Eliza. »

Et c'est loin d'être faux, songeait-elle. Son départ n'est pas une grande perte. C'est la mortification qui me blesse. Je suis mortifiée qu'elle préfère Alec et que cela se sache. Pourquoi ne pas l'avouer à Max, alors ? Et puis, à qui la faute si nous ne nous entendons pas ? À moi. Je ne l'ai jamais suffisamment aimée. Ce n'est pas comme Ken... Oh, Ken. Pourquoi me brises-tu le cœur ? Mais ça, il ne faut pas que j'y pense. Ça, je ne peux en parler à personne. *Pas même à Alec...*

« Max ! Enfin, il ne faut pas... Tu ne dois *pas* mettre autant de sel !

— J'aime bien le sel.

— Mais c'est un crime d'en ajouter à pleines poignées, dans un endroit comme celui-ci, où la cuisine est si fine. Tu ne pourrais pas les insulter de pire façon. C'est bien assez salé. Si tu avais le moindre palais, tu le saurais.

— Je crains d'être très peu sensible à la grande cuisine. Ça te paraît affreux, ma chérie, non ?

— Oui. À quoi bon… »

À quoi bon avoir une telle fortune pour ne rien apprécier de ce qu'elle lui procurait ? On pourrait mettre ce qu'on voulait dans son auge, il ne ferait pas la différence. Cela doit témoigner d'une grande noblesse d'esprit d'être au-dessus de ces choses. Tous les saints sont des rustres. Il serait tout aussi heureux s'il lui fallait mendier.

« À quoi bon quoi ? demandait Max.

— Venir ici, quand on n'apprécie pas la bonne nourriture.

— Mais tu l'apprécies, toi. C'est tout ce qui compte.

— Et j'imagine que cela me vaut ton mépris ?

— Mon mépris ? répéta Max, abasourdi. Pourquoi ? Parce que tu es plus raffinée que moi sur ce point ? C'est absurde ! Tiens, mais voilà une petite consolation. Je crois que la jeune Daphne n'aura jamais envie de nous quitter.

— Oh, non, je ne crois pas.

— Je pense qu'elle m'a très bien accepté. Et elle a vraiment l'air d'avoir hâte de venir à

Hornwood. Elle me demandait l'autre jour si on pouvait y faire du cheval. Nous pourrions lui offrir un poney, peut-être ?

— Ne la gâte pas, mon chéri. C'est une petite personne égoïste et avide. »

Et quelle snob ! songea Betsy. Dire qu'elle a osé me demander si elle deviendrait Lady Daphne. Je ne sais pas d'où elle tient ça. L'école, sans doute. Ce n'est pas à la maison qu'on lui a appris à être aussi prétentieuse. Bon ! Autant lui dire. Je ne veux plus avoir honte de dire la vérité.

« ... et une terrible petite snob, le pauvre amour ! Tu vas rire, Max, mais elle est enchantée à l'idée d'avoir un comte comme beau-père.

— Mais c'est normal à son âge, dit Max, amusé. Tous les enfants sont des snobs. Pourquoi ce regard si soucieux, ma chérie ? Tu as quelque chose sur le cœur que tu ne veux pas me confier. J'en suis sûr.

— Oh... C'est une préoccupation si mesquine, si ignoble. Tu sais, Max, je suis vraiment une vile créature. Vile, sordide, médiocre.

— Comme nous tous. Voilà ton omelette. Elle n'est pas bien épaisse.

— Elle est parfaite. Mais je vais te montrer à quel point je suis mesquine. Je vais te dire exactement ce qui me tracasse en ce moment.

— Oui. N'hésite pas. Dis-moi tout. Je veux tout partager avec toi. Tu dois tout me dire. Ça n'a rien à voir avec Eliza, j'ai l'impression ?

— En effet, dit Betsy, que cette perspicacité surprit.

— Alors... C'est en rapport avec Alec ?

— Max ! Comment tu le sais ? »

Il eut l'air infiniment triste pendant quelques instants.

« Je le sais. C'est comme ça. Alors, dis-moi.

— Eh bien... Hier soir, j'ai vu Susie Graham et elle m'a dit... elle m'a raconté... qu'Alec et Johnnie s'étaient... en fait... plus ou moins réconciliés. Ils se sont revus, et Johnnie a été très gentil avec Alec... et ils se sont remis à travailler ensemble.

— Très bien ! C'est une excellente nouvelle, ça !

— Excellente. Je suis ravie. Je n'ai jamais souhaité qu'ils se brouillent. »

Non, jamais. Et je serais effectivement ravie si Susie n'avait pas été aussi venimeuse. J'ai bien vu ce qu'il y avait derrière ces embrassades. Et cette fausse surprise ! Johnnie n'est plus dans mon camp. C'est ce qu'elle voulait me faire comprendre. Il ne m'a jamais aimée. Et maintenant que je vais épouser Max, ils ont regagné le camp d'Alec. Ils croient tous que je... même Kenneth... reparti à St Clere... sans me dire au revoir... Il ne faut pas que j'y pense.

« C'est gentil de ta part de te réjouir, Betsy. Ta réaction n'a rien de mesquin ou de médiocre.

— Non, mais... ce n'est que ma part la plus

noble qui est ravie, Max. Je ne peux pas m'empêcher de me sentir un peu vexée. On peut pardonner les coups qu'on a subis, mais reste ce sentiment mesquin que les amis, eux, ne devraient pas être si généreux. Ils devraient compatir un tout petit peu plus longtemps.

— C'est très compréhensible. Tout de même, ce Graham doit être légèrement dépourvu de délicatesse, s'il arrive à conserver à Alec son amitié d'avant.

— C'est qu'il avait l'impression qu'Alec m'avait gâché la vie. Maintenant, il sait que ce n'est pas le cas, puisque je vais t'épouser, et il n'est plus si fâché contre Alec. C'est naturel.

— Tu as une façon très équitable, très généreuse d'expliquer les choses, je trouve. »

Betsy inspira profondément et tâcha de se rétablir.

« Non. Mais cela m'a ennuyée. Ce... petit affront... m'a plus ennuyée que la lettre d'Eliza, ce matin. »

Max eut un moment de réflexion avant de fournir cette interprétation :

« N'est-ce pas parce que tu aimes Eliza ? Et que tu as dû moins lutter pour lui rendre justice ? Cet ennui dont tu parles, c'est le mal que tu te donnes pour rendre vraiment justice. »

Que le diable t'emporte, Max ! Tu ne sers à rien. Tu ne me sers à rien. Essaie donc de me voir comme je suis, méprisable, tout en continuant à m'aimer, à vouloir m'aider. Il n'y a que comme ça que je pourrais m'améliorer. À quoi bon cette adoration d'une femme qui n'existe pas ? Je veux... Je veux...

« Assez parlé de moi, cher Max. Et toi ? Combien de temps dois-tu rester en Allemagne ?

— Eh bien, le pire, c'est que je ne sais pas. Bien sûr, je n'aurais jamais dit oui si quelqu'un d'autre avait pu y aller avec la moindre chance de succès. Mais ils n'ont trouvé personne. Devoir entreprendre ce voyage en ce moment, ça me rend fou ! »

Max partait l'après-midi même, pour aller au secours d'un très vieil éditeur juif, très admirable, lequel, disait-on, se mourait dans un camp de concentration. Max et ses amis essayaient d'obtenir sa libération depuis des mois. Une opportunité soudaine était apparue : il fallait simplement qu'une personne d'autorité exerce sur place les pressions nécessaires. C'était un devoir absolu d'y aller, de toute évidence, et Max ne comptait pas s'y dérober, même si cela retardait son mariage.

Max, se disait-elle souvent, était un homme bien supérieur à Alec : plus courageux, plus énergique, plus disposé à sacrifier son confort et sa sécurité. Contrairement à nombre de philanthropes, il ne détestait les humains que collectivement. Les atrocités et les oppressions qu'il dénonçait étaient toutes imputables à des gens qu'il n'avait jamais rencontrés. Envers les individus, il était plein de charité. Ceux avec lesquels il avait parlé ou traité pouvaient être dans l'erreur, mais il ne les jugeait jamais mauvais. Dans ses relations personnelles, il était toujours enclin à l'optimisme et prêtait invariablement à son adversaire le désir de faire le bien.

Et peut-être était-ce cette bienveillance naturelle qui le rendait si efficace et si difficile à manœuvrer. Il n'y avait qu'en faisant honte à la fourberie et à l'égoïsme qu'on pouvait les vaincre. Betsy se demandait parfois s'il était capable de susciter chez les autres l'inconfort moral qu'il faisait naître chez elle : ce sentiment d'ambiguïté, toujours accompagné du désir d'être sincère. Les gens qu'il allait rencontrer pour sauver son ami juif passeraient sûrement un moment difficile, songeait-elle. Ils se trouveraient bientôt à multiplier des aveux et des confidences qui les mèneraient à une promesse bien précise. Et c'était là la force de Max : une fois la promesse obtenue, il ne partait pas, contrairement à ce que ses interlocuteurs espéraient. Sans jamais douter de leur bonne volonté, il continuait de hanter ses victimes, tel un moustique, jusqu'à ce que la promesse soit réalisée.

« Max, lui demanda-t-elle soudain, as-tu déjà eu si piètre opinion de quelqu'un que cela t'a conduit à lui manquer de politesse en public ? »

Max prit l'air vaguement contrit.

« Oui, une fois. J'ai tourné le dos à un membre du club, parce que je le prenais pour un *agent provocateur** dans le trafic d'armes avec l'Amérique du Sud. Le pauvre homme, il a eu l'air mortifié, et je le comprends, parce qu'il n'avait rien à voir avec cette histoire. C'était un expert-comptable, absolument innocent. Je n'ai jamais plus tourné le dos à qui que ce soit. Ç'a été une leçon pour moi. »

Betsy se mit à rire.

Chose étrange, il la vénérait pour des qualités qu'elle ne possédait pas, quand elle le respectait infiniment pour des vertus dont il n'était pas conscient. Leur vie allait être une affaire étrangement rythmée, et bien plus difficile qu'elle ne l'avait supposé au début. Vivre avec lui, cela voulait dire vivre à sa hauteur. Il était bien moins malléable qu'il ne l'avait semblé. Elle s'imaginait de moins en moins souvent pouvoir le rénover aussi bien que Hornwood, et n'espérait plus qu'un poste de ministre puisse épuiser son énergie morale. Elle pourrait lui éviter de commettre des gaffes, mais ne l'empêcherait pas de faire ce qu'il pensait être le bien. Il se pouvait fort que leur vie commune soit gouvernée par la conscience de Max, plutôt que le bon sens de Betsy.

Le voyant si simple, si sincère, elle avait cru qu'elle lirait en lui comme dans un livre. Et tel était le cas, mais le livre comprenait quelques chapitres inattendus. Elle tournait chaque page dans l'incertitude croissante de ce que la suivante révélerait.

Rien n'aurait pu la surprendre davantage que ce qu'il dit ensuite. Ils ne parlaient plus depuis quelque temps, buvant leur café à petites gorgées, chacun dans ses pensées. Soudain il lui déclara :

« Tes amis Bloch semblent être en bien mauvaise posture, dit-il tout à coup.

— Les Bloch ? Tu les as vus ?

— Non. Mais j'ai reçu une lettre de lui. Ils sont à Paris, mais avec obligation de quitter la France dans les quinze jours, à ce qu'il semble. Ils sont restés aussi longtemps que leur permis de séjour le permettait, et n'ont pas pu le faire renouveler. Ils n'ont nulle part où aller. Quel cauchemar, vraiment, la vie de ces personnes qui n'ont plus de pays !

— Qu'est-ce qu'il voulait ? demanda Betsy, non sans appréhension.

— Le fait est qu'il pourrait revenir en Angleterre si quelqu'un l'invitait et pouvait le recevoir chez lui. La position du gouvernement là-dessus est compréhensible, bien sûr. L'Angleterre ne peut pas voir débarquer des masses de réfugiés affamés, incapables de subvenir à leurs propres besoins. Ce serait injuste vis-à-vis de nos concitoyens. En revanche si Bloch est invité chez un ami, c'est une autre affaire. Et une fois ici, il pense pouvoir trouver du travail.

— Il veut que tu l'invites ?

— Oui. Je lui ai répondu. Je lui ai dit qu'il y avait plein de place à Hornwood pour eux tous. Et je lui ai fait parvenir une invitation officielle, pour qu'il puisse la montrer aux autorités.

— Oh ! Max.

— Quoi ? Ça ne te convient pas ? C'est le genre de personne qu'il faut aider, un artiste de grande qualité et un bon Européen. On pourrait même lui trouver des choses à faire à Hornwood, tu ne crois pas ?

— Je ne l'aime pas. Ni lui ni sa famille. Ce n'étaient pas mes amis. C'est Alec qui les avait installés à Pandy Madoc.

— Si nous allons en Irlande après le mariage, nous ne les verrons pas beaucoup. Le temps que nous revenions à Hornwood, ils auront repris du poil de la bête.

— Mais non ! Une fois installés, ils ne repartiront jamais. Je t'ai déjà dit que je ne les aimais pas, Max. Tu le sais depuis longtemps.

— Oui, je sais. Mais je n'avais vraiment pas le cœur de leur dire non. Pour lui, c'est une affaire de vie ou de mort. Pour nous, ce n'est qu'un petit désagrément.

— Il est hors de question que j'aie les Bloch à Hornwood.

— Ils auront leurs propres appartements. Tu n'auras aucun besoin de les fréquenter.

— Je n'irai pas à Hornwood s'ils y habitent. »

Max se déclara consterné que l'idée lui déplaise à ce point et se confondit en excuses. Mais il ne semblait nullement disposé à revenir sur son invitation.

« Max, je ne peux pas, explosa-t-elle. Si tu m'aimais autant que tu le prétends, tu ne me demanderais pas ça. Non seulement je ne les aime pas, mais de plus ils sont liés à un moment particulièrement difficile de ma vie, à des tas de choses que je préfère oublier. Je ne veux plus jamais les revoir.

— Tu ne penses pas que tu pourrais mettre tes considérations personnelles...

— Nous avons déjà dû retarder le mariage sous prétexte que tu devais faire ton devoir. Et tu ne peux pas prétendre que j'aie manqué d'élégance à ce propos. Je n'ai pas essayé de t'empêcher d'aller en Allemagne, bien que la plupart des femmes se seraient dit que, dans ces moments-là, c'est tout de même elles qui comptent le plus. Mais là, c'est vraiment trop. Nous ne pourrons même pas avoir notre maison pour nous seuls ! Si je dois supporter ce genre de choses en permanence, Max, je ne t'épouserai pas. Je suis sérieuse. »

La colère lui donna le courage de prendre ce risque. Si elle n'imposait pas ses règles dès maintenant, elle n'en serait jamais plus capable, et la vie, si elle devait laisser à un autre les rênes du couple, lui serait insupportable.

« Betsy ! Tu plaisantes, bien sûr !

— Pas du tout. Si tu m'imposes les Bloch à l'heure qu'il est, cela voudra dire que tu n'as aucune considération pour mes sentiments et que tu ne m'aimes pas réellement.

— Oh, Betsy ! Ma chérie ! Comment peux-tu dire ça ? »

Il avait l'air si bouleversé qu'elle se calma.

« Je ne dis pas que tu as eu tort de les inviter, dit-elle. Je comprends très bien tes raisons. Mais l'idée m'est insupportable, c'est tout. Je suis navrée. Je préférerais ne pas être aussi émotive. Je ne suis pas aussi noble, aussi altruiste que toi, mon cher Max, et je ne le serai jamais. Je ferai toujours de mon mieux pour te soutenir, mais il y a des choses qui me sont trop pénibles. Et si j'ai le sentiment que tu me les imposes, si je sais que tu me sacrifieras toujours sur l'autel de ta conscience, c'est plus que je ne peux en supporter. Dans ce cas-là, mieux vaut ne pas nous marier.

— Oh, Betsy. C'est affreux ! »

Mais elle fut inflexible et Max promit de sacrifier les Bloch avant qu'ils se séparent. L'idée de la perdre était insoutenable.

Elle l'accompagna à la gare, pour le saluer du quai. Ayant remporté la victoire, elle était joyeuse et pleine d'affection, mais il n'y eut pas moyen de l'égayer. Il semblait plus desséché, plus ratatiné que jamais, et ne dit presque mot, ce qui ne lui ressemblait pas. Il se méprisait de lui avoir cédé – et le pire, c'est qu'elle aussi, au fond de son cœur, le méprisait pour la même raison.

L'escalier roulant

Une fois qu'il fut parti, elle se sentit tellement seule et ses attentions de chaque jour lui manquaient à tel point que ses scrupules s'évanouirent. Elle en vint à espérer son retour, leur mariage et le commencement de la vie nouvelle. Elle ne s'était jamais sentie si seule, si dépourvue d'amis. Sans les enfants, Well Walk était désert et silencieux. Elle n'avait nulle part où aller, rien à faire et rien à quoi réfléchir. Tous les liens avec le passé étaient brisés. Les quelques amis qu'il lui restait à Londres avaient été chamboulés par la nouvelle de son mariage. Leurs félicitations étaient soit trop chaleureuses, soit trop froides ; elle répugnait à les voir. Elle vivait dans une étrange suspension, n'échangeant guère avec âme qui vive du matin au soir.

Elle devint, à cette époque, très économe. Pourquoi, elle n'aurait pas su le dire. Peut-être agissait-elle sous l'influence de quelque superstition, la crainte de tenter la Providence. Si elle n'avait jamais été dépensière, elle comptait désormais le moindre sou. D'ici à quelques semaines, elle serait une femme très riche, mais jusqu'à ce qu'elle le devienne réellement, elle se refusait de goûter par anticipation les plaisirs de l'opulence. Il fallait les mettre de côté pour les savourer plus tard, et se consoler peut-être des déceptions de sa vie future. C'est dans cet esprit de sobriété qu'elle renonça à un trousseau complet. Max ne remarquerait aucun ajout à sa garde-robe. Ce qui s'y trouvait déjà ferait l'affaire jusqu'au printemps quand elle irait à Paris pour s'habiller comme il le fallait.

Dans le même esprit, elle commença à prendre le métro, ce qu'elle avait jusqu'ici refusé. Ayant accepté une offre avantageuse pour sa voiture, elle l'avait vendue et se débrouillait très bien sans. Mais elle rechignait à payer la course du taxi jusqu'à Hampstead. Il y avait un certain piquant à songer que cette dépense non négligeable lui paraîtrait, dans quelques semaines, bien moindre que le ticket de métro du jour.

Voilà à quoi elle pensait lorsqu'elle entra dans la station d'Oxford Circus de retour d'un long après-midi chez son coiffeur. Ce n'était pas encore l'heure de pointe et l'escalier roulant était presque vide. Elle s'y embarqua avec satisfaction, souriant toute seule, un amas de petits paquets dans les bras.

Tout en bas, elle aperçut Alec sur l'escalier qui montait.

À mesure qu'il montait, son incertitude se dissipa. C'était assurément Alec, un peu plus gros que dans ses souvenirs, plus vieux, plus dépenaillé, moins beau. Il montait rapidement. Sa peau se mit à fourmiller sous l'effet de la stupéfaction.

Il ne l'avait pas vue. Il regardait les publicités sur le mur qui jouxtait son escalier roulant. Il n'allait pas la voir. Lui aussi portait un paquet, de forme bizarre, on aurait dit une torpille. Elle se surprit à se demander ce qu'il contenait.

Il tourna brusquement la tête, comme si quelqu'un l'avait appelé. Il la vit. Il resta bouche bée, figé dans la même rigidité abasourdie. Maintenant ils étaient au même niveau ; ne les séparait que la tranchée de l'escalier de secours. Puis, emportés par une force qui ne savait rien de leur détresse, ils s'étaient éloignés l'un de l'autre. La distance s'accroissait.

Ils se retournèrent en même temps, elle pour regarder vers le haut, lui pour regarder vers le bas. Ce léger mouvement rompit le charme de leur surprise. Leurs visages redevinrent expressifs. Alec eut un grand sourire, qui n'était ni de salutation ni de politesse, mais plutôt un sourire qu'il ne pouvait réprimer. Leur regard réciproque était intime, sans réticence, un regard qu'ils auraient pu échanger à n'importe quel moment de leur vie de couple, devant un spectacle qu'ils jugeaient tous les deux ridicule.

Ça nous ressemble bien, ce genre de retrouvailles, disaient les yeux d'Alec. Mais qu'est-ce que tu fais donc à tchou-tchouter comme ça dans le métro, ma mignonne ?

Et les yeux de Betsy répondaient : Ne ris pas, Alec ! Cela n'est pas drôle.

Elle sombrait. Il s'élevait. Bientôt, ils auraient entre eux toute la hauteur de l'escalier. Ils étaient déjà trop loin pour se sourire. Il était arrivé au sommet, et il sembla à Betsy qu'il avait reculé d'un pas, comme pour défier le pouvoir centrifuge des marches. En vain. L'escalier roulant les déposa chacun à un bout et ils se perdirent de vue.

Elle rentra chez elle dans une sorte de brume. Elle s'était si souvent représenté leurs retrouvailles, choisissant des lieux différents, un théâtre, un restaurant, peut-être même une soirée. Cela devait bien arriver un jour ou l'autre, elle le savait, et elle avait pensé s'y être pleinement préparée. Pour une raison ou pour une autre, elle s'était figuré qu'il serait le plus embarrassé des deux, et elle avait prévu exactement quelle expression elle devrait avoir et quels mots prononcer pour qu'il sache que tout était oublié et pardonné. Mais cela ? Elle n'avait rien prévu de tel et se trouvait décontenancée.

Elle se demanda ce qu'il transportait dans

son paquet et où il allait. Où était-il à présent ? Était-il chez lui, lui aussi, et pensait-il à elle ?

Depuis près de dix-huit mois, ils avaient habité tous deux Londres, vivant chaque minute de chaque journée à quelques kilomètres l'un de l'autre. Mais elle n'y avait jamais pensé en ces termes, ni ne s'était demandé : mais que fait Alec ? Que pense-t-il ? Pendant longtemps, il n'avait même plus paru réel. La colère de Betsy et l'indignation de ses amis en avaient fait une sorte de silhouette en deux dimensions, une ébauche de scélérat. Même après lui avoir pardonné, elle ne pensait jamais à lui comme à un être aussi vivant, aussi entier que lorsqu'il était son mari. Il n'était plus qu'un récipiendaire de sa générosité.

À présent, elle brûlait de savoir ce qu'il devenait, ce qu'était sa vie. Elle ne comprenait pas la raison de cette folle curiosité. Peut-être était-ce parce que cette rencontre les avait tous les deux pris au dépourvu. Leurs yeux en avaient trop dit, leurs langues rien du tout. Après avoir échangé un tel regard, ils ne pourraient plus prétendre être parfaitement indifférents l'un à l'autre. Ils étaient amis. Oh oui, ils étaient toujours amis, pas seulement des quidams émettant des bruits polis. Ils avaient des choses à se dire, des choses à entendre. Elle aurait aimé connaître le contenu de ce paquet, à la forme si étrange, lui qui, autrefois, détestait porter des paquets. Elle aurait aimé savoir s'il avait vraiment reculé d'un pas, s'il trouvait lui aussi que cette rencontre avait quelque chose d'inachevé. Qu'avait-il voulu lui dire ?

Pendant toute la soirée, et le lendemain matin, quand elle se réveilla, elle attendit qu'il lui envoie quelque message complémentaire. Elle avait prévu d'aller à Oxford, voir sa mère, mais, sur un coup de tête, elle lui téléphona pour dire qu'elle ne viendrait pas. Ç'aurait été vraiment dommage qu'Alec fasse l'effort de renouer le contact et ne la trouve pas chez elle. Car elle était certaine qu'il devait éprouver le même trouble, la même curiosité. Il ne pouvait pas se contenter de l'avoir rencontrée de façon si extraordinaire, de lui avoir souri et d'être reparti sans lui accorder une autre pensée. Il devait avoir passé une nuit exactement semblable à celle de Betsy, et sentir qu'il allait encore se produire quelque chose.

La journée passant sans aucune nouvelle de lui, elle se sentit sombrer. Elle guetta l'arrivée de la moindre lettre et, toutes les fois que le téléphone sonna, elle fut certaine que c'était lui. Elle ne pouvait comprendre son silence. Le lendemain et le surlendemain furent aussi terribles. Peut-être que le sourire qu'elle lui avait adressé n'était pas assez chaleureux. Les hommes peuvent être tellement bêtes, tellement lents à comprendre. Pendant ce temps, peut-être espérait-il lui aussi entendre sa voix sans imaginer, le pauvre, ce qu'elle ressentait. C'était pourtant à lui de faire le premier pas, de même qu'il avait été le premier à sourire. Elle en était incapable.

Une semaine passa. Elle fut presque réduite au désespoir, mais ne pouvait se résoudre à aller à Oxford. Elle remettait son voyage de jour en jour. Elle rechignait même à quitter la maison pour peu qu'il prenne son courage à deux mains et se décide à passer. Elle resta à l'intérieur, errant de pièce en pièce. Le temps était exécrable, ce qui excusait amplement cette réclusion. Il y avait de la pluie, du vent. Elle passait beaucoup de temps dans l'ancien bureau d'Alec, à la fenêtre, à regarder le ciel de tempête. C'était devenu une chambre à coucher. Elle avait changé les meubles et renvoyé tous ses livres et ses papiers. Elle le regrettait à présent ; elle aurait pu avoir plus de commisération pour le passé, en laisser traîner quelques reliques. Son secrétaire et sa table, par exemple. Il n'y avait plus rien dans la maison qui lui ait appartenu, sauf un vieux chandail déniché au fond d'une armoire. Si elle le savait, c'est qu'elle avait parcouru toutes les pièces à la recherche d'une telle relique.

Elle emporta le chandail dans sa chambre, à l'étage. En le laissant tomber délicatement sur le lit, elle constata qu'il décrivait des courbes et des plis – la forme de son corps – avant de s'aplatir. Elle s'amusa deux ou trois fois à ce jeu avant de retourner à sa contemplation devant la fenêtre. Quand le temps était beau, on avait une vue merveilleuse sur le sud de Londres ; à présent, tout était dissimulé sous un tumulte de nuages et de brouillard. Il devait être quelque part parmi ces cheminées, ces tours et ces dômes obscurs, à vivre les heures de cette longue semaine. Il fallait attendre. Elle ne pouvait rien faire d'autre.

Un jour, en traversant le vestibule, elle entendit sonner le téléphone. Les fois précédentes, son cœur, au bruit de la sonnerie, s'était mis à battre plus vite, elle avait frémi entre espoir et crainte. Cette fois, il resta calme, car elle était certaine. Cette fois, *c'était* Alec. Elle en était sûre. Le tumulte et le trouble prirent fin. Elle alla dans le salon et décrocha le récepteur.

« Puis-je parler à Mrs Canning ? demanda-t-il.

— C'est moi, Alec. C'est Betsy à l'appareil.

— Betsy ? C'est Alec.

— Je sais.

— Betsy... J'ai une immense faveur à te demander.

— Oui, Alec ?

— Je veux que tu fasses quelque chose de très gentil. Je sais que je n'ai aucun droit de te le demander. Mais quand je t'aurai expliqué, tu diras oui, je le sais.

— Qu'est-ce que c'est ?

— Ma mère est gravement malade. En fait... J'ai bien peur que... J'ai peur qu'il n'y ait plus d'espoir.

— Ta mère ? Oh... Je suis navrée !

— Je te téléphone de Bedford Gardens. Elle n'a plus sa tête... elle divague. Et elle n'arrête pas de te réclamer. On dirait qu'elle est inquiète à ton sujet. Le fait est... elle a tout oublié... ce qui s'est passé. Elle n'a pas l'air de se souvenir du divorce, et ne comprend pas que tu ne viennes pas la voir...

— Et tu veux que je vienne ?

— Si ça ne t'ennuie pas, Betsy. Ils pensent... Enfin, l'infirmière et le docteur pensent que si elle te voyait, elle se calmerait peut-être. Tu sais ce que c'est quand les gens sont... très malades. Si ça ne t'embêtait pas trop de venir... quelques minutes... Tu pourrais, ma chérie ? Je t'en serais tellement reconnaissant. Ce serait gentil de ta part. C'est tellement affreux de la voir si agitée, sans pouvoir la tranquilliser. C'est sans doute la dernière chose que nous pourrons faire pour elle.

— Je vais venir, dit Betsy. Je pars maintenant. Dans la minute. »

Décision sans appel

Alec se tenait dans le salon de Bedford Gardens, à la fenêtre, guettant l'arrivée de Betsy. Ce n'était pas elle pourtant qu'il avait à l'esprit. Sa mère se mourait et il ne pouvait penser à rien d'autre.

L'absurdité de la mort l'affolait, comme elle affole chacun de nous ; tant il est rare que la vie s'achève au terme de son cycle. Dix jours plus tôt, la semaine précédente, elle avait passé une journée comme toutes les autres, à se disputer avec la vieille Maggie, à échanger des ragots avec ses amies, à commencer une nouvelle tapisserie, à se comporter comme une femme qui a encore la vie devant elle. Rien, la semaine précédente, n'avait annoncé cela. La vieillesse, qui devrait être le commencement de la fin, n'a ni l'accent ni les modulations d'une scène finale ; elle n'achève pas de préparer l'esprit au silence. Jeunes et vieux partent sans dire adieu, laissant les choses en plan, une phrase interrompue, une question sans réponse.

Ce qu'il ressentait à présent était l'universel remords. Il était tenaillé par un sentiment de stupidité, de piteux gaspillage. Il ne regrettait pas tant leurs dissensions récentes, ni la révélation tardive de l'amère solitude de sa mère, qu'il aurait pu adoucir, ni la certitude de ne plus pouvoir se faire pardonner sa froideur. Et ce n'étaient pas non plus les tendres souvenirs du passé, de sa propre enfance, quoiqu'il en soit hanté sans répit. Le remords le plus lourd lui venait de toutes ces choses de sa vie dont il ne savait rien, dont il ne pouvait rien deviner. C'était comme un livre qu'il aurait à peine feuilleté, un pays aperçu du sommet d'une colline et qu'il avait toujours voulu visiter. L'occasion ne s'en présenterait plus.

Tous ces moments dont il n'avait aucune idée – qui s'étaient passés jadis, avant le commencement de sa propre existence ; peurs, espoirs, joies d'une jeune fille, d'une enfant. Tout un monde qui n'existait plus que dans la mémoire d'Emily Canning et qui s'évanouirait avec elle. En avoir su si peu, s'en être si peu soucié, l'avoir laissé prisonnier de ce cœur, inexploré, déprécié, c'était se rendre complice de sa mort. Il avait l'impression qu'il aurait pu sauver sa mère de l'oubli, s'il avait tout su, tout sur elle, tout ce qu'elle avait éprouvé, entendu et vu, de manière à faire siens ses souvenirs.

Il se retourna sur la longue route qu'elle avait

suivie, illuminée çà et là par de brefs éclairs, des phrases, tout ce qu'il pouvait se remémorer des mille choses qu'elle lui avait racontées. Il tenta de se la figurer en ce voyage solitaire, avançant à grand-peine vers un but prévu mais jamais accepté. Les collines du Cumberland s'élevaient, vertes, alentour et il aperçut le sentier qu'elle suivait au long de Drummond Water pour aller à l'école. Il l'avait accompagnée, une fois, là-bas, et l'avait écoutée d'une oreille distraite tandis qu'elle lui parlait du passé.

« ... Pas tout à fait une école, mais j'aimais me dire que c'en était bien une. Je partageais une gouvernante avec d'autres enfants... J'emportais mon déjeuner, mon *en-cas*, dans un panier... »

Il n'essaya pas de voir cette enfant sautant par-dessus les ornières et les flaques, il y avait si longtemps. Il aurait aimé comprendre ce que c'était d'avoir été cette enfant, d'avoir été Emily Lewthwaite, neuf ans, d'avoir couru jusqu'à l'école avec son en-cas dans son petit panier, et de se précipiter vers la mort, par un après-midi de vent sauvage, soixante ans plus tard.

Le cliquètement d'un taximètre lui fit baisser les yeux vers la rue. C'était Betsy qui arrivait, emmitouflée, pour se garder du vent, dans ce même manteau, et coiffée du même chapeau que ceux qu'elle portait lors de leur surprenante rencontre dans les escaliers roulants d'Oxford Circus. Il descendit en hâte et lui ouvrit avant que la vieille Maggie ait pu péniblement émerger du sous-sol.

« Betsy, dit-il, c'est très gentil. »

Le vent s'engouffra avant qu'il ait pu refermer la porte, et fit s'envoler toutes les lettres posées sur le coffre de l'antichambre. Ils se baissèrent pour les ramasser et Betsy constata, ébahie, que c'étaient les lettres qu'elle avait toujours vues là : un catalogue hollandais de bulbes à fleurs, des circulaires, des factures jamais ouvertes, abandonnées dans le vestibule parce que Mrs Canning n'aimait pas être pressée de payer. Qu'il était singulier de penser que pendant tout ce temps, la vie s'était poursuivie, inchangée, dans la maison de Bedford Gardens. Le visage éploré de Maggie parut en haut de l'escalier du sous-sol, et Betsy salua la vieille femme avec gentillesse.

« Très bien, merci, m'dame, dit Maggie, qui n'alla pas plus loin, ne sachant s'il était convenable de demander en de telles circonstances comment Betsy se portait.

— C'est bien triste pour vous », dit cette dernière.

La figure de Maggie se froissa immédiatement et elle disparut dans les profondeurs de l'escalier.

« Il n'y a plus d'espoir ? » demanda Betsy en se tournant vers Alec.

Il secoua la tête avec abattement et la précéda dans cet escalier qu'elle avait si souvent monté, muscles tendus, déterminée à ne pas laisser sa belle-mère la tourmenter.

Elle passa devant les estampes chinoises, qui valaient moins que ce que pensait Mrs Canning, et le demi-palier glacial, avec le téléphone. Mais déjà l'âme se retirait de la maison. Ce n'étaient que des images, et non pas des émanations d'Emily Canning. Elle ne pouvait plus remplir cette coquille de sa vivacité. Ce qu'elle avait été, tout ce qu'elle avait signifié pour Betsy se réduisait à présent à un petit visage gris sur un oreiller, dans une chambre surchauffée et silencieuse ; un tout petit visage, comme celui d'un enfant.

L'infirmière à son chevet les avertit du regard, par-dessus son tricot.

« Voici ma... Voici Mrs Canning, murmura Alec. Elle est réveillée ? »

Une lueur d'excitation et de curiosité traversa le regard de la femme, qui retrouva presque aussitôt une indifférence toute professionnelle.

« Je crois que oui, dit-elle en se levant. Mais il se peut qu'elle ne vous reconnaisse pas. Elle était très agitée, tout à l'heure. »

Elle s'en fut près de la fenêtre avec son ouvrage, laissant sa place à Betsy. Le visage sur l'oreiller n'avait pas bougé. Bientôt, les paupières toujours baissées, il se mit à parler.

« C'est Betsy ?
— Oui ! Je suis là... Comment vous sentez-vous ?

— Horriblement mal, ma chérie. Ce mal de tête ! Quand je serai rentrée à Drummond Dale, ça ira mieux. Mais je ne vais pas encore assez bien pour faire le voyage. Je rentrerai demain.

— C'est ce qu'elle n'arrête pas de répéter, souffla bruyamment l'infirmière. À chaque fois, pourtant, je lui dis qu'elle est chez elle. »

Mrs Canning ouvrit les yeux, le temps de décocher à la fenêtre un regard haineux. Puis, sa vitalité faiblissant, elle scruta le visage de Betsy.

« Dites-moi… Comment ça va… »

Elle haletait.

« Je ne peux pas parler. Épuisée. Parlez, vous…

— Je… dit Betsy, je…

— Ces chaises, vous les avez achetées ? »

Betsy se tourna vers Alec qui murmura :

« Launceston Place. »

C'était leur première maison. Elle se souvint soudain de ces chaises de salle à manger, qu'elle avait refusé d'acheter parce que Mrs Canning voulait l'y obliger.

« Oui, oui, dit-elle très vite. Je les ai achetées, en fin de compte. »

Un faible sourire apparut sur le visage hâve.

« Mais vous… il ne faut pas… trop en faire, ma chérie. Pas bon pour vous. Monter et descendre les escaliers. Attendez ! Quand j'irai mieux… J'aiderai… »

Betsy était enceinte de Kenneth à l'époque où

ils s'étaient installés à Launceston Place. Elle ne se retourna pas vers Alec.

« Je fais très attention à moi, promit-elle.

— C'est bien... m'inquiétais pour vous. Je me réjouis tellement... suis si heureuse... j'y pense tout le temps. Dites-moi... et les papiers peints ? »

Betsy fit un effort de mémoire. Tout cela était si vieux. Ils n'étaient mariés que depuis quelques mois et n'étaient pas restés longtemps à Launceston Place, parce que la guerre avait éclaté, qu'Alec était parti et qu'elle était allée chez ses parents, à Oxford. Quatre années de leur jeunesse ainsi perdues, des années de terreur et de chaos qui, à l'époque, avaient semblé sans fin, mais qui, rétrospectivement, devenaient curieusement superficielles et insignifiantes. Elle n'avait pas vécu, tout ce temps-là, elle était simplement restée à attendre que la guerre prenne fin. Et Launceston Place, à l'autre extrémité de ce terrible souterrain, appartenait à un monde disparu. Elle avait oublié les papiers peints ; elle ne se rappelait que la nouveauté, l'excitation d'avoir sa maison à elle, les luttes avec Mrs Canning, les nausées, Alec rentrant le soir et la trouvant couverte de poussière, le rayonnement, la chaleur de leur amour, la certitude de posséder le temps, le temps devant eux, la certitude que la vie leur serait douce.

« Blanc et vert pour ma chambre. »

Lui était revenue, soudain, la chambre où Ken était né, où elle s'était réveillée pour l'entendre pleurer, pleurer, pleurer, et se demander d'où cela venait.

Mrs Canning referma les yeux. Elle sembla dériver loin d'eux pendant quelques instants. La garde tricotait, faisant cliqueter doucement ses aiguilles. Betsy se retourna à demi vers Alec, en se demandant si elle pouvait partir à présent.

Mais une voix, plus forte et beaucoup plus coupante, les fit tressaillir :

« Oui. Je voulais vous voir. Où est Alec ?

— Ici, mère, je suis ici. »

Il se rapprocha de Betsy. Les yeux de sa mère étaient écarquillés, le regard effaré.

« Betsy est arrivée ? Ah oui. Henrietta Hewitt est venue ce matin. Elle disait que vous vous étiez disputés. Je ne peux pas m'en occuper en ce moment. Vous ne devriez pas me donner ce genre de soucis alors que je suis si malade. Ce n'est pas gentil. »

Elle essaya de se redresser, sous le coup de l'excitation. L'infirmière accourut.

« Allons, chère Mrs Canning...

— Débarrassez-moi donc de cette bonne femme ! Elle m'énerve ! Ce n'est pas gentil. C'est ta faute, Alec. Tu dois t'occuper de Betsy et essayer de la comprendre. Un mari... devrait être aux petits soins pour sa femme. Elle est très bête... une femme très bête... mais elle t'aime beaucoup.

— Oui, mère. Tout va bien. Vraiment...

— Je me suis fait tant de mauvais sang. J'en étais malade. Je pensais que c'était ma faute... Parce que j'avais dit quelque chose. Il y avait quelque chose... Mais ce n'est pas vrai, n'est-ce pas ? Elle n'est pas partie, si ?

— Non, non, chère mère. Regarde ! Elle est là... elle est venue te voir.

— Ah ! oui... elle aurait pu venir plus tôt. J'ai droit à des égards. »

Son excitation retomba.

« Je ne peux pas m'en occuper maintenant. Je suis épuisée, murmura-t-elle en fermant de nouveau les yeux. Sers-lui du thé... du thé, mon chéri. Elle doit être fatiguée, la pauvre petite. Je ne la reverrai pas... avant de repartir à Drummond Dale. »

Betsy se pencha pour l'embrasser et murmura au revoir, mais Mrs Canning ne sembla pas l'entendre.

Dans le couloir, les larmes, longtemps retenues, ruisselèrent sur ses joues. Alec lui posa le bras sur les épaules et la fit descendre dans le salon, s'efforçant de la consoler, lui répétant qu'elle avait été bien gentille de venir.

Après de si longues années, après une éternité de vide et de lutte contre des ombres, elle était de nouveau dans ses bras. Il la fit asseoir sur le sofa et la serra contre son cœur jusqu'à ce qu'elle ait arrêté de pleurer et se repose, rassérénée, dans la lueur obscure de l'âtre. Ils demeurèrent un long moment assis dans le silence, n'osant ni bouger ni parler. Ils s'étaient retrouvés, ils étaient ensemble. Le resteraient tant que durerait cet instant.

Le lent tic-tac de la pendule, dans l'escalier, était une menace.

Alors elle soupira, attristée :

« Je regrette d'avoir été... méchante avec elle.

— Je sais.

— Tout cela paraît si futile maintenant.

— Non.

— Oh, Alec ! Qu'est-ce qu'on a fait ? Comment avons-nous pu en arriver là ? Nous avions perdu la tête, ou quoi ?

— Oui.

— On n'aurait jamais dû. C'est ma faute.

— C'est la mienne. »

L'instant était passé et elle voulut l'entendre prendre les devants. Il ne le fit pas et déjà ils s'éloignaient l'un de l'autre. La panique s'empara de Betsy.

« Nous ne pourrons donc pas... », chuchota-t-elle.

Le silence se fit entre deux tic-tac de la pendule, avant qu'il réponde :

« Non, c'est complètement impossible. »

Il l'écarta doucement de lui et se leva.

« Complètement impossible, répéta-t-il. Nous avons... d'autres devoirs.

— Tu veux dire... Joy ? Tu ne crois pas que ça lui serait égal ?

— Nous sommes mariés, à présent. Et elle fait de son mieux. C'est quelqu'un de bien. Elle se donne beaucoup de peine. Elle a accueilli Eliza avec une grande générosité. Au début, elle ne voulait pas. Mais elle s'est raisonnée... Elle a fait des efforts. Je ne peux pas l'abandonner dans ces conditions. Moi aussi, je dois faire de mon mieux.

— Mais je ne peux pas rester sans personne, Alec ! Je ne peux pas ! Je suis si seule.

— Épouse Max...

— Je ne trouverai jamais le bonheur avec lui. J'aurais toujours l'impression d'être ta femme et non la sienne.

— Ma chérie, il va falloir te décider.

— Tu en parles comme si ça ne te concernait pas.

— Mais ça ne me concerne pas, dit-il avec un lourd soupir. Ça ne doit pas me concerner. »

Ils étaient maintenant à des lieues l'un de l'autre. Elle se leva vivement et s'avança vers lui, sachant pourtant que c'était inutile.

« Alec ! Oh, Alec.

— Il faut que tu partes, maintenant, ma chérie. Je dois retourner auprès de ma mère.

— Le moment est donc venu... de nous séparer ?

— Oui, je crois.
— Alors, adieu.
— Adieu, Betsy. Dieu te bénisse. Essaie de... de... »

Essaie d'être heureuse, voulut-il dire, mais sa langue remplaça heureuse par courageuse.

« Et puis... Épouse Max... Il prendra soin de toi. C'est vrai, ce que tu dis : il faut que tu retrouves quelqu'un. Ne lui cache rien. Il comprendra. Et... Et fais de ton mieux pour lui.

— Oui, dit-elle, d'un ton indifférent, oui. »

Après qu'elle fut partie, il revint vers la fenêtre et regarda les lambeaux de nuage galoper par-dessus les cheminées. Le vent, venu du Nord impitoyable, engloutissait le pays, tempêtait à travers bois, faisait tourbillonner la fumée au-dessus des villes et des campagnes. Il n'y avait ni repos ni paix pour personne. Même l'allumeur de réverbères, grimpant la rue d'un pas vacillant, pouvait à peine lui tenir tête. Il s'en voulut d'avoir dû renvoyer Betsy dans de telles intempéries.

Mais elle n'est pas plus seule, se disait-il, qu'aucun de nous. On ne peut jamais atteindre l'esprit de l'autre. Nous sommes seuls.

Et soudain, sans qu'il sache pourquoi, la rue venteuse laissa place à une vision de verte prairie, de pommiers en fleur, d'êtres joyeux déambulant au grand soleil. Ce souvenir n'était pas à lui. Il n'avait jamais vécu cela. Un esprit, qui n'était pas le sien, l'avait apporté, un esprit errant, libéré des chaînes de l'espace et du temps. Mais il était imprégné d'une telle paix, d'un tel ravissement, qu'il comprit aussitôt de quel *lieu* il s'agissait.

Là, pensait-il, nous serons heureux. Nous y avons été heureux... Ce lieu est là et nous y retournons...

La vision avait disparu et il resta seul dans la pièce, de plus en plus sombre. Maggie passa la tête dans l'embrasure. Elle tourna l'interrupteur, si bien que le jour au-dehors prit soudain fin et que la nuit s'empara des fenêtres.

« Oh ! Monsieur, je croyais que vous étiez en haut !

— J'y vais, Maggie. »

Il regagna la chambre assoupie. Un calme définitif et profond y régnait.

« Elle décline doucement, Mr Canning, murmura l'infirmière. Nous ferions mieux d'envoyer chercher le docteur. Je crois qu'elle ne se réveillera pas.

— Elle vous a dit autre chose... après que nous sommes sortis ? Elle m'a demandé ?

— Non, elle a seulement souri et murmuré quelques mots. Elle divaguait. Elle a parlé d'un pommier... »

Quatrième partie

L'ŒUVRE DU TEMPS

Kenneth

C'est au fond d'un petit vallon somnolent, entre deux rangées de collines, que se niche le village d'Abbott's Markham. Une grande route qui file vers l'ouest longe la chaîne la plus basse. Un chemin de campagne, étroit et sinueux, en descend jusqu'à un petit pont à l'arche abrupte, puis remonte de l'autre côté une longue rue en pierres des Cotswolds, aux teintes chaudes. Les ruines d'une belle abbaye parsèment les prairies du bord de la rivière. Mais ce n'est pas pour elles que tant d'automobiles quittent la grand-route pour dévaler l'allée et franchir le petit pont. Elles se rendent à Raven Inn, auberge vieille de quatre siècles et tenue par le fameux Bruce Blackett, réputé de Harbin à Capetown pour ses exploits aériens, jusqu'au jour où un grave accident, le privant d'un bras, lui fit changer de métier. Les voyageurs en route vers l'ouest s'arrêtent déjeuner à Raven Inn en espérant l'apercevoir : ils en ont rarement la chance, car il passe l'essentiel de son temps à la cuisine, où il apprend aux jeunes filles de la région à clarifier les consommés. C'est un cuisinier inspiré, et il ne tient cette auberge que pour assouvir sa passion.

Il y avait déjà une rangée d'autos dans la rue lorsque Beddoes franchit le pont, un soir d'août, de sorte qu'il eut du mal à garer sa voiture. Il aurait fallu remonter jusqu'à la petite place autour de l'église, ce qui était trop lui demander. Il la laissa au milieu de la route, devant les capots d'autres voitures. De ses trois compagnons, Kenneth fut le seul à protester.

« Tu ne peux pas te garer ici. Les autres ne pourront pas repartir. Et tu bloques la chaussée. »

Beddoes n'écouta pas. Hastings et McCrae, assis derrière, échangèrent un grand sourire. Depuis le départ de Londres, le jeune Canning cherchait les ennuis ; il allait les trouver s'il n'y prenait garde. C'était le benjamin du groupe, mais il semblait penser que sa relation particulière avec Beddoes, qui les régalait, l'autorisait à les mener à la baguette. L'une des principales joies de leur voyage était de le faire tourner en bourrique. Quand Beddoes les avait invités en Cornouailles, il leur avait fait comprendre que son petit camarade en serait désagréablement surpris, car l'expédition lui avait été présentée comme un *tête-à-tête**. La grimace de Kenneth lorsqu'il les avait aperçus dans la voiture les avait fait pleurer de rire, et ils avaient trouvé un grand plaisir à inventer les raisons les plus absurdes pour l'empêcher de conduire.

Ce n'étaient pas des garçons de St Clere. Ils avaient rencontré Beddoes à Saint-Moritz et continué de le fréquenter à Londres, pendant les vacances de Pâques. Ils étaient plus âgés d'un ou deux ans, mais n'avaient pas d'argent ; or lui n'en manquait pas, et ils étaient prêts à le laisser mener leur barque aussi longtemps qu'ils y trouveraient un avantage. Il aimait s'entourer d'une foule de pique-assiette. Ils s'entendaient tous très bien.

« Nous serons obligés de nous lever en plein repas pour la garer ailleurs, protestait Ken.

— Eh bien, ça te fera une occasion de conduire, dit McCrae. Ce n'est pas ce que tu réclames depuis ce matin ?

— N'y compte pas !

— Tais-toi et rapplique », dit Beddoes.

Ils sortirent de la voiture, firent claquer violemment les quatre portières, troublant le silence assoupi de la rue. Beddoes entra en conquérant dans l'auberge, suivi de ses admirateurs ; Kenneth, morose, fermait la marche. Ce fut une véritable invasion. Ils inspectèrent les lieux d'un regard méprisant, rudoyèrent le serveur et consentirent enfin à ce qu'on leur attribue une table. Ils étaient à peine assis que tous les convives présents – et la salle était plein – les trouvaient déjà détestables.

La prédiction de Kenneth se réalisa avant la fin du repas. Un garçon survint et s'adressa non sans nervosité à Beddoes, qui avait commandé les plats et semblait être le chef du groupe. Aurait-il l'amabilité de déplacer sa voiture, car un autre monsieur désirait partir ? Beddoes feignit de n'avoir rien entendu. Il se servit du fromage, impassible, comme si le serveur n'avait pas existé. Hastings et McCrae suivirent son exemple. Mais Kenneth ne put s'empêcher de dire :

« Je te l'avais bien dit. »

À ces mots, le serveur se tourna vers lui.

« Ce monsieur veut partir, monsieur. Il attend.

— Ce n'est pas ma voiture », dit Kenneth en rougissant.

Beddoes sembla alors se rendre compte de la présence du garçon et lui demanda d'apporter du cresson, s'ils en avaient. L'homme eut un moment d'hésitation et partit chercher son patron.

« Il va falloir que tu la bouges », dit Kenneth.

Hastings et McCrae prenaient les paris : Kenneth irait-il, oui ou non ?

« Ce n'est pas moi qui l'ai garée là-bas. C'est Beddoes. C'est son affaire.

— Tu feras ce qu'on te dit, bonhomme.

— Ça reste à voir ! Ce garçon se laisse diriger, mais non contraindre. »

Beddoes s'était abstenu de tout commentaire. Il continuait à manger du fromage, avec, cependant, une lueur mauvaise dans le regard. Bientôt Bruce Blackett fit son apparition et un certain émoi se répandit dans la salle. Les convives, à toutes les tables, se retournèrent pour regarder le sec et vigoureux Blackett s'approcher de la table désignée par le garçon. Les jeunes gens odieux n'avaient rien de nouveau pour Blackett ; cela faisait partie du métier. Il eut tôt fait de juger le quatuor. Il remarqua les lèvres brutales de Beddoes, les boutons de McCrae et les cernes sombres sous les yeux de Kenneth.

« Je crains, dit-il aimablement, qu'il ne vous faille déplacer votre voiture. »

Un silence suivit. Pas un bruit dans la salle ; tout le monde attendait. Beddoes essaya, très brièvement, de traiter Blackett comme il avait traité le garçon. Mais il manquait de volonté. Son hautaine vacuité s'effondra sous les assauts silencieux d'une personnalité plus puissante que la sienne. Il dut croiser le regard de Blackett.

« Quoi ? répliqua-t-il.

— Vous m'avez très bien entendu », dit Blackett.

Beddoes se tourna vers Hastings avec un haussement d'épaules.

« Que dit-il ?

— Il... Il faut déplacer la voiture, bredouilla Hastings.

— Ah ? »

Beddoes dévisagea de nouveau Blackett.

« Pourquoi ?

— Parce qu'à l'endroit où elle se trouve, elle gêne tout le monde.

— Vraiment ? Vous tenez une auberge, et vos clients ne peuvent pas se garer devant.

— Pas s'ils gênent tous les autres.

— Nous la déplacerons après le repas.

— Non, vous allez la déplacer tout de suite. Si vous refusez, j'en référerai à la police, pour obstruction de la voie publique. »

Beddoes lança un regard à Kenneth.

« Allez, file ! » lui dit-il.

Toute la salle regardait Kenneth. Écarlate, suffoquant de rage, il obtempéra. En sortant, il entendit McCrae ricaner.

Dans la rue, un attroupement furibond s'était formé autour de la voiture de Beddoes. Dès que Kenneth apparut, les gens fondirent sur lui, exaspérés : comment avait-il pu se garer dans un endroit pareil ? Il était désormais le bouc émissaire, concentrant sur sa personne l'animosité que s'était attirée la bande. Sans un mot, il s'installa au volant et tenta de tirer l'auto de son encombrant emplacement. La tâche aurait semblé difficile aux meilleurs conducteurs, car un gros camion, descendu de la colline, patientait pour passer ; il n'y avait plus assez d'espace sur la chaussée pour tourner. Or Kenneth était un médiocre automobiliste. Il fit grincer la boîte de vitesses, gronder le moteur, passa la marche arrière ; avança puis recula, grimpa sur le trottoir et heurta les autres véhicules. Son incompétence s'exhibait, manifeste, à tous ces passants furieux et hautains. Bruce Blackett, auquel il vouait un culte depuis des années et devant lequel, plus que tout autre, il aurait souhaité se montrer sous un jour honorable, ne manqua pas une seconde de ce spectacle.

Après cinq minutes qui en parurent cinquante, la voiture était plus mal garée que jamais. Blackett dut venir à sa rescousse. Il écarta de la main les témoins excités, qui hurlaient tous à Kenneth des recommandations contradictoires, et s'installa à la place du jeune homme. Maniant le volant de son unique bras, il régla la situation en moins de soixante secondes. Le camion les longea à faible allure et les automobilistes indignés eurent enfin la voie libre. Blackett redescendit de voiture sans un mot ni un regard pour Kenneth et repartait vers l'auberge quand le garçon le héla :

« Je suis navré des ennuis que nous vous avons causés, monsieur. Ce n'était vraiment pas un endroit pour garer une voiture. »

Il y avait un peu de savoir-vivre là-dedans. Blackett hocha la tête. Dans la voix de Kenneth, dans sa manière de l'appeler monsieur, filtrait quelque chose de sa honte et de sa mortification.

« C'est vous qui l'aviez garée là ?
— Non. »

Il y avait tant de choses dans cet unique mot que Blackett hésita un moment, peut-être sur le point d'en dire davantage. Mais ce n'était pas son affaire. Il hocha de nouveau la tête et rentra dans l'auberge. Avant de retourner aux fourneaux, il alla dans son bureau et nota le numéro de la voiture de Beddoes. Il procédait ainsi chaque fois qu'un client motorisé se montrait importun.

Kenneth ne revint pas à l'auberge. Y retourner, affronter les moqueries des trois autres lui serait intolérable. Il partit au hasard, remonta la rue du village. Le ciel avait changé pendant le repas. Le soleil s'était couché mais ses dernières lueurs s'attardaient sur les murs de pierre et sur les jardins des petites maisons, comme si son legs de chaleur n'avait pas été complètement dépensé.

Un chemin de labour menait entre des talus mousseux de persil sauvage jusqu'à la rivière, au fond de la vallée. Tout était si paisible ici, si calme qu'il pouvait entendre, à une centaine de mètres en contrebas, l'eau murmurer sur son lit de cailloux peu profond. Les ruines de l'abbaye se répandaient en désordre sous les ormes. Et bien que le ciel soit encore baigné de lumière, il y avait de l'obscurité dans l'air ; la nuit s'y distillait goutte à goutte, au fil des minutes. Le crépuscule s'amassait sous les arbres, et rampait comme une brume vers la crête d'or qui couronnait la vallée.

Kenneth s'assit sur une pierre, près de la rivière murmurante, et se prit le visage à deux mains. Ses joues ne brûlaient plus, mais son cœur défaillait. La fatigue de la journée l'accablait, le vacarme et la puanteur du voyage, les vexations et les désillusions.

Il ne voulait pas aller en Cornouailles. Ce serait tout le temps la même horrible chanson ; ils ne cesseraient de le traiter comme un chien. Mais il n'avait nulle part où aller. Sa mère avait épousé Max St Mullins et ils étaient partis à Genève, assister à Dieu sait quelle conférence. Ils avaient proposé de les emmener, Daphne et lui, mais il avait refusé. Il ne voulait pas non plus passer l'été à Hornwood, qu'il n'avait aucune envie de considérer comme son foyer. Il n'avait pas d'autre option que les Cornouailles avec Beddoes qu'il haïssait, qui le traitait comme un chien.

Comment avait-il pu se livrer si complètement à quelqu'un qu'il détestait ? Il n'avait jamais eu de réelle affection pour Beddoes ; pourtant, dans les premiers mois, il avait ressenti une étrange excitation, une obsession nerveuse qui lui avait tenu lieu d'affection. Et sa complaisance envers lui-même à cette époque était telle qu'il s'était plu à se croire entraîné vers le mal, livré au démon par un monde qui l'avait malmené. C'était en grande partie une pose. Car bien qu'il ait trouvé plaisir à cette attraction malsaine, il avait toujours pensé pourvoir s'en défaire à sa guise. La certitude de ne pas s'être trop engagé, de pouvoir briser le lien quand il le souhaiterait, avait rendu cette étrange relation plus stimulante encore. Il avait l'impression de jouer un jeu dangereux.

L'emprise d'une nature forte sur une nature plus faible peut s'étendre sans qu'on en prenne conscience. Lentement, imperceptiblement, comme affaiblie par une drogue, sa volonté avait été épuisée et viciée. Il savait à présent qu'il ne pouvait plus s'échapper. Pourtant, à l'instar des opiomanes, il comptait encore sur les circonstances pour lui rendre sa liberté sans effort de sa part. Il rêvait de se réveiller quelque beau matin, guéri.

Il avait de l'argent sur lui et aurait pu sans difficulté rentrer à Londres sur-le-champ. La gare était à moins de cinq kilomètres. Pendant un moment, il envisagea la chose, non pas comme une fuite, mais comme un défi, une manière d'impressionner son bourreau. Il lui montrerait qu'il ne se laisserait pas traiter ainsi – tel un moins que rien, tel un chien. Beddoes lui courrait après, lui demanderait pardon. Il y aurait des éclats de voix, mais pas de rupture. Il pourrait mettre en scène une dispute et revendiquer une indépendance purement imaginaire.

Ils sauraient tous les deux, cependant, que Ken reviendrait au premier coup de sifflet. Où qu'il aille, ses chaînes le suivraient.

Il resta là pendant que le crépuscule se répandait, la tête dans les mains, jusqu'à ce qu'un hurlement dans les ruines vienne perturber la vallée tranquille. C'était Beddoes, à ses trousses. Ken ne répondit pas et resta où il était.

Beddoes ne tarda pas à faire son apparition et demanda en jurant, furibond, à quel jeu Kenneth jouait.

« On aurait dû décamper sans toi, ça t'aurait donné une bonne leçon. Il est plus de neuf heures.

— Partez, répondit Kenneth d'un ton qu'il espérait ferme et détaché. Ça m'est égal. Je rentre à Londres.

— Oh, boucle-la, et rapplique !

— Non. J'en ai assez. Pourquoi était-ce à moi de déplacer ta fichue voiture ?

— Je ne t'ai rien demandé. Personne ne t'a forcé.

— Tu me débectes. Je ne veux plus te voir. Partez sans moi.

— Ah oui ? »

Quand Beddoes se mettait en colère, il devenait affable, presque jovial, comme si son esprit s'était libéré d'un fardeau.

« Qu'est-ce que tu vas faire ? demanda-t-il avec allégresse.

— Je resterai ici.

— Ah, très bien ! Parfait ! Oui, tu resteras là, jusqu'à ce qu'ils te trouvent, demain matin. »

Il avait poussé Kenneth à terre et le maintint sous son genou, en lui tordant les bras derrière le dos.

« Tu veux que je t'attache ? Cette écharpe fera l'affaire pour tes bras, et ta cravate pour les chevilles. Ne t'en fais pas, pour rester, tu vas rester. »

Kenneth se tortillait, le souffle court, mordant l'herbe. Il était terrifié : trop terrifié pour se défendre vraiment, ou pour réfléchir au fait qu'une écharpe et une cravate ne font pas des liens très solides. Beddoes l'avait déjà attaché et il ne voulait pas revivre ça. La bouche remplie de terre, il se confondit en implorations, en excuses.

« Ne fais pas ça, Beddoes ! Non ! Ce n'est pas ce que je voulais dire... Une blague... je blaguais... Non ! Ne fais pas ça... Lâche-moi ! Je viendrai, je suis désolé. C'était une blague...

— Ça aussi, c'est une blague », marmonna Beddoes.

Puis, soudain, il se redressa, l'oreille tendue, sans libérer sa victime à terre. Quelqu'un venait vers eux, sur le chemin de la rivière.

« Beddoes...

— Chut ! Debout ! »

Kenneth fut remis brutalement sur ses pieds

et traîné par le bras, en hâte, jusqu'au sommet de la colline, entre les fourrés de persil sauvage.

La rue était déserte et il y avait des lumières à quelques fenêtres des maisons. Elles avaient une apparence douce et amicale. Kenneth aurait voulu être quelqu'un d'autre, un garçon qui aurait vécu là, dans une de ces maisons, entre ces murs protecteurs, une vie bien différente.

McCrae et Hastings traînaient autour de la voiture, à présent la seule garée devant Raven Inn. Ils ne firent aucun commentaire mais fixèrent curieusement les deux autres, qui accouraient vers eux. Bruce Blackett les surveillait, du seuil de l'auberge, juste au-delà de la grande flaque de lumière de leurs phares.

« Monte, fit Beddoes d'un ton bref. Vous deux, derrière. Canning peut conduire. »

De nouveau, la rue silencieuse retentit du claquement des portières et du vrombissement de leur départ tandis qu'ils s'engouffraient dans la nuit tombante.

Blackett regarda virer leurs phares lorsqu'ils eurent dépassé le petit pont. Kenneth avait pris le virage beaucoup trop vite. Ce gamin conduit comme un pied, songea-t-il. Je me demande combien de morts ils vont causer d'ici demain matin.

Mark

La même nuit, un peu plus tard, une jeune domestique qui rentrait chez elle à vélo, après être allée au cinéma à Salisbury, fut renversée et tuée par une automobile qui ne s'arrêta pas. Sa sœur, à quelques mètres devant elle, entendit un cri et vit l'auto la doubler à vive allure, mais n'eut pas le temps de prendre son numéro. Il lui avait semblé que c'était une grande automobile décapotable, avec plusieurs hommes à bord. La police enquêta. Une voiture répondant à ce signalement s'était arrêtée à la sortie de Salisbury pour prendre de l'essence et l'employé qui s'en était occupé pensait pouvoir identifier ses occupants. Ils étaient quatre ; il avait remarqué le conducteur, parce qu'il n'avait guère l'air plus âgé qu'un lycéen ; c'était visiblement le plus jeune de la bande.

Les journaux publièrent un récit succinct de l'accident le lendemain matin. Bruce Blackett le lut, réfléchit quelques instants puis chercha le numéro de la voiture dans son carnet. Il téléphona dans l'après-midi à la police.

Mark Hannay, à présent caporal d'active dans l'artillerie, et demeurant à la garnison de la plaine de Salisbury, le lut aussi. Il lui vint immédiatement, automatiquement, une vision de Kenneth et de Beddoes. Aucune raison à cela, si ce n'est que c'était exactement le genre de méfaits qu'on pouvait leur imputer. Cette image s'imposa avec tant d'insistance qu'il en fut troublé. Il aurait bien aimé savoir où se trouvait Kenneth, pour s'assurer de la fausseté de son pressentiment. C'était absurde de prendre au sérieux une idée aussi irraisonnée, mais il ne parvint pas à s'en débarrasser. L'image revint le hanter à plusieurs reprises durant sa matinée pourtant bien occupée.

Il était monté, avec trois recrues nouvellement arrivées du dépôt, au sommet d'une colline à six ou sept kilomètres du camp. Ils avaient pour tâche de choisir une position d'artillerie et de dresser une carte du terrain à portée de leur tir. Mark dut s'en charger, les novices n'ayant jusqu'ici rien entrepris de semblable. On leur avait appris les principes de la cartographie, mais cela n'avait apparemment pas laissé la moindre trace dans leurs esprits – esprits si différents, du reste, que Mark était obligé de parler à chacun son langage.

Pour le premier, né et élevé dans les taudis de Rotherhithe, la campagne qui s'étendait sous leurs yeux était aussi étrange, aussi peu familière que les montagnes de la lune. Elle ne lui parlait pas du tout. Il maniait bien le crayon, mieux que les trois autres, mais il ne faisait pas la différence entre un peuplier et un chêne, entre une meule de foin et une crèche à maïs. Et il n'était pas d'accord avec Mark sur l'usage de la boussole, en dépit des instructions qu'ils avaient reçues à ce sujet. On lui avait appris, disait-il, que le nord se trouvait toujours en haut d'une carte ; les points cardinaux devaient, par conséquent, s'arranger d'eux-mêmes quelle que soit la direction à laquelle il faisait face.

Le deuxième, Smith, jeune braconnier au teint bistre qui venait des Fens, à demi bohémien, à en juger par sa physionomie, remarquait plus de choses que n'en verrait jamais Mark. À sept kilomètres de distance, il distinguait un champ d'avoine d'un champ d'orge ; il ne perdait jamais le nord, même sans boussole, et n'avait pas besoin de montre pour connaître l'heure. Il était extrêmement intelligent. Mais traduire ce qu'il voyait et savait par des traits sur une feuille de papier lui était impossible, et son idée de l'espace se mêlait constamment à son idée du temps. Tel endroit était loin s'il fallait du temps pour y arriver, et proche quand on s'y rendait vite. Un kilomètre de bonne route était à ses pieds bien plus court que la même distance en champs labourés et en clôtures ; il fallait l'indiquer sur la carte comme plus court. Son idée des échelles était fantaisiste.

Quant au troisième, impossible de l'intéresser aux cartes et à leur conception. Il s'appelait Lambourne et c'était la risée de la batterie. Mark n'en connaissait rien d'autre avant cette expérience, pendant laquelle il s'avéra que Lambourne se prenait pour un archéologue et qu'il considérait cette expédition comme une excellente occasion de ramasser des éclats de silex – des pointes de flèche, déclara-t-il.

Mark débattit avec chacun d'eux tour à tour et, en lui-même, de l'improbabilité de trouver Kenneth en Angleterre à cette époque de l'année. Beddoes et lui étaient, scénario bien plus probable, en train de renverser des piétons en Espagne ou en Hongrie.

« Demande à n'importe qui d'un peu éduqué, répéta Lambourne, et il te dira la même chose. Tu serais surpris de savoir ce qu'on peut apprendre grâce aux pierres. Certains n'y voient que des cailloux, d'autres toute une histoire. Alors tu sais, ce bout de silex, il a l'air de rien, comme ça...

— Très bien, dit Mark, très bien. Smithers va se pointer dans une minute ; tu verras ça avec lui. »

Smithers, l'officier qui les supervisait, était au pied de la colline. Il n'allait pas tarder à surgir sur sa moto, pour voir où ils en étaient.

(Et pour ce que j'en sais, songeait Mark, il n'est peut-être plus du tout avec Beddoes. Ça fait un an que je n'ai pas de leurs nouvelles. Beddoes a peut-être fini par le lâcher.)

« Smithers y connaîtrait rien, dit Lambourne avec hauteur. Quand je dis une personne éduquée, je veux dire une personne qu'a étudié ça. Y avait un vieux monsieur pour qui je travaillais, Mr Pusey, qu'en connaissait un rayon. Y m'emmenait sur la route de Wantage et on creusait pour trouver des friches… Non, t'as pas le droit de dire ça, réprimanda-t-il Smith, qui s'était permis d'émettre une remarque sévère sur l'intelligence et la moralité de Mr Pusey. Il était peut-être vieux, mais il était pas bête, et il était pas non plus…

— Assez ! dit Mark. On devrait déjà être à Clandon Spinney à l'heure qu'il est !

— Très juste, approuva le cockney, qui venait de tourner lentement avec sa boussole et l'avait posée en tournant le N vers le haut de sa carte. Devait pas être clair du ciboulot s'y confondait les flèches et les friches. À son âge, en plus !

— Mais bien sûr qu'il connaissait la différence ! J'ai jamais dit f…

— Ce n'est pas le nord ! tempêta Mark. Regarde l'aiguille, elle pointe dans l'autre sens.

— Ah ça, fit Harris avec mépris, elle est coincée ou je n'sais quoi. Elle est pas nette, elle non plus. Elle indique toujours l'ouest. »

La réponse de Mark fut vigoureuse, mais quelque peu hors sujet, et Harris, qui avait un joli talent d'imitateur, bêla plaintivement : « T'as pas le droit de dire ça. »

Lambourne était si bien imité que Mark et Smith éclatèrent de rire.

« Mais comment arriver à Clandon Spinney ? demanda Mark au braconnier. En continuant par le haut, et en descendant plus tard ? Il n'y a pas de chemin, et on ne passera jamais dans les labours, avec nos bicyclettes. »

Smith n'avait pas son pareil pour courir à travers champs. Il savait toujours où se trouvaient les barrières et où serpentaient les chemins. Il parcourut les champs en contrebas de ses yeux noirs, et rendit un verdict de sa voix étrangement douce.

« On descend par là. Tu vois cette ferme, tout près ? Il y en a une autre, regarde, à peu près à une demi-heure vers le nord-ouest. Là, il y a un chemin sur lequel on peut rouler à bicyclette.

— Je ne vois pas de chemin.

— Il y en a un, mais tu ne le vois pas. Regarde, là, il y a une double haie. »

Mark regarda, scrutant l'étendue lumineuse des champs, des bois et des fermes, le cœur gonflé de joie parce que le soleil était chaud et la journée belle. Il appréciait beaucoup la vie de la garnison ; il avait commencé à l'aimer dès qu'il avait appris à la supporter. Pendant les premiers mois, il avait souffert sans relâche d'un mélange d'anxiété, de méfiance et d'effort. Il était comme celui qui apprend à rouler à bicyclette, à patiner ou à pratiquer tout art exigeant un équilibre, un ajustement instinctif. Tout était si nouveau, les pièges qui l'entouraient si inattendus qu'il n'avait pu s'autoriser la moindre détente. Il avait tout le temps conscience de cette réalité : il n'était plus le major de St Clere, mais un simple soldat d'artillerie. Et même s'il ne commit aucune erreur grave, même s'il donna l'apparence de trouver très vite sa place, il ne put prendre aucun plaisir tant que ses nerfs restaient à ce point tendus. Puis, comme un patineur, il comprit soudain le truc. Le sens de l'équilibre et l'élan lui vinrent naturellement et il put s'oublier.

À présent, il éprouvait souvent une sorte de satisfaction mentale qui lui était nouvelle. C'était comme s'il avait mené jusqu'ici deux existences, l'une de la pensée, l'autre du sentiment, et que tous les chocs de la vie avaient eu en lui un écho double, qui ne sonnait jamais entièrement juste. Rien ne lui était jamais arrivé complètement. Il avait souvent connu le plaisir, mais dépourvu de cette concentration qui constitue la condition principale de la jouissance, et qui vient plus naturellement à ceux qui ne réfléchissent pas.

Il regarda dans la direction indiquée par Smith et aperçut alors un chemin qui passait entre deux groupes de bâtiments. Son œil distingua tout ce qui devait être vu : les moutons sur les pentes crayeuses, en contrebas, deux hommes et une charrette dans un champ de navets, une rangée de saules traversant les prairies et indiquant probablement un ruisseau, un brusque éclair sur une route, lumière du soleil reflétée par une automobile invisible. Et à près de deux kilomètres, une silhouette infime qui se mouvait lentement à travers champs sur un étroit chemin, entre deux clôtures. À cette distance, ç'aurait pu être un homme ou une femme ; et cependant, l'espace d'un bref moment, il eut la certitude que c'était Kenneth. C'était ainsi que Kenneth s'était traîné dans le paysage de son esprit toute la matinée. Il se trouva idiot, et chassa cette pensée ; malgré tout, il décida de prendre au plus tôt des nouvelles de Kenneth. Qu'il y ait ou non quelque chose derrière cette idée fixe, il ne serait pas tranquille tant qu'il n'en aurait pas la certitude.

C'était bien Kenneth ; il cherchait Mark et se dirigeait tant bien que mal vers la garnison. Il y parvint au milieu de l'après-midi. Lorsqu'il demanda le caporal Hannay, la sentinelle postée à l'entrée le renvoya au sergent de garde, qui lui indiqua les baraquements de la batterie de Mark. Il s'entretint avec un grand nombre de jeunes gens qui, dans l'état d'épuisement et de confusion où il se trouvait, lui parurent aussi semblables que les boutons de leur tunique. Ils avaient tous l'air d'avoir le même âge, la même taille, avaient tous le teint rougeaud, les épaules larges, l'allure commune et placide. Il en vit bientôt un autre sortir d'un baraquement en finissant d'enfiler sa tunique.

« Hello ! » dit le soldat, et c'était Mark.

Il avait tellement changé que Kenneth ne put qu'écarquiller les yeux.

« Qu'est-ce qui se passe ? » demanda Mark.

Un simple coup d'œil au visage de Kenneth le convainquit que toute autre entrée en matière serait une perte de temps.

« Il y a un endroit ici où on peut parler en privé ? »

C'était la première chose qu'il avait prévu de demander à Mark en le voyant, et c'est ce qu'il fit même si le Mark qu'il cherchait n'existait plus.

Mark regarda le long de l'esplanade. Il n'y avait pas grand monde dans cette longue allée. Personne n'entendrait leur conversation. Mais quelques soldats sur le seuil des huttes pouvaient les voir et Kenneth avait une drôle d'allure.

« Allons sur le terrain de jeux, dit Mark. Il n'y a pas de match. On sera sans doute seuls.

— Non, marmonna Kenneth. Quelque part à l'intérieur.

— Alors entrons un moment. Tout le monde est sorti. Moi-même, j'allais sortir. Si tu veux bien m'attendre, on peut aller faire un tour ensemble, d'ailleurs. Où tu veux. »

Kenneth le suivit à l'intérieur de la baraque, déserte en effet, à l'exception de Lambourne qui arrangeait sa collection de silex dans une boîte posée devant son lit pliant. Mark s'assit devant une table et rassembla quelques papiers qui y gisaient en désordre.

« Laisse-moi juste terminer quelque chose. Des notes sur lesquelles je travaillais. J'en ai pour une minute. »

Il se pencha sur sa carte, les sourcils froncés.

Kenneth s'assit sur une caisse, près des lits, et le scruta d'un œil intrigué, essayant de comprendre la raison d'un tel changement. Ce ne pouvait pas être seulement l'effet de l'uniforme. Il s'était produit quelque chose dans tout son corps, qui paraissait bien plus compact. Il parlait de manière moins animée et se mouvait avec plus de précision. Son visage était moins expressif et son regard plus observateur. Il était devenu, semblait-il, moins grand, plus épais et, finit par se dire Kenneth, plus ordinaire.

Lambourne, ayant rangé les silex dans sa boîte, sortit en sifflant doucement *Annie Laurie*. Dès qu'ils furent seuls, Kenneth n'y tint plus :

« Je suis dans un horrible pétrin, Mark. Personne ne doit me voir. Il va falloir faire attention, si vous voulons sortir. La... La police me cherche.

— Mmm, fit Mark, occupé à écrire.

— Il faudrait que je quitte le pays.

— Très bien. J'ai presque fini. On pourra prendre ma moto.

— Tu as ça ? Tu as une moto ?

— Mmm !

— Tu peux quitter le camp ? Tu as une permission ?

— J'ai quartier libre pour le reste de la journée. Chut, vieux. Il faut que je me concentre. »

Kenneth retrouva espoir, malgré la migraine aveuglante qui transformait toutes ses sensations, toutes les images et tous les sons en autant de supplices. Si Mark avait une moto, peut-être pourraient-ils filer vers Southampton. Il voulait se rendre sur la côte, mais il avait eu peur de prendre le train, de se retrouver dans la foule. Une fois à Southampton il trouverait à embarquer...

« Tu as une mine de déterré, dit Mark en pliant ses papiers. Viens à la cantine prendre un café avant qu'on y aille. »

Mais Kenneth secoua la tête avec une violence qui lui fit courir des pulsations erratiques et douloureuses tout le long de l'échine.

« Tu ne m'as pas écouté. Tu as terminé ta paperasse ? La police est à mes trousses. Il faut que je me débrouille pour quitter l'Angleterre. Je veux que tu me déposes le plus près possible de Southampton... Ils vont surveiller les gares. Je dois m'enfuir, parce que personne ne va me croire. Il y a trois témoins...

— Ne parle pas de ça ici. N'importe qui peut entrer. Je suis prêt. Viens. »

En se dirigeant vers le hangar à moto, Mark s'enquit d'Eliza.

« Elle va bien, je crois. Je ne l'ai pas vue depuis Noël. Elle vit avec mon père, maintenant, pas loin de Devizes.

— Devizes !

— Oui. Pandy Madoc a été vendu. Il a acheté une maison dans le Wiltshire.

— Mais Devizes, c'est à quarante kilomètres d'ici, à peine.

— Ah ? C'est possible.

— Pourquoi… commença Mark avant de se raviser et de demander des nouvelles de leur mère.

— Elle s'est remariée.

— C'est ce qu'on m'a dit. Comment va-t-elle ?

— Très bien.

— Où est-elle ?

— À Genève, avec… son mari…

— Je vois. »

Mark l'emmena à cinq ou six kilomètres vers le sud, jusqu'à un endroit où un bosquet de hêtres répandait son ombre sur la chaussée en pente douce. Il coupa le moteur et dit qu'ils pouvaient parler. Mais Kenneth, brûlant d'arriver à Southampton, protesta contre ce délai. Il refusa de s'asseoir sur l'herbe, sous les arbres, près de Mark, et resta debout sur la route, guettant, dans les deux directions, le moindre indice de poursuite.

« Je n'ai rien d'autre à dire, déclara-t-il. Sauf que je dois quitter l'Angleterre.

— Si tu ne me racontes pas tout, je n'irai pas plus loin, répondit Mark. Qu'est-ce que tu as fait ?

— Rien. Je n'ai rien fait.

— Alors, pourquoi la police...

— Ils ne vont pas me croire. Ils pensent que j'ai fait quelque chose, mais ce n'est pas moi.

— De quoi t'accusent-ils ? »

Kenneth resta dans la lumière aveuglante de la route, et continua à secouer la tête.

« Ça a quelque chose à voir, reprit Mark, se fiant à son instinct, avec cette voiture qui a tué une jeune fille, et qui ne s'est pas arrêtée ? »

Le coup porta. Kenneth fit volte-face, frénétique.

« Bon sang ! Comment le sais-tu ?

— C'était dans les journaux, ce matin.

— Vraiment ? Oh, Seigneur ! Alors ils savent que c'est nous. Ils disent que c'était moi ?

— Non, non. Ils n'ont pas encore retrouvé la voiture. Tu conduisais ?

— Non. Je te le jure, ce n'était pas moi. J'étais au volant juste avant, quand on s'est arrêtés prendre de l'essence. Ensuite j'ai été malade et Beddoes m'a remplacé. Mais tout le monde croira que c'était moi. Je conduisais quand on s'est arrêtés pour de l'essence. On m'a également vu au volant à Abbot's Markham quand on a eu des soucis pour se garer. Oui, tout le monde m'a vu. C'est fichu.

— Tu dis que Beddoes conduisait ?

— Quand nous l'avons renversée, oui ! Je te le jure. Et il n'a pas voulu s'arrêter. Je l'ai supplié de s'arrêter. Je lui disais, ils vont nous retrouver, c'est certain. Mais il n'a pas voulu. Et les autres…

— C'était qui, les autres ?

— Hastings et McCrae. Tu ne les connais pas. Ce ne sont pas des types de l'école. Des amis à lui. Ils m'ont dit de me taire. Alors je lui ai dit, bon, tu seras bien obligé de t'arrêter à un moment, et là, j'irai voir la police. Je ne veux pas qu'on me mette ça sur le dos. Et alors Beddoes a dit… Mark, quand je te dis que c'était lui qui conduisait, tu me crois, hein ?

— Bien sûr. Il t'a menacé de dire que c'était toi ?

— Oui, oui ! Et les autres l'ont soutenu. Ils ont dit que si je le dénonçais à la police, ils jureraient tous que c'était moi. Personne ne me croira. J'ai trois témoins contre moi. Et il y a tous les gens qui m'ont vu au volant. Je suis fini, c'est ça ?

— Je n'en sais rien. Qu'est-ce qu'il s'est passé, ensuite ?

— Ça peut être considéré comme un meurtre ? C'est ce qu'ils font parfois, non ? Surtout quand le conducteur ne s'est pas arrêté.

— Je ne crois pas. Dis-moi ce qu'il s'est passé ensuite.

— On a continué à se disputer, et à se disputer, et j'ai dit qu'ils nous rattraperaient, de toute façon, parce que notre numéro avait été relevé à Abbott's Markham. Alors Beddoes s'est mis dans une rage noire, il a arrêté la voiture, il m'a flanqué dehors et il est reparti. »

Quelque chose de la détresse qu'il avait alors éprouvée sembla le reprendre et il se laissa tomber sans force sur l'herbe, à côté de Mark.

« Je ne savais pas quoi faire, reprit-il d'une voix lasse et monocorde. J'ai commencé à repartir dans l'autre sens sur la route. J'ai marché presque toute la nuit, en me reposant de temps en temps. Plus j'y pensais, et plus j'avais peur. Je n'ai pas osé aller à la police. Je ne savais plus quoi faire. Beddoes était... affreux, il m'a fait peur.

— Comment es-tu arrivé jusqu'ici ?

— Je voulais quitter le pays avant qu'ils identifient la voiture. Le soleil s'est levé et j'ai continué à marcher, en faisant des pauses et en réfléchissant. Je ne savais plus à qui demander de l'aide. Puis je me suis rendu compte que j'étais sur la plaine de Salisbury, et je me suis souvenu que ta garnison se trouvait dans les environs. Alors, je suis parti à ta recherche. Je me suis dit que tu me trouverais un déguisement. Voilà. »

Mark mâchonna un brin d'herbe et regarda sa montre.

« Voilà, répéta Kenneth. On ne ferait pas mieux de continuer ?

— Je ne suis pas certain, dit Mark d'une voix lente, de savoir quelle est la meilleure décision à prendre.

— Tu vas m'emmener sur la côte ? Mark ! Mark ! Ne me laisse pas tomber. Tu m'as promis...

— Ne sois pas idiot. Ils te rattraperont, et c'est là que ça se gâtera vraiment pour toi, si tu veux mon avis. Non, on a le choix entre deux choses. Soit on va tout de suite au poste de police de Salisbury...

— Mark ! Non ! Je refuse de...

— Soit je t'emmène chez ton père, s'il est vraiment à Devizes. C'est la meilleure solution. Il faut que tu puisses au plus vite bénéficier d'une protection, de quelqu'un qui te conseille. Je ne pense pas que Beddoes et compagnie se cramponneront à leur histoire quand les choses deviendront sérieuses. Ils bluffaient, ils essayaient de te faire assez peur pour que tu ne dises rien. Mais ils tenteront peut-être le coup. Tu dois entrer en contact avec tes parents le plus vite possible.

— Il n'est plus responsable de moi.

— Mais tu dis que ta mère est à l'étranger. Il te faudra plus de temps pour la joindre.

— Il n'est plus responsable de moi. Je ne l'ai pas vu depuis deux ans. Je ne veux plus entendre parler de lui.

— C'est absurde. Moi, ça me paraît la meilleure solution. La seule chose qui m'inquiète, c'est que plus tu retardes ta confrontation avec la police, plus tu aggraves ton cas. Et plus leur témoignage aura l'air vraisemblable. Tu aurais dû y aller à la première heure ce matin... enfin, trop tard maintenant. Le plus important, c'est de réparer ça et de leur donner ta version des faits avant que les autres ne soient retrouvés et interrogés.

— Je ne veux pas aller à la police et je ne veux pas aller chez mon père. C'est non. Je ne suis pas venu te demander conseil. Je suis venu pour que tu m'aides. Si tu ne veux pas, je me débrouillerai tout seul. »

Mark ne répondit pas. Il continua, en silence, à jauger les deux possibilités. S'ils allaient à Salisbury, Kenneth serait peut-être jeté en prison. Le pauvre garçon paraissait tellement affolé et dans un tel état de nerfs que cela pourrait bien lui faire perdre la raison et le pousser à des déclarations absurdes.

« Tu n'as pas l'air de t'en rendre compte, mais je vais peut-être finir au bout d'une corde à cause de toi, déclara Kenneth, au comble de l'excitation.

— Ah...! dit Mark en se levant. Allez, viens! On file chez ton père.

— Tu ne m'obligeras pas à me rendre chez lui.

— C'est ça, ou la police !

— Non.

— Dans ce cas-là, c'est moi qui irai.

— Toi ? Tu iras ? Espèce de... »

Kenneth se rua sur lui avec un hurlement de rage. Mais il était si faible, si chancelant qu'il ne put que lui décocher quelques coups de poing sans force ; lorsque Mark le repoussa, il tomba sur l'herbe, l'insulte aux lèvres.

« C'est ça, haleta-t-il, va voir la police. Va ! Mais quand tu reviendras, je ne serai plus là. Tu ne me retrouveras pas vivant.

— Je ne te lâcherai pas d'une semelle, dit Mark, imperturbable. Tiens, voilà une auto qui arrive vers nous. Je vais leur demander de transmettre un message à la police de Salisbury. C'est ce que je ferai si tu ne veux pas aller chez ton père.

— Je préfère te retrouver en enfer !

— Parfait. »

Mark s'avança vers la route, prêt à héler la voiture qui approchait. Kenneth le rappela.

« Bon. Je me rends. J'irai à Devizes.

— Parfait », répéta Mark en redescendant vers les arbres.

Quand la voiture fut passée, il ajouta :

« Amène-toi. Et attention, hein ? Pas de mauvaise blague en route. N'essaie pas de sauter en marche, ou une ânerie du genre. À la première incartade, je t'emmène au poste.

— Tu me le paieras. »

Le démarrage fut le moment le plus pénible. L'idée de se lancer sur la route avec un fou furieux agrippé à sa taille ne plaisait guère à Mark, et il s'attendait presque à recevoir un coup sur la tête au moment de partir. Une fois sur la chaussée, il irait si vite que Kenneth aurait trop peur de passer à l'action. En enfourchant la moto, il lâcha quelques mots par-dessus son épaule.

« C'est affreux, pour St Clere, hein ?

— Quoi ? chevrota une voix dans son dos.

— Ah, c'est vrai que tu n'as pas pu voir ça. Ils en parlaient aussi dans les journaux, ce matin, dit Mark en démarrant.

— Quoi ? Que s'est-il passé ?

— L'école a brûlé.

— Brûlé ? St Clere ? »

Mark lui hurla quelques détails d'un ton allègre tandis qu'ils s'élançaient sur la chaussée. Kenneth le bombarda de questions auxquelles il fallut bien répondre dès qu'ils ralentissaient.

Alec

Il avait été décidé à l'époque du divorce que Well Walk et tout ce qui s'y trouvait reviendrait à Betsy et qu'Alec garderait Pandy Madoc. Si bien qu'Alec et Joy pensaient, en emménageant dans leur nouvelle maison, près de Devizes, qu'ils disposeraient de tous les meubles nécessaires. Pandy Madoc avait été vendu plus tôt dans l'année et son contenu avait été déposé dans un garde-meuble. C'était avant qu'Eliza, à l'esprit si pratique, ait rejoint la famille de son père. Si elle avait présidé à cette opération, elle aurait demandé un inventaire des meubles avant leur dépôt, qu'ils sachent sur quel pied danser. Mais Alec était trop paresseux et Joy trop irresponsable pour songer à ce genre de chose.

L'arrivée du mobilier les plongea dans la perplexité. Il y avait à peine de quoi meubler une chaumière d'ouvrier agricole. Car Betsy, au cours de l'automne où sa fureur était au paroxysme, avait étiqueté comme lui revenant tous les objets sur lesquels elle prétendait avoir ne serait-ce que l'ombre d'un droit. Et Mrs Trotter, qui lui avait prêté main-forte, lui avait subrepticement attribué, par le même truchement, tout ce qui, à son avis, devait échapper à Alec. Un grand nombre de ces objets auraient été des cadeaux de mariage destinés à Betsy, et ceux qui ne l'étaient pas avaient prétendument été achetés avec son argent à elle. Alec avait tout oublié et, si sa mémoire avait été meilleure, il n'aurait rien disputé à Betsy. Mais il fut désagréablement surpris de constater que sa part consistait essentiellement en tasses sans soucoupes, en brocs sans bassines, en lits sans matelas, en chaises de cuisine et en tables de chevet.

Il fut atterré par les dépouilles de cette querelle depuis longtemps éteinte. Et tous les cœurs à Mill House s'emplirent d'une condamnation muette à l'encontre de Betsy. Joy, Eliza et les Merrick furent scandalisés par cette preuve de mesquinerie et de malveillance, et Alec ne put la défendre. Pas plus qu'il ne pouvait nier qu'elle avait voulu le blesser ; mais il savait que ce n'était plus le cas et il souffrit de la voir ainsi accusée par des gens qui ne l'aimaient pas, ou ne la comprenaient pas.

L'emménagement à Mill House eut donc lieu dans un désespoir total. Loin de marquer le début d'une nouvelle existence, cela fut le dernier chapitre de la précédente. Il fallut acheter de nouveaux meubles en hâte, et comme il n'y avait ni vraie concorde ni harmonie des esprits entre eux trois, chacun se mit au travail suivant ses propres aspirations. Une déférence polie envers les désirs des deux autres restant de règle pendant ces premières semaines, il n'y eut aucune unité de plan.

Alec comptait commander tout ce dont il avait besoin chez Maple et payer quand il aurait de l'argent. Eliza prônait la plus grande économie. La réfection de Mill House avait été très coûteuse et elle proposait de camper pendant quelque temps, avec le strict minimum de chaises, de tables et de lits, en attendant qu'ils aient les moyens de se meubler convenablement. Joy, souhaitant devenir une vraie ménagère, ne jurait que par les vieux meubles dénichés dans les petites boutiques. Peu à peu la maison regorgea de suites somptueuses commandées par Alec, de tabourets vermoulus et de coffres de mariage branlants choisis par Joy, de transats, de lits de camp et de meubles en rotin sélectionnés par Eliza.

Le point de saturation avait été atteint lorsque trois voitures de déménagement se présentèrent devant Mill House, contenant tout le butin de Pandy Madoc et nombre d'objets venant de Well Walk. Betsy venait seulement d'apprendre ce qui s'était passé et s'en était désolée. Ce dernier fruit de sa fureur l'avait déconcertée tout autant qu'Alec. L'humeur dans laquelle elle avait fait le tour de Pandy Madoc avec ses étiquettes avait si totalement disparu qu'elle refusait de reconnaître qu'elle en avait été la proie. Et puis, elle ne voulait pas de ces meubles. Très peu d'entre eux auraient convenu au standing de Hornwood.

Tous ces objets et meubles furent déversés sur la pelouse parce qu'il n'y avait plus de place dans la maison. Alec y lança un regard, poussa un gémissement sonore et annonça qu'il partait une semaine chez Johnnie Graham. Il se fichait bien du sort de ces babioles, et ses femmes pouvaient en disposer à leur guise.

Il partit. Lorsqu'il revint, il trouva la maison sous le joug de la dictature. Elle avait belle apparence, en effet ; les meubles de Pandy Madoc et de Well Walk avaient été répartis avec goût et praticité dans toutes les pièces principales. Mill House disposait heureusement d'une vaste grange, ancienne dépendance du vieux moulin ; on y avait entassé tout ce qu'Eliza et lui avaient acheté. Les trésors de Joy semblaient s'être entièrement volatilisés. Ils étaient trop piqués aux vers pour pouvoir côtoyer leurs semblables sans danger.

Tout cela avait été supervisé par Eliza, et ce fut elle, désormais, qui gouverna la famille. Dénouement inévitable, puisque, des trois, c'était elle qui avait, et de loin, la plus forte personnalité. Elle avait tenu à quitter l'école à Pâques pour les aider à déménager. Personne n'envisageait réellement qu'elle y retourne. Alec, qui ne se souciait que de pouvoir travailler en paix, lui avait donné carte blanche. Et les tentatives de Joy pour s'affirmer n'avaient guère de poids. Pendant le printemps puis l'été, Eliza progressa point par point jusqu'à une tyrannie complète. Elle tenait la maison, payait les factures, organisait les repas et semblait même se considérer comme responsable du bébé. Elle était si vive et si pragmatique qu'il aurait été difficile de la contrecarrer. Joy, paralysée par le désir de plaire à Alec et se noyant trop souvent dans l'incertitude, renonça bientôt à cette lutte inégale.

À chaque occasion, Eliza faisait tout bonnement en sorte que sa belle-mère s'absente, sorte de cette maison où elle ne subsistait qu'en tant que déplorable intruse. Ses méthodes étaient despotiques mais efficaces, et elle était passée maîtresse dans l'art d'inventer de menus bannissements. S'il y avait des courses à faire à Devizes, c'était Joy qui s'y rendait. La voiture l'y déposait et ne repartait la chercher qu'au bout d'un long moment. Elle avait ordre de rendre toutes les visites que leur faisaient les voisins dans un rayon de trente kilomètres ; plus tard, elle disputa tous les tournois de tennis organisés chez ces voisins. L'Institut du village était un autre lieu d'exil des plus opportuns. Joy ne tarda pas à constater qu'elle en était l'un des membres les plus actifs et Eliza la poussait sans relâche à suivre de nouveaux cours. Joy se rebiffait parfois, mais jamais bien longtemps.

Pendant que Mark et Kenneth luttaient sur la route, à l'ombre des hêtres, et que Beddoes, interpellé près de Helston, faisait ses premières déclarations à la police, Joy se plaignait : elle ne voulait pas apprendre à fabriquer des chapeaux en raphia.

« Mais Mrs Stevens t'attend, dit Eliza en tendant une tasse de thé à son père. Je lui ai dit que tu irais sans faute. On dînera à huit heures et demie.

— Je ne peux pas y aller ce soir. Helga a sa soirée. Je dois coucher Peter.

— Je m'en occuperai. Mrs Stevens m'a dit qu'ils comptaient sur toi.

— J'aurais préféré que tu ne leur dises rien.

— C'est que je croyais que tu irais. »

Joy regarda Alec, par habitude. Mais il semblait ne pas écouter. Elle ne savait pas vraiment quoi dire. Si Eliza voulait bien coucher Peter, plus rien ne l'empêchait d'aller à l'Institut. D'ailleurs elle aimait s'y rendre, et s'y entendre si souvent appelée Mrs Canning que son mariage lui semblait aussi solide que n'importe quel autre. Ce qu'elle n'aimait pas, c'était y aller à l'instigation d'Eliza.

« Je ne pense pas que j'irai, dit-elle, nerveuse.

— Alors préviens Mrs Stevens, parce qu'elle

voulait t'apporter des tas d'affiches, et elle se sera donné cette peine pour rien. »

Mrs Stevens n'avait pas le téléphone, ce dont Eliza la bénissait. Si Joy voulait lui faire savoir quelque chose, il fallait qu'elle aille la voir ; il lui faudrait à peu près une heure pour prendre sa décision, après quoi il serait trop tard.

« Tu crois que je dois y aller ? » dit Joy, s'adressant enfin directement à Alec.

Il fut obligé de s'extirper de la rêverie abstraite dans laquelle il s'était si astucieusement réfugié et lui demanda ce qu'elle voulait dire.

« Si tu n'as pas envie, n'y va pas, lui conseilla-t-il.

— Et pourquoi n'as-tu pas envie ? » demanda Eliza.

Joy, qui n'en avait pas d'idée très précise, se plaignit de ne pas avoir été consultée.

« Ah, gronda Eliza, alors, fais à ta guise ! »

Ce qui était une vaine exhortation. La pauvre Joy n'avait pas vraiment le choix, comme ils le savaient tous. Elle poussa un soupir, et ayant entendu Peter pleurer dans son parc, sur la pelouse, elle partit, le pas lourd, s'occuper de lui. Eliza sonna pour qu'on vienne débarrasser le thé et marmonna :

« C'est uniquement parce que ça vient de moi. »

Alec lui lança un bref regard.

Il avait déjà entendu dire cela, et presque sur

le même ton. Il avait entendu sa mère le dire, des centaines de fois, lorsque les gens ne se pliaient pas à ses bienveillantes manipulations. Eliza tenait ses tendances despotiques des deux côtés de sa famille.

« Je ne vois pas en quoi ça te regarde, dit-il sèchement. J'espère que Joy n'en fera effectivement qu'à sa guise. »

Eliza acquiesça d'un air indifférent et se mit à empiler les tasses sur le plateau. La réprimande paternelle ne la perturbait pas. Il disait parfois des choses de ce genre, et elle les acceptait comme une concession à la bienséance. Elle savait qu'il n'irait pas plus loin dans son soutien à Joy. Il ne la forcerait pas par exemple à se rendre elle-même au village expliquer à Mrs Stevens qu'elle s'était trompée. Il en aurait été incapable. Elle s'y serait opposée.

Pour lui imposer la moindre règle, il aurait fallu être de la même nature qu'elle, aussi jeune, aussi peu dégrossie, aussi impitoyable. Du reste, pareille conquête ne pourrait s'accomplir qu'au prix d'une grande véhémence de part et d'autre. Elle ne céderait rien, à moins d'être contrainte à la reddition sans conditions, et devrait sans doute être conquise avant d'être gouvernée.

« On dînera à huit heures et demie, dit-elle à la bonne venue chercher le plateau. Mrs Canning part à l'Institut. »

Elle ramassa quelques feuilles de rose tombées

d'une coupe et les mit dans la corbeille à papier. Puis elle lança à son père un coup d'œil qui lui suggérait de se remettre au travail. Elle chassa le chat d'un des fauteuils et secoua les coussins. Elle décocha un deuxième regard à Alec. Elle remit le journal en ordre et le plia soigneusement. Le troisième coup d'œil galvanisa Alec. Il fallait qu'il y aille, à présent, et qu'il travaille deux bonnes heures avant le dîner. Il travaillait à marche forcée, ces jours-ci, car il avait promis à Johnnie de finir le livret avant la fin août. Ce n'était que sa réticence innée à fournir le moindre effort qui le faisait rester au salon.

Il s'extirpa de son fauteuil et s'en fut dans son bureau, obéissant au regard d'une femme souveraine. Il en avait toujours été ainsi ; d'abord sa mère, puis Betsy et maintenant Eliza, qui l'avait pris en charge. Sans elles, il ne serait jamais arrivé à rien, n'aurait jamais rien accompli. Pendant la période où Joy avait seule tenu le gouvernail, il avait passé son temps à faire des mots croisés. Et il avait pris plus de douze kilos. Eliza était son salut.

Le manuscrit sur son bureau l'absorba immédiatement. Il s'attela à la tâche et put finir une scène importante avant six heures.

La pause qu'il s'accorda alors, avant de poursuivre, fut de celles où il ressentait le plus vivement les inconvénients de leur nouveau logis. Le mur sur la terrasse de Pandy Madoc, où il allait fumer sa pipe, lui manquait. À Hampstead, il avait sous les yeux tout Londres noyé de fumée. Il aimait rester à la fenêtre et regarder le paysage. Il aimait travailler avec une vue et, à Mill House, il n'en avait aucune. Il avait son vieux bureau, son fauteuil et ses livres, mais la fenêtre donnait sur une pelouse et sur des arbres. Il finirait sûrement par s'y habituer. Déjà, il s'en tracassait moins. Pourtant, cela le gênait encore quand il faisait une pause et, n'ayant plus de vue, il avait pris l'habitude de descendre à la rivière pour contempler les motifs tracés par le courant. Ces derniers constituaient un bon substitut aux horizons.

Il alluma une pipe et s'aventura sur la pelouse. Il y avait encore le parc du bébé et des chaises de jardin. Il faudrait que quelqu'un les plie et les range dans le salon d'été. Une femme s'en chargerait, tchou-tchoutante, avant la tombée de la nuit. Il ne lui venait jamais à l'idée de s'en occuper lui-même. Il se dirigea tranquillement vers les arbres qui bordaient la rivière.

Joy sortait de la maison avec un grand sac en cretonne rempli de bobines de raphia. Elle s'était à l'évidence décidée à se rendre à son cours et avançait, morose, vers le portail.

Elle ne pouvait plus guère être décrite comme une belle jeune femme. Jeunesse et beauté l'avaient désertée, telle une flamme éteinte. Ses cheveux blonds étaient raides, son visage pâle, ses traits tirés ; elle avait perdu toute combativité. Mais il s'était tellement habitué à cette transformation qu'il avait presque oublié la fille aux cheveux d'or, celle qui s'était avancée, bondissante, sur la bruyère, à Llyn Alyn, celle qui lui avait apporté ses sandales de bain et l'avait invité du regard.

Sans réfléchir, il recula sous les arbres, ne voulant pas la croiser. Mais elle l'avait vu. Elle s'arrêta un instant, puis reprit sa pénible progression. Elle s'arrêta de nouveau devant le portail. Peut-être se reposait-elle un moment, avant de monter la pente raide qui conduisait au village. Peut-être était-elle trop sotte pour comprendre à quel point sa présence était indésirable à Mill House.

Pauvre Joy, pensa-t-il, comme nous sommes odieux.

Car il savait, il savait parfaitement qu'elle était loin d'être aussi sotte que cela. Il émergea des arbres, feignant de ne l'avoir aperçue qu'à l'instant.

« Joy ! » appela-t-il.

Un salut lointain lui parvint du portail. Il traversa la pelouse pour la rejoindre.

« Alors, tu vas quand même à l'Institut ?

— Oui, dit-elle, il était trop tard pour envoyer un message.

— Tu veux mon bras, pour la montée ? »

Proposition qu'il déplora presque aussitôt.

Il aurait dû se remettre au travail. Il perdrait presque une heure dans cet aller et retour au village. Et la pourpre joyeuse aux joues de Joy donnait trop d'importance à cette concession. Elle lui demandait si peu, désormais, que la moindre de ses attentions était reçue dans un ravissement de gratitude béate, qui lui faisait regretter de n'en avoir pas donné plus. Mais il ne pouvait plus reculer. Il ouvrit le portail, lui prit son sac et lui offrit le bras. Il faisait chaud, sans un brin de vent ; ils se mirent à gravir le chemin, haletants, sans parler.

Il savait que la lassitude et l'inertie de Joy étaient causées par un effort épuisant de tous les instants. Chaque jour, à chaque heure, elle se contraignait à le laisser seul, à ne rien exiger, à mener sa propre vie à l'écart de la sienne. C'était pour lui qu'elle supportait Eliza. C'était pour lui qu'elle lisait des livres, qu'elle jouait au tennis, qu'elle apprenait à fabriquer des chapeaux en raphia. Il en était conscient, mais ne savait que faire pour l'aider. Ils avaient chacun leur épuisant fardeau à porter, sans pouvoir alléger celui de leur compagnon. Un jour, il lui avait demandé si elle voulait avoir un autre bébé. Mais elle avait dit non, et c'était sage de sa part, car elle n'avait jamais vraiment réussi à aimer celui qu'elle avait déjà.

Au sommet de la colline, là où la pente s'adoucissait, il chercha quelque chose à lui dire. Il lui demanda qu'elles étaient ces affiches promises par Mrs Stevens.

« C'est pour la paix, dit Joy. Pour la réunion de la semaine prochaine. Je lui ai dit que je les apporterais dans les fermes, et ailleurs, pour en mettre chez les gens.

— Ah ! La Société des nations ?

— Oh, non, répondit-elle avec mépris. Je ne lèverais pas le petit doigt pour la Société des Nations. Je suis contre.

— Ah bon, Joy ? Mais pourquoi ? »

Parce qu'elle n'était d'aucune utilité, répondit-elle. Son groupe prônait un désarmement unilatéral et complet. Il discuta un moment avec elle, mais il y a un seuil au-delà duquel l'idéalisme est invincible.

« Oui, disait-elle, si un autre pays nous attaque, nous devons nous laisser mourir. Ceux qui succombent pour une juste cause ne connaissent pas vraiment la défaite. Quand on meurt ainsi, on augmente la force morale du monde. Un seul martyr peut conquérir des milliers, des millions de personnes. Pense au Christ ! Pense à Jeanne d'Arc !

— Jeanne d'Arc était un bon soldat, tu sais. Avec elle, pas de désarmement.

— Elle en a fait plus pour le monde avec son martyre qu'avec toutes ses batailles. Il y a le bien, il y a le mal, et ils sont constamment en lutte dans ce monde. Celui qui ne pense qu'à son propre salut est dans le camp du mal. Mais si on est dans le camp du bien, alors il faut faire des sacrifices. Donner sa vie, même. Il y a des gens, des individus qui l'ont fait. Pourquoi pas une nation ?

— Mais c'est impossible, fut tout ce que put dire Alec.

— C'est ce qu'on expliquait aux chrétiens des origines, et ils ont conquis le monde.

— Pas le monde, juste l'Empire romain, qui s'est créé par la force, par ce que tu appelles le mal. On n'aurait jamais entendu parler d'eux en dehors de l'Asie mineure si saint Paul n'avait pas été un citoyen de Rome. Ils ne sont jamais allés en Orient, par exemple.

— Oh, mais le bouddhisme est tellement plus spirituel, déclara Joy.

— Plus spirituel que quoi ?

— Que le christianisme. En tout cas, si la seule chose qu'on peut faire pour le bien, c'est mourir, alors mourons. C'est donc si terriblement important que cela de rester en vie ? »

Il semblait à Alec qu'il avait déjà eu cette conversation avec quelqu'un et qu'il avait abandonné à ce moment précis, parce qu'il ne voulait pas se donner la peine de réfléchir à une réponse. Mais qui cela pouvait donc être ? Puis le souvenir lui revint. Il éclata de rire.

« Tu as déjà rencontré Max ? lui demanda-t-il.

— Lord St Mullins ? »

Elle parut surprise.

« Non, jamais. Pourquoi ?

— Tout simplement parce que vous faites la paire, tous les deux. Vous vous entendriez comme larrons en foire. »

Ils tournèrent dans la rue du village où des femmes, par groupes de deux et de trois, toutes portant des sacs pleins de raphia, se dirigeaient vers l'Institut. Il la quitta devant le portail et redescendit d'un pas nonchalant le sentier pour retrouver la quiétude et le confort de Mill House, qu'il consentait maintenant à considérer comme son foyer.

Il ressemblait à un convalescent qui, après une longue et terrible maladie, a oublié le sens des mots « pleine santé ». Sa vie était redevenue tellement plus supportable qu'il s'était résigné à ses imperfections. Il avait retrouvé son travail, renouvelé ses contacts avec le monde, et vivait, grâce à Eliza, dans une maisonnée en bon ordre. On n'exigerait sans doute plus rien de lui qui soit difficile ou épuisant ; il pourrait continuer de se laisser guider par la règle du moindre effort. Les grandes décisions morales faisaient partie du passé. Il avait, dans le chagrin et dans l'angoisse, refusé la proposition que lui avait faite Betsy de revenir, parce qu'il estimait les droits de Joy plus légitimes. Il avait sauté cet obstacle et n'avait plus besoin de se donner du mal. Eliza le ferait travailler tout en veillant à ce qu'il ne boive pas trop.

Johnnie et Susan viendraient les voir à la fin du mois. Ce serait agréable d'avoir, comme autrefois, une maison pleine d'amis. Bien des choses s'étaient perdues et abîmées, mais l'on pouvait encore produire une imitation très convaincante du passé. Seulement, il devrait penser à aller vérifier si le plongeoir au-dessus de la rivière était bien réparé, ce genre de détail ne pouvant être confié aux femmes.

Une moto était posée contre la clôture, près du portail, et il aperçut un soldat qui parlait à Eliza, sur la pelouse. Il fut surpris mais nullement troublé, ne craignit aucun assaut contre sa tranquillité. Eliza s'occuperait du soldat, quelle que soit la raison de sa venue. Elle préserverait toujours Alec des soucis de toutes sortes.

Il traversa la pelouse d'un pas assuré, se demandant pourquoi ce jeune homme lui semblait si familier et se préparant à partager leur amusement, si amusement il y avait. Mais tandis qu'il s'approchait d'eux, il fut saisi par un curieux pressentiment. Eliza paraissait agitée. Elle n'avait pas l'air de maîtriser la situation. À la vue d'Alec, elle se mit à courir vers lui en faisant de grands gestes. Et ses premiers mots étaient lourds de menace.

« Oh ! père ! Il faut faire quelque chose ! C'est urgent ! »

Dans le chaos des minutes qui suivirent et tandis qu'on lui racontait une histoire invraisemblable, qu'il essayait d'en démêler les détails et qu'il identifiait le jeune soldat, son auto-apitoiement prit nettement le dessus.

Oh ! Seigneur, Seigneur ! ne cessait-il de penser. Pas une seconde de paix ! Même pas maintenant...

S'il avait pu prier Eliza de s'en occuper, il l'aurait fait. Mais c'était impensable. Il allait, perspective effroyable, devoir passer à l'action. Il lui faudrait prendre des décisions, endosser des responsabilités, s'imposer... Et tout cela sans tarder. Il n'y avait pas un instant à perdre, ne cessaient-ils de répéter, et il comprit vite qu'ils disaient vrai. Eliza et Mark le dévisageaient avec anxiété. Malgré son désarroi, il fut quelque peu vexé du doute qu'il détectait dans leurs regards. Ces petits malappris se demandaient s'il serait à la hauteur. C'était excusable chez Eliza, mais très déplaisant de la part du jeune Hannay.

« Où est Kenneth ?

— Dans le salon, dit Eliza. Il est couché. Il a un horrible mal de crâne. Il ne voulait pas venir. Mark l'a presque traîné de force. Il a dû inventer une histoire d'incendie à St Clere pour le calmer pendant le voyage. »

Alec entra dans la maison. Mais il n'alla pas tout de suite dans le salon. Il se rendit d'abord dans la salle à manger où il se servit un double whisky et soda. Cela le revigora, mais pas autant qu'il l'avait espéré. Il se résolut alors à rejoindre

Kenneth, en songeant que tout cela le dépassait.

Kenneth était couché sur un canapé, les yeux fermés. Alec, à son chevet, le regardant ainsi étendu, vit tout ce que ces deux années avaient fait à son fils. Choc qui lui donna le stimulant dont il avait besoin, car il fut envahi par la colère et le vif désir d'avoir Beddoes devant lui. Il marmonna quelques jurons. Kenneth ouvrit les yeux, le regard vague, vit qui se trouvait là et fronça les sourcils.

« Ils m'ont expliqué ce qui s'était passé, dit Alec. Je suis content que tu sois venu. C'est une sale affaire.

— C'est Mark qui m'a fait venir, dit Kenneth. De force. Ne va pas croire que je serais venu de moi-même.

— Je m'en doute. Où est-il, ce Beddoes ?

— Je ne te dirai plus rien, ni à la police, ni à Mark, ni à personne. Il m'a trahi. Je ne lui aurais jamais rien dit si j'avais su qu'il me traiterait comme ça.

— Il faut que tu me répondes, Kenneth. Sans cela, je ne pourrai pas t'aider.

— Je ne veux pas de ton aide.

— La question n'est pas là. Qui t'entretient ? Qui paie tes études ?

— C'est mère.

— Grâce à un fonds que j'alimente. Étant ton père, il y a un certain nombre de choses que je suis tenu de te procurer, que tu le veuilles ou non, tant que tu seras mineur. Ce n'est pas toi qui décides.

— Tu n'es pas mon tuteur légal.

— Tu ne crois pas que ta mère, dans ces circonstances, te conseillerait de m'obéir ? »

Kenneth pouvait difficilement le nier. Aussi demanda-t-il, maussade :

« Qu'est-ce que tu veux ?

— Que tu me dises où je peux mettre la main sur ce Beddoes. Nous allons contacter la police au plus vite, et tu vas faire une déposition. Tu n'es pas en état d'y aller. Je vais leur téléphoner pour qu'ils viennent ici. Tu dois leur donner ta version et rester ici, au cas où ils auraient encore besoin de toi. Ensuite, j'irai voir ce Beddoes...

— Pas la peine. Il dira...

— Il ne dira rien, après m'avoir vu. »

Le visage et la voix de son père, en cet instant, rassurèrent infiniment Kenneth. Alec donnait une impression de véritable autorité et Kenneth savait que Beddoes s'écrasait devant plus fort que lui. Bruce Blackett lui avait rabattu le caquet en trente secondes.

« Il a peut-être déjà parlé. Ils ont peut-être retrouvé la voiture.

— Eh bien, il retirera ce qu'il a dit. Ou ses amis. Je les rencontrerai tous les trois, et je te prendrai un bon avocat. »

Après un moment d'hésitation, il demanda à son fils :

« Tu étais en Suède avec lui l'an dernier, je crois ?

— Ouais.

— Ce sera plus facile si je connais toute l'histoire, suggéra Alec, que certaines allusions de Mark avaient fait réfléchir.

— Mais tu la connais, l'histoire.

— Pas toute. »

Alec s'assit à l'autre bout du sofa.

« Pourquoi t'es-tu lié avec ce type ? Il m'a l'air d'un beau salaud.

— Je ne sais pas. Je n'ai pas le droit d'avoir des amis ?

— Tu le connais depuis un certain temps. Tu devais avoir compris qui il était. Non ? »

Le reste de l'histoire ne fut pas difficile à obtenir, car Kenneth avait baissé les armes. Il avait beau répondre par grognements et monosyllabes, Alec fut convaincu de sa sincérité.

« Tu as voulu t'en éloigner et tu t'es rendu compte que tu ne pouvais pas ?

— Oui.

— Je vois. Je vais m'occuper de lui.

— Tu dois penser que je suis un sale type ?

— Il y a de ça, j'en ai peur.

— Si c'est le cas, je le tiens de toi.

— Je pense aussi, dit Alec d'un ton grave. Nous sommes tous les deux des faibles. Nous

nous laissons dominer par plus forts que nous. C'est un sérieux défaut. Mais ça se soigne.

— Faible ! s'écria Kenneth, abasourdi. Toi ! »

Il en resta bouche bée. Jamais il n'avait considéré son père comme un être faible. Son imagination en avait dressé un portrait fort différent. Il s'était toujours représenté Alec comme un scélérat, audacieux et sans scrupule qui n'écoutait que son plaisir et ne se souciait pas des souffrances qu'il causait. Cette interprétation le rendait perplexe.

« La faiblesse, dit Alec, m'a joué des tours. J'ai toujours voulu bien faire, et toujours eu une idée précise de ce que je devais faire, mais j'ai rarement eu la force de caractère de m'y tenir s'il s'agissait de m'opposer à quelqu'un. Tu es jeune, et rien n'est joué pour toi. Si tu te reprends en main, tu as encore de l'espoir. »

Il se leva pour aller téléphoner à la police.

« Je ne pense pas que nous ayons la moindre ressemblance, déclara Kenneth. Je n'aurais jamais pensé que tu étais faible.

— Eh bien, reconsidère la question », dit Alec d'un air sombre en sortant du salon.

Eliza

Mark aida Eliza à rentrer les chaises et le parc à bébé qui traînaient sur la pelouse. Après la première volée de questions et de réponses et quand Mark eut dit tout ce qu'il savait des malheurs de Kenneth, ils se turent, n'ayant plus rien à se dire pendant un moment.

Mark était préoccupé, ne sachant comment se passait l'entrevue entre le père et le fils, ni s'il pouvait encore se rendre utile.

Pour Eliza, c'était la timidité et la consternation qui la rendaient muette. La métamorphose de son ami, que même Kenneth, dans sa détresse, avait perçue, l'accablait. Tout ce qu'elle avait admiré en lui semblait avoir disparu : son air de distinction, son arrogance, et même sa beauté. Elle le trouvait altéré, durci. Il lui souriait, très souvent, d'un air amical mais ce sourire était ce qu'il avait de plus déconcertant. Les rares sourires du Mark de naguère avaient été accordés avec une pleine conscience de leur valeur. Il n'avait jamais donné cette impression de simple cordialité.

Elle avait su qu'il était entré dans l'armée ; Kenneth le lui avait appris à Noël, ajoutant qu'il avait dû être piqué par on ne sait quelle mouche socialiste. Elle avait été intriguée et épatée à la fois ; elle y voyait un sacrifice romanesque et considérait Mark comme un saint, un héros qui devait faire immédiatement impression sur tous ceux qui le rencontraient. Il allait évoluer dans un monde qui lui serait, sans aucun doute, hostile, mais ne pourrait jamais le changer, ni entamer cette capacité qu'il avait de ne ressembler à personne. Parfois elle se figurait que ses compagnons le persécutaient, parfois qu'ils le vénéraient. Elle se représentait le mystère qui nimbait cette captivante jeune recrue, les conjectures des officiers, sa promotion rapide.

Or cette héroïque vision se trouvait pulvérisée par un jeune homme ordinaire et dégourdi, pourvu d'un aimable sourire et d'un bon visage rougeaud. Elle aurait voulu lui poser mille questions mais ne savait comment s'adresser à cet étranger. Sans compter qu'il était, à ses yeux, tout à fait adulte – un homme, plus du tout un garçon.

« Vous allez pouvoir garder Ken ? demanda-t-il lorsqu'ils eurent porté les chaises dans le salon d'été. Vous avez un lit pour lui, je veux dire ?

— Oh, oui. On a des tonnes de lits. Il y a trois chambres d'amis.

— Bon. Je vais y aller, alors. Il n'a plus besoin de moi.

— Oh ! » fit Eliza, éplorée.

Elle n'avait ni la force ni les mots pour le retenir. Elle se retourna pour ramasser un petit baluchon d'affaires qu'elle avait laissées par terre, dans le salon d'été. Il le ramassa à sa place et constata qu'il s'agissait d'un maillot de bain et d'une serviette.

« On peut se baigner, ici ? Où donc ?

— Dans la rivière. Juste au bout du jardin. J'y allais quand vous êtes arrivés, Ken et toi. »

La fulgurance d'un espoir la poussa à lui suggérer de venir se baigner, lui aussi. Rien ne pourrait lui faire plus plaisir, répondit-il. Il se sentait encore tout poisseux après le trajet à moto et il n'aimait rien tant que se baigner. Elle lui trouva une serviette et un maillot d'Alec, et le conduisit à la vieille cabine de bains sous les hêtres. La cabine sentait la moisissure, les corps humains et le limon : elle était divisée en deux petites stalles par une cloison ouverte.

Lorsqu'ils furent enfermés chacun dans sa cellule, la timidité d'Eliza disparut. Cette demi-solitude la rassurait, et maintenant qu'elle ne le voyait plus, elle parvenait à lui parler. Ils hurlaient par-dessus la cloison, la voix étouffée de temps à autre par les vêtements qu'ils retiraient. Elle le bombarda de questions.

« Tu aimes ça, l'armée ?

— Beaucoup ! Je m'y plais énormément.

— Je n'aurais pas cru.

— Moi non plus, je n'imaginais pas m'y trouver aussi bien.

— Qu'est-ce qui te plaît le plus ?

— Le travail. Certains des hommes avec qui je suis, cette vie… cette… »

Il passait sa chemise par-dessus sa tête et elle ne l'entendit plus.

« Cette quoi ?

— Cette liberté.

— Cette liberté ? Vraiment ?

— Je sais, ça a l'air curieux. Ce n'est pas facile à expliquer.

— J'aurais pensé que c'était plutôt une contrainte de vivre dans des quartiers aussi étroits avec des tas de gens.

— Ce n'est pas si différent de St Clere. Nous y menions une vie assez collective.

— Mais est-ce que… est-ce qu'ils… est-ce qu'ils ne te trouvent pas un peu… bizarre ?

— Je ne sais pas. C'est possible, mais si c'est le cas, ça ne m'ennuie pas du tout.

— Ils ne se fichent pas de toi ?

— Plus maintenant.

— Au début, oui ?

— Un peu. Certains n'aimaient pas mon

accent ; ils pensaient que je me donnais des airs. C'est forcé qu'il y ait dans une communauté des gens qui se méfient de ceux qui ne leur ressemblent pas. Il faut leur tenir tête, et ne pas perdre son calme. C'est pareil partout. Il faut affirmer son droit à être ce qu'on est. Si on a une particularité, quelle qu'elle soit, c'est plus dur.

— Mais la plupart te laissaient tranquille ?

— Oh, la plupart des gens sont tolérants tant qu'on se conduit bien. Ils ne prendront pas ta défense si tu te laisses mettre en boîte, mais ils ne viennent pas t'embêter si tu ne les embêtes pas. »

Il sortait de la cabine et la fin de sa réponse fut criée par-dessus son épaule. L'instant d'après, elle entendit un éclaboussement.

Lorsqu'elle sortit à son tour, il nageait à contre-courant dans le jour moucheté. Ses mèches noires lui retombaient, humides, sur les yeux, le faisant ressembler exactement au Mark avec lequel elle se baignait dans Llyn Alyn. Elle le rejoignit, abandonnant ses membres au courant qui les emporta bientôt au-delà du jardin.

« Le courant est plus fort qu'on le croirait, dit-il en s'accrochant à une branche.

— Oui. Le mieux, c'est de remonter aussi loin que possible. Jusqu'au coude. Après il y a trop d'herbes, c'est dangereux. Ensuite, on revient en se laissant flotter. »

C'est ce qu'ils firent avec ravissement pendant une demi-heure. Il n'était pas facile de remonter jusqu'au tournant, où un grand hêtre étalait ses multiples éventails de feuilles sur l'eau. Ils étaient récompensés de leurs efforts lorsque, couchés sur le dos et doucement tirés de l'ombre verte, ils redescendaient dans le soleil entre les prairies et les aulnes, jusqu'au jardin. Mark arrivait toujours au hêtre le premier, et il se retenait à une branche, le courant lui faisant une collerette autour du cou, jusqu'à ce qu'Eliza le rejoigne et qu'ils puissent se laisser porter ensemble.

« Tu parlais de liberté, lui dit-elle, au deuxième retour. Je ne comprends pas. Une liberté qui te dégage de tes responsabilités ?

— En partie, peut-être. Mais c'est davantage une sorte de liberté mentale qui vient de l'observation d'une discipline rigoureuse. On a l'esprit plus libre quand on n'a plus, ou presque, à décider des détails de son existence – ce qu'on fait, ce qu'on mange, avec qui on vit, et cetera. Ce qu'on ressent, ce qu'on pense, qui on est n'a pas d'importance. Pas de signification. On peut penser, ressentir, être à sa guise, le cœur léger. Frivole, même.

— Je ne comprends pas très bien. Dans ce cas, un domestique ou un esclave serait plus libre que son maître.

— C'est souvent vrai. Il n'a pas besoin de se prendre au sérieux. Quand on décide pour soi, nos choix ont une grande importance, parce que notre vie s'organise autour d'eux. On passe son temps à se poser des questions sur eux. On doit sans cesse faire des choix, prendre des décisions. Si on a mal aux dents, ça devient un problème. On en veut au monde entier. Quand un esclave a mal aux dents, il souffre, c'est tout. »

Le courant les avait ramenés au jardin et ils ne purent pas parler en le remontant à nouveau. Mais Eliza réfléchit à ce qu'il avait dit, et quand ils redescendirent, elle lui répondit :

« Alors, il vaudrait mieux qu'on soit tous esclaves.

— Pas tout à fait. Un esclave n'est pas soumis à une discipline, mais au caprice d'un autre, ce qui altère son amour-propre. Je t'ai dit que cette liberté était agréable. Je ne sais pas si elle est vraiment admirable. Il me semble qu'elle peut rendre l'esprit plus souple, mais la souplesse n'est pas la seule vertu. »

Ils finirent par sortir de l'eau et s'allongèrent sur la rive, au milieu des herbes hautes. Mark alla chercher des cigarettes dans la cabine et en fuma une. Mais il n'en offrit pas à Eliza et elle se sentit légèrement vexée de constater qu'il la prenait encore si manifestement pour une gamine.

« Tu m'en donnes une ? » demanda-t-elle en souriant.

Il eut l'air surpris, mais lui en tendit une et la

lui alluma sans rien dire. Elle eut la désagréable impression qu'il savait très bien que c'était sa première cigarette.

« D'accord, mais le fait d'être allé à St Clere, et tout ce que tu y as appris, constitue tout de même un avantage ?

— Oh oui, dit Mark en souriant. J'ai eu immédiatement des ennuis avec l'officier instructeur tellement mon écriture est illisible. Elle est pire encore que celle de Smith, qui sait à peine griffonner son nom.

— Mais... est-ce que... ça ne te manque pas, d'avoir de la compagnie sur le plan intellectuel ? Tu as quelqu'un avec qui parler ?

— Il y a un tas de types là-bas qui ont des façons de penser passionnantes, et plein de choses à dire. Bien sûr, aucun d'eux ne décrocherait une bourse pour Balliol, mais ce n'est qu'une manière d'évaluer les individus parmi d'autres. Et une manière un peu restrictive. Une des raisons... En fait, la raison principale pour laquelle je ne suis pas allé à l'université...

— Oui ? » le pressa Eliza.

Il se tut et se demanda pourquoi il lui parlait si librement. Depuis la conversation avec Parkin, sur River Cliff, il ne s'était jamais ouvert si entièrement à qui que ce soit. Mais il avait envie de lui confier cette raison. C'était une de ces pulsions frivoles auxquelles il pouvait se laisser aller, en homme libre.

« C'est que... mon éducation me préparait à jouir d'une certaine virtuosité mentale, à raisonner avec clarté, à examiner les preuves, à défendre des positions logiques. On m'a appris à considérer tous ceux qui n'étaient pas frappés du sceau de cette méthode comme des semi-incultes, des gens qui avaient du coton dans le cerveau. Une formation utile, à certains égards, mais... Dis-moi, Eliza, tu es sûre que ça a bon goût, les brins de tabac ? »

Rouge de confusion, Eliza enterra dans l'herbe les restes mutilés de sa première cigarette.

« ... mais complètement inutile, poursuivit-il, si on veut vraiment savoir ce que les autres pensent et comment ils sont arrivés à leurs conclusions. Ce n'est pas en glosant qu'on apprend quelque chose sur les gens. Quelle que soit la méthode par laquelle on est arrivé à une opinion, il faut comprendre les méthodes des autres si on veut les convaincre. On ne fera jamais changer quelqu'un d'avis en le ridiculisant. Il se braquera, c'est tout.

— Parce que tu veux ranger les gens à ton avis ? Sur quoi ? »

C'était la question de trop. Il répondit qu'il ne savait pas et lui demanda si elle avait une idée de l'heure.

« Je suis heureuse de voir que tu ne crois pas aux grandes discussions. J'ai l'impression que c'est tout ce qui compte, à St Clere. Tu te souviens quand tu as dit que les ruisseaux pouvaient couler vers l'amont, à Pandy Madoc ?

— J'ai dit ça, moi ? Quand ?

— Tu as oublié ? Vous vous étiez perdus, Ken et toi, et vous étiez remontés le long d'un ruisseau en espérant, je ne sais pas pourquoi, que vous arriveriez à la mer. Et quand je vous ai dit que l'eau ne grimpait pas les côtes, vous avez commencé à ergoter. Tout ce que je disais était *non sequitur*, mon moyen terme était ambigu… je me suis sentie tellement idiote que j'ai fini par admettre que les rivières peuvent couler vers l'amont. Mais je savais bien que non. Je me disais déjà que ces discussions étaient absurdes, que ça rendait les gens plus bêtes qu'intelligents. »

Il se mit à rire et se leva pour entrer dans la cabine. Elle craignait déjà de le voir partir. Elle demanda, très vite :

« Alors, tu es content d'être dans l'armée ? C'est ce que tu voulais ? »

Il réfléchit un instant en étirant les bras au-dessus de sa tête.

« Je ne m'attendais pas à m'y plaire autant. Je l'envisageais davantage comme une expérience. Qui me changerait. Et pourtant, non.

— Ah, mais si, tu as changé.

— Tu crois ? Comment ça ?

— Eh bien… Tu es plus… placide.

— Placide ? Quel drôle de mot !

— Je ne crois pas que ce soit le bon. Quoi

qu'il en soit, avant de l'avoir vécu, on ne peut pas savoir si on a eu telle ou telle expérience. Une vraie expérience, je veux dire. Ce n'est qu'à la fin qu'on se rend compte si ça nous a changé ou non. »

Il rit de nouveau et entra dans la cabine.

Elle ne l'imita pas immédiatement. Elle resta étendue, à mâchonner un brin d'herbe et à se demander ce qu'elle avait voulu dire par placide.

Elle commençait aussi à ressentir que cette très plaisante conversation manquait de quelque chose. Elle ne reprenait pas tout à fait là où s'était arrêtée la précédente, au cours de laquelle il lui avait dit qu'elle était une personne de premier ordre. Rien de ce qu'il lui avait dit à la rivière ne rappelait cette remarque pourtant essentielle, qui avait changé le cours de sa vie. Sa confiance en elle-même, tirée de la certitude d'être une personne de premier ordre, lui avait donné le courage de prendre des décisions douloureuses et l'avait soutenue dans son rôle de maîtresse de la maison de son père. Elle n'avait jamais douté que ses actions en la matière puissent être approuvées par Mark. Et elle se disait qu'il était temps d'entendre cette approbation exprimée de nouveau, comme pour créer un lien entre cette journée et leurs mémorables adieux devant la maison du directeur.

Car il avait changé. Peut-être jugeait-il à présent sur d'autres critères, et il était moins facile de deviner ce qu'il pensait. S'il ne la trouvait plus admirable, ce serait une catastrophe. Elle regretta d'avoir voulu faire l'intéressante avec cette cigarette. Il s'était peut-être fait une idée très fausse d'elle et puis, il n'avait pas pu entendre parler de toutes les bonnes choses qu'elle avait entreprises récemment. Avant qu'il ne reparte, il fallait, assurément, attirer son attention sur tout ce qu'elle avait subi et réussi, car elle mourrait, plutôt que de n'être pas certaine de son estime. Sa métamorphose, si métamorphose il y avait, ne changeait rien à cela.

Elle rentra dans la cabine.

« Tu sais que j'habite ici, maintenant ? cria-t-elle par-dessus la cloison en se dépêtrant de son maillot de bain.

— En permanence ? Tout le temps ? Tu n'es jamais chez ta mère ? »

Sa voix lui répondit avec un intérêt qui la rassura.

« Non, jamais. Elle peut se passer de moi, tu comprends, mais eux, c'est impossible. »

Il mit un certain temps à répondre. Il s'était assis sur le banc pour rouler ses bandes molletières, tâche dans laquelle il n'excellait pas. Elle resta là, toute nue, fixant, affligée, la cloison moisie qui les séparait. Bientôt, retentit une voix étouffée :

« Pourquoi ?

— Parce que je dois tout faire. Joy est d'une

nullité abyssale. Père ne mangerait pas si je n'étais pas là.

— Comment faisait-il avant ? Il mourait de faim ?

— Mais oui. Elle est complètement cruche.

— Et quand tu retourneras à l'école, qu'est-ce qu'il va se passer ?

— Oh, je ne vais plus à l'école. Ils ont trop besoin de moi.

— Ah, je vois ! Ça t'arrange. Tu as toujours détesté l'école. »

Elle tira sur son porte-jarretelles. Ça n'allait pas comme elle le voulait. Ses qualités de premier ordre avaient du mal à franchir la cloison. Après qu'elle eut fourni quelques autres exemples de ses luttes et de ses peines, elle l'entendit ouvrir la porte de sa stalle. Il sortait. Elle explosa d'indignation.

« Tu es sacrément égoïste ! Tu m'as raconté toutes tes histoires et au moment où je te raconte les miennes, tu pars !

— Mais tu n'as pas arrêté de me poser des questions. Et pourquoi attendre que je sois presque entièrement rhabillé pour me raconter l'histoire de ta vie ? Ça sent mauvais là-dedans, je ne veux pas y rester. Dépêche-toi de sortir et dis-moi tout ! »

Elle renfila rapidement bas et robe et sortit. L'aimable jeune inconnu vêtu de kaki l'attendait de nouveau au bord de la rivière.

« Eh bien ? » s'enquit-il gentiment.

Elle feignit de ne pas comprendre.

« Eh bien quoi ?

— Et toi, alors ?

— Oh, ça n'a rien de spécialement intéressant, j'imagine. »

Il se tut pendant quelques secondes. Tout ce qui concernait Eliza l'intéressait, même s'il n'avait jamais beaucoup pensé à elle. Quelque part, enfoui au fond de son cœur, gisait le germe d'un sentiment intense à son égard. Il ne le devinait qu'à demi et ne voulait pas le mettre au jour. Ce qu'ils seraient l'un pour l'autre était l'œuvre du temps. L'anticiper, c'était déprécier quelque chose qui pouvait devenir sérieux, essentiel.

Il fit mine de ne pas entendre son ton, mi-furieux, mi-provocateur, et poursuivit avec douceur :

« Si, justement. Raconte-moi tout ce qui t'est arrivé depuis... depuis que tu es entrée chez le directeur. »

Eliza se retourna immédiatement vers lui. Elle devint extrêmement pâle. Il se rappelait donc ses propres paroles ! Elle ne put dire un mot. Ils remontèrent en silence vers la maison, tête baissée, l'un et l'autre.

Sa pâleur, le regard étincelant qu'elle lui avait lancé bouleversèrent Mark. Il n'avait jamais pensé qu'elle puisse être consciente d'un lien particulier entre eux. Cette idée aurait dû n'appartenir qu'à lui seul, afin qu'il puisse l'explorer plus complètement, le moment venu. Jusqu'à ce qu'il se décide, Eliza n'avait aucun droit de rêver à cela. Elle était trop jeune. Ils étaient tous les deux trop jeunes.

Leur progression, lente, extatique, fut interrompue par Joy, qui traversait d'un pas lent la pelouse avec son sac de raphia et un énorme rouleau d'affiches. Eliza était trop égarée pour lui présenter Mark : il s'en chargea lui-même, rappelant à Joy qu'ils s'étaient rencontrés à Pandy Madoc.

« Ah ! fut toute la réaction de Joy.
— Ken est ici, dit Eliza, abrupte.
— Ken ? Pourquoi... comment... comment est-il venu ?
— Sur la moto de Mark. »

Joy poursuivit vers la maison et Eliza ajouta :
« Ne va pas au salon. Ken et père y sont ; il serait préférable de ne pas les déranger.
— Il s'est... Il s'est passé quelque chose ? demanda Joy.
— Oui, répondit Eliza d'un ton las ; des milliers de choses. Ken va rester ici. Tu pourrais peut-être leur demander de faire le lit dans... Non... il vaut mieux l'installer dans la petite chambre près de la tienne. »

Mark écoutait, impassible. Il se croyait de retour à Pandy Madoc. Joy continuait d'obéir docilement aux ordres non plus de Betsy mais d'Eliza, qui ressemblait un peu plus à sa mère à chaque minute qui passait, jusque dans sa manière de parler.

« Dis-leur aussi qu'il y aura deux couverts de plus à dîner. Tu vas rester, Mark, bien sûr ?

— Il faut que je rentre.

— Mais c'est pratiquement l'heure de dîner. Tu peux bien rester encore un peu, non ? »

Mark regarda Joy, qui ne dit rien. Elle resta simplement plantée là, l'air hagard, puis repartit d'un pas lourd vers la maison.

« Je pense que ça ne serait pas une bonne idée, dit-il, quand Joy fut hors de portée de leurs voix. Mrs Canning n'avait pas l'air enthousiaste.

— Joy ? Joy ! Elle ne penserait jamais à t'inviter.

— Raison de plus pour ne pas rester.

— Moi, je t'ai invité.

— Je sais. Mais pas elle, et c'est sa maison, après tout.

— Ça ne lui traverse pas l'esprit. Elle est bête comme ses pieds. Je vais la rattraper et le lui demander.

— Non, Eliza ! Non ! »

Il la retint par le poignet au moment où elle s'élançait.

« Tu ne comprends pas. C'est moi, la maîtresse de maison.

— Charmant pour elle, remarqua-t-il, en lui lâchant le poignet.

— Ce n'est pas qu'elle ne veuille pas te voir. Mais il lui faut vingt-quatre heures pour digérer les nouveautés.

— Alors, laissons-la digérer celle de Kenneth. Ça devrait lui suffire... de devoir vous supporter tous les deux... J'y vais, de toute façon. »

Il n'avait plus rien de souriant ni d'aimable. Ses yeux avaient un éclat très dur et la transperçaient, comme s'il la trouvait tout à fait détestable.

« Salue-les pour moi, ajouta-t-il, et merci pour le bain ; c'était agréable. »

Il lui tourna le dos et se dirigea vers le portail. Quelques minutes plus tard, le bruit d'une moto qui démarrait se réverbéra dans toute la vallée. Il enfla, devint rugissement puis mourut dans le lointain.

Elle resta là où il l'avait laissée. Son univers s'écroulait avec fracas. Les paroles qu'elle avait adressées à Joy, si brutales, si dédaigneuses, lui revinrent à la mémoire, et elle les entendit comme Mark les avait entendues. Aucune de ses bonnes actions ne lui semblait plus méritoire. Elle était méprisable, parce que Mark la méprisait.

Joy

Personne d'autre ne s'aperçut du départ de Mark.

Joy trouva la maison pleine de policiers ; ils étaient arrivés pendant que Mark et Eliza se baignaient. Puis on constata que Kenneth avait presque 39 °C de fièvre et on le mit au lit. On appela un docteur, qui diagnostiqua un choc nerveux, un chaud et froid et une légère insolation. Alec partit pour les Cornouailles en pleine nuit et, le lendemain matin, des journalistes commencèrent à téléphoner et à se présenter à Mill House. Joy répondit à leurs questions, sans pouvoir leur dire grand-chose, car personne ne l'avait tenue au courant. Le fait que Kenneth soit le fils d'une pairesse sembla les exciter considérablement. Ils notèrent avec intérêt que Betsy était la tutrice légale de Kenneth, qu'elle était partie à l'étranger en l'abandonnant à ses propres ressources, et qu'il n'avait pas vu son père depuis deux ans. Ils remercièrent Joy de tous ces détails.

C'était, comme le dit l'un d'entre eux, une histoire très humaine.

Il était regrettable qu'Eliza ait choisi ce moment si particulier pour renoncer à diriger la maison. Elle aurait sans doute été moins diserte. Mais elle resta invisible pendant la plus grande partie de la journée, enfermée dans sa chambre, livrant Joy à ses propres instincts.

Tard dans la nuit, alors que tout le monde était couché, Alec rentra. Joy avait guetté son retour ; elle apparut au sommet de l'escalier.

« Comment va Ken ? demanda-t-il en l'apercevant.

— Mieux. Le Dr Granger dit qu'il y a une nette amélioration, ce soir.

— Bien. Tout s'est bien passé, tu seras heureuse de l'apprendre. »

Elle était heureuse, oui, même si elle ne voyait pas vraiment ce qu'il avait voulu dire.

« Je me sers un verre avant de monter, dit-il en se dirigeant vers la salle à manger. La journée a été infernale. Retourne te coucher, ma chérie, je monterai t'en parler. »

Une porte grinça et le visage pâle, éploré d'Eliza apparut dans l'embrasure de sa chambre.

« Tout s'est bien passé, lui dit Joy.

— Comment ? Qu'est-ce qui s'est passé ?

— Je ne sais pas encore. Mais il dit que tout s'est bien passé.

— Il leur a fait avouer la vérité ?

— Oui, ça doit être ça », répondit Joy en se demandant qui étaient ces malfaiteurs.

Eliza referma de nouveau la porte sur elle avec un soupir. Joy passa la tête à celle de Kenneth et constata qu'il ne dormait pas. Elle répéta sa formule magique.

« Ça m'étonnerait, marmonna Kenneth. Mais il ne peut pas dire autre chose. »

Ils entendirent le pas d'Alec dans l'escalier et Joy l'appela tout bas. Il entra et s'approcha du lit de Kenneth, les traits tirés et graves.

« Tu n'as plus à t'inquiéter, dit-il sans nulle joie. Ils ont tous avoué que c'était Beddoes qui conduisait.

— C'est toi qui les as poussés ?

— Même pas. Tout était sorti avant que j'arrive. Ils ont arrêté Beddoes et Hastings près de Helston, hier après-midi. Les deux ont juré que tu étais au volant, et qu'ils n'avaient pas parlé pour t'éviter des ennuis...

— Ils ont osé ? Ils ont osé ? gémit Kenneth en se dressant sur son séant.

— Calme-toi. McCrae était parti de son côté après s'être disputé avec eux le matin même. Il s'est présenté de lui-même à la police, à Exeter, tard hier soir, et a fait une déclaration qui corrobore la tienne en tous points. La police a interrogé les deux autres de nouveau, tôt ce matin, avant mon arrivée ; ils ont essayé de bluffer un moment, mais ils ont fini par reconnaître que l'histoire de McCrae était vraie. On te reprochera de ne pas avoir déclaré l'accident aussi vite que possible, mais ça n'ira pas bien loin, étant donné que tu étais le plus jeune de la troupe.

— Alors... Je suis tiré d'affaire ?

— On te demandera sûrement de témoigner lors de l'enquête du coroner, mais ce sera une formalité. Ils ne m'ont pas donné de date.

— Je vais revoir... Beddoes ? demanda Kenneth en frissonnant.

— Quelques minutes, mais je serai là. Ne t'inquiète pas pour ça. »

La voix d'Alec était monocorde, lugubre, et son comportement peu rassurant.

« On ne dirait pas, à t'entendre, que tout s'est bien passé.

— La journée a été éprouvante. »

Il sentit le regard fiévreux de son fils le dévisager et se força à ajouter d'un ton plus allègre :

« Tu es tiré d'affaire, Ken. Dans quelques jours, ce ne sera plus qu'un mauvais souvenir. »

Une fois seul avec Joy dans la chambre de cette dernière, il put exprimer son abattement.

« Quelle sale histoire. Ils sont tous odieux. C'est McCrae le moins répugnant. Mais je n'en reviens pas que Ken ait pu fréquenter une telle bande. Ce n'est pas à notre honneur. Si nous nous étions mieux occupés de lui, ça ne serait pas arrivé.

— Ce n'est pas ta faute, dit Joy.

— Oh... comment savoir. Je crains l'enquête... la publicité.

— La pauvre gamine ! Le jour de son anniversaire. Je l'ai lu dans le journal. »

Alec gémit.

« Je sais, je sais ! C'est à ça qu'on devrait penser. En rentrant, je me suis arrêté à Salisbury pour discuter avec l'inspecteur ; j'ai croisé la mère de cette pauvre enfant au poste de police. J'avais l'impression d'être un bourreau. Cette petite est morte, il faut imaginer ce que cela veut dire, la douleur et le chagrin de ses pauvres parents... et pendant ce temps-là, la seule chose qui nous préoccupait, nous, c'était de blanchir Ken, d'échapper à nos responsabilités. Ces quatre jeunes barbares ont continué tout droit en ne pensant qu'à eux et en la laissant morte sur la route.

— Oui, on en attendait mieux de ce Mark Hannay, approuva Joy.

— Hannay ? Mais il n'était pas avec eux.

— Ah ? Je croyais. Mais qu'est-ce qu'il faisait là, alors ?

— C'est lui qui nous a amené Ken. Il... Mais d'ailleurs, où est-il passé, hier soir ? Je ne l'ai pas revu, je ne l'ai même pas remercié.

— Je ne sais pas. Il est parti juste avant le dîner, il me semble.

— Il faut que je le revoie. Il faut qu'on le réinvite. Sans lui, Dieu sait... C'est lui, tu sais, qui a poussé Ken à venir me voir. »

Joy ne savait pas. Il se rendit compte qu'elle n'avait rien su de l'histoire, hormis ce qu'en disaient les journaux. Quelque peu perturbé que ce soit le cas, il entreprit de lui raconter toute l'histoire. Sa chambre donnait sur celle de Joy et il se changea de son côté, la porte ouverte, en continuant de lui parler. Il n'était pas arrivé à la moitié de son récit quand il fut prêt à se coucher si bien qu'au lieu de rester dormir dans cette chambre comme il en avait l'habitude, il se glissa dans le lit de Joy, éteignit la lumière et continua à parler dans le noir.

« Ce n'est pas tant le moment présent qui me tracasse, dit-il. On va le sortir de cette affaire, c'est certain, et il ne reverra plus aucun de ces types. C'est son avenir qui m'inquiète. Il va mal, physiquement et mentalement. Il a les nerfs en pelote... »

Leurs voix se modulaient en murmures étouffés tout juste audibles pour Kenneth, qui cherchait le sommeil dans la chambre d'à côté. Il les écoutait, plein de ressentiment. Sa mère et Max devaient eux aussi être couchés quelque part, à bavasser, entièrement absorbés par leurs propres préoccupations. Cette idée lui donna l'impression d'être seul au monde.

Comment peuvent-ils faire ces trucs ? se morfondait-il. Ça me dégoûte ! Je ne les comprends ni les uns ni les autres.

Les voix bientôt sombrèrent dans le silence.

Il n'y avait plus rien d'excitant ni de mystérieux chez ces deux-là, son père et Joy. C'étaient des gens mariés, rien de plus. Sa vision d'un couple criminel se livrant à des passions interdites était aussi absurde que sa croyance en l'infaillibilité de sa mère. Il ne comprenait plus rien, il ne saurait jamais ce qu'ils pensaient, ce qu'ils ressentaient, ni ce qui les avait poussés à agir comme ça. Il savait seulement qu'il était horriblement malheureux. La nuit allait durer des siècles et la journée du lendemain ne vaudrait guère mieux, avec la perspective des résultats de l'enquête.

Une heure plus tard, il frappa sur le mur. Joy l'entendit et se leva doucement pour ne pas réveiller Alec.

« La chambre est hantée, se plaignit Ken. J'ai vu un fantôme.

— C'est absurde.

— J'ai vu sortir une énorme chose du mur, qui ressemblait à un grand cigare blanc de presque deux mètres de long. Elle est encore là mais elle se cache.

— Tu as rêvé. Bois quelque chose. Prends un peu de sirop d'orgeat. »

Elle tapota ses oreillers et lui donna à boire. Il lui prit la main en la suppliant de ne pas le laisser seul avec la chose, tant et si bien qu'elle promit de rester un moment. Elle apporta une chaise à son chevet et s'emmitoufla dans son édredon.

Il sombra dans le sommeil en marmonnant des bribes de mots, sans lâcher sa main. Chaque fois qu'elle essayait de bouger, l'étreinte de Ken se resserrait. Alors, elle resta là des heures, dans une maison si silencieuse qu'elle entendait le vague murmure du ruisseau du moulin, plus loin dans la nuit.

Il s'éveilla dans la lueur grise du petit matin et resta couché à la scruter. Il était frappé par la gravité de son visage.

« Pourquoi as-tu l'air si triste ? » demanda-t-il.

Elle s'arracha en sursaut à sa rêverie et se tourna vers lui.

« Ça va mieux ?

— Oui. Oui, ça va mieux. Pourquoi cet air si solennel ? À quoi tu penses ? »

Elle s'empourpra légèrement.

« Je ne suis pas triste, dit-elle. Je réfléchissais à quelque chose de difficile. Un exposé que je dois écrire. Je réfléchissais à ce que je dois dire.

— Un exposé ? Pour quoi faire ?

— Pour l'Institut. On m'a demandé de parler à la section littéraire, sur les tendances du théâtre moderne.

— Ah, oui ? dit Kenneth avec une ombre de sourire. Et que vas-tu leur dire ?

— Eh bien, leur expliquer que c'est le premier auteur de théâtre qui ait vraiment eu un message. Avant lui, on allait au théâtre pour s'amuser.

— Qui est-ce, ce "lui" ?
— George Bernard Shaw.
— Et tu citeras d'autres auteurs ?
— Je parlerai d'Ibsen, bien sûr, parce qu'il a inspiré Shaw.
— Je ne dirais pas que ce sont des modernes.
— Peut-être pas Ibsen. Mais Shaw est encore vivant.
— Parce que pour toi, les gens sont modernes jusqu'à ce qu'ils soient morts ?
— Mais oui.
— Et à part eux, tu parleras d'autres auteurs ?
— Non, je crois que je n'aurai pas le temps. »

Kenneth aurait adoré débattre avec elle et bousculer ses certitudes sur le terme de modernisme, mais il avait encore trop mal à la tête.

Ce qui ne l'empêcha pas de décider qu'il viendrait à Mill House pour écouter l'exposé de Joy. Il ne pouvait pas manquer une occasion pareille. Il grava les paroles qu'ils avaient échangées dans sa mémoire, pour être en mesure de les restituer exactement à Eliza, qui les trouverait tout aussi hilarantes que lui.

Il fut déçu sur ce point. Eliza ne voyait pas du tout ce que cette histoire avait de comique. Elle répliqua aussitôt qu'ils ne devaient pas se moquer de Joy, qui avait été si gentille avec eux ; et ça ne devait pas être bien drôle pour elle d'avoir une maison pleine de beaux-enfants qui attrapaient des insolations et se payaient sa tête.

Mais elle parlait sans entrain. Elle avait tellement baissé dans sa propre estime que ses réprimandes ressemblaient à de timides suggestions. Kenneth entreprit de démolir ses arguments.

« Ce n'est pas en glosant qu'on apprend quelque chose sur les gens, répondit-elle.

— Je n'ai rien envie de savoir sur les gens. »

L'étrange état d'esprit d'Eliza ne serait pas passé inaperçu si la maisonnée n'avait pas eu d'autres soucis. Joy avait été beaucoup trop bavarde avec les journalistes, ce qui apparut clairement aux Canning quand les journaux du lendemain matin furent livrés. La presse, en mal de nouvelles cette semaine-là, avait fait ses choux gras de l'affaire. Les unes proclamaient que le fils d'une pairesse et d'un célèbre auteur avait été impliqué dans le mystère de la voiture de Salisbury. On rappelait le divorce, qui avait reçu moins de publicité à son époque. On évoquait une réconciliation surprise à Mill House, lorsque le garçon, dans son affolement, était venu consulter le père dont il avait été éloigné depuis deux ans. Cela avait dû distraire des millions de foyers, mais les Canning eurent le sentiment qu'ils ne pourraient plus jamais ouvrir un journal sans avoir la nausée.

Alec était plus inquiet qu'il ne consentait à le reconnaître, et avait consulté un avocat qui paraîtrait à l'audience en lieu et place de Kenneth si la chose s'avérait nécessaire. Il connaissait les méthodes des coroners et avait pu juger de la force de l'indignation publique. Plus il en apprenait sur Beddoes, plus il craignait les effets d'une enquête publique sur sa moralité. Il n'était pas impossible, se disait-il, qu'ils se trouvent à la veille d'un beau scandale, lequel pourrait fort bien ternir à jamais la réputation de Kenneth.

De cela, il ne s'ouvrit à personne. Il s'efforçait seulement de paraître aussi serein que possible et de donner quelque assurance à son fils. Il s'était donc peu intéressé à sa fille et fut surpris d'entendre Joy lui dire :

« J'aimerais bien savoir ce qui a pu chambouler Eliza à ce point. Elle n'est plus du tout elle-même.

— Ce que nous avons vécu a peut-être suffi à la chambouler.

— Non, cette grouse était vraiment trop faisandée.

— La grouse que Johnnie nous a envoyée ? C'est la faute d'Eliza ?

— En quelque sorte. Gladys lui a demandé quand la cuisiner, et Eliza lui a répondu de voir ça avec moi, et comme je ne savais pas, elle l'a préparée trop tard. Eliza ne s'occupe plus de rien et ne dit plus ce qu'il faut faire. Elle m'a demandé la permission de changer la blouse de Peter.

— C'est un progrès, je dirais. Elle a tendance à se montrer trop satisfaite d'elle-même.

— Oui. Mais elle n'est pas heureuse. »

Joy avait bon cœur. Eliza l'avait fait souffrir, et elle lui en avait voulu, mais elle n'aimait pas la voir malheureuse. Cette brusque saute d'humeur constituait peut-être un agréable changement pour l'entourage d'Eliza, mais cela cachait sûrement quelque chose. Joy savait par expérience qu'on ne s'améliore pas aussi vite sans un choc violent et douloureux. La progression est un âpre chemin. Mais il vaut mieux avancer lentement vers le ciel, les pieds endoloris, qu'y être expédié par une charge de dynamite. Et cette intuition était si forte en Joy qu'elle en fut poussée à quelque chose qu'elle n'avait jamais fait : elle donna à son mari un conseil d'épouse.

« Ne te laisse pas trop accaparer par Ken.

— Il se trouve que c'est un travail à plein temps en ce moment.

— Je sais. Mais quand cette histoire sera finie... Enfin... on a fait grand cas de l'arrivée d'Eliza... c'est notre enfant, elle aussi. Quand... si Ken reste avec nous, elle aura du mal à passer au second plan, alors qu'elle a toujours eu tellement d'importance pour toi.

— Ça lui fera du bien. Écoute, Joy, si tu en es d'accord, j'aimerais emmener Ken quelque part dès que *Byron* sera monté. Il a besoin d'un changement de perspective. Je ne suis pas sûr qu'il doive retourner à l'école pour sa dernière année. Bobby Malcolm n'arrête pas de m'inviter à séjourner dans son ranch au Mexique. Qu'est-ce que tu en penses ?

— Oh, ce serait magnifique. Mais tu ne peux pas les emmener tous les deux ?

— Eliza aussi ? Seigneur, non !

— Alors il faut changer quelque chose pour elle aussi. Elle est trop jeune pour s'installer ici et végéter. Elle pourrait peut-être aller étudier la musique à l'étranger ?

— Mais tu resterais toute seule ici pendant un certain nombre de mois.

— Ce ne sera pas un problème. J'ai des tas de choses à faire à l'Institut. Et puis... si ça ne t'embête pas... »

Elle eut un moment d'hésitation.

« ... J'aimerais bien inviter ma mère. »

Il fut surpris. Elle ne parlait jamais de sa mère, d'ailleurs elle ne parlait jamais vraiment beaucoup de quoi que ce soit en rapport avec sa vie d'autrefois. Il l'avait toujours vue comme une femme sans passé ; il n'avait aucune image de son foyer, ni de son enfance, aucun aperçu de ces souvenirs et de ces incidents qui contribuent à la construction d'une personnalité. Pourtant cette personnalité n'avait jamais cessé d'être là et commençait maintenant à briller, encore un peu hésitante, comme le soleil dans la brume.

« Mais bien sûr, dit-il, invite-la. »

Il était tellement submergé par ses propres soucis qu'il se rendit à peine compte de ce qui se passait. Plus tard, il se mit à penser que Joy et lui ne s'étaient jamais réellement compris avant l'horrible histoire de Kenneth. C'était cela, supposait-il, qui les avait unis.

Max et Betsy

Le jour des résultats de l'enquête, Alec et Kenneth s'en allèrent de bonne heure pour Salisbury. C'était une journée très chaude, et une quiétude peu naturelle sembla fondre sur la maison après leur départ. Eliza et Joy s'installèrent dans le salon, attendant les nouvelles. Personne ne vint les voir du village. Les bonnes se cachaient dans la cuisine, actives mais silencieuses.

Après le déjeuner, Eliza monta dans sa chambre, incapable de supporter plus longtemps Joy, qui ne cessait de se trémousser, de se répandre en exclamations et en interrogations sur ce qui pouvait bien se passer. Elle se coucha sur son lit, s'assoupit et fut tirée de sa sieste par un petit coup à sa porte.

« Qu'est-ce qu'il y a ? s'écria-t-elle en se redressant en sursaut tandis que Joy entrait. Tu as des nouvelles ?

— Non, non ! Pas encore. Mais il se passe

quelque chose d'affreux. Lord St Mullins est en bas.

— Max ? Mais je pensais qu'il était à Genève ?
— Non, il est ici. Qu'est-ce qu'on va faire ? Je m'étais allongée, moi aussi, et c'est Clara qui m'a monté le message. Il dit qu'il veut me voir.
— Il a dû lire toute cette histoire avec Ken dans les journaux et il est venu comprendre ce qui s'était passé.
— Il faut que quelqu'un descende. Toi, Eliza. »
Eliza se donna un rapide coup de peigne. Elle était si ensommeillée, si abasourdie qu'elle avait encore du mal à saisir. L'habitude avait repris le dessus et elle s'apprêtait à descendre pour régler l'affaire de Kenneth avec Max, en digne porte-parole de son père. Jusqu'à ce que son tourment la reprenne brusquement. Elle se rappela qu'elle était malheureuse et la raison de son malheur, puis se tourna vers Joy.

« Non, ma chère Joy. Ça n'ira pas, si j'y vais. C'est toi qu'il a demandée.
— Clara me dit qu'il voulait voir Alec, et que quand elle lui a dit qu'Alec était parti, il a demandé s'il pouvait me voir.
— Alors tu dois y aller. J'imagine qu'il veut ramener Ken.
— Oh ! Eliza, je ne peux pas. Vas-y, je t'en supplie.
— Mais je ne peux pas aller discuter de Ken avec lui comme si j'étais sa mère, ou je ne sais quoi.

— Je serais morte de peur.

— Mais non. Tu es la maîtresse de maison. Père serait très fâché si tu ne le recevais pas.

— Mais qu'est-ce que je vais lui dire ? Ils ne peuvent pas reprendre Ken. Ils l'ont si cruellement négligé... Et Alec qui a tous ces projets pour lui...

— Réponds seulement à ses questions. Il est plutôt aimable. Très gentil, simple. Et dis-lui qu'il faut qu'il attende et qu'il parle avec père. Et propose-lui du thé et tout ce qu'il faut...

— Oh, mais tu vas descendre avec moi. Je t'en prie.

— Je rentrerai dans le salon avec toi, pour te présenter. Mais je m'éclipserai quand vous parlerez de Ken. Ça aura l'air plus normal. Poudre-toi le nez avant d'y aller, ma chérie. Ça te donnera du courage. »

La poudre d'Eliza attestait du fait que la malheureuse enfant n'avait pas de mère pour la conseiller. Elle n'était pas de la bonne couleur, bien trop claire pour sa peau brune et chaleureuse. Elle joua généreusement du pinceau sur ses joues et celles de sa belle-mère puis elles descendirent, tremblantes, l'escalier ; on aurait dit qu'elles sortaient d'un moulin à blé. Même Max, qui remarquait rarement l'apparence des gens, leur trouva un aspect plutôt étrange.

« Vous connaissez Joy, n'est-ce pas ? » dit Eliza, après l'avoir salué.

Puis, empourprée par la timidité, elle se lança dans les présentations officielles.

« Lord Canning... Mrs St Mullins... »

Quelle catastrophique bourde ! Mais ils ne la remarquèrent pas. Ils étaient trop absorbés par leur propre gêne.

Max serra la main de Joy, avec sérieux et gravité, comme pour lui manifester un respect profond, intime, et la consoler de s'être trouvée, à une certaine époque, dans une situation gênante. Sa bienveillance coutumière faisant son œuvre, il s'était mis à la juger d'un œil très favorable. Elle avait été pour lui une éhontée, une briseuse de mariage. À présent qu'il l'avait devant lui, elle devenait une pauvre jeune fille qui avait tout sacrifié par amour.

Et cette jeune fille n'était pas celle à laquelle il s'attendait. Betsy lui avait tellement parlé de sa beauté – y voyant une excuse à la folle précipitation d'Alec – qu'il avait imaginé une créature bien plus attirante. Sa surprise et la timidité de Joy leur ôtèrent pendant un moment toute suite dans les idées. Il s'excusa à plusieurs reprises de sa présence. Elle s'excusa de l'absence d'Alec. Et cela dura un certain temps. Si Eliza avait été en état de réfléchir à leurs échanges, elle aurait éclaté de rire.

Cinq minutes plus tard, ils n'étaient parvenus qu'à établir ce fait : un télégramme, envoyé de Genève, n'avait pas été délivré à Mill House.

« Quelle malchance ! Mais quelle terrible malchance ! ne cessait de s'exclamer Max. Alors, vous ne nous attendiez pas du tout ? Bien sûr, dès que nous avons vu les journaux anglais, nous avons pensé qu'il nous fallait revenir immédiatement, et que vous vous y attendriez. Mais nous avons télégraphié... Ah ! Quelle terrible malchance ! C'est bien la première fois que j'entends parler d'une chose pareille !

— Ça ne change rien, Alec aurait dû aller à Salisbury quoi qu'il en soit, disait Joy. Il n'aurait pas pu faire autrement, vous voyez. On aura aujourd'hui les résultats de l'enquête du coroner. Voulez-vous aller le retrouver là-bas ? Ou l'attendre ici ? Je suis navrée, vraiment, vraiment navrée...

— Nous serions arrivés plus tôt si nous avions eu de meilleures conditions de vol. Oui... nous avons pris l'avion. Mais bien sûr, il y avait ce télégramme... »

Eliza s'était si bien remise qu'elle pouvait enfin suivre leur conversation. Elle finit par comprendre que Max ne devait pas être seul.

« Mère est donc ici ?

— Elle... elle est en Angleterre... oui... dit Max avec hésitation. Nous sommes revenus ensemble. »

Et il avait l'air fort coupable, car Betsy se trouvait en vérité à quelques centaines de mètres de là, dans le cimetière, à regarder les stèles. Elle avait décrété qu'elle n'irait à Mill House que si sa présence était absolument nécessaire, auquel cas il l'enverrait chercher. Autrement, sa présence devait rester secrète. Mais Max, dans sa confusion, avait mal choisi ses mots.

« Où est-elle ? demanda Eliza, que l'expression coupable de son beau-père avait frappée. À Hornwood ?

— Non. »

Dans sa panique, il se retourna vers Joy et finit par en venir aux faits, ne serait-ce que pour échapper à l'interrogatoire d'Eliza.

« Racontez-moi ce qui s'est passé avec Kenneth ? »

Eliza, ignorant le regard suppliant de Joy, se faufila hors du salon.

La grande auto qui avait amené Max de l'aérodrome était garée devant la maison. Eliza jeta un coup d'œil à l'intérieur et aperçut un pardessus de femme en tweed.

« Lady St Mullins est-elle au village ? demanda-t-elle au chauffeur.

— Oui, mademoiselle. À l'église.

— Vous pourriez m'y conduire ? J'ai un message pour elle. »

Elle sauta dans la voiture, ravie de son astuce et de sa perspicacité. Mais le temps qu'ils arrivent devant le portail de l'église, son assurance s'était de nouveau évanouie. Pourquoi était-elle venue ? Visiblement, sa mère ne voulait pas la voir et elle-même, à bien y réfléchir, n'était pas certaine de vouloir voir sa mère. Elles n'auraient rien à se dire.

Elle remonta lentement le sentier dallé qui traversait le cimetière, et fit halte sous le porche, presque tentée de s'éclipser aussitôt. Mais il y avait quelque chose de malhonnête dans cette idée, quelque chose d'un peu déplaisant. Cela lui donnait une sensation de rugosité, de dissonance, d'une chose mal faite.

Je vais entrer l'embrasser, se dit-elle, et je repartirai aussitôt. C'est tout ce que j'ai envie de faire. Juste l'embrasser.

Des pas rapides se firent entendre dans l'église et Betsy apparut à la porte.

« Eliza !

— Oh ! mère ! »

C'est le moment où nous nous embrassons. Tu es ma mère. Je suis ta fille. Qu'est-ce que ça veut dire ? Est-ce que ça veut dire quelque chose ? Tu m'as mise au monde, tu m'as portée dans ton corps autrefois. Tu l'as oublié ?

« Ma chérie, comment savais-tu que j'étais là ? demanda Betsy, gênée.

— Je l'ai deviné. Max n'a rien dit, mais j'ai vu ton manteau dans la voiture alors j'ai demandé au chauffeur. J'ai eu envie de monter te dire bonjour.

— Ah ? Bien sûr... personne d'autre ne le sait ?

— Personne.

— Je vois. »

Betsy parut soulagée.

« Mais, ma chérie ! Pour l'amour du ciel, qu'est-ce que tu as fait à ton visage ?

— À mon visage ?

— Il est tout... oh, c'est de la poudre ! Oh, ma *chère* Eliza !

— Bien sûr que c'est de la poudre. Tu ne voudrais pas que j'aie le nez qui brille !

— Mon enfant, si tu veux te poudrer à ton âge, choisis au moins une teinte qui te va. Qu'est-ce qui t'a pris de mettre du blanc mat sur une peau comme la tienne ?

— Ce n'est pas du blanc mat, grommela Eliza, furieuse. C'est du rachel !

— Essaie ocre, la prochaine fois. Pardon, ma chérie, mais tu as l'air d'un véritable clown. »

Eliza ne la remercia pas de son conseil, qu'elle s'empresserait pourtant de suivre dès le lendemain. En se frottant subrepticement le nez avec un mouchoir, elle suivit Betsy dans le cimetière où elles déambulèrent en regardant les tombes.

« "Malachi Miller", déchiffra Betsy. C'est assez curieux !

En estat de santé, j'ai quitté mon foïer
De la venüe de l'heure ne pouvant présagier...

Dis-moi ce qui s'est passé avec Ken. Qu'est-ce qu'il a fait ? »

Pendant qu'Eliza lui racontait l'affaire, elle s'assit sur une pierre tombale, pour se reposer. Elle alternait coups d'œil à sa montre et protestations.

« Mais c'est idiot ! Quel imbécile, ne cessait-elle de répéter. Il n'a vraiment aucun bon sens. »

Elle était très fâchée contre Kenneth. Lorsque Eliza lui dit que tout était la faute de Beddoes, elle rétorqua que non, que c'était le système des écoles privées qu'il fallait incriminer.

« Si j'avais su ce que je sais maintenant, je ne l'aurais jamais fait inscrire à St Clere. Max a ce système en horreur. »

Quand Eliza eut fini, elle dit :

« Alors tout s'est arrangé ? Il n'aura pas d'ennuis ? Avec ce que les journaux racontaient, nous n'étions pas certains. J'ai dit à Max qu'Alec saurait s'en occuper. Mais Max a insisté pour que nous revenions, et il a raison. Nous sommes responsables de Ken. Seulement, c'est embêtant. Max doit prononcer un discours très important demain. J'espère que... Tu disais que le verdict du coroner serait connu aujourd'hui ?

— Oui, nous l'attendons depuis ce matin.

— Nous ne pouvons pas repartir avant que... on va devoir attendre le verdict. Au cas où... Mais ce sera encore faisable, en reprenant un avion... Max va demander à ton père s'il peut garder Kenneth quelque temps, en attendant que nous rentrions en Angleterre et que nous nous installions. Bien sûr, si cela pose le moindre problème, nous l'emmènerons à Genève avec nous. Mais nous sommes tellement pris, tous les deux, cette conférence nous donne tellement de travail... que nous ne le verrions pas beaucoup et ne pourrions pas l'empêcher de faire des bêtises. Cela dit... on pourrait lui trouver une sorte de précepteur. Qu'est-ce que tu en penses ? Tu crois qu'il aimerait rester ici ? Ton père voudrait bien le garder ?

— Oh oui, dit Eliza. Je pense que c'est ce qu'il veut.

— Très bien. J'espère que Max est en train de régler tout ça. Tu disais qu'il discutait avec Joy ? Dommage qu'il n'ait pas pu voir Alec.

— Je suis sûre qu'elle lui dira que nous... que père et elle veulent que Ken reste. »

Betsy se releva et poursuivit sa déambulation. Elle s'arrêta devant la petite tombe de Lucy Jane Godden, née en août 1741 et morte en janvier 1742.

« Pauvre enfant, soupira-t-elle avant de se mettre à compter sur ses doigts. Elle n'avait que... cinq mois.

— Tu as une épingle à cheveux qui dépasse », dit Eliza.

C'était une mesure de représailles pour la poudre, mais Betsy la renfonça distraitement sans paraître le relever. Elle semblait peu soucieuse de son apparence. Qu'elle soit quelque peu débraillée et hirsute après avoir parcouru une telle distance en si peu de temps était sans doute compréhensible. Mais les désordres du voyage ne suffisaient pas à expliquer la dégradation de son aspect. Eliza se rendit compte que sa mise était plus négligée que d'habitude. Si ses vêtements étaient de bonne qualité et sans doute coûteux, ils semblaient avoir été achetés et enfilés sans grand soin. Lady St Mullins était beaucoup moins élégante que Mrs Canning. Et sa peau avait vieilli. Elle était légèrement rouge et rugueuse, et il y avait autour de ses yeux et de sa bouche nombre de lignes nouvelles, comme si elle avait négligé d'entreprendre cet incessant combat d'arrière-garde contre le temps auquel toute femme de quarante ans est contrainte, si elle veut conserver sa beauté.

« Max s'est montré d'une extraordinaire générosité dans cette affaire, reprit-elle. C'est tout de même pénible qu'il ait à s'occuper de mes enfants dans un moment comme celui-ci.

— Tu n'aurais pas pu venir sans lui ?

— C'était mon intention. Mais il n'a pas voulu me laisser entreprendre ce voyage seule. Et puis, comme il le dit, nous partageons les responsabilités l'un de l'autre. Ça fait partie du mariage.

— Alors pourquoi ne pas venir à la maison ?

demanda Eliza. Tu ne voulais pas voir père et Joy ?

— Je... je me suis dit... comme Max est là... que ce serait moins gênant pour nous tous... que je ne vienne pas.

— Et Ken ? Tu n'avais même pas envie de voir Ken ? »

Betsy lui lança un regard effaré. Fais attention, disaient ces yeux. Oh, fais attention et ne dis rien de trop blessant.

Eliza se rendit compte que cette agitation primesautière, ce débit haché, cet intérêt spasmodique pour les pierres tombales n'étaient que des symptômes de panique. Ce n'était pas que sa mère ne se souciait pas de Ken. Au contraire, elle était morte d'inquiétude, à en perdre la tête.

« Mais père et Ken sont tous les deux à Salisbury, la pressa Eliza. Nous sommes seules, Joy et moi. Viens prendre le thé.

— Non, dit Betsy, hésitante, je ne pense pas venir. Ce n'est pas que j'en veuille à qui que ce soit. Tu comprends ça, ma chérie ? C'est... je ne peux pas t'expliquer... Un jour, peut-être, nous nous reverrons tous plus tranquillement. »

Non ! Elle ne voulait pas voir la maison où Alec vivait maintenant, ni supporter qu'il l'approche d'aucune manière. C'était la raison pour laquelle Max, qui la comprenait mieux que personne, avait insisté pour l'accompagner et se charger du fardeau de ces douloureuses entrevues.

Si elle voyait Alec et Kenneth, si elle voyait quoi que ce soit en relation avec eux, elle risquait de retomber dans le gouffre dont Max venait de la sauver. Il l'avait hissée, il l'avait déposée sur une pauvre petite île. Il lui avait dit : Épouse-moi et seconde-moi dans mon travail. C'est ce qu'elle avait fait, se transformant sans doute en la plus diligente des deux. Leur île était désolée, mais pas nue ; il y avait un toit et quelques fleurs. La tendresse et la générosité stupéfiantes de Max la rendaient habitable. Elle ne se demandait plus si elle méritait d'inspirer de tels sentiments, certaine qu'aucun être humain ne pourrait être vraiment digne d'un semblable amour.

« C'est une si jolie maison, dit Eliza, j'aimerais que tu puisses la voir.

— Je n'en doute pas. Je suis ravie qu'elle soit jolie.

— C'est curieux que ce soit un moulin. Comme Pandy Madoc. On dirait que les moulins nous attirent.

— Oui. C'est vrai. Ils vous attirent. »

Elle avait dit « vous ». De qui parlait-elle ? Qui donc était attiré par les moulins ? Le « nous » d'Eliza désignait les Canning. Qui étaient les Canning désormais ?

Elles traînèrent derrière l'église et Betsy mit son nez dans un appentis plein de balais en ajonc et de pelles de fossoyeur. Eliza avait fini par comprendre qu'elle ne voulait rien savoir de leur vie – rien du tout. Elle se concentrait sur des détails, des choses proches. Elle ne voulait même pas lever les yeux sur les collines, ni sur les arbres, ni sur rien qui appartienne à ces nouveaux horizons.

« Chérie... Tu ne leur diras pas que je suis venue, hein ? Je ne veux pas leur faire de mal.
— Non, je ne dirai rien. Comment va Daph ?
— Oh, Daphne. Elle est assez casse-pieds.
— Elle n'est pas contente à Genève ?
— Nous avions prévu quelque chose de charmant pour elle, un de ces camps de vacances internationaux, dans un très joli coin du Salzkammergut. Tu sais... L'idée, c'est que les lycéens de tous les pays se rencontrent, se mélangent et deviennent amis. Mais au bout de trois jours, elle nous a écrit pour qu'on vienne la chercher. La nourriture n'allait pas, les lits non plus et je ne sais quoi encore. Et elle n'aimait pas les autres jeunes gens. Donc, elle est revenue avec nous à Genève. Mais j'avais trop à faire pour m'occuper d'elle, alors j'ai embauché une fille très bien, une juive, une réfugiée, en fait, qui cherchait du travail. Qu'est-ce que je n'avais pas imaginé ! Daphne refusait de se promener avec un phénomène de cirque. La pauvre fille, elle n'y pouvait rien si elle avait cette tête. Elle était très intelligente, très intéressante. Et maintenant, Daphne veut aller dans une espèce de classe

de vacances, près de Lucerne, où, d'après elle, les jeunes filles prennent du bon temps. Je n'ai pas du tout aimé ce que j'en ai entendu dire. Apparemment, elle a découvert la chose dans le *Tatler* ou le *Bystander*, enfin un magazine de ce genre. Ça m'a l'air horriblement snob. Mais Max pense qu'on s'occupera bien d'elle et que je ferais mieux de la laisser faire à sa guise. Comme vous tous. »

Comme nous tous, vraiment ? se demanda Eliza, qui se rendait compte – peu à peu, mais irrémédiablement – que les Canning ne formaient plus une famille. Ils étaient désormais cinq individus sans existence commune. Elle s'était voilé la face jusque-là : les habitudes prises dès l'enfance étaient trop fortes et elle avait continué de penser à eux cinq comme à une unité, un groupe dont la dispersion était accidentelle et temporaire.

Cette pensée l'attrista si profondément qu'elle voulut se retrouver seule pour l'examiner. Leur promenade dans le cimetière lui était insupportable à présent.

« Je crois qu'il faut que je rentre, dit-elle. On a peut-être reçu des nouvelles de Salisbury. Père a dit qu'il nous téléphonerait. »

Betsy l'embrassa avec affection mais ne fit aucun effort pour la retenir.

« Tu deviens très jolie, lui dit-elle.
— C'est vrai ? » demanda Eliza, attristée.

Elle enfouit son visage quelques secondes contre l'épaule de sa mère.

« Ma chérie ! Tu ne pleures pas ? Qu'est-ce que tu as ?

— Rien. Mais... C'est triste, tout ça... Tu ne trouves pas ?

— Oui, répliqua sèchement Betsy. Mais ce qui est fait est fait.

— Oui. Oui, c'est vrai. »

Eliza sortit en courant du cimetière, bondit dans l'auto, et revint à Mill House.

Max et Joy avaient déjà passé un long moment ensemble, se disait-elle. Mais elle était désireuse de ne pas leur paraître trop empressée. Elle s'approcha de la fenêtre du salon, pour voir comment se déroulait leur entretien.

« Et comment réagissent les ouvriers agricoles, par ici, je veux dire ? disait Max.

— Oh, répondait Joy, tous ceux à qui j'ai parlé sont contre la guerre. Mais uniquement pour des raisons personnelles. Ils ont peur de devoir se battre.

— Ah ! Mais enfin... ça se comprend... »

Eliza regarda par-dessus l'appui de la fenêtre et les vit confortablement assis sur le sofa, l'un à côté de l'autre, et penchés sur quelques-unes des brochures de Joy. Ils s'entendaient comme larrons en foire, comme Alec l'avait prévu. Joy était plus rose et plus enjouée qu'elle ne l'avait été depuis deux ans.

« Vous avez des nouvelles ? » demanda Eliza par la fenêtre.

Ils sursautèrent, la mine coupable, car ils avaient tout oublié de la crise qu'ils étaient censés vivre. Oui, ils avaient des nouvelles. Alec avait téléphoné. L'enquête s'était déroulée sans accrocs ; le coroner avait conclu à une mort accidentelle, car il avait été démontré que la malheureuse victime circulait sans feu arrière. Beddoes serait poursuivi pour délit de fuite et non signalement d'accident, mais Kenneth n'avait été impliqué d'aucune manière et Alec semblait rasséréné.

« Il faut que je parte », dit Max, rappelé à l'affaire du jour.

Joy l'invita à rester pour le thé en toute cordialité, mais il refusa son invitation, même s'il resta encore un temps infini à bavarder avant de consentir à quitter Mill House. Tout avait été réglé avec Joy. Kenneth resterait chez son père et le voyage au Mexique ferait l'objet d'une proposition à Betsy.

Il remonta dans sa voiture et repartit vers le village avec un tel rictus de conspirateur qu'Eliza ne put s'empêcher de sourire.

« Ce qu'il est gentil, s'exclama Joy dès qu'il fut parti. Je n'ai pas eu peur très longtemps.

— Oui, il est gentil, je te l'avais bien dit.

— Il a des idées vraiment intéressantes. Cet automne, ils vont organiser une grande rencontre à Hornwood, avec les chefs des

Mouvements pour la paix du monde entier. Ce sera extraordinaire, je pense. Il y aura des mineurs qui viendront des régions en crise. Je crois que... qu'il m'a plus ou moins demandé de venir. J'aurais adoré, mais j'ai dit non. Ce ne serait pas vraiment possible, tu ne crois pas ?

— Il y a une idée qui circule selon laquelle nous n'en faisons qu'à notre guise, répondit Eliza d'un ton sibyllin.

— Enfin, quand même, dit Joy à regret, ça pourrait être gênant pour Betsy. Je ne peux pas m'empêcher d'être surprise qu'elle l'ait épousé. Je ne pensais pas que Lord St Mullins était son genre. Ça ne t'étonne pas, toi ?

— Rien ne m'étonne plus, dit Eliza.

— Parce qu'il est vraiment... même si ce n'est pas très gentil de dire ça... il a une drôle de bille. Au début, le temps qu'on s'habitue. Il n'a pas beaucoup de charme, c'est ce que je veux dire. Je n'arrive pas à comprendre comment une femme qui a été mariée avec Alec a même pu... »

Max tenait à peu près les mêmes propos à Betsy pendant que la voiture les ramenait à l'aérodrome.

« Une femme vraiment sympathique. Immensément appréciable. Sans doute pas d'une grande intelligence. Un peu confuse, et assez rustre dans son expression. Mais elle apprend les choses, et elle a l'air de faire du bon travail dans le coin.

— Je n'aurais jamais pensé qu'elle puisse s'intéresser à ce genre de choses, commenta Betsy.

— Oh, si, elle comprend très bien l'importance du mouvement. Mais j'ai fait une gaffe monumentale. Dans l'ardeur de la conversation, j'ai oublié qui elle était, et je l'ai invitée à notre phalanstère de Hornwood.

— Non ! Tu n'as pas osé ?

— Si. Quoi qu'il en soit, elle a changé de couleur et m'a dit qu'elle craignait que ce ne soit impossible ; c'est alors que je me suis rappelé... »

Betsy se mit à rire.

« Cela aurait déconcerté les Bloch, dit-elle. Ah, si elle pouvait venir, juste pour voir la tête qu'ils feraient. »

Car les Bloch s'étaient bien installés à Hornwood, dans une petite maison derrière les écuries. Ils y avaient fait leur apparition au printemps, par on ne sait quel truchement, au moment où Betsy se débattait si désespérément dans son gouffre qu'elle se souciait peu de ce qui se passait autour. Maintenant, naturellement, il était impossible de les en déloger, comme elle l'avait prédit.

« Je m'attendais à une plus jolie femme, dit Max.

— Ah ? Tu ne l'as pas trouvée très belle ?

— Non. Je ne vois vraiment pas comment Alec a pu faire tout ce qu'il a fait pour elle.

— Pourtant, je te l'ai expliqué.

— Je sais. Mais ce n'est pas ce que j'appellerais une femme séduisante. Bonne comme le pain, ça, oui, mais aucun charme. Comment un homme qui t'a épousée a pu... »

Le léger frisson qui traversa le visage de Betsy le fit taire.

Ils parcoururent en silence les petites routes du Wiltshire, traversant canaux et rivières. Betsy ne s'intéressait pas au paysage. Elle ne cessait de regarder sa montre, de faire des calculs, de songer aux conditions de vol. Elle espérait encore, par la grâce des automobiles et des aéroplanes, le ramener à Genève à temps pour son grand discours.

Une exclamation de Max l'arracha soudain à ses pensées. Il s'était retourné et suivait des yeux une auto qui venait de les croiser.

« C'étaient Alec et Kenneth.

— Ah oui ? »

Elle se retourna, elle aussi, bien malgré elle. La petite auto, d'où pointaient deux têtes, s'éloigna rapidement le long de la route avant de disparaître au premier tournant.

« Ils reviennent de Salisbury, dit-il.

— Ils nous ont vus ?

— Je ne pense pas. Est-ce que... tu voudrais...

— Non, non... Max, on continue. Il faut faire vite. Nous n'avons pas une minute à perdre. »

Les temps futurs

Mark avait désormais porte ouverte à Mill House ; il y serait toujours le bienvenu. Non seulement Alec souhaitait lui témoigner toute sa reconnaissance, mais il avait le sentiment que son amitié faisait du bien à Kenneth, qui avait retrouvé pour lui son adoration de jadis.

Il vint deux fois. Les deux garçons montèrent à cheval, se baignèrent et renouèrent. Mais Eliza ne parut à aucune de ces deux occasions. La première fois, elle resta dans sa chambre avec une migraine. La seconde fois, elle alla passer le week-end chez les Hewitt. Mark en fut désolé, et ne s'en cacha pas. Il s'attendait à devoir partir à Gibraltar à tout moment, et ne savait pas s'il aurait l'occasion de revenir. Il aurait voulu lui dire au revoir.

« Ce n'est pas faute de lui avoir seriné qu'elle te raterait, dit Kenneth. Elle pouvait aller à Oxford à n'importe quel moment. Je vais lui dire que tu la trouves très malpolie.

— Non, ne dis pas ça. Explique-lui que je voulais lui dire au revoir. »

Kenneth, cependant, oublia de transmettre le message. Lorsqu'elle revint d'Oxford, ce fut pour apprendre qu'elle ne reverrait sans doute plus Mark. Elle n'aurait plus besoin de s'inventer des échappatoires. Il partait pour Gibraltar ; l'expectative avait pris fin.

Les Graham arrivèrent ce jour-là et la maison fut très animée. Parfois, il lui semblait curieux que son chagrin ne les frappe pas tous. Ils parlaient, ils riaient, ils mangeaient, ils buvaient, avec cette douleur si près d'eux, ce fantôme à leur table. Mais elle en était heureuse, au fond, car elle n'avait pas la moindre envie de confier son tourment à quiconque.

Joy la couvait parfois d'un curieux regard de compassion, comme si elle avait plus ou moins deviné. Leur amitié croissait à toute allure, c'était une alliance que la venue de Susie Graham avait grandement contribué à sceller. Elles se méfiaient toutes les deux de son regard acéré et de sa langue encore plus pointue ; Mill House, avaient-elles décidé, ne devait lui fournir aucun prétexte à la manier.

Un soir, elles étaient assises toutes les deux, à confectionner une blouse pour Peter. Les autres étaient partis se promener dans les collines et ne rentreraient pas avant dîner. Lorsque Eliza entendit le vrombissement d'une moto dans l'allée, son cœur anxieux se mit à palpiter. Si seulement Joy avait pu lui dire :

« On dirait une moto, non ? Elle ne s'est pas arrêtée devant le portail ? Tu crois que quelqu'un vient nous voir ? »

Mais Joy se contenta de déplorer le fait qu'elle avait oublié la différence entre le point de plume et le point de chausson. Elle ne sembla même pas entendre Clara aller ouvrir la porte.

Ce n'est rien du tout, songea Eliza. Ça me fait le même effet chaque fois que j'entends une moto.

La porte s'ouvrit et Clara fit entrer Mark, souriant, parfaitement à l'aise.

« Oh ! s'écria Joy, désolée. Alec et Ken viennent juste de sortir. À l'instant. Vous voulez les rattraper ? »

Mais Mark lui serra la main et répondit qu'il aimait mieux rester avec elles, pour discuter. Puis il se retourna et tendit la main à Eliza, en lui demandant si elle avait passé un agréable week-end à Oxford.

« Oh, dit Eliza, oui, oui. Très agréable. Oui.

— Vous restez dîner ? demanda Joy.

— Merci. J'en serai ravi, si vous voulez bien me supporter. »

Il s'assit à côté de Joy et commença à lui demander des nouvelles de *Byron*, comment ça avançait, quand commenceraient les représentations. Rien n'aurait pu faire davantage plaisir à Joy, même si elle n'avait pas grand-chose à lui dire. Elle n'avait pas lu le livret, mais put lui répéter quelques racontars sur les chanteurs ; elle utilisa même une ou deux fois le « nous », comme si elle prenait régulièrement part aux discussions de travail d'Alec et de Johnnie.

Eliza gardait les yeux rivés sur son ouvrage. Son cœur ne battait plus contre ses côtes, mais elle voulait être sûre de contrôler le moindre de ses mouvements avant d'essayer de bouger. Dans quelques minutes elle se lèverait, comme si de rien n'était, elle sourirait, et elle proposerait d'aller dire à Clara qu'il y aurait un couvert de plus au dîner. Puis elle quitterait le salon et monterait dans sa chambre, où elle resterait jusqu'à ce que les autres soient rentrés. Ensuite, elle n'aurait aucun mal à éviter de lui parler jusqu'à ce qu'il prenne congé.

Elle sentit bientôt que le moment était venu. Elle posa son ouvrage et se leva. Mais sans doute ne le fit-elle pas aussi nonchalamment qu'elle le souhaitait, car les deux autres s'arrêtèrent de parler pour la regarder.

« Tu ne vas pas te baigner, ce soir ? demanda immédiatement Mark.

— Non, non. Pas du tout. Je me suis baignée ce matin. Joy... Tu veux que je dise à Clara d'ajouter un couvert pour ce soir ?

— Oui, dit Joy en faisant sonner la clochette. Ne t'embête pas. Elle va venir. Mark, vous voulez vous baigner ?

— Pas tout seul. L'une de vous ne... »

Mais aucune ne réagissant à sa suggestion, il se mit à parler de musique.

« Tu chantes toujours ? demanda-t-il à Eliza. Les deux fois où je suis venu, je voulais te le demander, mais tu n'étais pas là. Tu te souviens, quand nous chantions, à Pandy Madoc ?

— Oh, elle a fait de grands progrès depuis le pays de Galles, dit Joy. Elle travaille vraiment dur.

— Tu veux qu'on s'y mette ? Je reconnais des partitions là-bas. »

Il la poussait vers le piano, qui était ouvert, et prit le recueil de Schubert posé sur le tabouret.

Clara entra et Joy lui donna des instructions pour le dîner. Au même moment, Eliza entendit un murmure à son côté.

« Eliza, faisons la paix, si tu veux bien. Pardonne-moi ! »

Elle n'aurait pas été plus stupéfaite qu'il s'envole au plafond. Qu'avait-elle à lui pardonner ?

Elle s'affaissa sur le tabouret, sans forces, et tout en tournant les pages, il dit :

« Qu'est-ce que c'était, déjà, ce qu'on chantait ensemble ? *La Jeune Fille et la Mort*. Ah, voilà.

— Sa voix est devenue vraiment très ample, dit Joy, qui en avait fini avec Clara.

— C'est vrai, Eliza ? Allez, chante. »

Eliza commença à chanter et se trompa immédiatement dans l'accompagnement.

« Calme-toi, lui conseilla Mark. Ne fonce pas comme un taureau à la clôture. C'est trop rapide, trop affolé. Regarde, là. Avant de recommencer, fais-moi chanter ma partie, je ne suis pas sûr de me souvenir des paroles. »

Elle se mit à jouer les nobles accords de la partie de Mark et la quiétude lui revint. Joy les regardait, un grand sourire aux lèvres, à travers les lunettes à monture de corne qu'elle portait pour coudre.

« Maintenant ! », dit Mark.

Eliza se rua de nouveau sur les premières mesures et, cette fois, les exécuta triomphalement. Un immense afflux de force et de puissance lui vint, aux mains, à la voix, à l'esprit. Elle en était traversée, comme en extase, si bien qu'elle et son chant ne semblaient plus faire qu'un. Mark était émerveillé – si émerveillé qu'il débuta avec un léger retard.

À Pandy Madoc, il s'était toujours contenté de fredonner ; à présent, stimulé et exalté par le jeu d'Eliza, il chantait vraiment, d'une belle et vibrante voix de basse qui lui fit honneur jusqu'à la dernière et profonde note. Ils conclurent leur interprétation de manière un peu piteuse, lui par un haussement d'épaules, elle par un rire.

« C'était très joli, dit Joy. Continuez donc. »

Et tandis qu'ils volaient de chanson en chanson, elle s'abandonna à une agréable rêverie.

Ça fait du bien... de la musique... des invités...

comme autrefois, à Pandy Madoc. Il va retrouver un vrai foyer maintenant que Ken est là. Tout n'a pas été en vain... je faisais tout ce que je pouvais... et pourtant je doutais que ça marche... il est tellement plus heureux maintenant... Et ils sont tous très gentils avec moi... même Susie... même si elle ne peut pas s'empêcher d'envoyer des piques... elle a fait exprès de remarquer que le lit de Betsy était dans la chambre d'amis... non... peut-être pas. Je ne dois pas être injuste avec les gens. Mais je préfère nettement Margaret Merrick à Susie. Comme Eliza chante bien !... Comme elle est jolie !... J'aime écouter de la musique. J'ai des préoccupations intellectuelles. Ce n'est pas comme si je n'avais aucun point commun avec lui. Cette musique me met en joie. Je sais de quoi ça parle. Je comprends l'allemand. J'ai reçu une excellente éducation. Voyons... *Nun bin ich manche Stunde...* Me voilà bien loin de cet endroit... Comme c'est triste ! Si je prends du plaisir à écouter quelque chose d'aussi triste c'est que je dois être beaucoup plus heureuse.

« Et puisque nous sommes dans les arbres, dit Mark, passons au *Noyer*. »

Eliza chercha le lied dans son Schubert, oubliant, comme souvent, qu'elle ne l'y trouverait pas. Mark dit alors :

« Mais non, chérie... »

Puis il s'interrompit, comme s'il était parvenu au bord d'un gouffre.

Ce mot tomba dans leurs cœurs comme un caillou dans un étang. Il disparut, mais les vaguelettes qu'il avait soulevées se succédèrent jusqu'aux confins de la pensée et du sentiment.

Il l'avait prononcé sans le vouloir, et maintenant qu'il l'avait dit, il en était transporté. Il ne l'oublierait pas, il ne tenterait pas d'en atténuer l'importance. Il attendit, les yeux rivés sur Eliza, la forçant à le regarder.

Ce qu'elle fit enfin, levant lentement les yeux de la partition posée sur son genou. Et il vit ce qui l'émut bien plus qu'il ne l'aurait cru possible, il vit qu'elle avait peur – qu'elle s'était égarée. C'était comme si ce mot qu'il avait prononcé n'avait été perçu par elle que comme un son, comme si elle avait entendu un cavalier dans la nuit, les pleurs d'un nouveau-né, la pluie de terre et de graviers sur un cercueil. Dans le souterrain bruyant des années, ces bruits définitifs, irrévocables, se font rarement entendre. Ils déferlent telles des vagues sur une grève inconnue, mais aucun tonnerre ne peut éveiller un écho aussi long, aussi lancinant.

Joy se retourna sur sa chaise. Elle n'avait rien entendu, hormis un long silence qui avait perturbé sa méditation.

Ce léger mouvement les rappela à eux-mêmes. Mark s'empressa de dire :

« Ce n'est pas Schubert, c'est Schumann. »

Il trouva la partition et la plaça devant Eliza qui secoua la tête.

« Je ne peux pas chanter et jouer l'accompagnement en même temps, dit-elle.

— Alors, joue l'accompagnement, seulement. C'est si ravissant. »

Elle joua.

Et il pensa très vite à de nombreuses choses : qu'il allait être absent longtemps, qu'il ne pouvait pas la laisser dans cet état d'égarement, qu'il n'aurait peut-être pas l'occasion de la revoir en tête-à-tête. Il fallait qu'il en dise plus ; il fallait qu'il dise exactement ce qu'il avait dans le cœur. Car ils avaient pénétré par inadvertance dans un royaume sur lequel ils étaient trop jeunes pour régner. Ils ne devaient pas tenter d'en usurper le trône. Ils devaient avoir autant de sagesse que de bonne fortune.

Pour nous, c'est tout ou rien, pensa-t-il. Dans deux ans, trois ans, je reviendrai et je l'épouserai. Mais avant cela, il ne doit rien se passer. Je ne dois pas la revoir. Ni lui écrire. Elle n'est pas encore femme. C'est injuste de la traiter comme si c'était le cas, d'éveiller ces sentiments en elle. Je dois la laisser tranquille...

Des voix se firent entendre sous la fenêtre. Les promeneurs étaient rentrés et Joy sortit les accueillir. Il avait un peu de temps avant qu'ils rentrent tous.

« Il faut que je te parle avant de partir. »

Elle hocha la tête sans cesser de jouer.

« Je partirai à dix heures. Tu peux te retirer un peu plus tôt et remonter l'allée, que je puisse te rattraper ?

— Oui. »

Puis soudain, les autres furent là, et il ne lui adressa plus la parole du reste de la soirée. Alec, qui était entré le premier et avait aperçu leurs visages, s'en étonna. Leur détachement était exagéré. Ils s'ignoraient de manière peu crédible. Mark adressait ses regards nonchalants et vifs à tout le monde sauf à Eliza, qui était la seule à ne pas rire lorsqu'il disait quelque chose d'amusant. Elle ne parla presque pas et lui fut beaucoup plus disert que de coutume. Sa joyeuse humeur les contamina tous. Ils faisaient grand cas de lui, car c'était sa dernière visite, et Kenneth était désireux de faire bonne impression aux Graham. Le dîner fut animé. Même Joy se trouva une ou deux bonnes répliques.

Comment n'avais-je pas vu, s'étonna Alec, qu'il y avait quelque chose entre ces deux-là ? Joy disait qu'Eliza n'allait pas bien depuis l'arrivée de Ken... et donc son arrivée à lui... ils étaient restés seuls un moment... mais... quand s'étaient-ils rencontrés, avant cela ?... Comment... Quand il est passé, il l'a vue ?... Non... Elle avait la migraine... elle était à Oxford... voilà pourquoi elle a insisté pour y aller... s'étaient-ils disputés ce jour-là ? Cette fois il est venu à l'improviste... Ce qui est sûr, c'est qu'ils se sont réconciliés.

Cette découverte le perturbait, même s'il s'efforçait de croire qu'il ne fallait pas prendre la chose trop au sérieux – un flirt entre jeunes gens, mieux valait fermer les yeux. Redevenir un père pour Kenneth était plus difficile qu'il ne l'avait escompté ; cela lui prendrait une bonne partie de l'automne. Il ne fallait pas qu'Eliza devienne elle aussi un problème. Ça l'inquiétait tout de même. Qu'en penserait Betsy ? Mark n'était pas un garçon ordinaire. Joy avait peut-être raison d'affirmer qu'Eliza avait été négligée. Elle avait vécu plus d'épreuves que la plupart des jeunes filles de son âge, elle avait été traitée par tous comme une adulte. Ce qu'elle n'était pas, mais ça les avait arrangés de faire comme si, ne souhaitant pas ou ne voulant pas envisager les complications découlant de sa jeunesse et de leur responsabilité. Ils s'étaient reposés sur sa singulière maturité et peut-être, à présent, les faisait-elle payer.

Car ces deux-là, discutant près du piano, avaient eu une allure qu'il ne pouvait oublier. C'était une allure singulière, tranquille, comme s'il s'était déjà produit entre eux bien des choses – c'est-à-dire tout ce qui peut se passer entre des amoureux. Il avait été horrifié, puis s'était rappelé ce qu'il savait de Hannay, et cela l'avait rassuré. Il était content, cependant, de songer que le jeune homme allait partir pour Gibraltar.

S'il n'était pas parti si tôt, songea-t-il, je lui aurais parlé. Je lui aurais dit que ce n'était pas juste. Elle est trop jeune, il n'a pas le droit de jouer avec ses sentiments. Qu'il revienne dans un an ou deux. Rien ne me plairait davantage... dans un an ou deux... elle a besoin qu'on la guide et il a cela en lui.

Lorsque les hommes rejoignirent les femmes après dîner, Eliza avait disparu. Elle avait dit qu'elle était fatiguée, et était montée se coucher. Mark prit congé à dix heures. Ils sortirent tous dans le jardin l'accompagner jusqu'au portail.

Une pleine lune d'automne s'était levée sur la colline et la nuit était douce. Leurs rires, leurs adieux, résonnaient sous les arbres enténébrés tandis que Mark démarrait sa moto. Quand il eut disparu au bout de l'allée, leurs voix, brèves et légères, se firent moins sonores, ils discutaient entre eux. Kenneth exigeait de l'admiration pour son héroïque ami. Les Graham la lui accordèrent sans barguigner. Susie le trouvait excessivement séduisant, et Johnnie marmonna quelque chose sur ce type si doué, quel dommage.

« Pourquoi, dommage ? demanda Kenneth, tout de suite sur la défensive. L'armée, ce ne sera que trois ans. Après il sera réserviste, mais il pourra entrer en politique, comme il en rêve.

— La politique ? persifla Johnnie. Comme quoi ? Travailliste ? Communiste ?

— Je ne sais pas. Ça lui est égal, je crois, tant qu'il arrive à se faire un nom et une réputation.

— Mais qu'est-ce qu'il veut faire ?

— Il a de l'argent ? demanda Susie.

— Des tas. Mais il n'a pas l'intention de dépenser plus de six cents livres par an. C'est leur plan. Tout le reste, tout ce qu'ils gagneront en plus, sera investi dans leurs fonds. Il dit que l'argent doit servir à obtenir le pouvoir, et qu'il ne faut pas le laisser prendre le pouvoir sur vous.

— Quels fonds ? De qui parlez-vous ?

— Oh, d'autres gens, des amis à lui. Deux Américains, un jeune Français dont il m'a parlé et des gens qu'ils ont réunis. Ils se sont promis de ne jamais vivre comme des gens riches, parce que ça libère, et ils se sont fixé une même ligne, ce qui fait que s'ils recrutent des gens pauvres, ils ne seront pas corrompus par l'argent. Vous devriez l'entendre parler des dirigeants travaillistes qui dînent chez les duchesses !

— Mais qu'est-ce qu'ils veulent faire ? demandèrent en chœur Alec, Joy, Johnnie et Susie.

— Oh ! dit Kenneth avec détachement, gouverner le monde ! »

Ils éclatèrent de rire.

« Il suffit d'un tout petit groupe de personnes pour diriger le monde tel qu'il est aujourd'hui, protesta-t-il. Chacun a peur, personne ne sait ce qu'il veut. Un petit comité qui sait exactement où aller, qui se fiche de l'argent et qui n'a peur de rien peut très bien concentrer un grand pouvoir. Regardez les Jésuites !

— Six cents livres par an ! dit Susie. Ils s'en lasseront vite. Ils ne pourront même pas se marier, avec ça.

— Des tas de gens se marient avec bien moins. C'est une fortune, pour certains.

— Attends qu'ils aient envie de se marier !

— Oh, ils le feront tous très vite, expliqua Kenneth, pour que leurs femmes rompent, elles aussi, avec l'idée que l'argent a la moindre importance. Et pour que les femmes ne soient pas un problème dans leur existence. Ils n'ont pas envie de s'embêter avec ça.

— Mark a vraiment dit qu'il voulait gouverner le monde ? demanda Alec.

— Non, non. C'est moi qui le dis. Je pense que ça le tente.

— Et tu fais partie de la bande, je suppose ?

— J'aimerais bien, dit Kenneth en rougissant, s'ils m'acceptaient. Mais ils ne prennent personne. Uniquement les gens qui sont prêts à tout sacrifier et dont ils pensent qu'ils peuvent leur être utiles. Mark est certain qu'avec le temps, ils auront tous les gens qu'il leur faut. En Angleterre, en France et en Amérique, principalement. Il dit que pour un jeune homme dans un pays civilisé, il n'y a qu'une solution en ce moment, c'est regarder le navire sombrer sans rien faire, et que tout le monde en a assez. Je crois qu'ils vont commencer par créer des partis, chacun dans leur pays, et que quand ils seront assez forts, ils se réuniront pour faire une organisation internationale.

— Une sorte de force morale ? suggéra Joy, pleine d'espoir.

— Si on veut. Mais pas seulement. Des tas de forces tout court. »

Les voyant impressionnés, il se mit à inventer des détails du projet de Mark pour gouverner le monde. Il n'en savait en vérité que peu de choses : simplement que Mark et ses amis s'étaient assigné un projet de vie bien particulier, qu'ils avaient renoncé aux standards de la classe moyenne, qu'ils voulaient tous faire de la politique et qu'ils voulaient parvenir à une sorte d'accord. Tout cela avait enflammé son imagination et il s'était construit des châteaux en Espagne, certains de style fasciste, d'autres, communiste : mais tous étaient des forteresses pour dictateurs.

« Ah, que de fadaises ! soupira Johnnie, que de fadaises ! S'il avait été à Oxford, on l'aurait débarrassé de toutes ces âneries. Il aurait choisi une profession et se serait calmé.

— Moi, je trouve que c'est une bonne idée, tant qu'ils ne font usage que de la force morale », dit Joy.

Susie avait du mal à accepter qu'ils ne veuillent pas s'embêter avec les femmes. Elle le prenait comme un affront personnel.

« Oh, oh ! prophétisa-t-elle, menaçante. Attendez, et vous verrez. »

Alec se taisait depuis un moment. Sa seule inquiétude était qu'il n'était pas certain que leur énergique et jeune invité soit réellement parti. Il lui avait semblé détecter quelque chose d'insolite dans le bruit qu'avait produit sa moto en démarrant. Il ne s'était pas éloigné dans la nuit, comme il l'aurait dû. À moins que ses oreilles ne l'aient trahi, le vrombissement s'était arrêté très soudainement.

Sans un mot il s'écarta du petit groupe dans le jardin et remonta l'allée d'un pas lent. Non loin du sommet de la colline, il trouva ce à quoi il s'attendait : une motocyclette appuyée à la barrière d'un champ. Il regarda par-dessus et crut voir une robe claire devant une haie, de l'autre côté de la prairie.

Il se mit à traverser le champ puis perdit la robe de vue mais poursuivit son chemin sur l'herbe courte, humide de rosée, son ombre de lune avançant devant lui. Comme il l'avait espéré, ils sortirent de l'abri obscur de la haie et vinrent à sa rencontre.

« Eliza ! dit-il, Mark ! C'est bien ce que je pensais. »

Eliza lui prit un bras et Mark l'autre. Ils semblaient contents d'avoir entre eux son corps frissonnant, un peu mûr et sans illusions. Il les fit revenir vers la barrière, ressentant toute la chaleur de leur jeunesse, leur extase, de part et d'autre de lui, et se sentant tout à fait impuissant à empêcher le courant de passer. Il en était traversé comme s'il n'avait pas été là. Mais il fit de son mieux pour ne pas y penser et chercha les mots qui les remettraient, lui, et eux deux, à leur place.

« Eh bien, finit-il par dire... Espèce de petits fous...

— Je sais », dirent Eliza et Mark en chœur.

Et Mark ajouta :

« Nous ne nous reverrons pas avant au moins deux ans, monsieur, il ne faut donc pas vous inquiéter.

— Et on ne s'écrira pas, dit Eliza, ni rien. C'est ce qu'on vient de décider.

— Vous me rassurez, murmura Alec, qui sentait que son intrusion avait été fourbe, et un peu ridicule.

— Parce qu'en fait, tu vois, nous n'avons rien de plus à nous dire jusqu'à... »

Sa voix mourut dans un soupir de bonheur.

« Si c'est ainsi, bravo, dit Alec. Vous comprenez, Mark... Je m'en ferais moins pour elle... si... sa mère avait été là. Je dois tout apprendre des relations entre père et fille. J'imagine que c'est bien comme ça...

— Je comprends, acquiesça Mark. Tous les deux, nous avons beaucoup à faire chacun de notre côté. Et nous avons tout le temps qu'il faut. »

Sur ce, Alec les poussa devant lui, en partie parce qu'ils avançaient maintenant dans les chardons et qu'il était difficile de marcher à trois de front, mais aussi parce qu'il se rappelait que le temps, autrefois, lui était apparu sous le même visage. Et il se sentit soudain si profondément navré pour eux qu'il ne pouvait plus leur donner aucun conseil.

« Filez maintenant, dit-il à Mark. Je rentre à la maison. Je vous donne cinq minutes. Si, dans ce laps de temps, je n'ai pas entendu votre moto démarrer, je reviendrai avec une cravache ! »

Il escalada de nouveau la barrière et redescendit en courant dans l'allée. Au moment où il arrivait devant le portail du jardin, la moto se mit à pétarader sur la colline. Cette fois, elle effectua un départ dans les règles de l'art. Il entendit longtemps son moteur battre dans la nuit tranquille, jusqu'à ce qu'il ne soit guère plus audible que le tic-tac d'une montre.

Ils étaient tous rentrés dans la maison, sauf Johnnie Graham avec lequel il traîna sur la pelouse en attendant Eliza. Bientôt, il la vit arriver, rapide et silencieuse, traversant les taches d'ombre. Elle passa devant eux, se dirigeant vers la maison d'un pas régulier, comme une somnambule, investie par un pouvoir qui n'était pas le sien. Son visage, au clair de lune, lui paraissait étranger et cependant familier ; il eut le sentiment de l'avoir déjà vu, quand il était jeune, lui aussi, ne connaissait rien et tenait pour acquise la lumière du paradis. Et ce soir-là, des années plus tard, il revit ce visage, ce visage légendaire du bonheur, tourné vers le ciel serein, jusqu'à ce qu'elle le dépasse, et disparaisse.

Johnnie se retourna, comme lui, pour la suivre des yeux.

« Elle me rappelle quelqu'un, dit-il tout à coup, mais je n'arrive pas à me souvenir de son nom, après tout ce temps.

— L'as-tu jamais su ? Je ne crois pas, dit Alec.

— Mais si, je le connaissais très bien, répondit Johnnie, morose. Wilcox ou Wilkinson... Ou peut-être Blenkinsop. C'est drôle... Oui, c'est un truc drôle. Je ne me souviens jamais de leurs noms.

— Leurs noms, dit Alec, "*que nous ne savons pas ni ne saurons jamais...*". »

Il s'interrompit, incapable de se rappeler la fin de la citation. Johnnie, chose surprenante, la termina pour lui avec cette mimique de dégoût qu'il réservait à la poésie et à toutes les expressions du sentiment.

« *Comme la Pléiade perdue...* pouah !... *Qu'on ne voit plus ci-bas.* »

Une grenouille, dans les roseaux près de la rivière, fit retentir un petit coassement sec comme un écho.

PREMIÈRE PARTIE. – ENSEMBLE

Ensemble	15
Les grands-mères	24
L'épouse	46
Le mari	56
La protégée	75
Sur la plage	90
À la gare	106
Ingérence	111
Le regard	120
Imprudence	128
Les amis	145
Une matinée perdue	152
Le retour	165
La dispute	172
Minuit	181
Matin	188
La fin des vacances	197

DEUXIÈME PARTIE. – COLÈRE

Colère   213

TROISIÈME PARTIE. – SÉPARÉS

Sur River Cliff	249
La consécration	265
Père et fille	281
Seule	298
Mère et fils	308
Décoration d'intérieur	319
Bonheur	328
Le tournant	339
La vérité	351
L'escalier roulant	367
Décision sans appel	376

QUATRIÈME PARTIE. – L'ŒUVRE DU TEMPS

Kenneth	391
Mark	404
Alec	423
Eliza	444
Joy	461
Max et Betsy	475
Les temps futurs	495

DE LA MÊME AUTRICE

Aux Éditions Quai Voltaire

LE FESTIN, 2022 (Folio n° 7253)
DIVORCE À L'ANGLAISE, 2023 (Folio n° 7342)
LES ORACLES, 2024

COLLECTION FOLIO

Dernières parutions

7061. Jacky Durand — *Marguerite*
7062. Gianfranco Calligarich — *Le dernier été en ville*
7063. Iliana Holguín Teodorescu — *Aller avec la chance*
7064. Tommaso Melilli — *L'écume des pâtes*
7065. John Muir — *Un été dans la Sierra*
7066. Patrice Jean — *La poursuite de l'idéal*
7067. Laura Kasischke — *Un oiseau blanc dans le blizzard*
7068. Scholastique Mukasonga — *Kibogo est monté au ciel*
7069. Éric Reinhardt — *Comédies françaises*
7070. Jean Rolin — *Le pont de Bezons*
7071. Jean-Christophe Rufin — *Le flambeur de la Caspienne. Les énigmes d'Aurel le Consul*
7072. Agathe Saint-Maur — *De sel et de fumée*
7073. Leïla Slimani — *Le parfum des fleurs la nuit*
7074. Bénédicte Belpois — *Saint Jacques*
7075. Jean-Philippe Blondel — *Un si petit monde*
7076. Caterina Bonvicini — *Les femmes de*
7077. Olivier Bourdeaut — *Florida*
7078. Anna Burns — *Milkman*
7079. Fabrice Caro — *Broadway*
7080. Cecil Scott Forester — *Le seigneur de la mer. Capitaine Hornblower*
7081. Cecil Scott Forester — *Lord Hornblower. Capitaine Hornblower*
7082. Camille Laurens — *Fille*
7083. Étienne de Montety — *La grande épreuve*
7084. Thomas Snégaroff — *Putzi. Le pianiste d'Hitler*

7085.	Gilbert Sinoué	*L'île du Couchant*
7086.	Federico García Lorca	*Aube d'été* et autres impressions et paysages
7087.	Franz Kafka	*Blumfeld, un célibataire plus très jeune* et autres textes
7088.	Georges Navel	*En faisant les foins* et autres travaux
7089.	Robert Louis Stevenson	*Voyage avec un âne dans les Cévennes*
7090.	H. G. Wells	*L'Homme invisible*
7091.	Simone de Beauvoir	*La longue marche*
7092.	Tahar Ben Jelloun	*Le miel et l'amertume*
7093.	Shane Haddad	*Toni tout court*
7094.	Jean Hatzfeld	*Là où tout se tait*
7095.	Nathalie Kuperman	*On était des poissons*
7096.	Hervé Le Tellier	*L'anomalie*
7097.	Pascal Quignard	*L'homme aux trois lettres*
7098.	Marie Sizun	*La maison de Bretagne*
7099.	Bruno de Stabenrath	*L'ami impossible. Une jeunesse avec Xavier Dupont de Ligonnès*
7100.	Pajtim Statovci	*La traversée*
7101.	Graham Swift	*Le grand jeu*
7102.	Charles Dickens	*L'Ami commun*
7103.	Pierric Bailly	*Le roman de Jim*
7104.	François Bégaudeau	*Un enlèvement*
7105.	Rachel Cusk	*Contour. Contour – Transit – Kudos*
7106.	Éric Fottorino	*Marina A*
7107.	Roy Jacobsen	*Les yeux du Rigel*
7108.	Maria Pourchet	*Avancer*
7109.	Sylvain Prudhomme	*Les orages*
7110.	Ruta Sepetys	*Hôtel Castellana*
7111.	Delphine de Vigan	*Les enfants sont rois*
7112.	Ocean Vuong	*Un bref instant de splendeur*
7113.	Huysmans	*À Rebours*
7114.	Abigail Assor	*Aussi riche que le roi*
7115.	Aurélien Bellanger	*Téléréalité*

7116.	Emmanuel Carrère	*Yoga*
7117.	Thierry Laget	*Proust, prix Goncourt. Une émeute littéraire*
7118.	Marie NDiaye	*La vengeance m'appartient*
7119.	Pierre Nora	*Jeunesse*
7120.	Julie Otsuka	*Certaines n'avaient jamais vu la mer*
7121.	Yasmina Reza	*Serge*
7122.	Zadie Smith	*Grand Union*
7123.	Chantal Thomas	*De sable et de neige*
7124.	Pef	*Petit éloge de l'aéroplane*
7125.	Grégoire Polet	*Petit éloge de la Belgique*
7126.	Collectif	*Proust-Monde. Quand les écrivains étrangers lisent Proust*
7127.	Victor Hugo	*Carnets d'amour à Juliette Drouet*
7128.	Blaise Cendrars	*Trop c'est trop*
7129.	Jonathan Coe	*Mr Wilder et moi*
7130.	Jean-Paul Didierlaurent	*Malamute*
7131.	Shilpi Somaya Gowda	*« La famille »*
7132.	Elizabeth Jane Howard	*À rude épreuve. La saga des Cazalet II*
7133.	Hédi Kaddour	*La nuit des orateurs*
7134.	Jean-Marie Laclavetine	*La vie des morts*
7135.	Camille Laurens	*La trilogie des mots*
7136.	J.M.G. Le Clézio	*Le flot de la poésie continuera de couler*
7137.	Ryoko Sekiguchi	*961 heures à Beyrouth (et 321 plats qui les accompagnent)*
7138.	Patti Smith	*L'année du singe*
7139.	George R. Stewart	*La Terre demeure*
7140.	Mario Vargas Llosa	*L'appel de la tribu*
7141.	Louis Guilloux	*O.K., Joe !*
7142.	Virginia Woolf	*Flush*
7143.	Sénèque	*Tragédies complètes*
7144.	François Garde	*Roi par effraction*
7145.	Dominique Bona	*Divine Jacqueline*

7146.	Collectif	*SOS Méditerranée*
7147.	Régis Debray	*D'un siècle l'autre*
7148.	Erri De Luca	*Impossible*
7149.	Philippe Labro	*J'irais nager dans plus de rivières*
7150.	Mathieu Lindon	*Hervelino*
7151.	Amos Oz	*Les terres du chacal*
7152.	Philip Roth	*Les faits. Autobiographie d'un romancier*
7153.	Roberto Saviano	*Le contraire de la mort*
7154.	Kerwin Spire	*Monsieur Romain Gary. Consul général de France*
7155.	Graham Swift	*La dernière tournée*
7156.	Ferdinand von Schirach	*Sanction*
7157.	Sempé	*Garder le cap*
7158.	Rabindranath Tagore	*Par les nuées de Shrâvana et autres poèmes*
7159.	Urabe Kenkô et Kamo no Chômei	*Cahiers de l'ermitage*
7160.	David Foenkinos	*Numéro deux*
7161.	Geneviève Damas	*Bluebird*
7162.	Josephine Hart	*Dangereuse*
7163.	Lilia Hassaine	*Soleil amer*
7164.	Hervé Le Tellier	*Moi et François Mitterrand*
7165.	Ludmila Oulitskaïa	*Ce n'était que la peste*
7166.	Daniel Pennac	*Le cas Malaussène I Ils m'ont menti*
7167.	Giuseppe Santoliquido	*L'été sans retour*
7168.	Isabelle Sorente	*La femme et l'oiseau*
7169.	Jón Kalman Stefánsson	*Ton absence n'est que ténèbres*
7170.	Delphine de Vigan	*Jours sans faim*
7171.	Ralph Waldo Emerson	*La Nature*
7172.	Henry David Thoreau	*Sept jours sur le fleuve*
7173.	Honoré de Balzac	*Pierrette*
7174.	Karen Blixen	*Ehrengarde*
7175.	Paul Éluard	*L'amour la poésie*
7176.	Franz Kafka	*Lettre au père*
7177.	Jules Verne	*Le Rayon vert*

7178.	George Eliot	*Silas Marner. Le tisserand de Raveloe*
7179.	Gerbrand Bakker	*Parce que les fleurs sont blanches*
7180.	Christophe Boltanski	*Les vies de Jacob*
7181.	Benoît Duteurtre	*Ma vie extraordinaire*
7182.	Akwaeke Emezi	*Eau douce*
7183.	Kazuo Ishiguro	*Klara et le Soleil*
7184.	Nadeije Laneyrie-Dagen	*L'étoile brisée*
7185.	Karine Tuil	*La décision*
7186.	Bernhard Schlink	*Couleurs de l'adieu*
7187.	Gabrielle Filteau-Chiba	*Sauvagines*
7188.	Antoine Wauters	*Mahmoud ou la montée des eaux*
7189.	Guillaume Aubin	*L'arbre de colère*
7190.	Isabelle Aupy	*L'homme qui n'aimait plus les chats*
7191.	Jean-Baptiste Del Amo	*Le fils de l'homme*
7192.	Astrid Eliard	*Les bourgeoises*
7193.	Camille Goudeau	*Les chats éraflés*
7194.	Alexis Jenni	*La beauté dure toujours*
7195.	Edgar Morin	*Réveillons-nous !*
7196.	Marie Richeux	*Sages femmes*
7197.	Kawai Strong Washburn	*Au temps des requins et des sauveurs*
7198.	Christèle Wurmser	*Même les anges*
7199.	Alix de Saint-André	*57 rue de Babylone, Paris 7e*
7200.	Nathacha Appanah	*Rien ne t'appartient*
7201.	Anne Guglielmetti	*Deux femmes et un jardin*
7202.	Lawrence Hill	*Aminata*
7203.	Tristan Garcia	*Âmes. Histoire de la souffrance I*
7204.	Elsa Morante	*Mensonge et sortilège*
7205.	Claire de Duras	*Œuvres romanesques*
7206.	Alexandre Dumas	*Les Trois Mousquetaires. D'Artagnan*
7207.	François-Henri Désérable	*Mon maître et mon vainqueur*
7208.	Léo Henry	*Hildegarde*

7209.	Elizabeth Jane Howard	*Confusion. La saga des Cazalet III*
7210.	Arthur Larrue	*La diagonale Alekhine*
7211.	Hervé Le Tellier	*Inukshuk, l'homme debout*
7212.	Jean-Christophe Rufin	*La princesse au petit moi. Les énigmes d'Aurel le Consul*
7213.	Yannick Bestaven	*Mon tour du monde en 80 jours*
7214.	Hisham Matar	*Un mois à Sienne*
7215.	Paolo Rumiz	*Appia*
7216.	Victor Hugo	*Préface de* Cromwell
7217.	François-René de Chateaubriand	*Atala* suivi de *René*
7218.	Victor Hugo	*Le Rhin*
7219.	Platon	*Apologie de Socrate*
7220.	Maurice Merleau-Ponty	*Le doute de Cézanne*
7221.	Anne Delaflotte Mehdevi	*Le livre des heures*
7222.	Milena Busquets	*Gema*
7223.	Michel Butor	*Petite histoire de la littérature française*
7224.	Marie Darrieussecq	*Pas dormir*
7225.	Jacky Durand	*Plus on est de fous plus on s'aime*
7226.	Cecil Scott Forester	*Hornblower aux Antilles. Capitaine Hornblower*
7227.	Mia Kankimäki	*Ces héroïnes qui peuplent mes nuits*
7228.	François Noudelmann	*Les enfants de Cadillac*
7229.	Laurine Roux	*L'autre moitié du monde*
7230.	Robert Seethaler	*Le dernier mouvement*
7231.	Gilbert Sinoué	*Le Bec de Canard*
7232.	Leïla Slimani	*Regardez-nous danser. Le pays des autres, 2*
7233.	Jack London	*Le Loup des mers*
7234.	Tonino Benacquista	*Porca miseria*
7235.	Daniel Cordier	*La victoire en pleurant. Alias Caracalla 1943-1946*
7236.	Catherine Cusset	*La définition du bonheur*

7237.	Kamel Daoud	*Meursault, contre-enquête*
7238.	Marc Dugain	*La volonté*
7239.	Alain Finkielkraut	*L'après littérature*
7240.	Raphaël Haroche	*Une éclipse*
7241.	Laura Kasischke	*À Suspicious River*
7242.	Étienne Kern	*Les envolés*
7243.	Alexandre Labruffe	*Wonder Landes*
7244.	Virginie Ollagnier	*Ils ont tué Oppenheimer*
7245.	John Steinbeck	*Des souris et des hommes*
7246.	Collectif	*La poésie à vivre. Paroles de poètes*
7247.	Gisèle Halimi	*Plaidoirie pour l'avortement*
7248.	Gustave Flaubert	*Récits de jeunesse*
7249.	Santiago H. Amigorena	*Le premier exil*
7250.	Fabrice Caro	*Samouraï*
7251.	Raphaël Confiant	*La muse ténébreuse de Charles Baudelaire*
7252.	Annie Ernaux	*L'autre fille*
7253.	Margaret Kennedy	*Le festin*
7254.	Zoé Oldenbourg	*Argile et cendres*
7255.	Julie Otsuka	*Quand l'empereur était un dieu*
7256.	Pascal Quignard	*L'amour la mer*
7257.	Salman Rushdie	*Grimus*
7258.	Antoine Wauters	*Le musée des contradictions*
7259.	Nathalie Azoulai	*La fille parfaite*
7260.	Claire Castillon	*Son empire*
7261.	Sophie Chauveau	*Journal intime de la Vierge Marie*
7262.	Éric Fottorino	*Mohican*
7263.	Abdulrazak Gurnah	*Paradis*
7264.	Anna Hope	*Le Rocher blanc*
7265.	Maylis de Kerangal	*Canoës*
7266.	Anaïs LLobet	*Au café de la ville perdue*
7267.	Akira Mizubayashi	*Reine de cœur*
7268.	Ron Rash	*Une terre d'ombre*
7269.	Yasmina Reza	*Théâtre II*
7270.	Emmanuelle Salasc	*Hors gel*

*Tous les papiers utilisés pour les ouvrages
des collections Folio sont certifiés
et proviennent de forêts gérées durablement.*

*Composition Nord Compo
Impression Grafica Veneta
à Trebaseleghe, le 6 février 2024
Dépôt légal : février 2024*

ISBN 978-2-07-304349-8 / Imprimé en Italie

617677